rororo

rororo

Ines Thorn wurde 1964 in Leipzig geboren. Nach einer Lehre als Buchhändlerin studierte sie Germanistik, Slawistik und Kulturphilosophie. Sie lebt und arbeitet in Frankfurt am Main. Bei rororo sind bereits ihre historischen Romane «Die Pelzhändlerin» (rororo 23762), «Die Silberschmiedin» (rororo 23857), «Die Wunderheilerin» (rororo 24264), «Unter dem Teebaum» (rororo 24484), «Die Kaufmannstochter» (rororo 24766) und «Die Tochter des Buchdruckers» (rororo 25363) erschienen. In der Reihe «Die Verbrechen von Frankfurt» erschienen bisher die Romane «Galgentochter» (rororo 24603) und «Höllenknecht» (rororo 24942).

Ines Thorn

DAS MÄDCHEN MIT DEN TEUFELSAUGEN

Historischer Roman

Rowohlt Taschenbuch Verlag

Veröffentlicht im Rowohlt Taschenbuch Verlag,
Reinbek bei Hamburg, Februar 2012

Umschlaggestaltung any.way, Cathrin Günther, nach einem Entwurf
von PEPPERZAK BRAND/Hafen Werbeagentur, Hamburg
(Abbildungen: bpk-images; Brueghel, Jan & Momper, Joos de
© Privatsammlung/Johnny Van Haeften Ltd.,
London/bridgemanart.com; Pam Francis/Getty Images;
PEPPERZAK BRAND)
Satz ITC Baskerville PostScript (InDesign)
bei Pinkuin Satz und Datentechnik, Berlin
Druck und Bindung CPI – Clausen & Bosse, Leck
Printed in Germany
ISBN 978 3 499 25372 0

DAS MÄDCHEN MIT DEN TEUFELSAUGEN

Erstes Kapitel

Frankfurt im Jahre 1530

«Hast du nicht gehört? Es hat geklopft!» Lisbeth sah ihren Mann so vorwurfsvoll an, als wäre er der Störenfried.

Sie legte die Hände auf ihren hochschwangeren Bauch und die Füße auf einen Schemel: «Na, los doch.»

Ruppert erhob sich seufzend, ging die Treppe hinunter zur Haustür.

«Lass bloß keinen rein, hörst du?», rief seine Frau von oben. «Um diese Zeit klopfen nur noch Lügner und Betrüger.»

«Ja, ja.»

Er öffnete die Tür. Vor ihm stand eine junge Frau und sah ihn mit großen, dunklen Augen an. Sie trug ein verschlissenes grellbuntes Kleid, an ihren Handgelenken klapperten Armreifen aus billigem Holz. «Bitte!», sagte sie, sonst nichts.

Regenwasser rann aus den langen Haaren, färbte ihr viel zu dünnes Kleid dunkel. Sie zitterte am ganzen Leib. Ruppert trat einen Schritt zur Seite, ließ die junge Frau ein, ging vor ihr her in die Küche.

«Wer ist es?», rief seine Frau von oben.

Ruppert legte den Zeigefinger quer über den Mund und sah die junge Frau an. Sie nickte.

«Es ist nichts, Liebes. Nur ein Versehen», rief er nach oben.

Dann machte er Milch warm, schob dem Mädchen einen Becher hin.

«Was führt Euch her?», fragte er dann.

Das Mädchen trank, wischte sich mit dem Handrücken die Milch von der Oberlippe. «Ich bin eine Zigeunerin, das seht Ihr ja an meiner Kleidung. Heute auf dem Markt hat man mich erwischt, als ich einer Frau den Geldbeutel vom Gürtel geschnitten habe. Man hat mich ausgepeitscht, aber erst nach Toresschluss gehen lassen. Meine Leute sind weitergezogen, haben mein Neugeborenes mitgenommen. Und ich sitze hier fest, darf nicht aus der Stadt hinaus, darf auch nicht drinnen bleiben.»

«Warum habt Ihr ausgerechnet bei mir geklopft?»

Das Mädchen zuckte mit den Schultern. «Die Blumentöpfe vor den Fenstern, das Kerzenlicht. Es sah so warm und gemütlich aus. Ich dachte, wer so lebt, kann kein schlechter Mensch sein.» Sie hob den Arm, um das nasse Haar zu lockern, und stöhnte dabei zum Gotterbarmen. «Die Wunden von der Peitsche», erklärte sie und drehte sich ein wenig.

Erst jetzt sah Ruppert, dass ihr Kleid am Rücken von Blut durchtränkt war.

«Wo bleibst du denn, Ruppert?», gellte eine Stimme durch das Haus.

«Ich komme, Liebes.»

Dann schnitt er eine dicke Scheibe Brot von einem Kanten, schob eine Schüssel mit ausgelassenem Schweinefett zu dem Mädchen. «Esst, Ihr habt sicher Hunger. Wenn Ihr fertig seid, gebe ich Euch ein bisschen Leinenstoff für die Wunden. Ihr könnt in der Werkstatt schlafen. Dort ist es warm und trocken. Eine Decke gebe ich Euch auch.»

«Vergelt's Euch Gott.» Das Mädchen biss in das Brot, als hätte sie seit Tagen nichts gegessen.

«Was ist hier los?» Lisbeth stand in der Küchentür, die Hände auf dem Bauch. «Wer ist das? Was will die hier?»

Ruppert seufzte. «Eine Zigeunerin. Sie weiß nicht wohin heute Nacht. In der Werkstatt wird sie schlafen.»

«Und was zahlt sie dafür?» Lisbeth rieb den Daumen gegen den Zeigefinger.

«Ich habe kein Geld», sagte das Mädchen.

Lisbeth trat einen Schritt vor, riss ihr das Brot aus der Hand, schob den Schmalztopf zur hintersten Tischkante. «Wer nicht zahlt, kriegt nichts.»

Das Mädchen sah dem Brot nach, schluckte, erhob sich und stöhnte dabei.

«Sie hat große Schmerzen», erklärte Ruppert. «Als Christenmenschen sollten wir sie lassen. Es ist kalt draußen, Sturm kommt auf. In der Werkstatt stört sie niemanden.»

Lisbeth schürzte die Lippen. «Wer nicht arbeitet, soll auch nicht essen. So steht es in der Schrift. Sie kann bleiben, wenn sie dafür arbeitet.»

Lisbeth wandte sich an das Mädchen. «Was kannst du?»

«Singen und tanzen.»

«Pah! Das kann ich selbst. Den ganzen Tag kann ich um den gedeckten Tisch tanzen, wenn mir danach ist. Arbeit sieht anders aus. Also?»

Das Mädchen starrte auf die Tischplatte, dann auf Ruppert, der mit hängenden Schultern neben der Kochstelle stand.

«Ich kann Euch die Zukunft aus der Hand lesen.»

Die Worte kamen leise.

Lisbeth legte eine Hand hinters Ohr. «Was hast du gesagt?»

«Ich kann Euch die Zukunft aus der Hand lesen, auch einiges über das Kind sagen, das Ihr erwartet.»

Lisbeth setzte sich. «Das ist Ketzerei, was du sagst. Weißt du das?»

Das Mädchen sah stumm auf den gefliesten Küchenboden.

«Ich kann dich anzeigen», drohte Lisbeth. «Du weißt, was mit Frauen wie dir geschieht? Man darf dem Herrgott nicht ins Handwerk pfuschen.»

Sie drückte das Mädchen zurück auf die Bank, rückte nahe an sie heran, sodass ihre Schultern sich beinahe berührten.

«Jetzt lass sie doch», warf Ruppert ein.

Lisbeth fuhr herum, zeigte mit dem Finger auf ihren Mann: «Du sei still. Hast uns ja das hier alles eingebrockt.»

Sie schob ihren Ärmel hoch, streckte dem Mädchen ihre rechte Hand hin. «Da, lies, was drinnen steht. Aber ganz genau, ich will alles wissen.»

Das Mädchen schüttelte den Kopf. «Die linke Hand muss es sein. Man liest aus der linken Hand, weil sie vom Herzen kommt.»

«So man ein Herz hat!» Rupperts Mundwinkel krochen nach oben.

«Halt den Mund!», zischte sein Weib und stieß ihre linke Hand wie einen Vogelschnabel in die Richtung des Mädchens. «Also? Was steht da?»

Das Mädchen betrachtete die Hand der Frau. Vorsichtig griff sie danach, zog sie zu sich heran.

«Ihr habt einen starken Willen», sagte sie. «Hier, das obere Daumenglied ist sehr ausgeprägt.»

Sie hatte vorhin gesehen, wie die Frau ihre Hand zur Faust geballt hatte. Der Daumen lag dabei über Zeige- und Ringfinger, als wolle er sie an einem Ausbruch hindern. Sie setzt ihren Willen durch, wo immer sie kann, hatte das Mädchen gedacht. Sie ist eine Despotin. Wäre sie ein Mann, so würde sie viel zu oft von ihren Fäusten Gebrauch machen.

«Und weiter?» Lisbeth wackelte mit der Hand vor dem Gesicht der Zigeunerin herum. «Was ist mit Geld und Ruhm? Wie lange lebe ich?»

Noch während sie ihre Hand bewegte, stellte das Mädchen fest, dass die Haut einen Stich ins Gelbe aufwies. Trotz, dachte die Zigeunerin. Gelbe Hände stehen für Trotz, Leidenschaft, gieriges Wesen und galliges Temperament. Ich muss vorsichtig sein. Das zweite Glied des Daumens ist ziemlich kurz. So kurz wie ihr Verstand. Ich muss nicht nur vorsichtig, ich muss geradezu auf der Hut sein. Ein falsches Wort von mir, und sie übergibt mich der Inquisition.

Sie zog die Hand der Schwangeren näher zu sich, fuhr mit dem Zeigefinger eine Linie nach, die sich als Halbkreis vom Handgelenk neben dem Daumenballen nach oben bis zum Zeigefinger zog. «Seht her, das ist Eure Lebenslinie. Sie ist ziemlich lang.»

«Was heißt das? So lass dir doch nicht jedes Wort aus der Nase ziehen.»

«Ihr werdet Eure Freunde überleben, aber vor Euren Feinden sterben.»

Lisbeth sah die Zigeunerin mit zusammengekniffenen Augen an. «Und wer steht dann an meinem Grab?», fragte sie.

Die Zigeunerin zögerte. «Vielleicht könntet Ihr Eure Feinde zu Euern Freunden machen? Aber bis dahin vergeht noch viel Zeit.»

«Meine Feinde können mir den Buckel runterrutschen.» Lisbeth fuhr unruhig auf der Bank hin und her. «Was ist mit Geld und Ruhm?»

Das Mädchen zog die Hand noch dichter vor ihr Gesicht. Die Ruhmlinie, dachte sie. Wo ist bei dieser Frau die Ruhmlinie? Normalerweise befindet sie sich am Zeigefinger, geht direkt vom unteren Fingerglied in den Venusberg, den Daumenballen, aber hier ist nichts, rein gar nichts.

Das Mädchen wusste, was dies zu bedeuten hatte. Und sie wusste auch, dass die Handleserehre es verbot zu lügen. Sie war ein Mädchen mit Ehre und stahl nur, wenn es sich nicht umgehen ließ. Aber sie hatte noch nie gelogen.

«Der Ruhm, ja», sagte sie und drückte die Hand der Schwangeren ein wenig zusammen, in der Hoffnung, dass auf diese Art doch noch eine Linie sichtbar wurde. Doch da war nichts. «Der Ruhm», sagte sie schließlich und seufzte dabei, «muss hart erarbeitet werden.»

«Wie? Willst du etwa sagen, dass ich nicht hart arbeite?» Lisbeth zog mit einem Ruck ihre Hand zurück und funkelte das Mädchen zornig an.

«Nein, ich wollte gar nichts sagen. Ich lese nur, was in der Hand steht. Aber was wäre denn ein Ruhm wert, der nicht selbst erarbeitet ist?»

Lisbeth sah zu Ruppert. Der nickte. «Sie hat recht, Liebes.»

Lisbeth schob die Unterlippe schmollend vor, dann stieß sie ihre Hand wieder in Richtung des Mädchens. «Geld. Du hast nichts über Reichtum gesagt. Was ist damit?»

Das Mädchen zögerte.

«Was ist? Kannst du auf einmal nicht mehr lesen?»

Die Zigeunerin sah, wie sich der Kopf der Schwangeren plötzlich rot färbte. Ihre Lippen waren zusammengepresst, als ob sie Schmerzen leide.

«Geht es Euch gut?», fragte sie besorgt.

«Ja, ja. Es ist nichts, hat Zeit, bis du mir gesagt hast, wie viel Geld ich haben werde.»

Das Mädchen sah nur noch flüchtig in die Hand. «In Eurer Geldbörse wird immer das Nötige vorhanden sein.»

«Reichtum. Ich habe von Reichtum gesprochen. Guck genau hin.»

Mit dem Finger fuhr das Mädchen eine Linie entlang, stieß dabei auf eine zweite, die sie zusammenzucken ließ. Gütiger Gott, dachte sie. In ihrer Hand ist ein Ort des Todes und der Verdammnis eingezeichnet. Genau dort, wo sonst die Geldlinie liegt. Und die Saturnlinie wird an einer bestimmten Stelle vom Venusgürtel begrenzt. Das ist der Ort der Feinde.

Ohne es zu bemerken, presste das Mädchen die Hand der Schwangeren fest zusammen, schaute noch einmal genau hin – und ließ die Hand dann fahren, als wäre sie glühend heiß.

«Was ist?», schrillte Lisbeth. Auch Ruppert war hinzugetreten, sah auf die Hand seiner Frau, in die aufgerissenen Augen des Mädchens.

«Nichts», stammelte die Zigeunerin. «Nichts, ich habe nichts gesehen. Es ist dunkel, vielleicht sollte ich morgen noch einmal schauen.»

«Das Mädchen hat recht. Es ist spät, Lisbeth, wir sollten alle zu Bett gehen.»

Ruppert legte seiner Frau eine Hand auf die Schulter, doch Lisbeth rührte sich nicht. Sie saß wie angenäht, den Blick starr auf das flackernde Licht der Kerze. «Mir wird … mir wird so komisch», keuchte sie. Schweiß trat auf ihre Oberlippe, ihre Augen bekamen einen fiebrigen Glanz.

Sofort sprang das Mädchen auf, legte beide Hände auf den dicken Bauch, stieß dann Luft zwischen den Zähnen hervor.

«Jemand sollte die Hebamme holen», sagte sie leise, aber so bestimmt, dass Ruppert wortlos nach der Öllampe griff und das Haus verließ.

Lisbeth war unterdessen kreidebleich geworden. Ihre Finger hatten sich in den Rand der Tischplatte gekrallt, sodass die Knöchel weiß hervortraten. Ihre Augen quollen beinahe aus den Höhlen, fixierten das Mädchen. «Hast du mich verhext?», fragte sie.

Das Mädchen schüttelte den Kopf. «Ich bin keine Hexe, ich bin Zigeunerin. Nur aus der Hand lesen kann ich, sonst nichts.»

«Hilf mir hoch!» Lisbeth hatte eine Hand vom Tisch gelöst und griff nach dem Mädchen. «Ich will aufstehen, will weg von dir.»

Das Mädchen fasste den Oberarm der Frau und zog daran so fest sie konnte. Langsam kam Lisbeth nach oben, das Gesicht schmerzverzerrt. Stoßweise kam der Atem aus ihrem offenen Mund. Die Kleider klebten ihr am Leib.

Da schrie sie plötzlich auf, und eine grüne Flüssigkeit schoss aus dem Leib der Frau.

Vorsichtig und unter Aufbietung aller Kräfte bettete die Zigeunerin die Frau auf die Küchenbank, schob ein Kissen unter ihren Kopf. Die Frau starrte sie an, doch das Mädchen wusste nicht, ob die Schwangere überhaupt etwas wahrnahm.

Dann entfachte sie das Feuer in der Kochstelle und stellte den gefüllten Wasserkessel darauf. Dabei blickte sie immer wieder zu Lisbeth, deren Gesicht in Schweiß gebadet war. Ihr Mund war halb geöffnet, wimmernde Laute waren zu hören, der hohe Bauch bewegte sich von Zeit zu Zeit in Wellen.

Das Mädchen füllte einen Becher mit Wasser, gab der Frau zu trinken, saß bei ihr, hielt ihre Hand und betete halblaut zu Gott, dass die Hebamme kommen möge. Dabei hielt sie den Blick fest auf die linke Hand der Schwangeren gerichtet, als könnten ihre Blicke auslöschen, was sie darin gelesen hatte.

Als das Wasser im Kessel zu kochen begann, stürzte Ruppert in die Küche, eine dürre ältere Frau mit harten Augen im Schlepptau.

«Was ist passiert?» Die laute Stimme der Hebamme hallte durch den Raum.

«Da.» Das Mädchen wies auf die grünliche Pfütze am Boden. «Ihr ist Wasser abgegangen.»

Die Hebamme tunkte einen Finger in die Nässe, roch daran, verzog das Gesicht ein wenig und leckte den Finger dann ab.

«Es wird höchste Zeit. Sie hat das Kind schon viel zu lange im Bauch.» Dann krempelte sie sich die Ärmel hoch und fuhr der Hausfrau unter den Rock, ohne sich vorher die Hände zu waschen.

Das Mädchen stand dabei, bereit, auf jeden Zuruf zu reagieren.

«Los, bring ein Handtuch.»

«Hole Wasser.»

«Eine Schere, rasch.»

Als das Kind endlich auf die Welt gebracht war, Lisbeth ohne Bewusstsein lag und die Hebamme sich eine blutbeschmierte Schürze vom Leib riss, war das Mädchen so erschöpft, als hätte sie selbst gerade geboren.

Sie hielt ein angewärmtes, weiches Leinentuch bereit, hüllte das Kind darin ein, wiegte es in den Armen, klopfte sanft auf seinen Po. «Mein Guterle, mein Herzensschönchen», sagte sie und lachte auf, als es zu schreien begann.

Die Hebamme warf ihr einen Blick zu. «Kümmere dich um das Kind, ich habe mit der hier zu tun. Lass den Vater zum Pfarrer gehen, besser ist besser.»

In diesem Augenblick schlug das Kind die Äuglein auf. Das Mädchen erstarrte, schaute wie gebannt auf das winzige Kind, auf sein Gesicht, auf seine Augen, von denen eines blau und das andere braun war.

Zweites Kapitel

Rosamund schlich an Tonias Hand die Straße entlang, blieb stehen, um einem Kätzchen beim Spielen zuzuschauen. Es war noch früh am Morgen, und das gerade fünf Jahre alte Mädchen war noch müde.

«Warum müssen wir immer so früh aus dem Haus?», fragte sie.

Tonia, angetan in ein Kleid aus blauem Tuch, seufzte. «Das weißt du doch, Schönchen. Ich habe es dir so oft schon erklärt.»

«Sag es noch einmal.»

«Deine Mutter hat es angeordnet. Sie möchte nicht, dass dich viele Leute sehen.»

Das kleine Mädchen nickte. «Weil ich Teufelsaugen habe, stimmt es?» Sie lachte, stieß mit dem Fuß einen Kiesel vor sich her. «Deshalb muss ich auch die Augenbinde tragen. Damit die Leute keine Angst vor mir bekommen.»

Sie deutete mit dem Finger auf das schmale Tuch, welches ihr linkes Auge bedeckte, zupfte ihre Kinderfrau am Ärmel. «Warum wäre es denn so schlimm, wenn andere Leute vor mir Angst haben?»

«Die Menschen verstehen nicht, weshalb du ein braunes und ein blaues Auge hast. Das ist so ungewöhnlich, dass sie denken, der Teufel hatte dabei seine Hand im Spiel. Dazu kommt, dass deine Mutter nach deiner Geburt sehr krank war, dem Tode nahe, und keiner erklären konnte, warum. Na ja, und was die Menschen nicht verstehen können, das bekämpfen sie. Sie denken, deine Augen bringen Unglück.»

«Und deshalb musst du auch das komische Kleid tragen und deine Ohrringe und Armbänder ablegen, nicht wahr?»

«Ja. Die Menschen mögen keine Teufelsaugen und sie mögen auch keine Zigeunerinnen. Von uns heißt es, wir würden stehlen und manche von uns könnten zaubern. Ich hatte ein Neugeborenes und deshalb Milch, als du auf die Welt gekommen bist. Deine Mutter konnte dich nicht nähren, also blieb ich bei euch.»

«Und dein Kind?»

«Rosamund, ich habe dir das alles schon so oft erzählt. Du weißt doch, dass die anderen Zigeuner meiner Familie es mitgenommen haben. Es wächst bei ihnen auf, und ich bin sicher, dass es ihm gutgeht. Und jetzt lass uns unser altes Spiel spielen. Sieh dir die Hände der Leute an, denen wir begegnen, und sage mir, was du aus ihnen gelesen hast.»

Inzwischen waren sie auf dem Markt angelangt. Stand reihte sich an Stand, Bude an Bude. Am Rande des Marktes saß ein Junge und bewachte zwei fette Ferkel, die im Abfall herumwühlten, daneben lagen mehrere Hühner, die an den Beinen zusammengebunden waren.

Von den Fleischbänken her drang ein süßlich schwerer Geruch. Fliegen schwirrten umher, setzten sich auf blaue Hammelbeine, gelbe Schweinsköpfe, graue Rinderzungen. Blutige Klumpen waren über die Bänke verteilt, Hirn lag neben Rinderlungen, Kalbsnieren und dunkelroten Schweinslebern.

Das Mädchen betrachtete den Schlachter. Er hatte rote Hände, seine Fingernägel waren blutverkrustet. Sie sah genau hin, als er einen augenlosen Lämmerkopf vom Haken riss, sah, wie er in den Eimer mit den Ochsenaugen griff und so fest zupackte, dass eines der Augen zwischen seinen Fingern zerquetscht wurde.

«Na, Mädelchen, was ist denn mit deinem Äuglein passiert», wurde sie von einer Frau mit Henkelkorb und grünem Halstuch gefragt. Rosamund starte auf ihre Haube, die aus blauem Stoff war und sich mit dem Grün des Halstuchs biss.

Mit dem Finger wies die Frau auf Rosamunds Augenbinde. Das Mädchen schluckte, zog die Unterlippe zwischen die Zähne und sah sich nach Tonia um. Die aber feilschte mit dem Schlachter um ein Kuheuter, das an manchen Stellen bereits grünlich schimmerte.

«Kannst du nicht antworten, Kind?» Die Stimme der Frau war streng geworden. «Ich habe dich etwas gefragt. Hast du nicht gelernt zu gehorchen?»

Rosamund schluckte, sah zu dem Eimer mit den Ochsenaugen, duckte sich vor der Stimme der Frau. Die streckte ihre Hand so weit aus, dass ihr Finger fast die Binde berührte. Rosamund wich zurück. Die Frau machte ihr Angst. «Ich … ich …», stammelte sie, während die Hand der Frau vor ihrem unbedeckten Auge hin und her schwirrte.

Da trat die Frau noch einen Schritt vor, riss Rosamund die Binde vom Kopf. Mit aufgerissenem Mund stand sie da. «Teufelsaugen», flüsterte sie und bekreuzigte sich. Dann packte sie ihren Korb fester, lief eilig davon, blieb zwei Stände weiter stehen, zeigte mit dem Finger auf das Kind und rief etwas lauter: «Teufelsaugen. Die da hat Teufelsaugen.»

Rosamund kehrte ihr den Rücken. Sie beobachtete den Schlachter, und als der nicht hinsah, nahm sie ein Ochsenauge aus dem Eimer, schob es sich unter die Binde und richtete sie so, wie sie sie sonst immer trug.

Tonia hatte von all dem nichts bemerkt. Sie legte das Kuheuter in ihren Korb, nahm Rosamunde bei der Hand und zog sie weiter. Das Mädchen machte sich steif, stemmte die Fersen in den Boden. «Nicht dort entlang», rief sie.

Tonia blieb stehen. «Was hast du nur? Wir gehen immer dort entlang. Und wenn du brav bist, bekommst du bestimmt wieder einen süßen Kringel von der Bäckersfrau.»

«Nicht da entlang», beharrte das Mädchen und machte sich noch steifer.

Tonia schüttelte den Kopf, gab ihr einen Klaps auf den Rücken und zerrte sie hinter sich her.

«Da ist sie», rief auf einmal direkt vor ihr die Frau mit dem grünen Halstuch. «Das Mädchen mit den Teufelsaugen.»

Eine Haubenmacherin beugte sich über ihren Ladentisch, betrachtete Rosamund und ihre Kinderfrau. Zwei Mägde blieben stehen, stellten die Körbe zu Boden und verschränkten die Arme vor der Brust. Am Ende des Ganges schlenderte ein Marktaufseher, den Knüppel fest in der Hand.

«Da ist das Teufelsbalg. Ich habe die Augen gesehen. Ein Zauberkind. Seht zu, dass es nichts anpackt mit seinen Teufelspfoten, auf dass euch die Ware nicht verderbe.»

«Ach was», widersprach die Haubenmacherin. «Das ist die kleine Rosamund vom Weißbinder Hoffmann. Sie kommt oft hierher. Ein liebes Kind, bisschen maulfaul vielleicht und schüchtern. Die tut niemandem was, hat mehr Angst vor Euch.»

«Wollt Ihr sagen, ich lüge?», zeterte die Frau mit dem grünen Halstuch. «Gleich beweise ich es Euch.»

Sie trat zu Rosamund und riss ihr wieder die Binde ab und gleichzeitig den Mund auf zum Schrei. Auch die beiden Mägde kreischten los, die Haubenmacherin rang nach Luft und musste sich am Ladentisch halten. Das Ochsenauge aber fiel zu Boden, rollte ein paar Meter und blieb direkt vor den Füßen der Halstuchfrau liegen.

Alle starrten auf das Auge, dann zu dem Kind, welches den Kopf senkte und mit dem Fuß ein Kreuz in den Wegstaub malte.

Tonia fasste sich zuerst, zerstörte das Kreuz, richtete Rosamunde die Binde, bückte sich sodann nach dem Ochsenauge, warf es in den Weidenkorb. «Oh, das muss mir aus dem Korb gefallen sein. Mein Herr, der Weißbinder, liebt es, wenn Ochsenaugen in seiner Suppe schwimmen.»

Die Frau mit dem grünen Halstuch verzog angewidert den Mund, trat einige Schritte zurück und bekreuzigte sich. «Das magst du erzählen, wem du willst. Ich habe gesehen, wie das Auge aus dem Kopf des Mädchens gefallen ist.»

Sie wandte sich an die Haubenmacherin: «Ihr habt es doch auch gesehen, oder?», und dann an die beiden Mägde. Aber die schüttelten nur den Kopf und stiebten davon, dass die Röcke flogen, während die Haubenmacherin mit bleichem Gesicht auf den Boden stierte, als könnte sie das Kreuz noch immer dort sehen.

Tonia blieb ganz ruhig. Sie schaffte es sogar zu lächeln. «Ich weiß nicht, was Ihr gesehen habt, gute Frau. Die Sonne steht noch tief, vielleicht hat das Licht Euch getrogen. Das Auge ist mir aus dem Korb gerollt. Und meine Rosamund hier hat ein Gerstenkorn, deshalb trägt sie die Binde. Seit Geburt hat sie es. Es juckt und kribbelt. Ihr wisst ja, wie Kinder sind. Hätte sie die Binde nicht, weiß der Himmel, was sie sich ins Auge schmieren würde, damit das Jucken aufhört. Verwachsen wird es sich mit der Zeit. Wie so vieles, was Kinder an sich haben.»

Sie nickte der Frau mit dem grünen Halstuch zu, grüßte die Haubenmacherin, die noch immer Halt an ihrem Stand suchte, und ging mit Rosamund davon.

Sobald sie den Markt hinter sich gelassen hatten, begann Rosamund an Tonias Hand zu ziehen. «Du hast gesagt, ich soll mir die Hände anschauen. Willst du wissen, was ich gesehen habe? Der Schlachter hatte rote Hände.

Also ist er gesund und gutmütig. Vielleicht sogar ein bisschen dumm. Die Fingernägel sahen aus wie Spatel. Das bedeutet, er arbeitet viel und ist manchmal rücksichtslos. Ist es so, Tonia? Habe ich richtig gelesen?»

«Ja, das hast du gut gemacht. Genau so stand es in seiner Hand.»

«Ja, aber die Frau mit dem grünen Halstuch, deren Hände waren ganz anders. Grau waren sie, als wären sie mit Asche überzogen. Das heißt, dass sie krank ist, nicht wahr? Als sie mit der Hand vor meinem guten Auge gewedelt hat, habe ich in ihrer Handfläche Punkte gesehen, daneben ein Kreuz. Was heißt das, Tonia? Was steht da in der Hand?»

«Was?» Die Kinderfrau wirkte aufgeschreckt. «Du hast ein Kreuz gesehen? Beschreibe es mir.»

Rosamund blieb stehen, verschränkte die Arme. «Ich habe keine Lust mehr. Ich mag nicht mehr beschreiben. Ich möchte einen Kringel.»

Tonia hockte sich vor das Kind, legte ihm beide Hände auf die Schultern. «Du musst, mein Schönchen, es ist wichtig. Mach die Augen zu, denke gut nach und dann sage mir, was du gesehen hast.»

«Und dann kriege ich einen Kringel?»

«Ja, aber jetzt sage mir, was du gesehen hast.»

Tonias Stimme war so eindringlich, dass das Mädchen auf der Stelle die Augen schloss. «Das Kreuz stand auf einer gebogenen Linie. Und es befand sich unter der Daumenwurzel im oberen Teil des Venusberges. So, jetzt weißt du es.»

Rosamund riss die Augen auf. Tonia aber war erstarrt. «Das stehende Kreuz», flüsterte sie. «Plötzlicher Tod und Verlust der Seele.» Sie packte das Kind bei der Hand und zog es so schnell hinter sich her, dass Rosamund kaum folgen konnte.

«Hast du alles besorgt?», gellte Lisbeths Stimme durch das Weißbinderhaus.

«Ja, Herrin», rief Tonia die Treppe hinauf und packte in der Küche die Einkäufe aus dem Korb auf den Tisch, während Rosamund auf der Bank saß und mit den Beinen schlenkerte.

«Ist das Kuheuter auch frisch?» Die Stimme war auf einmal direkt hinter ihr.

Tonia fuhr herum, schrie auf und ließ dabei zwei Eier zu Boden fallen.

Sofort schlug Lisbeth nach ihr, doch sie traf nicht. «Tölpel, dreckiger. Mach das weg, aber rasch!»

Dann inspizierte sie das Euter, drückte ihre Finger in das weiche Fleisch, bohrte ein wenig darin herum. «Der Schlachter hat dich übers Ohr gehauen. Das Kuheuter war vielleicht mal frisch, aber das ist schon eine Weile her.»

Tonia schluckte. «Er war günstig, Herrin.»

Sie legte das Wechselgeld vor Lisbeth auf den Tisch und nahm einen Lappen zur Hand. Lisbeths Miene erhellte sich, als sie die vielen Weißpfennige sah.

«Hmm, na gut. War sonst noch was?»

Tonia wischte auf Knien den Boden, schüttelte den Kopf, ohne aufzusehen.

Rosamund, die bisher von ihrer Mutter keines Blickes gewürdigt worden war, begann zu sprechen. «Eine Frau mit einem Halstuch hat bemerkt, dass ich Teufelsaugen habe. Sie hat mir die Binde einfach vom Kopf gerissen und angefangen zu schreien. Und außerdem hatte sie ein Todeskreuz in der Handfläche und graue Aschehände.»

Tonia auf dem Boden hielt inne. Lisbeth stürzte die Arme in die Hüften. Ihre Stimme war nur noch ein Zischen. «Stimmt das?»

Tonia rührte sich nicht. Sie kniete auf dem Boden, den Lappen halb erhoben.

«Ob das stimmt, will ich wissen.» Lisbeth versetzte der Magd einen Tritt in den Hintern. «Sieh mich an, wenn ich mit dir rede!»

Tonia ließ den Lappen sinken, wandte den Kopf zu ihrer Herrin und nickte.

Lisbeth beugte sich zu ihr herunter, die Hände noch immer in die Seiten gestützt. «Du weißt, was das bedeutet, Zigeunerschlampe?»

Tonia nickte, und Rosamund sah, dass sie am ganzen Leib zitterte.

Drittes Kapitel

Am nächsten Vormittag, Tonia schrubbte auf dem Hof die Wäsche und Rosamund spielte zu ihren Füßen, begann unvermutet die Totenglocke der nahen Kirche zu läuten.

Tonia fuhr hoch, streckte den Rücken, trocknete die Hände an ihrer Schürze ab und sah zu Rosamund, die unverdrossen weiterspielte. «Ich komme gleich zurück. Sei brav, ja?»

Rosamund nickte.

In der Küche traf Tonia auf Lisbeth. «Habt Ihr es auch gehört, Herrin?»

Lisbeth nickte mit verkniffenen Lippen. Sie war schmal geworden nach ihrer schweren Krankheit, hielt den Rücken leicht gebeugt. Ein mürrischer Zug hatte sich von den Nasenflügeln bis hinab zu den Mundwinkeln gegraben. Zwischen ihren Brauen stand eine steile Falte.

Tonia trat von einem Bein auf das andere. Obwohl sie nur drei Jahre jünger war als Lisbeth, wirkte sie neben ihr wie ein Mädchen. «Was ist, wenn die Totenglocke …»

Sie brach ab, starrte ihre Herrin an.

«Was soll dann sein?», fragte Lisbeth zurück. «Meine Familie hat sich nichts vorzuwerfen. Wir waren immer anständige Leute. Und gutherzig. Gott weiß es, viel zu gutherzig, sonst hätten wir dich nicht schon seit Jahren hier im Haus.»

Tonia wollte aufbegehren, wollte sagen, dass sie nur Rosamunds wegen hiergeblieben war, dass sie es war, die sie an ihrem Busen genährt hatte, und dass auch sie es gewesen war, die die kranke Lisbeth gepflegt hatte. Einen Säugling und eine kranke Frau. Tag und Nacht. Woche für Woche. Keine leichte Arbeit.

«Habt Ihr dem Herrn davon erzählt?», fragte Tonia noch leiser.

«Dass du uns alle in Gefahr gebracht hast? Natürlich habe ich es ihm erzählt. Damit er endlich begreift, welche Schlange wir da an unserem Busen nähren.»

Lisbeth schob den Kopf nach vorn, zischte jetzt: «Oder denkst du, ich habe nicht bemerkt, dass dein Mieder nur halb geschnürt ist, sobald Ruppert zur Tür hereinkommt? Meinst du, mir ist entgangen, wie du ihm um den Bart streichst? «Mag der Herr noch ein Stück vom Braten?», «Soll ich eine Kanne Wein für den Herrn holen?», «Ist dem Herrn die Bettdecke weich genug?», äffte sie Tonia nach. «Hast du je nach mir gefragt? Ob mir die Decke weich genug ist?»

Tonia sah zu Boden. Natürlich hatte sie gefragt, das wusste sie genau. Aber Ruppert, der Herr, er war freundlich zu ihr. Immer. Nie hatte er sie dreckig genannt, nie Zauberweib oder Schlimmeres, wie die Herrin so oft.

«Was hat der Herr gesagt?», fragte sie mit zitternder Stimme nach.

«Der Herr, der Herr. Siehst du jetzt, wie undankbar du bist? Ich biete dir ein Dach über dem Kopf, sorge für dich wie für meine eigene Schwester, aber du fragst nur nach dem Herrn. Was soll er schon gesagt haben? Gehe lieber rüber zur Kirche und frage, für wen da geläutet wird, dann weißt du es. Aber beeile dich, die Wäsche macht sich nicht von allein.»

Tonia nickte, eilte aus dem Haus, hastete die Michelsgasse entlang bis auf den Römerberg, auf dem die Nikolaikirche stand. Es war die Kirche der einfachen Leute, die Gemeinde derer, die in den Vierteln nahe der Vorstadt wohnten, sich von ihrem Handwerk ernährten.

Eine kleine Menschenmenge hatte sich bereits eingefunden. Auch die Haubenmacherin war unter ihnen. Schüchtern trat Tonia zu ihr. «Wer ist es?», fragte sie leise. «Für wen wird hier geläutet?»

Die Haubenmacherin schrak zurück, spuckte Tonia vor die Füße, bekreuzigte sich dann mit verdrehten Augen und rannte beinahe davon. Tonia wandte sich an einen älteren Mann im gestopften Wams, der einen Eimer mit Fischen in der Hand hielt.

«Die Frau eines Tuchmachergesellen hat es getroffen. Gestern Morgen war sie noch quietschgesund, am Abend ging's ihr schon übel, und heute Morgen war sie tot. Man sagt, sie sei verhext worden. Und das grüne Halstuch, das sie getragen hatte am Abend, war heute Morgen ganz verblichen.»

Tonia dankte, dann fasste sie sich an die Kehle, als könne sie das Schwert des Scharfrichters bereits spüren.

Ihr wurde übel, der Boden unter ihr schwankte, schwarze Wolken zogen vor ihren Augen vorüber, wurden dichter und dunkler. Dann sah sie gar nichts mehr, spürte nur, wie sie fiel, doch den Aufprall fühlte sie nicht.

Als sie wieder zu sich kam, lag sie auf einer Bank in der Weißbinderwerkstatt. Ruppert stand vor ihr: «Gott sei Dank, ich hatte Sorge um dich.»

Behutsam legte er ihr einen kühlen Lappen auf die Stirn, während sie sich aufrichtete und ein paar Schlucke Wasser aus einem Becher trank.

Neben Ruppert stand der Mann vom Römerberg. «Ja, die Weiber», sagte er und kratzte sich am Kopf. «Sie nehmen sich alles so zu Herzen und fallen bei jedem bisschen gleich in Ohnmacht. Und jetzt im Frühling, wenn alles wieder erwacht, da sind sie wohl noch schwach vom Winter.»

Ruppert gab ihm einen Viertelgulden, bedankte sich. «Ich denke, wir kommen jetzt allein klar. Sie braucht ein wenig Ruhe, dann wird es schon wieder.»

Der Mann biss auf den Gulden, nickte zufrieden, dann hob er die Hand zum Gruß und verließ die Werkstatt.

Ruppert setzte sich neben Tonia auf die Bank und nahm ihre Hand. «Du musst weg», sagte er. «Ein Wunder war's, dass es so lange gutging.»

Er hatte die Stirn in Falten gelegt, seinen Augen fehlte der Glanz. Müde sah er aus und einsam, fand Tonia. Sie schüttelte den Kopf. «Ich kann nicht weg. Ich muss bleiben. Ob ich will oder nicht.»

Jetzt nahm Ruppert beide Hände der jungen Zigeunerin in seine. «Du musst. Es ist keine Frage des Wollens. Du musst, wenn du dein Leben retten willst.»

Sie sah ihn mit großen Augen an. «Und was wird dann aus Rosamund?», fragte sie.

Ruppert antwortete nicht, sondern blickte zu Boden. «Ich weiß nicht, wie ich je an dir gutmachen kann, was du für uns getan hast», sagte er leise. Und Tonia antwortete: «Es ist mein Schicksal. Man kann es sich nicht aussuchen, und deshalb schuldet Ihr mir keinen Dank.»

Am nächsten Morgen klopfte es in aller Herrgottsfrühe an der Tür.

«Was soll der Lärm?» Lisbeth wachte verärgert auf.

«Ich gehe schon», erwiderte Ruppert und zog sich eine Jacke über. Als er die Treppe vom oberen Stockwerk hinunterkam, stand Tonia bereits im Flur. Sie trug dasselbe Kleid, das sie anhatte, als sie zum ersten Mal das Haus in der Weißbindergasse betreten hatte. Ihre Armreifen klimperten leise.

Ruppert zog sie an sich, presste ihren schmalen Körper an seine breite Brust. «Wir machen nicht auf», flüsterte er. «Wir machen einfach nicht auf.»

«Ihr wisst, dass es nicht geht», antwortete Tonia.

Es klopfte wieder, und dieses Mal so heftig, dass das Türblatt bebte.

Tonia wand sich aus Rupperts Armen. «Wir sehen uns wieder», sagte sie leise. «In unseren Träumen werden wir uns begegnen.» Dann riss sie sich ein billiges Kettchen vom Hals mit dem Anhänger der heiligen Elisabeth von

Thüringen. «Hebt es auf für Rosamund. Vielleicht wird sie es einmal brauchen.»

Dann atmete sie tief ein und öffnete die Tür.

Draußen standen zwei Büttel. Einer hielt einen Knüppel, der andere einen Strick.

«Tonia Zigeunerin?», fragte der eine Büttel.

«Ja, das bin ich.»

Hinten im Haus auf der Treppe wurden Schritte laut. Lisbeth, gehüllt in einen Umhang, schlurfte heran, schob Tonia beiseite. «Was wollt Ihr Knechte von meiner Magd?», blaffte sie. «Ich bin ihre Herrin. Wenn etwas ist, so müsst Ihr zuerst mit mir sprechen.»

Der Büttel, der den Strick in der Hand trug, räusperte sich, holte aus einer ledernen Hülle ein zusammengerolltes Pergament. «Sie muss mit zum Malefizamt.»

«Und weshalb? In der Küche steht kein Frühstück auf dem Tisch, der Herd ist nicht geheizt, ein Teil der Wäsche noch in der Bleiche. Wer soll das alles besorgen, wenn Ihr sie mitnehmt?»

«Sei still jetzt, Weib. Hier spricht das Gesetz, dem auch du dich zu beugen hast.»

Lisbeth ließ sich so schnell nicht kleinkriegen. «Weswegen Ihr den Tölpel von der Arbeit wegholt, will ich wissen!»

Tonia stand ein Stück hinter Lisbeth. Sie war blass bis in die Lippen. Ruppert streichelte unbemerkt von Lisbeth ihren Rücken.

Der Büttel entfaltete das Pergament, zeigte das Siegel vor, dann las er: «Tonia Zigeunerin wird beschuldigt der

Zauberei zum Nachteil der Gudrun Weberin, Weib des Tuchmachergesellen Wolfgang Weber. Die Weberin hat dabei ihr Leben lassen müssen.»

«Wer behauptet so etwas?» Ruppert hatte sich vor seine Frau geschoben.

«Es gibt eine Zeugin, eine ehrbare Frau von gutem Ruf und aus anständigem Hause, die regelmäßig den Gottesdienst besucht und einem ordentlich eingetragenen Handwerk nachgeht. Zudem zwei angestellte Mägde ohne Bürgerbrief, aber mit gut beleumundeten Herrn.»

«Und was sagt diese ehrbare Frau? Was sprechen die Mägde?»

Der Büttel rollte das Pergament weiter auf. «Dass die Tonia Zigeunerin in aller Öffentlichkeit auf dem Markt die Gudrun Weberin verhext hat. Mit der Schuhspitze hat sie ein Kreuz auf den Boden gemalt und dazu die Augen verdreht, die Zähne gefletscht und Flüche ausgestoßen. Auch ein von der Stadt besoldeter Marktaufseher hat es gesehen. Zudem ist die Tonia Zigeunerin ein unehrliches Weib ohne Stand und Brief, mit üblem Leumund und dem Gericht in Frankfurt nicht unbekannt.»

Der Büttel rollte das Papier zusammen. «Was wollt Ihr noch, Bürger?»

Ruppert schwieg. Seine Schultern hingen noch tiefer als sonst, der Nacken war gebeugt. Tonia drängte sich an ihm vorbei, trat vor den Büttel und hielt ihm beide Hände hin.

«Und wer heizt jetzt den Herd? Wer besorgt die Wäsche und den Haushalt?», schrillte Lisbeth.

Während der eine Büttel einen derben Strick um Tonias Handgelenke wand, schob sich der andere zu Lisbeth vor. Er hob die rechte Hand und drohte ihr mit dem Zeigefinger. «Weißt du nicht, vorlautes Weib, wie du der Obrigkeit zu begegnen hast? Du warst es, die dem Miststück da» – er wies auf die gebundene Tonia – «Obdach gegeben hast. Vielleicht wusstest du ja von der Zauberei der Zigeunerin?»

Lisbeth schrak zurück. «Aber nein, ehrenwerter Stadtknecht. So wahr mir Gott helfe, von den Machenschaften der Frau haben wir nichts gewusst.»

Sie stutzte einen Augenblick, dann stieg eine leichte Röte in ihre Wangen. Sie winkte den Büttel zu sich. «Im Gegenteil. Bezeugen kann auch ich, wie böse dieses Weib ist. Als ich niederkam, da war sie in meinem Hause, jawohl. Gemurmelt hat sie. Was, das kann ich heute nicht mehr sagen. Aber grauslich hat sich's angehört. Und angestarrt hat sie mich, dass mir die Sinne schwanden, jawohl. Ihr ahnt ja nicht, was ich ausgestanden habe. Und nach der Geburt, da lag ich elend nieder. Wochen, Monate, und kein Arzt konnte helfen.»

Sie nickte bedeutend mit dem Kopf.

Der Büttel machte eine wegwerfende Handbewegung. «Trotzdem hast du sie behalten?»

Lisbeth zuckte mit den Achseln. «Was sollte ich tun? Ich bin nur ein schwaches Weib, welches seinem Mann gehorcht.»

Sie deutete mit dem Finger auf Ruppert. «Er war's. Er wollte sie behalten.»

Der Büttel sah zu dem Weißbinder. «Stimmt das?»

Ruppert nickte. «Ja. Ich wollte die Tonia behalten. Mit gutem Grund. Die Meine war elend, das Kind schrie vor Hunger. Die Tonia, die hat sie mit ihrer eigenen Milch genährt. Der Hebamme war's recht. Milch ist Milch, hat sie gesagt. Und wenn die Zigeunerin das Mädchen nicht genommen hätte, so wäre uns das arme Ding gestorben. Hätte ich mein eigen Fleisch und Blut vielleicht aufgeben sollen, nur weil die Tonia eine Zigeunerin ist?»

«Hättest dir eine andre suchen können», warf der zweite Büttel ein.

«Schon, schon, aber Eile war geboten. Und die Tonia hat nicht lange gefragt, was als Lohn zu erwarten wäre, sie hat gehandelt. Und wegen des Geldes sind wir uns immer einig geworden. Ich bin Weißbinder, kein Patrizier, komme gerade so über die Runden. Da kann ich keine Ansprüche stellen. Und dann, als mein Weib wieder gesund war, da hatte sich die Kleine an die Tonia gewöhnt, und mein Weib wollte nicht ran an das Kind, weil sie wegen seiner Geburt so viel erlitten hat. Die Tonia hat überall angepackt, und die Meine hat's gern gesehen, wenn das Haus geschrubbt war.»

Der ältere Büttel hob die Hand. «Ist schon recht. Mit meinem Weib war's auch nicht einfach nach dem ersten Kind. Mach der deinen noch ein paar, damit sie sich gewöhnt.»

Dann packte er die Tonia beim Strick und führte sie wie ein Kalb die Gasse hinauf.

Viertes Kapitel

Seit die Mode der Renaissance aus Italien durch die Messe auch nach Frankfurt gekommen war, blühte das Geschäft der Weißbinder. Ganze Bilder wünschte man sich, und der Weißbinder Ruppert Hoffmann war bekannt für seine gute Arbeit. Er war kein Maler, sondern Anstreicher, doch sein Gespür für Farben und Muster und sein Talent, Figuren so zu malen, dass sie für echt gehalten werden konnten, hatte sich in Frankfurt herumgesprochen. Und all jene, die sich keinen Maler leisten konnten, aber unbedingt mit der neuesten Mode gehen wollten, bestellten sich Ruppert Hoffmann und seinen Gehilfen Dietrich ins Haus, um ihre Wohnung mit Fresken zu schmücken.

Rosamund war zwar erst fünf Jahre alt, aber die Vorgänge in der Werkstatt waren ihr vertraut. Sie liebte den Geruch nach Leinöl, Pflanzen und Fett, besonders an Tagen wie heute, an denen die neuen Farben gemischt wurden.

Heute Morgen war eine Lieferung Waid aus Erfurt gekommen. Waid, eine Pflanze, die in Thüringen wuchs, wurde eigentlich von den Färbern verwandt, doch Ruppert Hoffmann benutzte die Druckpaste, den Papp, für seine Fresken.

«Rosamund, Liebes, kannst du in dem Kessel dort rühren?», fragte der Gehilfe Dietrich und strich ihr über die blonden Locken.

Rosamund nickte eifrig, während Dietrich den Kessel füllte.

«Was tust du da rein?», wollte das Mädchen wissen.

«Das ist ein Geheimnis», raunte Dietrich.

Rosamund stülpte die Lippen vor und hörte auf zu rühren.

«Verrate es mir, sonst mache ich nicht mit.»

Dietrich kratzte sich am Kinn und tat, als würde er nachdenken, dann sagte er: «Na ja, dir kann ich das Geheimnis vielleicht anvertrauen, aber du darfst es niemals jemandem sagen.»

Rosamund warf den Kopf zurück. «Ich bin gut in Geheimnissen. Die Tonia hat mir ganz viele davon erzählt. Sogar Todgeheimnisse waren dabei.»

Ruppert, der weiter hinten in der Werkstatt arbeitete, kam herüber. «Was sind Todgeheimnisse?»

«Weißt du das nicht?» Rosamund wunderte sich. «Es sind solche Geheimnisse, bei denen ein Mensch sterben muss, wenn man sie verrät.»

Ruppert hockte sich vor das Mädchen. «Und hast du diese Geheimnisse jemals irgendwem erzählt?»

Rosamund presste die Lippen aufeinander und schüttelte stumm den Kopf.

«Das ist gut so, das ist richtig», lobte Ruppert sie. «Und auch jetzt darfst du nichts davon verraten. Niemandem. Versprichst du das?»

Rosamund nickte ernst. «Wann kommt Tonia wieder?», fragte sie kläglich. Ihre Augen füllten sich mit Tränen.

Ruppert hob die Schultern. «Das weiß ich nicht, mein Kind. Es kann sogar sein, dass sie gar nicht wiederkommt.»

«Doch!» Rosamund stampfte trotzig mit dem Fuß auf den Boden. «Einmal noch muss sie kommen. Sie hat sich nicht von mir verabschiedet.»

Ruppert sah seine Tochter eindringlich an. «Sie kann nicht, mein Schatz. Man hat sie eingesperrt.»

Rosamund nickte. Sie war noch klein, aber es gab viele Dinge, die sie schon verstand, ohne dass die Erwachsenen sie ihr hätten erklären müssen. Sie hatte am Fenster gestanden und zugesehen, wie zwei Männer die Tonia am Strick die Gasse hinaufgeführt hatten.

Sie streckte ihre Hand nach dem Vater aus. «Können wir zu ihr, wenn sie nicht zu uns kann?»

Ruppert stand auf. «Ich werde sehen, was sich machen lässt. Aber jetzt hilf dem Dietrich und danach gehe zu deiner Mutter.»

«Kommt das neue Kind bald?», fragte Rosamund.

Ruppert schüttelte den Kopf. «Es dauert noch eine ganze Weile. Aber bis dahin musst du sehr lieb zur Mutter sein. Sie darf sich nicht zu sehr anstrengen, sonst schadet es am Ende noch deinem Geschwisterchen.»

Wieder nickte das Kind ernsthaft, dann nahm es den Holzlöffel und rührte damit im Kessel.

«Sagst du mir jetzt dein Geheimnis?», fragte sie den Gehilfen Dietrich, als wäre sonst nichts geschehen.

Der Mann nickte. «Im Kessel befindet sich schon das ausgekochte Waid. Du siehst, die Flüssigkeit ist ganz blau. Jetzt geben wir Gummiarabikum, Tonerde, ein Viertelchen Leinöl dazu. Kräftig rühren. Ja, so ist es gut.»

Rosamund hielt den Holzlöffel fest in beiden Händen und rührte, bis sie vor Anstrengung einen roten Kopf bekam.

Dietrich nahm ihr den Löffel aus der Hand. «Genug gerührt. Die blaue Farbe ist fertig. Siehst du, welch schönen Ton sie hat? Jetzt zeige mir, ob du dir gemerkt hast, was Blaustein und Grünspan sind.»

Rosamund hüpfte in die Höhe. «Weiß ich, weiß ich.» Sie trippelte zur Werkbank, holte zwei verschlossene Tongefäße und reichte sie Dietrich.

«Fein. Jetzt kannst du dich an den Tisch setzen und auf die alten Papierreste malen. Wenn du magst, gebe ich dir nachher auch etwas von dem blauen Papp.»

Am Abend brachte die Mutter sie zu Bett. «Erzählst du mir eine Geschichte, so wie Tonia es immer gemacht hat?»

Lisbeth runzelte die Stirn. «Was hat das Zigeunerweib dir für Unsinn aufgetischt?»

«Geschichten eben. Von Leuten, die durch die Welt ziehen und Abenteuer erleben. Von Männern, die gegen Drachen kämpfen, und von schönen Frauen, die in Burgen gefangen gehalten werden.»

Lisbeth schürzte die Lippen, sah auf ihr Kind hinab. «Einen schönen Unfug hat sie dir da erzählt. Und jetzt sitzt sie selbst gefangen in einer Burg.»

Lisbeth pustete die Kerze aus.

«Eine Geschichte. Bitte.»

Lisbeth trat noch einmal an das Kinderbett. «Hör auf mit diesem Zeug, sage ich dir. Das Zigeunerweib ist weg, und das ist für alle gut. Es gibt hier keine Geschichten mehr. Bald wirst du ein Schwesterchen oder ein Brüderchen haben, dann ist sowieso Schluss mit den Kindereien. Du wirst mithelfen müssen. Die Zigeunerin ist nämlich wegen dir weg.»

Das Kind verstummte, drehte sich zur Wand und hielt die Luft an. Erst als die Tür hinter der Mutter ins Schloss fiel, wagte es zu atmen.

Ein paar Tage später, die Mutter war zu Besuch bei ihrer Schwester in Kronberg, kam der Vater nach der Arbeit zu Rosamund. «Wasche dir das Gesicht und kämme dir die Haare. Wir gehen heute zur Tonia.»

«In die Burg? Ins Gefängnis.»

Der Vater seufzte. «Ja. Dorthin. Hole aus der Speisekammer ein paar schöne Äpfel, die nehmen wir der Tonia mit.»

Das Kind strahlte, bürstete das Haar, richtete ihr Kleid, packte aus der Speisekammer alles, was in den Weidekorb passte, lief an der Hand ihres Vaters durch die Frankfurter Gassen, hüpfte vor Aufregung.

Der Vater blieb stumm.

«Was ist? Freust du dich nicht, die Tonia zu sehen?», fragte das Mädchen.

Der Vater klebte sich ein Lächeln ins Gesicht. «Doch,

natürlich. Ich wünschte nur, die Umstände wären anders.»

«Was heißt das?», fragte Rosamund. «Was sind Umstände?»

Aber der Vater schwieg, zog sie sacht vorwärts.

Vor dem Gefängnis blieb Rosamund stehen. Sie hob den Kopf, sah bis zur Spitze des Turmes. In der Dachrinne saß ein großer, schwarzer Vogel und krächzte laut. Es gab ein paar schmale Fenster, eher Schlitze. Die unteren waren mit Eisengittern versehen, die oberen frei.

Alles war still, viel zu still für eine Stadt, bis der Vater mit dem Messingklopfer gegen die mächtige Holztür schlug.

«Wer da?», rief eine bräsige Stimme von innen.

«Ruppert Hoffmann, Weißbinder, gekommen, um Tonia Zigeunerin zu besuchen.»

Rosamund spürte, dass der Vater ihre Hand stärker presste. Sein Gesicht kam ihr bleicher vor als sonst, die Lippen waren grau, und seine Augen glänzten, aber kein Leben war darin.

Sie hörte, wie hinter der Tür schwere Riegel bewegt wurden. Es knirschte, kreischte, schließlich schwang die Tür einen Spalt auf.

Der Vater und Rosamund schlüpften hinein. Hinter der Tür zog sich eine Treppe gewunden nach unten. Links daneben stand ein Tisch, darauf eine Kanne Wein, ein Laib Brot und ein Stück Speck In einem Becken glühte Holzkohle vor sich hin. Rosamund merkte gleich, dass es hier im Turm viel kälter war als draußen. Sie fröstelte, rieb sich die Arme.

«Wie lange willst du bleiben, Weißbinder?», fragte der Wachmann, dessen dicker Wanst über den Hosenbund hing.

«Eine halbe Stunde, wenn es möglich ist.»

«Dann gib mir einen Gulden. Das Kind soll so lange hier warten.» Er wandte sich an Rosamund. «Setz dich auf die Treppe. Halt die Füße ruhig und den Mund geschlossen, dann werden wir gut miteinander auskommen.»

Rosamund sperrte den Mund auf, doch Vaters Hand legte sich blitzschnell darüber. «Ich möchte, dass sie mit mir kommt. Tonia Zigeunerin war ihre Kinderfrau. Das Mädchen hängt sehr an ihr.»

Der Wachmann kicherte. «Hängen, das ist gut. Bald wird sie hängen. Und es ist zu wünschen, dass das Kind dann nicht an ihr hängt.» Er lachte scheppernd, und sein Gelächter hallte in den Mauern des Turmes, als rumple ein Leichenkarren über nasses Straßenpflaster.

«Das kostet nochmal einen Gulden.»

Seufzend kramte der Vater nach dem Geld.

«Und jetzt zeig, was du in dem Korb da hast.»

Der Wachmann wühlte darin herum, holte einen saftigen Schinken raus. «Der bleibt hier. Das Zigeunerweib kann ihn eh nicht beißen.» Er langte auch nach den Äpfeln und nach einem Hartkäsestück. Sogleich hieb er seine Zähne hinein. Er kaute, schmatzte behaglich. «Sag der deinen, sie kauft gute Ware ein. Viel zu schade für das Gesindel hier.» Wieder hieb er seine Zähne in den Käse und quakte mit vollem Mund. «Davon abgesehen, dass die meisten hier eh nicht mehr viel essen können.»

Er setzte sich auf den Stuhl, ließ die Beine auf den Tisch krachen und wedelte mit der Hand in Richtung Treppe.

Der Vater nahm das Mädchen wieder bei der Hand, stieg mit ihm die Treppe hinab. Mit jedem Schritt fror Rosamund stärker. Endlich kamen sie zu einem Gang, der nur von einer einzigen Pechfackel erleuchtet wurde. Flackernde Schatten tanzten an den feuchten Wänden. Rosamund packte die Hand ihres Vaters fester. Links und rechts des Ganges gingen Verliese ab, die mit fingerdicken Eisenstäben verschlossen waren. Von irgendwoher kam ein Stöhnen, anderswo gemurmelte Gebete.

«Wo ist Tonia? Ist sie hier?»

Der Vater nickte, dann rief er leise den Namen der Zigeunerin.

«Hier bin ich.»

Der Vater hastete den Gang entlang, Rosamund stolperte hinterher. Hinter dem dritten Eisengitter fanden sie Tonia.

Rosamund erschrak und verbarg sich hinter ihrem Vater, betrachtete von dort ihre Kinderfrau. Das lange dunkle Haar war verfilzt, dunkle Ringen lagen unter ihren Augen. Ihr Mund war geschwollen und blutverkrustet. Als Tonia lächelte, sah Rosamund, dass ihr mehrere Zähne fehlten.

«Wie geht es dir, Schönchen?», nuschelte Tonia.

Das Mädchen begann zu zittern. «Du siehst so anders aus. Bist du es wirklich?», greinte sie.

Der Vater gab ihr eine Kopfnuss. Darüber war Rosamund so erschrocken, dass sie zu weinen begann.

«Sei still», herrschte sie der Vater an.

«Lasst sie, Herr, sie hat Angst. Nehmt sie lieber in den Arm», sagte Tonia.

Der Vater hockte sich hin, wiegte Rosamund in seinen Armen und sprach dabei weiter mit Tonia. «Wie sieht es aus? Hast du eine Chance?»

Die Zigeunerin schüttelte den Kopf. «Es gibt Zeugen, die bestätigen, dass ich die Weberin verhext habe.»

«Was genau haben die gesehen? Der Gerichtsschreiber sprach von einem Auge.»

Tonia schluckte. «Ja, mir ist das Ochsenauge aus dem Korb gefallen. Mehr war da nicht.»

«Und das Kreuz auf dem Boden?»

Tonia zuckte mit den Achseln. «Ich muss es in Gedanken dorthin gemalt haben.»

«Haben Sie dich gefoltert?»

Tonia lächelte schwach. «Ein bisschen nur. Ich habe alles gestanden. Jetzt warte ich auf den Gerichtstag und auf das Urteil. Bald wird alles vorbei sein.»

Rosamund fühlte auf einmal Nässe auf ihren Wangen. Sie blickte ihren Vater an. «Warum weinst du?»

«Es ist nichts, mein Liebchen. Gar nichts.»

Und Tonia streckte die Hand durch das Eisengitter und flüsterte: «Sorge dich nicht, Schönchen, alles wird gut.»

«Dann kommst du bald wieder zu uns?»

Tonia nickte. «Du kannst dich darauf verlassen. Wenn du träumst, dann werde ich zu dir kommen. Und wenn du mich brauchst, dann kannst du mich nicht sehen, aber ich bin da. Immer, Schönchen. Immer.»

Rosamund machte sich aus den Armen ihres Vaters

frei. Sie fror noch immer, außerdem verursachte ihr der Gestank hier drinnen ein wenig Übelkeit.

«Dann warte ich, dass du bald kommst. Gott schütze dich», erklärte das Kind und trat an das Eisengitter heran. Der Geruch des fauligen Strohs und des Eimers, der vor Exkrementen überquoll, ließ sie ein wenig zurückweichen.

Tonia strich ihr mit der Hand übers Haar. «Lerne, so viel du kannst, mein Schönchen. Nur wer viel weiß, kann viel erreichen.»

Rosamund nickte. Tonia hatte sie schon immer aufgefordert, viel zu lernen.

Sie trat zurück, ging einige Schritte in Richtung der Treppe, blieb dann stehen und sah sich um. Ihr Vater hatte beide Arme durch das Eisengitter gesteckt. «Ich verfluche mich für meine Feigheit», hörte sie den Vater sagen. «Wenn man doch mich statt deiner verbrennen würde! Gott weiß, meine Schuld ist groß genug.»

Und Tonia erwiderte: «Ihr habt Euch nichts vorzuwerfen.»

«Vergibst du mir?»

«Ja, ich vergebe Euch. Es ist nicht Eure Schuld. Die Welt ist, wie sie ist.»

Rosamund sah, wie der Vater sich losriss und den Gang entlanghastete, ohne sich noch einmal umzudrehen. Sein Gesicht war nass von Tränen, aber Rosamund tat, als würde sie es nicht bemerken

Sie atmete auf, als sie endlich wieder auf der Straße standen, als alles wieder so roch wie immer und die Kälte aus ihren Gliedern wich.

Still lief sie neben ihrem Vater her, bis sie den Markt, der leer und verlassen lag, erreichten. Rosamund machte sich los, rannte ein paar Meter, zeigte dann auf eine Stelle: «Hier war es.»

«Was?», fragte der Vater.

«Hier ist mir das Ochsenauge aus der Binde gefallen, und die Frau mit dem grünen Halstuch hat es gesehen.»

Ruppert Hoffmann starrte seine Tochter an, als hätte sie sich vor seinen Augen in ein schreckliches Ungeheuer verwandelt.

«Was hat die Frau dann gemacht?», fragte er mit heiserer Stimme.

«Ich weiß nicht mehr. Sie hat geschimpft. Ihre Hände waren ganz grau, und in ihrer Linken stand das Todeszeichen. Deshalb habe ich mit dem Schuh ein Kreuz in den Staub gemalt.»

«Du?», fragte der Vater, noch immer fassungslos.

«Ja, ich war das. Die Tonia hat gelogen.»

Da brach der Vater in Tränen aus, riss Rosamund an sich, so fest, dass das Kind aufschrie. Er küsste ihr Gesicht, küsste auch ihre Augen. Das blaue zuerst und dann das braune, über dem die Augenbinde lag.

«O mein Gott», murmelte er. «O mein Gott. Tonia wird für dich ihr Leben lassen.»

Dann packte er sie ganz fest bei den Schultern, sah sie eindringlich an. «Du darfst von jetzt an das Haus nicht mehr verlassen. Niemand darf dich sehen. Die Leute müssen vergessen, dass es dich gibt.»

Fünftes Kapitel

«Sie schaute auch immer so verhetzt und lief so geschwind herum, als wären alle Teufel in ihr. Ein anständiger Mensch mit einem guten Gewissen, der läuft nicht so schnell.» Lisbeths Nachbarin, die Küfersfrau Hohlhorst, reckte den Kopf und stellte sich auf die Zehenspitzen, um nichts von dem zu verpassen, was auf dem Richtplatz vor sich ging.

Der Holzhaufen war aufgeschichtet, Garküchenköche und Wasserverkäufer gingen herum und boten ihre Ware feil, an der Seite verkaufte eine Kräuterfrau Tränke gegen den bösen Blick. Kinder trieben einen Reifen durch die Menge, lachten und kreischten dabei. Über allem stand die Sonne, als sei dies ein ganz gewöhnlicher Vormittag.

«Sie ist halt eine Zigeunersche», erwiderte die Nachbarin der Küfersfrau. «So eine hat keine Tugend, da ist alles Natur.»

«Gottlob», bemerkte der Hintermann und lachte fettig. Die Nachbarinnen rümpften die hohen Nasen und rückten von ihm ab.

Ein Raunen ging durch die Menge, sie teilte sich und ließ die an Stricken geführte Malefikantin hindurch. Das

Haar war Tonia an manchen Stellen ausgefallen, Mund und Augen verschwollen. Ihr Leibchen war gerissen, sodass man einen Teil ihrer Brust sehen konnte.

Die ehrbaren Frauen schüttelten die Köpfe und pressten ihre schmalen Lippen fest aufeinander. Die Männer schielten auf die bloße Brust des wilden Geschöpfes, das heute in Rauch aufgehen sollte.

Lisbeth stand ganz hinten, den Arm schützend vor den Bauch gelegt. An ihrer Hand zappelte Rosamund. Der Vater hatte seine Drohung wahr gemacht; seit dem Besuch im Turm hatte sie nicht mehr auf die Straße gedurft. Und weil die Mutter sich womöglich an ihr versehen und einen Wechselbalg zur Welt bringen konnte, wohnte sie seither in der Werkstatt. Den ganzen Tag war sie mit Dietrich und dem Vater zusammen, durfte rühren und mischen und malen, so viel sie wollte. Und heute Morgen war die Mutter gekommen, hatte befohlen, dass Rosamund ihre Blicke bei sich behielt, und ihr ein Buch vor die Füße geworfen. «Da, das ist alles, was von deiner Tonia bleiben wird. Bevor die Glocken den Mittag einläuten, wird sie schon in der Hölle schmoren.»

Rosamund hatte das Buch aufgehoben und es sorgsam glatt gestrichen. Tonia hatte ihr von diesem Buch erzählt, aber da Rosamund noch nicht lesen konnte, hatte sie es bisher noch nicht gesehen.

Dann hatten der Vater und die Mutter gestritten, und Rosamund hatte nur einzelne Sätze verstanden, weil die beiden vor die Tür gegangen waren. «Das kannst du ihr nicht antun; ein Kind ist sie ja noch», hatte der Vater gesagt, und die Mutter hatte geschrien: «Sie soll sehen, dass alles ihre Schuld ist. Sie ist ein Teufelsbalg und muss lernen, was einer wie ihr blüht, wenn sie sich nicht an Ordnung und Regeln hält. Eine wie sie muss gehorchen. Aufs Wort, auf einen Ruf, einen Pfiff gehorchen, sonst nichts.»

Die Mutter hatte die Antwort des Vaters nicht abgewartet, sondern war zurück in die Werkstatt gestürmt und hatte Rosamund am Arm gegriffen. «Komm mit, halt den Mund und, vor allem, schau niemanden und nichts an, nur deine Schuhe.»

Rosamund war neben der Mutter durch die Gassen gestolpert, wurde hin und wieder unter Mutters Rock geschoben, sobald ein Nachbar den Weg kreuzte, und stand jetzt eingekeilt in der Menge. Vor ihrem Gesicht schoben sich Bäuche hin und her, Hintern wogten wie Flusskähne auf und ab, und von oben regnete es Spucke und Missgunst.

Rosamund wurde von der Hand der Mutter getrennt, an den Rand der Menge gespült, gleich neben die Kräuterfrau. Dort blieb sie, die Füße ordentlich nebeneinander, die Hände brav verschränkt, den Blick gesenkt.

«Na, Schätzchen, kannst gar nichts sehen, klein, wie du bist», sprach die Kräuterfrau zu ihr. Rosamund nickte, ohne den Blick zu heben.

«Mach dir keinen Kummer deshalb. Ich erzähle dir, was ich sehe.»

Rosamund nickte wieder.

«Die Zigeunerin ist jetzt ganz vorn, das graue Kleid

am Mieder aufgerissen. Ein Ärmel hängt herab, aber ihr Haar bedeckt die Schulter. Feines Haar, langes Haar war's wohl mal. Jetzt ist's verdreckt und wirr, hängt in langen Strähnen. Zwei Stellen auf dem Kopf sind kahl, als hätte dort jemand hingelangt. Ihre Augen rollen vor Angst wie Murmeln im Kopf, sind ganz verschwollen. Grind klebt am Mund, und aus einer Wunde am Kinn suppt Eiter. Kein schöner Anblick, Kind, lass bloß den Blick unten. Über und über mit faulem, stinkendem Ei bekleckert. Sogar über die Stirn läuft ihr was. Sie sollte es wegblinzeln mit den Augen, aber das geht wohl nicht, dick und blau, wie die Ränder sind. Barfuß ist sie, die Zehen ganz blau gefroren und mit verschorften Wunden daran. Grad eben drängelt sich ein ehrbares Weib heran mit schwangerem Leib und spuckt ihr ins Gesicht, neben das Ei. Die Zigeunerin kann's nicht wegwischen, ihre Hände sind gebunden. Aber Blicke schleudert sie, alle Wetter, da wird einem ganz bange ums eigene Seelenheil.»

Rosamund stand starr und stumm.

«Jetzt verliest der Schultheiß das Urteil, leckt sich allenthalben über die Lippen dabei, als wollt er die Hexe fressen. Seine Stimme ist sämig wie Honig.

Tod der Zauberin durch Verbrennen. Hörst du die Menge jubeln, Kind? Die Männer werfen ihre Mützen in die Luft, die Frauen recken die Fäuste, sie können sich gar nicht lassen vor Freude darüber, dass das Ehrbare gesiegt hat. Sie haben recht, haben's sowieso gleich und schon immer gewusst, und jetzt ist's bewiesen, der Schultheiß hat gesprochen. Ganz vorn, die beiden Zeuginnen, sie liegen sich in den Armen und weinen vor Glück. Nur ein paar Karmeliterinnen beten still.

Der Henker muss sich mit breiter Brust vor die Malefikantin stellen, sonst schlägt die Menge sie gleich tot, recht, wie sie hat. Jetzt zieht er sie am Strick das Holz hinauf, schneidet die Fesseln und bindet sie neu am Pfahl. Wer jetzt noch Eier hat, der wirft. Sie treffen auf die Brust, ins Gesicht, auf den Leib. Aber die Zigeunerin flucht nicht, fleht nicht, weint und schreit nicht. Still steht sie wie Lots Frau. Als hätte sie's verdient.»

Rosa nickte und nässte den Boden vor ihren Füßen mit Tränen.

«Jetzt kommt der Stöcker mit den Fackeln, gießt Öl aufs Holz. Wie das zischt! Wie die Flammen zum Himmel schießen! Schon lodert's. Riechst du den Rauch? Hörst du das Prasseln? Die Karmeliterinnen singen ‹Lobet den Herrn!›, und das Weib mit dem aufgetriebenem Bauch lacht sich die Seele aus dem Leib.»

Rosamund faltete die Hände, die Lippen bewegten sich zum Vaterunser.

«Jetzt brennt ihr der Kittel», erklärte das Kräuterweib. «Um ihr schönes Zigeunerhaars ist's schad. Daraus ein kleines Kissen gemacht und bei Gliederschmerz aufgelegt, das wirkt Wunder.»

«Und die Tonia?», flüsterte Rosamund.

«Die hat's schon hinter sich, mein gutes Kind. Ich habe gesehen, wie der Henker sie erwürgt hat, als niemand vor lauter Rauch mehr was gesehen hat. Er ist ein feiner Mensch, der Henker.»

«Ist sie schon in der Hölle?»

«Ach, Kind, ich weiß es nicht. Unsereins ist so arm, ist's immer gewesen. Sie da und ich. Du nicht, Kind, ich seh's an deinem Kleid, ist ein guter Stoff, schön warm und weich. Aber wenn wir Armen in den Himmel kämen, müssten wir donnern helfen. Was dem einen der Himmel, ist dem anderen die Hölle. Schau, mein Mann, Gott hab ihn selig, der aß für sein Leben gern Rinderleber. Gedacht hat er, im Himmel gäb's die jeden Tag, aber was für ihn das Paradies wäre, wäre für die Rinder die Hölle.

Doch schau, was ist denn das? So etwas hat's noch nie gegeben.»

«Was seht Ihr? Sagt es schon.»

«Ich sehe weiße Tauben. Sie steigen hinterm Scheiterhaufen auf. Unschuldige weiße Tauben, als wollt der Herrgott selbst anzeigen, das wir hier Falsches tun. Er hat die weißen Tauben vom Himmel geschickt, um der Zigeunerin reine Seele zu holen. Na, in des Richters Haut möcht ich jetzt nicht stecken. Er auch nicht, wie man sieht, zappelt herum, als wäre sie ihm ganz plötzlich zu eng, die eigene Haut. Ganz still steht die Menge, ganz starr. Mit offenem Maul schaut die Frau mit dem aufgetriebenen Leib den Vögeln nach. Die anderen bekreuzigen sich wie wild, dass es aussieht, als wollten sie Mücken vertreiben. Da schlägt so manch einem das Gewissen. Bis hierher kann ich's klopfen hören. Der Richter reibt sich die Asche vom Wams und geht rasch vom Platze, und nun stiebt auch die Menge auseinander. Sie rennen und wollen nichts gesehen und gehört haben. Und sagen werden sie auch nichts mehr darüber. Nur ein einziges Raunen hinter vorgehaltner Hand wird zu hören sein.»

Rosamund wischte mit den Fäusten die Augen trocken und lächelte.

«Sag, Kind, hat die Mutter dir verboten, das Schauspiel anzusehen? Recht hat sie gehabt, die gute Mutter. Ein solcher Anblick ist nichts für ein Kind. Aber nun geh, sie wird schon nach dir suchen.»

Rosamund nickte, sagte ‹Vergelt's Gott› und drängelte sich nach vorn zum Scheiterhaufen. Hinter dem Holz fand sie den Vater. Sie zupfte ihm eine weiße Taubenfeder aus dem Haar, nahm seine Hand und führte ihn nach Hause.

Sechstes Kapitel

Die Sonne ging auf und unter, verlässlich, unermüdlich.

Die Mutter hatte Ursula bekommen, das Urselchen, und Rosamund die kleine Kammer, oben unterm Dach, wo die Dienstboten schliefen.

Die Knospen brachen auf, die Sonne brannte, die Blätter fielen, und Weihnachtsgänse bluteten, bevor wieder die Knospen aufbrachen.

Frankfurt war dem Schmalkaldischen Bund beigetreten und der Vater dem Zunftrat der Weißbinder.

Der Theologe Martin Butzer predigte in der Bartholomäuskirche über das kananäische Weib, und des Weißbinders Weib verweigerte das Bett.

In Frankfurt waren Söldnermannschaften für einen neuen Türkenfeldzug ausgerüstet worden, und Ruppert Hoffmann rüstete sich für eine weitere Schlacht im Ehekrieg.

Die erste Wasserleitung wurde in der Stadt gelegt, und Lisbeth legte mit Ursula den Grundstein für ein vornehmes Leben.

Im Jahre 1547 waren Rosamund 17 und Ursula 12 Jahre alt, und das Kirchenbuch der Stadt Frankfurt verzeichnete für dieses Jahr 2617 Gestorbene und nur 368 Getaufte. Den Schmalkaldischen Bund gab es nicht mehr.

Die Werkstatt war größer geworden, dem Vater die Arbeit zu viel. Neben dem Gesellen Dietrich gab es nun einen Lehrjungen, der Falk hieß. Und Rosamund, die sich wünschte, Falknerin zu sein. Falks Falknerin, die er mit Blicken beschenkte und mit Küssen versengte und für die er Artigkeiten versprengte.

Sie warf ihm zweifarbige Blicke zu und rieb für ihn die Farben, vor allem aber studierte sie das Buch, das sein größter Reichtum war. Sein Vater, ein anderer Weißbinder aus der Zunft, war in Italien gewesen, in Florenz, und hatte es von dort mitgebracht. In ihm waren viele Bilder und Schautafeln, die das perspektivische Zeichnen erklärten. Falk sollte lernen, was sein Vater nicht konnte, sollte werden, wovon dieser träumte. Aber Falk kannte das Träumen nicht, sondern nahm, was kam.

Kaum war Falk am Abend aus dem Haus, öffnete Rosamund das Buch, roch an den Seiten, strich über die Blätter, und schon bald kannte sie es, als hätte sie es geschrieben, und hatte auch das Träumen gelernt.

Sie hatte einen festen Platz in der Werkstatt, war die Gehilfin des Gehilfen, und manchmal, wenn außer ihr niemand mehr da war, probierte sie aus und malte, was sie gesehen hatte.

Kam Falk am Morgen wieder, stand er manchmal vor seiner Arbeit, den Pinsel im Mund und starrte auf sein Blatt mit den Mustern für den Fries in der guten Stube der Schultheißgattin, als hätte dieser sich über Nacht verwandelt. Aber nie sagte er ein Wort dazu, strich nur manchmal über Rosamunds Hand, wenn sie sich über dem Farbeimer trafen. Und als es wieder Frühling war und Rosamund ihren 18. Namenstag hinter sich hatte, da lud er sie ein, mit ihm zum Maitanz zu gehen.

Rosamund freute sich so darüber, dass sie die Werkstatt mit wehenden Röcken verließ, über den Hof rannte und hinein in die Küche. «Mutter», rief sie. «Der Falk nimmt mich mit zum Maientanz. Ich werde mich drehen und wiegen und endlich einmal ein seidenes Kleid tragen und im Haar ein Band und einen Schal um die Schulter. Ich werde die Schuhe mit Spucke zum Glänzen bringen und das Haar mit Essigwasser. Ich werde schön sein, und seine Augen werden leuchten, wenn er mich bei den Hüften packt und in die Höhe wirft.»

Die Mutter presste die schmalen Lippen aufeinander und bog den Mund nach unten. Die Suppe, in der sie rührte, schwappte ins Küchenfeuer und verzischte.

Am Tisch saß die Magd und flennte beim Zwiebelschneiden. Jetzt ließ sie das Messer sinken, zog den Rotz hoch und wartete neugierig auf die Antwort der Mutter.

Ursula, das Urselchen, mühte sich am anderen Ende des Tisches. Mit langen, nassen Haaren stand sie da und drehte sich heiße Hufnägel hinein, damit sich das Haar lockte und ringelte. Jetzt fauchte sie die Magd an: «Glotz nicht, schüre die Glut im Kohlebecken, oder sollen mir die Hufnägel verkühlen?»

Die Mutter stieß die Luft zwischen den Zähnen hervor. «Du zum Tanz? Eher geht ein Kamel durch ein Nadelöhr.»

Rosamund ließ nicht locker. «Aber warum denn nicht? Ich bin achtzehn Jahre alt, beinahe schon zu alt. Willst du mich nicht unter die Haube kriegen?»

Die Mutter fuhr mit dem Holzlöffel in der Hand herum. Sie zeigte auf das Urselchen, das quiekte, weil der Nagel zu heiß geworden war. «Erst, wenn die da mannbar ist. Eine wie du heiratet nicht. Wird schwer genug sein, dich irgendwo unterzukriegen, wenn wir nicht mehr sind. Den Tanz schlag dir aus dem Kopf. Solche wie du sind dafür nicht gemacht. Außerdem ist's dir verboten, das Haus und die Werkstatt zu verlassen. Wie oft habe ich dir das gepredigt!»

Rosamund senkte den Blick, knüllte ihre Hände in den Stoff des Malerkittels. «Eine wie ich», flüsterte sie. «Alle Welt weiß, was ich für eine bin, nur ich weiß es nicht.»

«Dann sage ich es dir noch einmal!» Die Mutter war dicht an Rosamund herangetreten, etwas vom Suppenlöffel tropfte auf ihren Holzschuh. «Ein Teufelsmädchen bist du, eine, die Unglück bringt, wo sie geht und steht und schaut und spricht. Erst letzte Woche hast du deinen Kopf zum Hoftor hinausgesteckt. Und was ist geschehen? Der Nachbarin sind die Blumen im Fensterbeet verdorrt, obwohl es geregnet hat, jawohl. Ein Gottes Glück nur, dass niemand dich gesehen hat. Es gibt sowieso noch viele, die sich an die Zigeunerin erinnern und daran, dass ausgerechnet sie deine Amme war.»

Das Urselchen, den Kopf voller Hufnägel, stemmte die Fäuste in die Seiten und lächelte schiefmäulig. «Sag, der Falk war's, der dich mitnehmen wollte zum Tanz? Mit ihm wolltest du geputzt herumwirbeln im Seidenkleid und mit Samtband im Haar?»

Rosamund, den Blick noch immer gesenkt, nickte.

«Dann wär's schade, den Falk zu enttäuschen, wenn er doch zu gern zum Tanz gehen mag. Sein Vater ist reich, hat ein Haus mehr als unserer. Für dich müssten Seidenkleid und Schuhe beschafft werden. Viel Geld für einen einzigen Tanz in den Mai. Sieh, Schwester, ich habe ein solches Kleid, und auch die Schuhe passen gut. Ich werde dich vertreten beim Falk. Wirst schon sehen, ich werde meine Sache gut machen.» Sie lachte, dass die Hufnägel klirrten, und die Mutter strahlte so breit übers schmale Gesicht, dass der Mund zwei Teile daraus machte. Sie schwenkte den Kochlöffel, drosch zuerst damit der Magd auf die Finger, weil die die Zwiebeln zu dick schnitt, dann zeigte sie auf das Urselchen. «Dein Einfall ist gut, mein Herzenskind. So gut, dass er von mir hätte sein können. Natürlich! Du gehst mit dem Falk. Lass dich ansehen!»

Das Urselchen reckte die Brust und wiegte sich in den Hüften.

Die Mutter nickte zufrieden. «Bei dir sprießt's ja schon. Dauert nicht mehr lange, bis du reif bist. Wirst noch dieses Jahr vierzehn, kannst dich verloben im nächsten und heiraten, wenn du sechzehn bist. Den Vater würd's freuen. Nur eine feine Erziehung brauchst du noch. Gleich nach Pfingsten gehst du zu den Weißfrauen ins Stift. Sie sollen dir beibringen, was noch fehlt zu einem ehrbaren und vornehmen Weibsbild.»

«Dann ist es also abgemacht?», fragte das Urselchen und riss an den Hufnägeln auf ihrem Kopf. «Ich gehe, und die da bleibt hier?»

«So ist's gesprochen und verkündet.»

Das Urselchen fiel seiner Mutter um den Hals und jubelte, und Lisbeth strich ihrem Kindlein zart über die Hufnägel.

Rosamund schluckte und schlich davon. Vor der Werkstatt stand Falk und sah den Vögeln am Himmel nach. Rosamund packte ihn beim Arm, zog ihn in den Holzschuppen, der von der Küche aus nicht einsehbar war.

«Wir können nicht zusammen zum Maitanz gehen, so gern ich es wollte.»

Falk zog die Stirne kraus. «Warum nicht? Bin ich nicht gut genug für die Tochter des Zunftmeisters.»

«Doch, bist du schon, aber die ältere Tochter des Zunftmeisters ist nicht gut genug für dich. Deshalb wirst du mit der jüngeren zum Tanze gehen, die hat auch ein Seidenkleid und Tanzschuhe.»

Falk atmete hörbar ein und aus, zog die Stirne noch krauser. «Die Ursula, das Urselchen, wie alt ist die jetzt?»

«Wird vierzehn noch in diesem Jahr.»

Falk nickte. «Die Alten werden wissen, was gut ist für's Geschäft. Und was gut ist für's Geschäft, das ist auch gut für uns.»

Rosamund ließ die Arme am Körper herabfallen, als wären es Stöcke. «Ich dachte, du magst mich.»

«Das tue ich auch. Viel lieber mag ich dich als die Ursel, die immer so schrill aufquiekt und alles haben will, was sie sieht. Aber ich kann's nicht bestimmen, und du eben auch nicht.»

«Willst du gar nicht kämpfen um mich?»

«Kämpfen?»

«Ja, kämpfen. Mit dem Schwert dem Drachen das Haupt abschlagen, um die Prinzessin zu freien.»

«Wer spricht denn so was?»

Rosamunde schluckte und winkte ab. Da packte der Falk sie bei den Oberarmen und zwang sie zu sich herum. Er presste seine harten Lippen auf ihren weichen Mund, bis sie sich wehrte. Er ließ von ihr ab, fuhr sich mit dem Ärmel vom Kinn bis zur Nase. «So, jetzt habt ihr beide was von mir. Die eine einen Kuss, und die andere kriegt den Maientanz.»

Rosamund riss sich los. «So geht das nicht, so macht man das nicht.»

Falk sah ihr nach, das Maul offen. «Wie denn dann? Und was überhaupt?»

«Die Liebe», rief Rosamund. «Die Liebe geht so nicht. Sie ist anders, eine Himmelsmacht nämlich», und schlug die Tür des Schuppens hinter sich zu. Sie eilte in den Garten, zum Kirschbaum hin, und schmiegte ihre Wange an die raue Rinde des Stammes. Von hier aus konnte sie das Urselchen aufgeregt plappern hören. Auch die Stimme der Mutter drang an ihr Ohr. Weiche Töne, die nichts mit denen gemein hatten, die sie zu hören bekam.

Die Mutter war ... sie war ... Rosamund wollte das Wort nicht denken. In der Bibel stand geschrieben: Du sollst Vater und Mutter ehren, viertes Gebot. Aber sie konnte nicht anders, faltete die Hände, sah zum Himmel, bat um Verzeihung und dachte dann: Die Mutter ist dumm. Und das Urselchen ebenso.

Sie wollte Falk nicht wieder begegnen, also wartete sie im Garten, bis er nach Hause gegangen war. Dann würde sie wieder in die Werkstatt zurückkehren. Dort war sie zu Hause, dort musste sie den Blick nicht senken, und niemand hatte Furcht vor ihr. Es war noch gar nicht lange her, dass Dietrich, der alte Geselle, dessen Bart schon grau geworden war, sie angeschaut und gesagt hatte: «Bist eine Frau geworden. Rotermund solltest du heißen.»

Und der Vater sprach mit ihr wie mit seinesgleichen. «Was meinst du, sollte der Fries einen oberen Abschluss aus Efeublättern haben oder würdest du Weinlaub malen?»

Und natürlich Falk, der sich mühte, gleichwohl die Träume seines Vaters nicht so recht erfüllen konnte. «Rosamund, nimm du den Pinsel und zeichne mir die Umrisse. Ich hab's nicht so mit der italienischen Art.»

Nur zum Essen und zum Schlafen ging sie hinüber ins Wohnhaus. Zur Mutter und zum Urselchen. Sie saß dicht beim Vater, und wenn sie sprach, dann mit ihm. Der Mutter antwortete sie nur. Und Urselchen bemerkte gar nicht, dass Rosamund ihr nichts zu sagen hatte. Aber nun ging das Urselchen mit Falk zum Tanz, und sie musste dableiben.

Im Grunde war ihr der Maientanz gleichgültig; sie war zu gern in der Werkstatt, ersehnte kein anderes Leben. Aber einmal wollte auch sie raus, wollte wissen, ob es noch stimmte, dass die Leute vor ihr flohen, ihrem Blick auswichen, sich die Hand verstohlen abwischten, wenn sie sie aus Versehen berührt hatten. In der Werkstatt war sie ein Mensch, draußen ein Ding. Ähnlich den Leprösen, die mit dichtem Gewand, großer Kapuze und einem Glöckchen durch die Gassen gingen, damit ein jeder gleich hörte, dass sie Dinge waren, eklige Dinge, von Gott verlassen und keine richtigen Menschen mehr. Aber die Leprösen, die hatten einander. Und sie hatte keinen und fühlte sich doch den Menschen so verwandt.

Es war dunkel geworden, in der Werkstatt verloschen die Lichter. Rosamund schloss die Augen, streckte die Hände aus und ging langsam, einen Fuß vor den anderen setzend, aus dem Garten und über den Hof. Sie stieß an einen Trog, den sie anderswo vermutet hatte, schleifte an einer Wand entlang, rutschte aus und stürzte, ehe sie, die Augen noch immer fest geschlossen und die Arme nach vorn gestreckt, endlich die Werkstatttür fand.

Der Geruch der Farben drang in ihre Nase, und sie öffnete die Augen. Dankbar sollte ich sein, dass ich sehen kann, dachte sie. Ohne Augen, gleich welcher Farbe, kann man nicht malen.

Siebtes Kapitel

«Oh, o weh, es brennt, es brennt!»

«Zeig her.» Rosamund ließ den Stößel fallen und rannte zu Falk, nahm seine Hand in die ihre und tupfte vorsichtig das Blut von der Wunde. «Es ist nichts, nur ein Splitter.»

Sie träufelte ein wenig Leinöl auf ein Tuch und benetzte damit die Wunde. «Gleich hört es auf zu brennen. Ich binde dir einen Leinenstreifen darum, dann kannst du weiterarbeiten.»

Sie schnitt ein Stück Tuch ab. Falk stand mit verzerrtem Gesicht daneben, die Hand vorgestreckt, als böte er sie zum Kauf feil. Rosamund sah in seinen Handteller. Es geschah ganz wie von selbst. Immer, wenn sich ihr eine Hand entgegenstreckte, las sie darin, las, was in Tonias Buch darüber geschrieben stand. Meist waren es harmlose Dinge, aber jetzt, bei Falk, da stockte ihr der Atem. Sie ließ das Leinen fallen. «Zeig noch einmal her.»

«Was ist? Ist es so schlimm? Habe ich eine Blutvergiftung?»

Rosamund schüttelte den Kopf. «Nein, eine Vergiftung hast du nicht, aber achtgeben musst du auf dich.»

«Warum das?»

Rosamund zögerte, fuhr mit dem Finger leicht über eine Linie, die sich dicht neben der kleinen Wunde entlangzog. Oben, dort wo der Venusberg die Ruhmlinie berührte, war eine gewölbte senkrechte Linie. Sie wusste genau, dass diese Linie vor kurzem noch nicht da gewesen war. Und sie wusste auch, warum. Es war die Sturzlinie, die sich bildete, kurz bevor eine gefährliche Krankheit ausbrach oder der Zufluss ungesunder Kräfte bevorstand.

Ganz blass war der Falk, und die Hand zitterte ihm.

«Es ist nichts weiter. Du solltest einfach achtgeben, dass dir nichts geschieht. Meide die Kranken und auch sonst alles, was dir schaden könnte.»

«Bin ich in Gefahr?»

Rosamund sah in seinen flackernden Blick. «Nicht mehr als andere Menschen auch.»

Sie band ihm das Tuch um die Hand, verdeckte die Linie und hoffte, dass sie so verschwand.

Den ganzen Tag über hielt sie Falk im Blick, wartete hinter dem Hoftor, als er vom Pferdemetzger einen Eimer mit Pferdepisse holte, darin Bleitafeln tränkte und diese in der Mitte des Misthaufens vergrub, dort, wo es schön warm war. Ein paar Tage später stand sie dabei, als er die Tafeln ausgrub, half ihm, das Bleiweiß davon abzukratzen. Da hörte sie die Mutter rufen: «Rosamund, bring mir einen Korb Holz fürs Feuer.»

Sie lief zum Schuppen, hatte jetzt keine Angst mehr um Falk, sang sogar, als sie die größten Scheite in den Korb packte und ihn froh zur Mutter trug.

Der Schrei drang bis in die Küche, löschte jeden Ton

aus, jede Farbe, alles. Rosamund ließ den Korb fallen, ein Scheit traf die Mutter am Fuß, dass sie aufbrüllte.

Rosamund rannte zur Werkstatt vorbei an Dietrich und dem Vater.

Falk lag am Boden wie gekreuzigt. Die Arme ausgebreitet, den Kopf zur Seite geneigt, die Augen starr. Darunter die Nase, deren Flügel zart zitterten. Und der Mund, im Schrei erfroren. Grau und kantig das Kinn. Unter dem halb gerissenen Kittel die Brust mit den wenigen Haaren, von denen einige nach oben gebogen waren. Ganz flach der Bauch, verkrümmt die Beine, eines gerade, das andere im komischen Winkel, verdreht am Knöchel, dass es wehtat beim Hinschauen. Ein winziger Tropfen Blut oben an der sanften Stirne.

Rosamund stürzte zu Falk, legte ihm die Hand auf die Kehle. «Atmest du?», schrie sie. «Lebst du noch?»

Der Vater drängte sie weg, nahm eine Feder, führte sie vor den Mund. Rosamund keuchte, presste eine Hand auf ihr Herz. «Atmet er?»

Still stand Dietrich, stierte auf die Feder, hielt die Hände zum Gebet.

«Mach schon, Junge, los komm», murmelte der Vater, ruckte sanft an Falks Schulter.

Da, Gott sei gelobt, bewegte sich die Feder leicht.

«Er lebt. Er lebt doch?», flehte Rosamund.

Der Vater nickte. «Hole mir Wasser. Und du, Dietrich, lauf zum Medicus. Er soll sich eilen.»

Das Wasser kam, der Medicus, danach die Träger, die Falk nach Hause brachten. Dort lag er bis zum Maientanz.

Danach kam er noch einmal, stand fremd in der Werkstatt.

Rosamund legte ihm eine Hand auf den Arm: «Wie geht es? Ist alles überstanden? Haben wir dich bald wieder?», und blickte in ein ganz fremdes Gesicht. Hart war es, jeder Zug mit dem Zirkel abgemessen, und sein Blick, lichtgrau einst, war steingrau geworden.

«Du bist schuld!», stieß er hervor. «Du allein. Nur du.»

«Ich? Ich war gar nicht dabei, als du von der Leiter fielst. Ich kam erst später, kam gleich gerannt, um dir zu helfen.»

«Du bist schuld!»

Die Tür wurde aufgerissen, Wind ließ die Blätter des italienischen Buches aufwirbeln. Das Urselchen kam, gefolgt von der Mutter.

«Da bist du ja. Ist nicht schlimm, dass der Maientanz ausfallen musste. Jetzt gehen wir eben gemeinsam zum Pfingstreigen.» Das Urselchen strahlte. «Das Kleid liegt noch bereit.»

Falk sah zu Boden, schüttelte den Kopf. «Nirgendwohin gehe ich mit einer von euch. Und in die Werkstatt komme ich auch nicht mehr.»

«Aber warum? Hat der Sturz dir die Lust am Tanz genommen?», wollte das Urselchen wissen.

Und die Mutter winselte: «Wenn's dir um den Kittel geht, der beim Sturz zeriss, so näht ihn dir die Ursel. Und dann ist alles gut.»

Beharrlich schüttelte Falk den Kopf, zeigte mit dem Finger auf Rosamund, ohne sie anzusehen. «Die da ist schuld. Meine Großmutter hat's gesagt. Und die Nachbarin wusste es auch gleich. Die da!»

Rosamund bedeckte ihre Augen mit den Händen, aber es half nichts.

«Die da ist schuld. Mit ihren Augen, den Teufelsaugen. Und in meiner Hand hat sie's schon gelesen, ehe es geschehen ist. Zauberblut hat sie, Teufelsblut, und dann noch diese Augen. Das ist wider die Natur.»

Er nahm die Holzkiste mit seinem Werkzeug, klemmte sich das italienische Buch unter den Arm und verschwand.

Kaum war die Tür ins Schloss gefallen, stürzte sich das Urselchen auf Rosamund, hob die Fäuste und schlug damit so fest sie konnte.

«Er hat recht, du bist schuld!», schrie sie und konnte gar nicht von Rosamund lassen. «Du hast ihn vertrieben. Und keiner wird mehr kommen und was wollen von uns. Alle fürchten sich, und ich werde erst heiraten können, wenn du weg bist.»

Achtes Kapitel

«Wider die Natur» und «erst, wenn du weg bist», dröhnte es in Rosamunds Ohren. Sie hörte nichts mehr, nicht das Seufzen des Vaters, nicht das Hetzen der dummen Mutter, nicht Urselchens Geflenne.

Rosamund floh. Sie riss das Hoftor auf, stürmte hinaus und rannte zum Mainufer. Immer die Gasse hinunter, vorbei an Häusern, Tieren, Menschen, ohne Blick, bis das grüne Wasser vor ihr lag und am anderen Ufer die Silhouette der Vorstadt Sachsenhausen.

Schwer atmend ließ sie sich auf die Uferwiese fallen, presste eine Hand auf ihr schlagendes Herz und sah auf den Fluss. Ohne Hast und Mühe floss der Main, ohne Qual, grün und schwer, dabei kleine Wellen schlagend. Nachen wippten darauf wie Hüte. Ein Fischer hob sein Netz, und ein Silberregen ergoss sich in seinen Kahn. Es roch nach Schlamm, nach Fisch, nach Nässe. Frisch und schwer zugleich.

«Es ist wider die Natur. Deine Augen sind wider die Natur. Du bist wider die Natur», hörte Rosamund in ihrem Kopf. «Es ist erst gut, wenn du weg bist, weil du wider die Natur bist.»

Ihre Hand hatte sich um ein Ding gekrallt, lange

schon. Jetzt bog sie die Finger auf, fand einen Hufnagel darin. Sie bohrte die Spitze des Nagels in ihren Handteller. «Du bist wider die Natur, deshalb musst du weg aus der Natur.»

Rosamund drückte den Nagel fester ins Fleisch, war erstaunt, wie leicht er ihre Haut ritzte. Ein Blutstropfen rann herab, fiel auf einen Grashalm, zitterte ein Weilchen an dessen Spitze und verschwand im Boden. «Wider die Natur.»

Rosamund spürte keinen Schmerz. Sie leckte die Blutspur ab, schmeckte Eisen. Bin ich ein Gottesgeschöpf?, fragte sie. «Wenn ich doch wider die Natur bin?»

Sie hob die Hand mit dem Nagel vors Gesicht, sah die rotgefärbte Spitze. Näher kam die Hand, bis dicht vor das braune Auge. Sie musste zwinkern, wollte stillhalten, doch die Lider hoben und schlossen sich, als hätten sie ihren eigenen Willen. Mit dem Zeigefinger der anderen Hand zog sie das Lid hoch, der Daumen schob den unteren Augenrand in Nasenrichtung. Jetzt konnte sie nicht mehr blinzeln. Das braune Auge starrte auf die blutbeschmierte Nagelspitze, die verschwamm, je näher der Nagel kam. Rosamunds Atem ging schneller. «Los!», trieb sie sich an. «Tu es. Dann ist es vorbei. Ein für alle Mal. Verhilf der Natur zu ihrem Recht.»

Die Nagelspitze berührte kühl den Augapfel. Das Lid zitterte. «Wider die Natur. Verurteilt zum Vergehen», dachte Rosamund. «Es wird ganz leicht sein, viel leichter als der Handteller. Jedes Ochsenauge kann von der Hand zerquetscht werden. Es ist nicht schwer, und ohnehin ist es ja keine Natur, mein Auge. Ein bisschen Druck, und schon ist Gottes Ordnung hergestellt. Ein bisschen Druck nur mit dem Hufnagel, und schon ist der Teufel gebannt. Ich bin es ihnen schuldig, dem Urselchen und der Mutter. Und auch dem Vater bin ich es schuldig und dem Falk sowieso.»

Tränen der Anstrengung stiegen auf, das Auge, das braune, brannte schon. Der Blick verwischte, der Hufnagel zerfloss, nur die zitternde Spitze, die rotgefärbte, stand wie ein Soldat vor dem Braunauge. Rosamund ließ das Lid los, schloss die Augen, doch die Hand, die den Hufnagel hielt, blieb. Tränen quollen, die Hand mit dem Nagel zitterte stärker.

Ich muss mich eilen, dachte Rosamund, sonst kann ich nicht treffen. Es ist erstaunlich, wie sich die Widernatur gegen die wahre Natur wehrt. So muss es auch mit dem Teufel sein. Ja, jetzt ist es gewiss. Der Teufel hat mir das Auge gefärbt und macht mir jetzt die Hand zittrig.

Sie schluckte, zerrte beherzt am Lid, zog es hoch mit dem Zeigefinger, schob den unteren Rand mit dem Daumen herab, holte tief Luft. Jetzt muss der Natur Gerechtigkeit getan werden. Jetzt muss der Teufel vertrieben werden.

Aus ihrer Kehle stieg ein Wimmern auf. Kein Mitleid, dachte sie. Es ist der Teufel, der da heult.

Ganz fest biss sie die Zähne zusammen, rief Gott an und bat um Stärke. Das braune Auge musste weg, das Teufelsauge. Die des Vaters waren blau, die Mutter war blauäugig, das Urselchen sowieso. Weg mit dem Teufelsauge!

«Nicht!»

Rosamund fuhr zusammen, ließ die Hand sinken vor Schreck.

Neben ihr stand ein Mann. Als sie ihn ansah, hockte er sich nieder, nahm ihr mit sanfter Gewalt den Nagel aus der Hand. «Ihr wollt Euch doch nicht versündigen.»

«Nein, ich will mich von der Sünde befreien.» Rosamund sprang auf, wollte den Nagel wieder holen. «Versteht Ihr nicht? Die Sünde ist schon da. Loswerden will ich sie, austreiben die Teufel und nicht mehr wider die Natur sein.»

Der Mann packte sie bei den Handgelenken. So fest, dass sie den Arm nicht heben konnte.

«Lasst mich doch», weinte sie. «So lasst mich doch, der Natur muss recht getan werden, dem Urselchen auch, das will sonst keiner, wenn ich es nicht tue, wenn ich nicht den Teufel austreibe. Der Falk ist gestürzt, und der Nachbarin sind die Blumen verdorrt bei Regen. Auch ein Schwein starb schon, nachdem ich es berührt hatte, und vor vielen Jahren die Tonia, ach!» Sie weinte und schluchzte mit bebendem Leib, und der Mann hielt sie und strich ihr über den Rücken, bis Rosamund wieder ruhiger wurde.

«Was ist wider die Natur?», fragte er dann.

«Meine Augen», erwiderte Rosamund. «Ein blaues, das recht ist, und ein braunes vom Teufel.»

«Wer sagt, dass es wider die Natur ist?», fragte der Mann weiter.

«Alle sagen das. Die Mutter und die Nachbarn, und die Großmutter vom Falk hat es auch gesagt.»

«Woher wissen die denn, was wider die Natur ist?», fragte der Mann. «Woher wissen die denn, was Ihr nicht einmal in Euch fühlt?»

Rosamund schaute verblüfft. «Sie wissen es eben. Wider die Natur ist, was nicht von Gott kommt.»

«Aha. Haben die mit Gott gesprochen? Hat er ihnen das gesagt?»

Rosamund wurde immer verwirrter. «Wer seid Ihr? Hat Euch wer geschickt?»

Der Mann lächelte. «Vielleicht der Himmel, wer weiß das schon. Matteo heiße ich und komme geradewegs aus dem Land, das hinter den Alpen liegt.»

Rosamund schaute stumm und sah in seine Augen, die grau waren wie Frühsommerwölkchen am Morgen. Grau, voller Licht und Lachen, mit einem Sternenkranz ringsherum. Darunter die Wangen, ein bisschen hohl, ein wenig ausgezehrt, und ein Mund, schmal wie eine Sichel, aber nach oben gebogen. Die Nase ragte dünn und lang aus dem Gesicht, welches trotz seiner Hagerkeit freundlich war und gütig.

«Ihr habt also Teufelsaugen?», fragte er.

Sie nickte. «Die anderen haben es gesagt. Es ist wider die Natur.»

«Ja, ja. Das habe ich verstanden. Nur weiß ich nicht, wie sie darauf kommen.»

Er sah über Rosamunds Kopf hinweg. «Seht den Schmetterling dort. Er hat braune Flügel mit blauen Tupfen. Es gibt auch Blumen, blaue Blumen, die braune Stempel haben. Keiner denkt sich was dabei. Habt Ihr nie gesehen, wie die Wolken am blauen Himmel sich abends braun einfärben?»

«Doch ein braunes und ein blaues Auge, das hat sonst niemand», beharrte Rosamund.

«Woher wisst Ihr, dass es vom Teufel kommt? Vielleicht ist es ein besonderes Geschenk von Gott.»

«Dass die Leute Angst haben vor mir? Nein. Nein, das kann nicht sein. So grausam ist Gott nicht.»

Der Mann ließ sich ins Gras sinken, zog Rosamund mit sich, behielt ihre rechte Hand in seiner. Warm war sie, die Hand, wärmte Rosamund durch bis ins Herz. Seine Augen waren grau, beide, er hatte gut reden. Und sein Haar hatte die Farbe von Kastanien. Er hatte es im Nacken zusammengebunden und trug ein blaues Tuch um den Hals, das seine Lippen eher braun scheinen ließ als rot.

Sein Kinn war bartstoppelig, aber die Zähne gesund und weiß.

«Dort, wo ich herkomme, aus Italien, da hat man die alten Griechen wiederentdeckt. Ein kluges Volk, das vor ungefähr 1500 Jahren in Athen lebte.»

Rosamund nickte. «Ein Volk ohne wahren Glauben, ein Volk mit vielen Göttern statt nur dem einen. Der Vater hat mir davon erzählt.»

«Ja. Ein Volk von großem Wissen. Viele Philosophen gab es damals. Einer hieß Sokrates. Seine Schriften kann man in Italien lesen, und wohl auch hier. Darin steht geschrieben, man solle immer fragen, wem etwas von Nutzen ist. Wir wollen es jetzt halten wie die alten Griechen, und ich frage Euch, wem ist der Teufel von Nutzen?»

Rosamund war zum zweiten Mal in kurzer Zeit verblüfft.

«Was redet Ihr da? Der Teufel hat keinen Nutzen, das weiß jedes Kind. Schaden fügt er zu, Leid und Unheil bringt er über die, die nicht Gottes Gerechte sind.»

«Es gibt also keinen, dem der Teufel nützt?»

«Vielleicht den gefallenen Engeln, vielleicht den Teufelsanbetern. Sie gäbe es nicht, wäre der Teufel nicht da.»

«Da habt Ihr wohl recht, doch die gefallenen Engel gibt es erst, seitdem es den Teufel gibt. Wenn Gott ein jedes Ding geschaffen hat, hat er dann auch den Teufel geschaffen?»

«Aber ja doch! Luzifer war ein Engel und ist gefallen. Erst dann wurde er zum Teufel.»

«Und Gott, der Allmächtige, hätte er dies nicht verhindern können?»

Rosamund schwieg eine Weile, dann sagte sie: «Ihr sagt Sachen, die nicht recht sein können. Seid Ihr ein Gotteslästerer?»

«Um Himmels willen, nein. Ich bin ein Frager, der jeden Sonntag zur heiligen Messe geht. Und beharrlich bin ich außerdem und will noch immer wissen, wem der Teufel nützt, und habe bisher keine Antwort gefunden.»

Rosamund zog die Unterlippe zwischen die Zähne, sah übers Wasser hinaus, krauste die Stirn und schüttelte den Kopf.

«Na, was war es, das Ihr gedacht habt?»

Rosamund senkte den Blick. «Nichts hab ich gedacht.

Und wenn doch, dann nur lauter Sachen, die nicht recht sein können.»

«Wollt Ihr sie mir trotzdem sagen?»

Rosamund schüttelte den Kopf.

«Soll ich Euch sagen, was Ihr nicht auszusprechen wagt?»

Rosamund schwieg.

Matteo sagte: «Es gibt nur einen, dem der Teufel von Nutzen ist, und das ist Gott. Wenn es den Teufel nicht gäbe, so gäbe es keine Sünde und keine Schuld. Der Mensch wäre noch gottgleicher. Aber der Herr schuf uns nur nach seinem Abbild. Er musste den Teufel erschaffen, damit wir ihm, dem Herrgott, nicht gleichen, nicht zu nahe kommen. Ohne den Teufel braucht der Mensch keinen Gott. Das, was er geschaffen hat, wäre auch ohne ihn vollständig. Und also hat er Eure Augen geschaffen. Ganz gleich, ob als Gott oder Teufel. So ist das nämlich mit den Menschen: In einem jeden von uns steckt von beiden etwas. Dort, wo ich herkomme, aus Florenz, da gab es einen Mann, der Philosoph war und Pico della Mirandola hieß. Ein kluger Mann, sehr klug. Der sagte, der Mensch könne selbst entscheiden, ob er gottgleich sein wolle oder zum Tier entarten.»

«In Italien ist es wohl Mode derzeit, sich dem Herrn zu widersetzen. Hier in Frankfurt sind wir es gewohnt, dem Herrn zu gehorchen und zu dienen.»

«Glaubt Ihr denn, Ihr dient ihm mit nur einem Auge? Fragt auch hier. Fragt: Wem nützt es, wenn ich mir das Auge aussteche?»

Rosamund schluckte. «Dem Urselchen nützt es. Die Männer werden sie freien wollen. Sie kann unter die Haube. Der Mutter mag es auch nützen. Sie muss sich nicht mehr schämen für mich. Aber dem Vater? In der Werkstatt wäre ich nicht mehr von Nutzen. Zwei Augen braucht man da, und am besten noch ein drittes am Hinterkopf.»

«Und Euch? Nützt oder schadet es Euch, wenn Ihr die Hand an Euch legt?»

Rosamund verzog den Mund. «Ich weiß nicht recht. Auf die Straße könnte ich wieder, zum Fastnachtsspiel und zum Maientanz. Aber wer tanzt schon mit einer Einäugigen? Malen kann ich nicht mehr. Heiraten schon. Einen, der auch was an sich hat. Einen krummen Buckel oder einen Hinkefuß.»

«Was möchtet Ihr lieber? Malen oder einen Hinkefuß zum Manne?»

Rosamund lachte auf. «Es gibt sicher freundliche und gottesfürchtige Hinkefüße. Dafür fürchte ich mich nicht. Aber malen möchte ich schon auch. Und wenn's nur im Geheimen wäre.»

Der Mann streckte Rosamund seine Hand hin. «Schlagt ein, Jungfer. So soll es geschehen. Ihr sollt malen. Und einer, der einen Makel hat, der wird sich bestimmt leicht finden.»

Rosamund hob die Hand, doch dann hielt sie sie in der Luft. «Und das Urselchen? Wenn ich bleibe, wie ich bin, dann hat sie das Nachsehen. Keiner wird sie wollen.»

Matteo zuckte mit den Achseln. «Dann wird sie sich eben mehr anstrengen müssen. Sie muss bezaubernd und liebreizend sein, sodass den Männern gleichgültig ist, ob da noch eine Schwester mit Teufelsaugen in der Kammer hockt. Hat sie kein freundliches Wesen, so wird über kurz oder lang ohnehin der Kummer kommen.»

«Ich bin also nicht schuld, wenn das Urselchen kein Glück findet?»

«Nein. Jeder liegt, wie er sich bettet.»

Rosamund lächelte zaghaft. «Aber das Urselchen und die Mutter, die werden weiter sagen, dass alles Unglück von mir kommt.»

«Daran werdet Ihr nichts ändern können. Auch nicht, indem Ihr Euch ein Auge aussstecht.»

«Nicht?»

«Nein. Ganz sicher nicht. Sie haben nicht gelernt, dass ein jeder selbst seines Glückes Schmied ist. Wenn etwas misslingt, werden sie ihr Leben lang die Schuld bei anderen suchen. Vielleicht wird es nicht mehr Euer Teufelsauge sein, aber dann ist es eben etwas anderes.»

«Dass eine Zigeunerin mich gesäugt hat.»

«Ja, vielleicht. Oder dass das Ausstechen nicht geholfen hat. Oder weil das Mondlicht nicht im richtigen Winkel in die Kammer scheint oder weil eine schwarze Katze die Straße gekreuzt hat. Oder, oder, oder. Der Mensch ist erfinderisch, wenn es darum geht, sich aus der Verantwortung zu stehlen.»

Rosamund fand, dass die Worte des Mannes logisch klangen.

«Und was soll ich jetzt tun?», fragte sie.

Der Mann hob die Schultern. «Woher soll ich das wissen? Ihr seid jung, Euch stehen alle Wege offen. Ihr müsst Euch fragen, Euer Herz befragen, was Ihr wollt und wie Ihr leben möchtet. Kümmert Euch um Euch selbst. Ein anderer wird das nicht tun.»

Er sah sie mit seinen freundlichen Grauaugen an. «Womöglich möchtet Ihr heiraten und Kinder bekommen, vielleicht aber wollt Ihr auch dem Euren später in der Werkstatt helfen, vielleicht aber kommt alles ganz anders, als Ihr es Euch ausgedacht habt.»

Rosamund nickte, fragte: «Und Ihr, was wollt Ihr?»

Matteo zuckte mit den Schultern. «Eigentlich dasselbe wie Ihr. Fuß fassen, eine wirkliche Heimat finden, geliebt werden, malen, Kinder zeugen.»

«Ja, dann sind unsere Wünsche wohl ähnlich.»

Rosamund reichte Matteo zum Abschied die Hand.

«Lebt wohl und habt Dank.»

«Wir werden uns wiedersehen, Jungfer. Und ich freue mich darauf.»

Neuntes Kapitel

Übers Jahr war das Urselchen mannbar und schmierte sich jeden Morgen eine rote Paste auf Lippen und Wangen. Statt der Hufnägel drehte sie sich Lockenhölzer ins Haar und tat vornehmer, als die Weißfrauen im Stift ihr es beigebracht hatten.

Während Rosamund Farben rieb und Girlanden zeichnete, manchmal sogar Umrisse von Gestalten ausmalte, spülte sich das Urselchen mit Essig Glanz ins Haar, stahl aus der Werkstatt das kostbare Bleiweiß, um es sich vor dem Tanz auf das Gesicht zu reiben, nahm Papier weg und ließ sich von Rosamund Kleider darauf zeichnen. Die Blätter und das Geld, das die Werkstatt abwarf, trug sie zum Gewandschneider oder zum Schuhmacher.

Den Frankfurter Jungmännern war Ursulas Erblühen nicht verborgen geblieben. So manch einer hatte sich die Finger am Gusseisenklopfer schon blutig geschlagen. Einmal hatte Rosamund gehört, wie einer kam, der das Urselchen freien wollte. Es war der zweite Sohn eines angesehenen Gewandschneiders. Derjenige, der die Werkstatt nicht bekommen würde, sondern sich sein Glück mit eigenen Händen schaffen musste.

Die Tür zum Salon hatte offen gestanden, als die Mutter und das Urselchen den Freier empfingen. Natürlich, ohne dass der Vater davon wusste. Womöglich wäre dem Vater der Gewandschneidersohn ohne Werkstatt recht gewesen, das Urselchen aber wollte höher hinaus. Rosamund hatte im Flur einen neuen Fries nach den Wünschen der Mutter gemalt. Mit viel Blattgold, damit es vornehmer wirkte, obwohl kein Licht da war, um es anzustrahlen.

Ansgar Tucher also kam und brachte ein Sträußchen mit, welches die Ursula mit einem leicht verächtlichen Blick entgegennahm. Bunte Blumen vom Feld waren nicht mehr in Mode. Mit Tinte eingefärbte Rosen überreicht man jetzt. Der Tucher, Ansgar, hatte davon nichts gewusst.

«Ihr seid nicht sehr beschlagen in den Dingen des Luxus und der Moden, wie?», fragte die Mutter und maß den Ansgar mit einem Blick von den Haarwurzeln bis zu den blankgeputzten Schuhen.

Der Ansgar schaute verstört. «Wie denn? Muss man das seit neuestem, um den Weibern zu gefallen? Ich arbeite den ganzen Tag, gehe sonntags in die Kirche und gebe zu Ostern und Weihnachten den Armen. Reicht Euch das nicht?»

«Bei einer wie mir langt das nicht», quäkte das Urselchen. «Da müsst Ihr Euch schon ein bisschen mehr mühen. Schließlich habe ich eine vornehme Erziehung und bin es nicht gewohnt, mir die Hände schmutzig zu machen. Oder sucht Ihr etwa ein Weib, das mittut in der Werkstatt?»

Ansgar Tucher schluckte. «Hin und wieder ergibt es sich schon, dass eine Hand mehr gebraucht wird. Aber die Frau muss in erster Linie gut wirtschaften im Haus und in der Küche und mir Erben schenken. Am liebsten Söhne.»

Das Urselchen lachte hellauf. «Dann sucht Euch besser eine Magd und schwängert sie, da habt Ihr alles beisammen, was Ihr sucht.»

«Mägde haben wir und Knechte auch. Meinem Weib soll's an nichts mangeln. Schöne Kleider, weiche Kissen, alles, was ihr Herz begehrt.»

Das Urselchen trat einen Schritt näher, umschritt den Tucher, als sei er eine Statue. «Schmuck auch? Und eine eigene Zofe?»

«Woher denn! Wir sind doch keine Patrizier. Handwerker sind wir, mit goldenen Händen und einem goldenen Herz. Wollt Ihr noch mehr?»

«Wie viele Häuser habt Ihr? Wie viele Gulden? Und die Kirchenbank, ist die weit genug vorn?»

«Geht es Euch nur um Geld und Ansehen?»

Ursula kicherte. «Verbessern will ich mich. Gut habe ich es jetzt schon.»

«Nun, mein Vater sagt, Ihr zahlt ein wenig mehr Steuern als wir. Aber Ihr seid ja auch die Zweitgeborene. Euch steht weniger zu als Eurer Schwester. Da gleicht es sich aus.»

«Pfft! Meine Schwester. Die ist so gut wie weg, die zählt gar nicht. Nehmt mich nur wie eine Erstgeborene. Womöglich kriegt Ihr sogar die Werkstatt.»

Der junge Mann trat von einem Bein auf das andere. «Die Werkstatt, sagt Ihr?»

Da sprang die Mutter ein. «Möglich ist alles, nicht wahr? Wo Täubchen ist, fliegt Täubchen hin.»

«Das heißt, es ist nicht sicher?»

Lisbeth und Ursula zuckten mit den Schultern.

«Ja, dann will ich mal wieder gehen», sprach der Ansgar. «Sowieso bin ich ein Gewandschneider. Was soll mir da eine Weißbinderwerkstatt.»

«Halt!», rief Lisbeth. «Wollt Ihr nicht über die Mitgift reden?»

Der Gewandschneider winkte ab. «Verlohnen muss sich eine Ehe schon. Aber was nützt mir eine hohe Mitgift, wenn ich mich lebenslang mit einer rumschlagen muss, die sich feiner dünkt, als sie ist? Wir waren immer ehrliche und anständige Leute, die von ihrer Hände Arbeit leben. So will es der Brauch bei uns, so will ich es auch halten. Lebt wohl und Gottes Segen.» Er stülpte sich das Barett auf den Kopf, verneigte sich kurz und ward nie mehr gesehen.

Die Mutter und die Ursula zuckten mit den Achseln. «Er versteht nichts von der feinen Art. Ein Bauer ist er und wird es bleiben.»

Damit war die Bewerbung abgetan, und das Urselchen suchte weiter, warf ihre Blicke wie Fastnachtskonfekt auf die jungen Männer der Stadt. Zuerst auf die Kleidung, auf den Schmuck und zuletzt auf den Menschen.

Die Mutter feuerte sie an dabei, während der Vater die Hände rang.

Auch bei Tisch drehte sich alles um das Urselchen. «Hat der Zuckerbäckererbe aus der Nachbargasse mir zugeblinzelt?», wollte sie von der Mutter wissen.

Lisbeth nickte und strahlte.

«Hast du gesehen, dass mir der Handschuhmacher eine grüne Samtbordüre genäht hat? Er sagte, keiner stünde diese Farbe besser als mir.»

Lisbeth nickte und strahlte.

«Ach, und letzte Woche warf mir ein Gaukler eine Blume zu. Geleuchtet hat er schier, der arme Tropf, als ich sie mir ins Mieder steckte. Und vorhin erst, ich kam gerade von der Perlenstickerin, da traf ich den Patrizier Hohenhausen. Oh, wie ehrerbietig er mich gegrüßt hat! Ich glaube, es fehlt ihm nur noch ein wenig an Mut, bevor er hier anklopft.»

Lisbeth nickte und strahlte. Beifallheischend sah sie zum Vater und zu Rosamund. «Unser Urselchen, sie wird ihren Weg gehen, schön und liebreizend, wie sie ist. Eine gute Partie wird sie machen und es viel weiter bringen als ich.»

«Hat sonst noch wer den Brautwerber geschickt?», fragte Rosamund und biss herzhaft in ihr Brot. «Ich meine, hat noch jemand außer dem Ansgar Tucher um ihre Hand angehalten?»

Das Urselchen verzog den Mund. «Mein Gott, diese Krümelei! Du isst wie eine Bäuerin. Mit spitzen Lippen nimmt man einen kleinen Bissen und haut nicht die Zähne in den Brotlaib.»

«Lass sie», bremste der Vater. «Sie hat den ganzen Tag

gut gearbeitet. Und wer gut arbeitet, der soll auch gut essen.»

Das Urselchen rümpfte die Nase. «Ja, schon, aber doch nicht wie eine Wutz. Das ziemt sich nicht.»

«Hat sonst noch jemand gefreit um dich?», wiederholte Rosamund und wischte sich verstohlen die Krümel vom Kleid.

Der Vater schüttelte den Kopf. «Bei mir ist niemand vorstellig geworden, wenngleich die ganze Stadt weiß, dass sie mannbar ist.»

Die Mutter griff nach Urselchens Hand. «Das ist auch gut so. Sie würde sich sowieso nicht an den Erstbesten wegschmeißen. Die Guten, die lassen sich Zeit.» Mit dem Finger zeigte die Mutter auf Rosamund. «Der da bringt es nur Vorteile, wenn keiner kommt.»

Ursula verzog das Gesicht. «Aber merkwürdig ist es doch. Die Lotte vom Buchbinder hatte schon drei Bewerber, obgleich sie jünger ist als ich. Und bei der Dettmering Jule waren auch schon zwei, hässlich, wie die ist. Vielleicht liegt es doch an der da, dass außer dem Tucher noch niemand gekommen ist.» Jetzt zeigte auch das Urselchen mit dem Finger auf Rosamund. «Wenn bis Weihnachten noch immer kein weiterer da war, dann muss die weg.»

Rosamund seufzte und dachte an Matteo. Er hatte recht gehabt, das Urselchen war nicht liebreizend und freundlich genug. An jedem hatte sie etwas auszusetzen, sodass es keiner mehr wagte, um ihre Hand zu bitten. Der Tucher wird in den Schänken erzählt haben, wie sie ihn hier behandelt hat. Aber die Schuld daran gibt sie mir. Dem Mädchen mit den Teufelsaugen.

Ein scheeles Lächeln zog sich über Lisbeths Gesicht. Freundlich, viel freundlicher als gewöhnlich, griff sie nach Rosamunds Hand. «Sag, wie denkst du dir deine Zukunft? Willst du ewig bei uns bleiben?»

«Wenn's dem Vater recht ist, gern. Ich arbeite in der Werkstatt, mühe mich, so gut ich kann. Wenn der Dietrich einmal nicht mehr ist, kann ich ohne Aufhebens seine Arbeit übernehmen.»

«Und liegst uns trotzdem auf der Tasche.» Die Freundlichkeit war aus Lisbeths Gesicht gewichen. «Isst und trinkst, brauchst Kleider und Schuhe, verbrauchst Wasser und Kerzen. Eine andere als dich hätten wir schon aus dem Haus.»

Rosamund hatte auf diesen Tag gewartet, auf diese Worte, seit sie Matteo getroffen hatte. Aber sie hatte nicht gedacht, dass der Tag so schnell kommen würde.

«Ich soll also gehen? Am besten noch vor Weihnachten, damit sich die Freier trauen?», fragte sie. «Ihr glaubt wahrhaftig, es liegt an mir, dass niemand das Urselchen will.»

«Viele wollen mich» begehrte Ursula mit vorgestülpter Unterlippe auf. «Aber sie trauen sich nicht zu uns. So ist das.»

«Wegen mir?»

Die Mutter und das Urselchen nickten.

Rosamund blickte zum Vater. Der tunkte mit der Brotrinde die Bratensoße auf und tat, als hätte er nichts gehört.

«Vater, sag doch, was meinst du?», fragte Rosamund laut.

«Wir wollen nur dein Bestes.» Er sah nicht auf, als er dies sagte.

«Und wohin soll ich gehen?» Rosamunds Herz klopfte wie wild in ihrer Brust.

«Warum nicht ins Kloster?», fragte das Urselchen. «Einen Mann kriegst du eh nicht. Und wenn du unbedingt malen willst, so geh doch nach Engeltal. Dort kannst du den lieben langen Tag Buchmalereien kritzeln.»

«Ach? Woher weißt du das denn?» Rosamund war überrascht.

«Von der Mutter weiß ich's. Sie hat die Nonnen gefragt, als sie sie bei der letzten Messe getroffen hat. Platz ist genug in Engeltal, und viel kostet's nicht, dich dort unterzubringen.»

«Vater, weißt du davon?», wollte Rosamund wissen.

«Wir wollen doch nur dein Bestes», lautete seine Antwort.

«Und wenn ich nicht ins Kloster will? Wollt Ihr mich zwingen?»

Ursula kicherte. «Wenn du nicht dorthin willst, so musst du heiraten. Erst muss die Älteste versorgt sein, dann kann für die Jüngere das Glück beginnen.»

«Heiraten oder Kloster? Sonst gibt es nichts?», fragte Rosamund.

Die Mutter und Ursula warfen sich einen Blick zu, und Rosamund verstand. «Heiraten, Kloster oder Tod. Zwischen den dreien kann ich wählen, nicht wahr?»

Die Mutter und das Urselchen nickten, der Vater aber stöhnte auf, warf das Essen in den Kübel und ging wortlos hinüber zur Werkstatt.

Rosamund sah ihm nach, sann leise nach. «Ob um mich schon einmal einer gefreit hat?»

Die Mutter und das Urselchen schütteten sich aus vor Lachen. «Wer soll das denn gewesen sein? Der Fischer mit dem einen Bein vielleicht? Oder der Blinde, der immer zum Betteln vor der Liebfrauenkirche sitzt? Oder meinst du gar, der Henker wäre gekommen?»

Das Urselchen warf den Kopf zurück, brüllte, bis ihr die Tränen aus den Augen schossen. «Ja, ja, der Henker, das wäre der Richtige. Auch er ist ja mit dem Teufel im Bunde. Und du, du könntest ja die Gehenkten malen, na, wäre das nichts?»

Ursula haute sich auf die Schenkel, verschluckte sich und musste erst einmal trinken, bevor sie weiterlachen konnte. Und die Mutter saß daneben, wies mit dem Finger auf ihre älteste Tochter und schrie: «Henkersbraut, Henkersbraut, schnell getraut, die Henkersbraut.» Und brüllte ebenfalls vor Lachen.

Das Urselchen wollte nicht zurückstehen und dichtete: «Rosamund hat den Tod im Schlund, das Henkersweib bringt Schand und Leid.»

Zehntes Kapitel

Das Kloster Mariahilf lag in einem Seitental zwischen zwei Hügeln des Odenwaldes, einen halben Tagesmarsch vom kleinen Ort Bickenbach entfernt.

Die Bäume des nahen Waldes bogen sich unter der Schneelast, obwohl es noch nicht einmal Weihnachten war. Rehe und Wildschweine zeigten sich an den Waldrändern, reckten die Nase in Richtung des Klosters und trotteten, ermattet vom Hunger, zurück in den Wald. Die Spuren der Fallensteller, die in der Dämmerung mit dicken Fellmützen auf dem Kopf nach Essen suchten, zogen sich bis nahe ans Kloster. Der graue Himmel hing so tief, dass man meinen konnte, er läge wie ein Federbett auf den Baumwipfeln. Es roch nach Rauch aus den Kaminen und nach Schnee.

Rosamund sah aus dem offenen Fenster ihrer Zelle. Eine schwarze Gestalt kämpfte sich gebückt vom Waldrand her durch das Weiß, versank immer wieder. Das schwarze Nonnengewand wehte hinter ihr her, die weiße Haube war verrutscht. Obwohl Rosamund wusste, dass es Schwester Agnes sein musste, schien es ihr aus der Entfernung, als hüpfe eine Krähe durch die weiße Pracht. Sehr früh am Morgen, gleich nach der Andacht, machte sich die Krankenschwester auf den Weg, um nach Kräutern Ausschau zu halten, aus denen sie Hustentränke brauen konnte.

Tiefe Ruhe lag über dem Tal. Nur manchmal knirschte es leise in den Eiszapfen, die sich an den steinernen Fenstereinlassungen der Klosterzellen gebildet hatten.

Rosamund fror. Sie schloss die hölzernen Läden, blies in ihre blaugefrorenen Finger und zog sich das grobgestrickte Tuch eng um die Schultern. Sie war schon zwei Wochen in Mariahilf, aber noch immer hatte sie nicht das erste Gelübde abgelegt und trug nur das Kleid aus Frankfurt, dicke Strümpfe und das Tuch.

Gleich nach dem Martinstag, dem 11. November, hatte der Vater einen Wagen gemietet und war mit ihr nach Engeltal gefahren. Zuvor, am Morgen des Martinstages, herrschte großes Geschrei in der Weißbindergasse. Die Frauen hatten schon vor Monaten damit begonnen, eine der Gänse, die sie im Garten hielten, besonders zu mästen. Zwischen den Apfelbäumen stand die Magd mit ausgebreiteten Armen wie der Heiland am Kreuz, das Messer griffbereit im Stiefelschaft, und schrie: «Hule hule hule!» Aus den Nachbargärten erschallten ähnliche Rufe, und alsbald hatte die Hoffmann'sche Magd die richtige Gans erblickt, rannte ihr nach, nahm den schlanken, weißen Hals zwischen ihre derben, roten Hände und drehte ihn, bis es knackte.

Rosamund hatte unterdessen die Zuber mit dem Kochwasser in den Hof geschleppt. Die Gans wurde in die Brühe eingetaucht, zuckte ein letztes Mal und war eine

Stunde später bereits gerupft. Zwei Stunden später war ihr Bauch mit Esskastanien, eingeweichten Semmeln, Äpfeln und Pflaumen gefüllt. Das Fett, das beim Braten ausgelassen wurde, fing Rosamund auf und rieb sogleich der Mutter den Rücken damit ein, denn die klagte über Rückenschmerzen und geschwollene Fingerknöchel. Danach kochte Rosamund das schon ein wenig geronnene Gänseblut und füllte es in einen Tonkrug, damit ein Mittel zur Hand war, wenn jemand im Haus Fieber hatte. Das Urselchen hatte eigentlich ein wenig Gänsekot mit Stroh vermischen sollen. Die alten Frauen sagten, die Mischung, verräuchert, banne böse Geister und bringe den Männern das Lendenglühen zurück, aber Urselchen scherte sich nicht darum, sondern sammelte die schönsten Federn ein und überlegte laut, wie die sich wohl als Schmuck auf einem Umhang machen würden. Also kümmerte sich Rosamund auch darum.

Am Abend wurde das Mahl aufgetragen. Das letzte große Schlemmen vor der Fastenzeit bis Weihnachten. In den nächsten 40 Tagen bis zum Heiligen Abend würde es gerade noch so viel zum Essen geben, wie sich ziemte. Leckereien, gleich welcher Art, waren ausgeschlossen. Deshalb sah heute jeder zu, dass er sich noch einmal so richtig den Bauch vollschlug. Der Wein floss in Strömen, und Dietrich, der dem Brauch gemäß am Festmahl der Familie teilnahm, hatte schon bald eine rote Nase. Ihm, der sonst keine großen Worte machte, hatte der Wein die Zunge gelöst. Kichernd erzählte er, was er in der Gesellenstube der Weißbinder gehört hatte: «Der Philipp, der

Landgraf von Hessen, der ist jetzt in Haft in den Niederlanden.»

Der Vater nickte dazu. «Das habe ich auch gehört. Gott sei Dank ist damit die Kriegsgefahr gebannt. Mit seinen schmalkaldischen Truppen wollte er das ganze Reich zu Luther bekehren. Zum Glück ist Frankfurt eine freie Reichsstadt und untersteht direkt dem Kaiser.»

«Kaiser hin, Kaiser her», mischte sich Lisbeth ein, die heute ausnahmsweise ein Lächeln aufgelegt hatte. Sie war gut erholt, hatte den halben Tag auf der Liege verbracht und ihren angeblich wehen Rücken gepflegt, während Rosamund die Arbeit erledigt hat. «Der Luther, der hat die ganze Welt närrisch gemacht. Eine Woche ist unsere Kirche lutherisch, in der nächsten Woche wieder altgläubig. Der Rat weiß nicht, was er tun soll. Mit dem Kaiser, dem Altgläubigen, will er sich's nicht verderben, aber die Lutherischen, die Kaufleute, die haben das Geld. Also schwankt der rechte Glaube in Frankfurt wie eine Fahne im Wind.» Sie nickte sich selbst zu, stolz auf ihre Kenntnisse.

«Wollt Ihr gar nicht wissen, warum der Philipp in Haft geraten ist und seine Frau nun die Geschäfte führen muss?», wollte der Dietrich wissen und nahm noch einen kräftigen Schluck vom Wein.

«Was interessieren uns die Oberen?», fragte das Urselchen und nagte mit spitzen Zähnen an einer Keule. «Die tun immer, was sie wollen, ohne auf Recht und Gesetz zu achten. Soll der Landgraf ruhig in einem Verlies schmoren. Kaufen kann ich mir dafür auch nichts.»

«Warum ist Philipp beim Kaiser in Ungnade gefallen?», fragte nun Rosamund, die bemerkte, dass Dietrich vor Aufregung auf dem Stuhl hin und her rutschte.

Der kicherte noch einmal, beugte sich über den Tisch und erzählte mit Verschwörermine, was er in der Gesellenstube der Weißbinderzunft aufgeschnappt hatte: «Der Philipp, so heißt es, hatte nach 17 Jahren Ehe die Nase voll von seiner Christine. Geliebt hatte er sie ja noch nie, eine normale Fürstenehe eben, geschlossen aus politischen Gründen. Er soll, so sagen die einen, sogar mal über seine Frau geschrieben haben, er habe ‹niemals Liebe oder Brünstigkeit für sie gehabt, wiewohl sie fromm war, aber wahrlich unfreundlich, hässlich, und übel gerochen habe sie auch›.»

Das Urselchen kicherte. «Oh», rief sie aus und strich sich über ihre glänzenden Locken. «Da kenne ich so manche hier, der es ähnlich geht.» Sie warf dabei einen Blick auf ihre Schwester, doch Rosamund tat, als wäre sie für alles außer Dietrichs Worten taub.

«Ja, und dann vor sieben Jahren, da hat der Philipp um die Margarete von der Saale gefreit. Süße 17 Jahre alt war sie, die Christine dagegen schon 35. Er hat an den Luther geschrieben, dass er ja nun als Lutherischer wohl gut zwei Frauen haben sollte. Und der Luther hat zurückgeschrieben, dass davon nichts in der Bibel stünde, und er solle sich mit der Christine bescheiden. Das aber wollte der Landgraf ganz und gar nicht. Er war in Brünstigkeit verfallen und konnte nicht von der Margarete lassen. Also», hier kicherte der Dietrich so, dass er kaum sprechen konnte und sich erst noch einmal mit einem neuen Trunk stärken musste. «Also machte der Philipp einen Wachsabdruck von seiner Leibesmitte und schickte diesen, eingeschlagen in eine Samtdecke, nach Wittenberg zum Luther.»

Lisbeth und das Urselchen kicherten lauthals los. Die Mutter schlug sich sogar die Hand vor den Mund. «Ist das wahr?», stammelte sie. «Ein Abdruck vom landgräflichen Gemächte? Und, wie ist es? Wahrhaft fürstlich, hoffe ich.»

«Wartet ab, Herrin, die Geschichte geht noch weiter», fuhr der Dietrich fort. «Der Luther jedenfalls erhielt die Sendung, schlug das Samtdeckchen zur Seite und tat einen Aufschrei. Dann holte er den Melanchthon dazu und sprach: «Das hat die arme Christine 17 Jahre ausgehalten? Nun, wir wollen sie von ihrem Leiden erlösen.» Landgraf Philipp erhielt also die Heiratserlaubnis mit der Margarete von der Saale, aber zugleich stellte Luther diese Ehe unter das Beichtgeheimnis. Unser Kaiser Karl V. aber ist nicht dumm. Er hörte von der Bigamie und bestellte dem Philipp, er solle seine schmalkaldischen Truppen im Zaume halten und sich selbst in Gefangenschaft begeben, sonst träfe ihn die ganze Härte des Gesetzes, welches ja bekanntlich besagt, dass Bigamie mit dem Tode bestraft wird.»

Der Vater schüttelte den Kopf. «Willst du damit sagen, dass diese ewigen Schlachten um den rechten Glauben nun ein Ende gefunden haben, weil der Landgraf sein Lendenglühen nicht unter Kontrolle hatte?»

«So ist es! So ist es!», schrie der Dietrich und brach in herzhaftes Gelächter aus. Und das Urselchen und die Mutter stimmten ein, warfen die Köpfe nach hinten und brüllten aus vollem Hals.

Rosamund deckte inzwischen das Geschirr ab. Die Magd hatte frei heute. In anderen Häusern war es sogar üblich, die Dienstboten in die Weihnachtsferien zu schicken, da im Winter nicht so viel Arbeit wie im Sommer anfiel. Bei der Weißbinderfamilie Hoffmann dagegen war es anders. Hoffmanns behielten die Magd, und sie, Rosamund, wurde fortgeschickt.

Und das war ihr letzter Tag zu Hause gewesen. Der Vater hatte sie früh am nächsten Morgen hergefahren, die Mutter und das Urselchen hatten noch geschlafen und sich nicht von ihr verabschiedet. Jetzt war sie im Kloster Mariahilf in Engeltal, einen Tagesritt von zu Hause entfernt.

Wenn sie zwischen den Benediktinerinnen beim Essen saß oder beim Gebet kniete, fühlte sie sich ein wenig am Rand. Ihre Kleidung stach hervor aus den schwarzen Gewändern mit den engen Hauben. Dabei wäre Rosamund lieber aufgegangen hier, wäre eine von vielen gewesen, denn sie war gern hier.

Der geregelte Tagesablauf gefiel ihr.

Der Tag, oder besser die Nacht, begann gegen 2 Uhr mit der Vigil, «Herr, öffne meine Lippen, damit mein Mund Dein Lob verkünde.» Oft war Rosamund zu dieser Zeit sterbensmüde, doch in der Gemeinschaft mit den anderen müden Schwestern, die kaum den Mund zum Lob öffnen konnten, fühlte sie sich geborgen. Danach schlief sie tief und fest bis zu den Laudes, die beim Aufgang der Sonne gefeiert wurden, in der Regel um die sechste Stunde herum. Mit Inbrunst betete Rosamund für das gute Gelingen und die Heiligung des neuen Tages, aß danach mit gutem Appetit eine Hafergrütze zum Frühstück, trank eine heiße Milch dazu und begab sich zum ersten Mal an diesem Tag ins Skriptorium. Wenn die Glocke die neunte Stunde verkündete, fand sie sich wieder in der Kapelle ein, um die Prim zu feiern, zu Mittag folgte die Terz, danach das Mittagessen und die stille Stunde, die Prim und die Non. Dazwischen eilte Rosamund immer wieder in die Schreibstube zurück, um ihrer Arbeit nachzugehen. Zur Vesper verschloss sie das Tintenfass, legte ihre Arbeitsgeräte ordentlich auf das Pult und eilte zum Vespergottesdienst in die Kapelle. Der Tag wurde von der Komplet beendet, der eine Gewissenserforschung mit stillem Schuldbekenntnis vorausging. Jedoch gab es hier in Mariahilf nichts, was Rosamund belastet hätte. Im Gegenteil. Sie genoss die Regelmäßigkeit der Tage.

Es gab keine Überraschungen, das Leben lief ruhig und gleichmäßig wie der Main im Sommer. Rosamund musste nichts fürchten, hatte keine Sorgen und, vor allem, war sie ohne Schuld. Hier gab es niemanden, dem sie das Leben verdarb. Sie fühlte sich wohlgelitten, und das war mehr, als sie je gehabt hatte. Selbst ihr leiser Zorn auf Gott, der zugelassen hatte, dass sie Teufelsaugen bekam, verzog sich langsam. Rosamund war schon immer fromm gewesen, hatte schon immer ein guter Mensch sein wollen und Gott allabendlich um Kraft dafür gebeten. Als sie noch unter den Menschen war, schien es, als ob Gott sie nicht gehört hatte. Da war das Urselchen, dem sie im Weg war. Und der Mutter war sie auch nicht gut genug gewesen. Sie hatte so vielen Menschen Angst gemacht. Wie kann man gut sein, wenn die anderen sich vor einem fürchten? Da nützte alles Wollen nichts.

Hier war es anders. Rosamund hatte seit zwei Wochen kein schlechtes Wort gehört, keinen scheelen Blick geerntet, kein Getuschel hinter ihrem Rücken bemerkt.

Und das, obwohl mit ihrer Ankunft im Kloster die Kälte begonnen hatte. Schnee war gefallen, lag jetzt schon über einen Meter hoch, und es war so kalt, dass die wenigen Kohlebecken nicht ausreichten, um das Kloster nur um einen Hauch zu erwärmen. Über Nacht gefror das Wasser in den Kannen, und seit zwei Tagen war es auch über Tag nicht getaut.

Der Priester, vor dem sie das Gelübde ablegen sollte, lag im Nachbarkloster krank danieder, sein Vertreter wagte sich nicht durch Schnee und Eis in das verlassene Tal. Also blieb Rosamund die, die sie war: eine überreife Jungfer, die niemand wollte und den einzigen Bewerber um ihre Hand in Gott sah.

Seit ihrer Ankunft hatte sie nicht mehr gebeichtet; auch den Benediktinerinnen von Mariahilf blieb die Vergebung ihrer kleinen Sünden versagt. So zeigten sich allmählich und beinahe unbemerkt kleine Risse im streng geregelten Klosteralltag. Zur Vigil, dem Nachtgebet, erschien nur noch die Hälfte der Schwestern, im Refektorium wurde während der Verlesung der Psalmen beim Mittagsmahl gehustet, erhitzter Wein auch außerhalb der Mahlzeiten getrunken, und nachts lagen in so mancher Zelle zwei Schwestern eng aneinandergekuschelt in einem Bett.

Rosamund warf einen letzten Blick auf Schwester Agnes, öffnete die Tür ihrer Kammer, ging durch den langen Flur Richtung Skriptorium. Die Tür zur Küche stand offen, der Gärtner brachte gerade einen Sack zur Küchenschwester, der so zappelte, dass er ihn kaum transportieren konnte.

«Was bringst du mir da?», fragte die dicke Köchin.

«Drei Feldhasen, erstaunlich fett für die Jahreszeit. Das muss ein Zeichen des Herrn sein.»

«Gelobt sei Jesus Christus», erwiderte die Schwester, bekreuzigte sich.

«In Ewigkeit, Amen», sagte der Gärtner, griff in den Sack und hielt der Nonne den ersten Hasen hin.

Die krempelte sich die Ärmel ihrer Kutte hoch. «Gleich schlachten werde ich den, ich brauche noch eine Einlage für die Suppe.» Sie griff nach dem Tier, setzte das zappelnde Wesen auf den Boden und sprach auf es ein, damit es ruhig wurde. Rosamund hatte noch nie gesehen, wie ein Hase geschlachtet wurde. Sie blieb stehen, war gespannt, ob sein Blut tatsächlich so rot war wie in ihrer Vorstellung. Jetzt hob die Köchin das Tier langsam an den Hinterbeinen in die Höhe und sprach dabei weiter auf es ein. Ihre rechte Hand fuhr hoch in die Luft und sauste beinahe im selben Atemzug unterhalb der Löffel in das Hasengenick. Rosamund hörte einen Halswirbel knacken, dann war das Tier tot.

«Braver Kerl», lobte die Köchin und schnitt dem Vieh

mit einem scharfen Küchenmesser die Kehle durch. Das Blut schoss heraus, die Magd konnte gar nicht so schnell eine Schüssel herbeibringen, um es aufzufangen. Rosamund standen die Härchen auf ihren Unterarmen zu Berge, doch sie konnte nicht wegsehen. Das Blut hatte dieselbe Farbe wie Lammblut. Womöglich konnte man es eingedickt zum Malen verwenden. Sie hatte jedes Mal beim Gänseblut am Martinstag daran gedacht, doch niemand hätte ihr gestattet, das bewährte Fiebermittel mit in die Werkstatt zu nehmen. Aber das hier war Hasenblut und keiner da, der daraus Medikamente kochen wollte. Allerdings war sie hier nur eine Schreiberin, die vielleicht später einmal hin und wieder kleine Buchmalereien ausführen durfte und ansonsten den Anweisungen der Skriptoriumsleiterin zu folgen hatte.

Sie wollte gehen, doch der Vorgang faszinierte sie so, dass sie stehen blieb. Die Köchin schnitt dem Tier die Hinterbeine kurz über den Fußgelenken ein, dann hängte sie den Körper an einen Haken, führte einen Schnitt über die Sprunggelenke an den Innenseiten der Hinterbeine bis zum After, legte das Messer zur Seite, sagte noch einmal: «Braver Kerl», dann zog sie ihm das Fell von den Hinterbeinen beginnend bis über die Ohren. Rosamunde hatte genug gesehen.

Neben der Küche führte eine Steintreppe nach oben zum Skriptorium. Dieses lag genau über der Küche, damit die aufsteigende Wärme der Herdfeuer den Schreiberinnen, Kopistinnen und Buchmalerinnen die Hände wärmte.

Heute standen neben jedem Pult Kohlebecken, und die Luft war erfüllt von beißendem Rauch, der sich in Kleider und Haare setzte, die Augen tränen ließ. Rosamund fand hustend zu ihrem Pult, spitzte die Federkiele, sah nach, ob die Büchse mit dem Löschsand den Frost gut überstanden hatte. Dann legte sie sorgsam ein Blatt Pergament vor sich hin, nahm Lineal und den feinsten Kohlestift zur Hand, um die dünnen Linien zu ziehen, auf denen später die Schreiberinnen ihre zierlichen Buchstaben setzten.

«Na, geht es?» Gunhilde, die Leiterin des Skriptoriums, stand neben Rosamunds Pult. Rosamund nickte. «Ich trage Pulswärmer, die Finger gehorchen mir noch.»

«Arbeite sorgsam. Wenn du die Linien gezogen hast, könntest du vielleicht die Buchmalereien von Schwester Salesiana zu Ende bringen. Sie liegt im Bett, kann vor Husten kaum sprechen, geschweige arbeiten.»

Rosamund strahlte. «Ich darf die Buchmalereien ausführen?»

Gunhilde nickte. «Die Umrisse sind schon gezogen. Es geht nur darum, die richtigen Farben gekonnt aufzutragen. Dein Vater sagte mir, du wärst darin eine Meisterin.»

Rosamund wurde ganz warm. «Ich werde mir so viel Mühe geben, wie ich nur kann.»

Sie zog die Linien mit Bedacht, hielt ab und zu inne und spürte dem kleinen Glück nach. Buchmalereien. Das, was sie sich heimlich gewünscht hatte, als sie dem Drängen der Mutter nachgab und sich in ein Kloster zurückzog. Sie hatte darauf bestanden, nur in einen Orden einzutreten, der sich mit diesen Dingen beschäftigte. Mariahilf war bekannt für seine wunderschönen, wertvollen Bücher, die nicht nur dem Erzbischof von Mainz gefielen, sondern sogar dem Landgrafen Philipp, obwohl dieser dem Luther aus Wittenberg anhing. Für seine neugegründete Universität in Marburg hatte er mehr als ein Dutzend Schriften bei den Benediktinerinnen von Mariahilf in Auftrag gegeben. Freilich war das schon Jahre her, und Philipp der Großmütige in den Niederlanden in Haft, doch die Aufträge hatten über seine Verhaftung hinaus Bestand, und das Kloster fühlte sich nun dem Sohne und Christine von Sachsen, Philipps erster und rechtmäßiger Ehefrau, verpflichtet. Buchmalereien für den Rest ihres Lebens. Das war nicht, wovon Rosamund geträumt hatte, aber es schien erträglich. Die Schwestern waren meist freundlich, es gab genügend Speis und Trank, ein Bett, wenn auch schmal und nur mit einem Strohsack belegt, und Gemeinschaft. Hier, in Mariahilf, hatte sie noch keine «Das Mädchen mit den Teufelsaugen» genannt. Hier hatten viele selbst einen Makel, waren gekommen, weil sich kein Freier für sie fand. Da war Salesiana, die eine Hasenscharte hatte, und Mathilda mit dem Klumpfuß. Magdalena verfiel so oft in Schwermut, dass sie zu nichts anderem zu gebrauchen war als zum Gebet, und Dorothea hörte so schwer, dass man sie anbrüllen musste, während Julias Vater so verarmt war, dass es nicht für die kleinste Mitgift gereicht hatte. Reginas Mutter hatte vor Jahren schon geschworen, ihr zehntes Kind dem Herrgott zu schenken. Sie alle saßen hier zwischen den mannshohen Regalen, in denen die Farben und Pinsel, die Pergamente und Federkiele, die Musterbücher, Zirkel, Kohlestifte und die Büchsen mit dem Löschsand lagerten. Die Pulte selbst standen nahe den Fenstern, die mit Butzenglas versehen waren, damit genügend Licht für die Arbeit hereinfiel. Kalt war es freilich trotzdem. Rosamund sah auf die gebeugten Rücken vor sich, sah weiße Wolken aus den Mündern aufsteigen und sich mit dem Rauch aus den Kohlebecken vermischen. Gern hätte sie jetzt in einen Sommerhimmel geschaut, um das richtige Blau für den Mantel der Mutter Maria zu finden, doch es gab keinen Sommerhimmel. Rosamund dachte an den Tag zurück, als sie sich das Auge ausstechen wollte. An Matteo, der von einem Sommerhimmel gesprochen hatte. Einem Sommerhimmel mit Wolken, die sich im Abendlicht bräunlich färbten. Sie hatte ihn nicht mehr wiedergesehen seither, aber sie fühlte sich ihm verbunden. So, als hätte er ihr zum zweiten Mal das Leben geschenkt. Sie war ihm dankbar dafür, konnte sie doch nun hier sitzen und sich über ein leuchtendes Sommerblau Gedanken machen. Vor Gott sind alle gleich, egal, welche Farbe ihre Augen haben. Hier, in Mariahilf, erlebte sie es jeden Tag.

Nur unwillig legte sie zum Mittagsgebet den feinen Pinsel aus der Hand, eilte mit geduckten Schultern durch die frostigen Korridore zur Kapelle.

Am Abend hatte sie den Mantel der Muttergottes fertig gemalt. Sie hatte die Falten ihres Gewandes mit zarten Brauntönen betont, sodass es aussah, als walle es über ihre Füße. Gunhilde hatte sie gelobt und gefragt, ob sie sich zutraute, eine ganz eigene Buchmalerei auszuführen. Rosamund war froh gewesen, wäre am liebsten aufgesprungen und hätte ihre Ideen verkündet. Aber sie blieb sitzen, sie war in einem Kloster. Eine Buchmalerei, die sich wie ein Fries über alle Seiten zog. Nicht am äußeren Rand, von oben nach unten, sondern an der Oberkante entlang, von Seite zu Seite fortlaufend, schlug sie vor. Gunhildes Blick war skeptisch. Dann aber kam sie mit einem Stapel billigen Papiers und sagte: «Probiere es aus. Wir werden sehen, was dabei rauskommt.»

Nach dem Abendgebet lag Rosamund noch lange wach. Sie fror entsetzlich, der Strohsack wärmte kaum. Ihre Füße waren eiskalt, obwohl die Cellerarin jeder Schwester einen heißen Ziegelstein ans Bettende gelegt hatte. Eine andere Benediktinerin war mit einem Wagen von Zelle zu Zelle gezogen und hatte heißen Würzwein in die Becher verteilt. «Trink, Herzchen, trink in einem Zug, dann spürst du die Kälte nicht so.»

Den ganzen Tag über hatte es geschneit, und am Abend hatten sich die Bäume mit einer Eisschicht überzogen. Es sah aus, als hätten die Zweige sich mit Diamanten geschmückt, die im Mondlicht glitzerten, doch die Kälte biss und kniff so stark in die Wangen, dass es jede vermieden hatte, sich länger als unbedingt nötig im Freien aufzuhalten. Selbst die «stillen Kammern», wo die Nonnen sich erleichterten, waren eingefroren, und die Frauen wagten es nicht, sich mit bloßen Schenkeln auf den Holzbalken zu hocken, aus Angst, sie könnten dort festfrieren.

Rosamund hatte vor der Komplet beobachtet, wie Margarete sich ein wenig Holz aus der Küche gestohlen hatte.

Wahrscheinlich wollte sie damit nachts ihre Zelle heizen. Ein kleines Feuerchen nur auf dem Steinboden, die hölzernen Läden eine Spalt offen, damit der Rauch abziehen konnte. Margarete musste noch entsetzlicher unter der Kälte leiden als die anderen Schwestern. Sie war so schmal und klein, so zart und zerbrechlich wie ein junges Kätzchen. Da war nichts, rein gar nichts, das sie wärmen konnte. Rosamund hatte geschwiegen, als sie den Diebstahl sah, und hoffte jetzt, dass Margarete endlich einmal warm geworden war.

Sie kuschelte sich fest in ihr Tuch, tastete mit den Füßen nach dem Stein, der mittlerweile nur noch lauwarm war, und schlief schließlich trotz der Kälte ein.

Elftes Kapitel

Rosamund träumte von blauen Gewändern, über die jemand eine Schale leicht geronnenes Hasenblut goss. Im Traum überlegte sie, aus welchen Farben sie diesen Ton mischen würde, doch da wurde das Blut auf dem Gewand plötzlich braun, stieg als Rauch auf, der sich ihr schwer wie ein Daunenkissen auf die Brust legte.

Rosamund musste husten, erwachte vom eigenen Geräusch. Es roch merkwürdig hier. Sie riss die Augen auf und presste sie gleich darauf wieder zusammen, weil sie tränten. Und nun wusste sie auch, was da roch. Es war Rauch. Rauch, der durch die Türritzen drang, in ihre Kehle quoll.

Sie sprang aus dem Bett, riss die Läden auf. «Feurio» wollte sie schreien, doch da erklang schon die Feuerglocke. Vom Hof tönte Geschrei, die Brunnenkurbel quietschte, jemand rief ihren Namen.

«Hier bin ich, hier oben», schrie sie und winkte.

Gunhilde stand mit bloßen Füßen im Schnee und ruderte mit den Armen. «Mach schnell, die Treppe brennt schon. Tränke dein Kleid mit Wasser und komm.»

Rosamunds Herz begann zu rasen. Sie nahm die Schüssel mit dem halb geschmolzenen Wasser und goss sie über sich. Das Wasser war so kalt, dass es ihr für einen Augenblick den Atem nahm. Dann öffnete sie die Tür. Eine Wand aus Hitze schlug ihr entgegen. Rosamund drehte den Kopf, atmete tief ein, presste sich das nasse Kleid vor Mund und Nase und rannte auf bloßen Füßen über die heißen Steine des Bodens. Das Feuer verfolgte sie. Krachend, knisternd und raschelnd griff es nach ihrem Rocksaum. Hinter ihr polterte ein Balken zu Boden, jemand schrie. Rosamund blieb stehen, sah sich um, doch der Rauch war so dick, das Feuer so dicht, dass sie nichts erkennen konnte. Langsam wurde ihr die Luft knapp, und sie war noch nicht einmal an der Treppe. Weiter, dachte sie, weiter.

Nun konnte sie die Treppe durch den Rauch erkennen. Nur noch ein paar Schritte. Von unten hörte sie ihren Namen rufen. «Rosamund, komm zur Treppe, wir holen dich.»

Vor ihren Augen begann es zu flimmern. Schwarze Kreise stiegen auf, wurden zu Rauch. «Ja», krächzte sie. «Ich komme.»

Nur zehn Schritte, zehn kleine Schritte trennten sie von der Treppe. In ihrer Kehle wurde es eng. Rosamund rang nach Atem, die schwarzen Kreise wurden größer. Alles um sie herum versank in einem dichten Nebel. Sie riss sich das nasse Tuch vom Mund, schnappte nach Atem, spürte, wie ihre Knie weich wurden, sie hustete, fiel und fühlte den Aufprall schon nicht mehr.

Als sie wieder zu sich kam, sah sie über sich den schwarzen Nachthimmel, der sich unzählige Sterne ans Kleid geheftet hatte. Beim ersten Atemzug überfiel sie der Husten.

Sie fühlte Hände, die ihren Nacken stützten, sie halb aufrichteten, einen Becher mit Wasser an die Lippen reichten. Rosamund trank dankbar, schüttelte sich ein wenig. «Wo bin ich? Was ist geschehen?»

Gunhilde beugte sich über sie. «Es hat gebrannt, erinnerst du dich? Das Kloster ist in Flammen aufgegangen. Wir haben dich oben an der Treppe gefunden, kurz bevor das ganze Stiegenhaus zusammenbrach.»

Rosamund nickte, richtete sich auf, bemerkte erst jetzt, dass sie im Schnee lag und nur ein Nachthemd trug. Sie schlang die Arme um den Oberkörper. «Und die anderen? Sind die Schwestern alle in Sicherheit?»

Gunhildes Augen wurden dunkel. Sie schüttelte den Kopf, flüsterte: «Margarete fehlt. Sie hat es wohl nicht mehr nach draußen geschafft.»

Jemand kam und legte Rosamund eine Decke um die Schultern, half ihr, auf die Beine zu kommen. Sie taumelte in Richtung Gästehaus, hörte schon von draußen das Klagen, Wimmern und Schreien der Verletzten. Es roch noch immer nach Rauch und, je näher sie dem Gästehaus kam, nach verbranntem Fleisch.

Sie drehte sich um, sah die rauchende Ruine des Klosters, erblickte einzelne Feuernester, die sich im Dachstuhl tummelten. Noch immer quietschte die Brunnenkurbel. Leute aus dem Dorf waren gekommen, gaben sich in einer Reihe vollgefüllte Wassereimer weiter.

Am Horizont dämmerte der Morgen herauf, und Rosamund verstand, dass sie mehrere Stunden ohne Bewusstsein gewesen war. Sie fror bis ins tiefste Innere. Ihre

Knochen fühlten sich so spröde an, als wollten sie auf der Stelle brechen. Ein paar Meter neben ihr war Schwester Agnes damit beschäftigt, eine junge Nonne mit Schnee abzureiben.

«Komm her, Rosamund», rief sie. «Du bist ganz blau, musst ganz in den Schnee, sonst holst du dir Frostbeulen.»

Rosamund zitterte. Die Zähne klapperten aufeinander wie ein Schellenkranz. Sie taumelte im Schnee herum, zu erschöpft, um einen klaren Gedanken zu fassen, zu erschöpft, um irgendetwas zu tun.

Sie hätte später nicht mehr zu sagen gewusst, was sie in den nächsten Stunden gemacht hatte. Irgendwann hatte sie sich im Speisesaal des Gästehauses wiedergefunden, inmitten der weinenden, jammernden Mitschwestern.

«Was soll nun aus uns werden?», klagte Julia.

«Wo werden wir leben?», fragte sich Salesiana.

Das Einzige, das Rosamund interessierte, waren die Bücher. «Ist das Skriptorium beschädigt?»

Gunhilde winkte ab. «Alles verbrannt. Jedes Buch, die Farben, alles.» Dann ließ sie sich schwer neben Rosamund auf die Bank sinken.

Rosamund griff ihre Hand, nahm sie zwischen ihre und wärmte sie. «Es wird sich ein Weg finden, glaube mir. Der Herr lässt die seinen nicht im Stich.»

Gundhilde lächelte schmerzlich. «Die Oberin wartet auf den Abt des nahen Männerklosters. Er muss entscheiden, was aus uns wird.»

«Ora et labora», beschwor Stunden später der Abt die Ordensregel der Benediktiner. «Bete und arbeite und danke Gott, dass er dich verschont hat.»

Vier Schwestern waren bei dem Brand ums Leben gekommen; Margarete, Magdalena, Bernadette und Hildegard.

Der Abt verlas ihre Namen, segnete sie, und die Schwestern konnten sich nicht halten vor Trauer, weinten in ihre dünnen Nachthemden, schnäuzten sich in die umgehängten Decken, rangen die Hände.

«Warum hat Gott das zugelassen?», fragte Julia schluchzend und presste sich ein Taschentuch gegen die Augen. Sie war eng mit Margarete befreundet gewesen und hatte eine Herzensschwester verloren.

«Warum, Abt, hat Gott uns das Feuer geschickt?», drängte sie.

Vor Rosamunds Augen tauchte das Bild vom Vortag auf. Margarete, die Holz aus der Küche stahl, um sich zu wärmen.

Der Abt, hager, groß, mit einer Nase, die so schmal und spitz war wie ein Vogelschnabel, zeigte mit dem Finger auf Julia und presste die Worte zwischen strichdünnen Lippen hervor. «Dich selbst solltest du fragen, mein Kind. Habt Ihr gesündigt? Habt Ihr es verdient, dass der Herr Euch das Feuer schickte?»

Die anderen Schwestern schraken hoch, sahen dem Mann mit vor Entsetzen großen Augen an.

«Was glotzt Ihr? Welche Schuld habt Ihr auf Euch geladen, dass der Herr so mit Euch zürnt?»

Den jüngeren Schwestern stiegen Tränen in die Augen. Andere fielen auf die Knie, bekreuzigten sich. Eine wollte sogar beginnen, sich zu geißeln.

Da stand Rosamund auf. «Es ist nicht die Schuld der Schwestern», erklärte sie mutig. «Es ist kalt, und so manche hat sich wärmen wollen. Der Glaube an den Herrn schenkt Frieden und Wärme, aber nur, wenn man ein reines Gewissen hat. Ihr wart es, der den Schwestern die Beichte verwehrt hat. Wenn Ihr also meint, dass sie Schuld an diesem Brand haben, so tragt Ihr auch Euren Teil daran.»

Der Abt durchbohrte Rosamund mit Blicken, aber seine Stimme war lammfromm, als er erwiderte: «Mein Kind, mir scheint, du schaust mit falschem Blick. Der Schnee, die Kälte, ich konnte nicht kommen.»

«Andere haben es auch geschafft.» Rosamund deutete mit dem Finger auf Agnes. «Jeden Tag ist sie in den Wald gegangen, um Kräuter zu holen. Kein Schnee war ihr zu hoch, keine Kälte zu klirrend. Auch die Leute aus dem Dorf sind gekommen, brachten Getreide und Hasen. Nur Ihr habt uns im Stich gelassen. Also frage ich Euch noch einmal: Warum hat Gott uns in diesem Feuer vier Schwestern genommen, die keiner Seele ein Leid getan haben? Warum mussten sie ohne Beichte sterben?»

Der Abt kniff die Augen zusammen, stieß seinen dürren Zeigefinger in Rosamunds Richtung. «Wer bist du, dass du es wagst, so mit mir zu reden?»

«Rosamund Hoffmann aus Frankfurt bin ich und gekommen, um im Kloster zu bleiben. Benediktinerin möchte ich werden und den Ruhm des Klosters mit meinen Buchmalereien mehren.»

Der Abt verzog die Mundwinkel nach unten. «Naseweis seid Ihr, an Demut mangelt es Euch. Wisst Ihr nicht, dass ich noch über Eurer Oberin stehe? Wie könnt Ihr es wagen, mir zu widersprechen?»

«Vor Gott», entgegnete Rosamund, «sind alle gleich. Auch Ihr, Hochwürden. Der Mensch ist fehlbar, sonst wäre er Gott. Es ist keine Schande, nimmt Euch nichts von Eurer Würde.»

Der Abt schnappte nach Luft. Seine dünnen Lippen hatten die Farbe alter Steine angenommen. Er trat ganz dicht an Rosamund heran, so dicht, dass sie seinen Atem auf ihrem Gesicht spürte. «Du bist ein Nichts», zischte er. «Nur ein Sandkorn in Gottes Wüste. Hast du dich gefragt, warum es gerade diese vier deiner Mitschwestern getroffen hat? Na? Hast du?»

Rosamund wäre gern einen Schritt zurückgetreten, doch hinter ihr war die Wand. Sie wagte nicht, dem Abt ins Gesicht zu blicken. Sie wusste, er würde in ihren Augen den Teufel erkennen. Furcht kroch durch ihren Leib, lähmte Arm und Bein, doch die Zunge nicht.

«Sie haben so gefroren», sagte sie. «Ihnen war so furchtbar kalt.»

«Nein!», donnerte der Abt. «Sündig waren sie. Wegen ihrer Schuld hat das Kloster gebrannt. Man erkennt es an ihrem Tod.»

«Heißt es nicht, die Gott liebt, die holt er früh zu sich?», wagte Rosamund einen Widerspruch.

Ein Arm legte sich um ihre Schultern. Es war Gunhilde. «Lass ihn, reize ihn nicht, bitte! Wir sind in seiner Hand.»

«Da hörst du es!», keifte der Abt. «Ich bin es, der Euch sagt, was nun geschieht. Verteilt werdet ihr. In andere Klöster werdet ihr gehen Immer zwei zusammen. Und ich werde darauf achten, dass die Freundinnen getrennt werden. Ihr habt Gott euer Leben geschenkt, dürft nicht einen Teil davon an Erdenfreundschaften geben.»

Schwer atmend ließ er von Rosamund ab, hockte sich auf die Bank und trank den gereichten Würzwein in einem Zug. Dann musterte er Rosamund noch einmal gründlich, hob den Finger und zählte je zwei Schwestern ab. «Du und du, ihr geht nach Andernach. Und du da mit dem braunen Haar, du gehst nach Ruppertsheim und nimmst die hier vorn mit.»

Es gab Tränen. So viele Tränen. Die Schwestern fielen sich weinend in die Arme, nahmen Abschied von allem, was ihnen lieb war, ohne noch ganz begriffen zu haben, welchem Schicksal sie gerade entronnen waren.

Rosamund stand still an der Wand, wagte vor dem Abt nicht den Wunsch zu äußern, dass sie in ein Kloster mit Bibliothek kommen wollte.

Die Oberin stand stumm in ihrer Nähe, tat nichts, um ihren Schäfchen zu helfen. Nur Gunhilde wagte Einspruch, als man sie von Salesiana trennen wollte, doch vergeblich. Sie wurde in den Süden geschickt, ihre Herzensschwester in den Norden.

Dann waren alle Benediktinerinnen verteilt, nur Rosamund war übrig. Leise, zaghaft richtete sie das Wort an den Abt. «Und ich, was wird aus mir? Wo soll ich hin?»

Der Mann zuckte mit den Achseln. «Du hast noch kein Gelübde abgelegt, oder?», fragte er. «Bist nicht eingekleidet, hast noch deinen alten Namen?»

«Ja, so ist es, Hochwürden.»

«Nun, dann bist du auch keine Benediktinerin, unterstehst nicht meiner Hoheit, gottlob.»

«Was bedeutet das, Hochwürden?» Rosamund bekam Angst. Sie stand allein und frierend im Nachthemd, nur mit einer Decke um den Schultern. Sie hatte kein Zuhause mehr, ihr neues Heim war eine rauchende Ruine in ihrem Rücken.

«Was heißt das für mich, Hochwürden?»

«Ich bin nicht zuständig für dich, muss, kann und darf dich nicht vermitteln. Geh dorthin, wo du hergekommen bist.»

«Aber ich habe kein Heim mehr, kann nirgends zurück.»

«Ist das meine Schuld, dass Gott dich jetzt an diesen Platz gestellt hat?», fragte der Abt und sah sich beifallheischend um, sein Adlatus grinste zustimmend.

«Natürlich nicht, Hochwürden. Aber Ihr seid ein Christenmensch, müsst Nächstenliebe üben.»

«Oh, das tue ich, das tue ich. Ich liebe meinen Nächsten wie mich selbst. Und weil ich das tue, habe ich für eine wie dich keinen Platz. Ich werde doch dem Herrn nicht ins Handwerk pfuschen.»

Zwölftes Kapitel

Alles ging so schnell, dass Rosamund es kaum begriff.

Das letzte Wort des Abtes war noch nicht verklungen, als draußen Fuhrwerke auf den Hof rumpelten. Es waren die Mönche vom Nachbarkloster. Sie sprangen herab, stürmten das Gästehaus, luden auf, was nicht angenagelt war: Bänke, Tische, Krüge, Teller, Strohsäcke, Kerzenhalter samt Kerzen, Kissen, Waschgeschirre und Sitzfelle. Einer riss die hölzernen Läden aus den Angeln, ein anderer nahm Rosamund die Decke von den Schultern.

Auch die Vorratsräume wurden geplündert. Säckeweise verschwanden Mehl, Salz, Getreide, Bohnen, Linsen. Fässer mit Kraut, Wein und Bier wurden über den Hof gerollt, vorbei an verbrannten Balken, und auf Fuhrwerke geladen. Einer hatte die Hände voller Würste, ein anderer brachte geräucherte Speckseiten heran.

Die Nonnen sahen dem Treiben zu. Gunhilde seufzte. «Sie nehmen uns alles und wollen obendrein, dass wir ihnen dafür danken», sagte sie. «Es ist nicht nur der Abt, alle sind sie es. Wüsste ich es nicht besser, ich würde meinen, sie selbst hätten das Feuer gelegt.»

«Auch Mönche sind Menschen», erwiderte Rosamund.

«Ich habe es nicht glauben wollen; jetzt sehe ich es mit eigenen Augen.»

«Ja.» Gunhilde seufzte. «Der Abt sagte, wir sollten den Fuhrwerken hinterherlaufen, wenn alles verladen ist. Auf nackten Füßen. Wer weiß, welche von uns überhaupt ihr neues Zuhause erreicht. Ist es nicht absonderlich, Rosamund, dass die Krautfässer gefahren werden, geschützt von einer dicken Plane, und wir müssen barfuß durch den Schnee?»

Rosamund nickte und winkte wenig später der kleinen Kolonne nach. Die Nonnen, noch immer verstört, noch immer viel zu dünn gekleidet in ihren Nachtgewändern, stolperten hinter den schwerbeladenen Wagen her wie Stiefkinder hinter der bösen Mutter. Der Abt thronte, eingehüllt in einen dicken Pelz und weichen, gefütterten Stiefeln, auf einem Pferd und ließ sich von seinem Adlatus beständig heiße Tränke reichen. Als die Karawane hinter der nächsten Wegbiegung verschwunden war, drehte sich Rosamund um und betrat den Hof. Das Tor verschloss sie ordentlich. Noch immer mit nackten Füßen tappte sie durch den Hof in das Gästehaus. Sie suchte nach einer Decke, einer alten Jacke, die jemand vergessen hatte, nach irgendetwas, um sich zu wärmen. Aber sie fand nur ein paar Holzschuhe, die dem alten Gärtner gehörten. Der Wind blies durch die offenen Fenster. Er drang in jede Ritze, wirbelte den Ruß vor sich her, als wäre es Schnee. Kein Holzladen hielt ihn mehr ab, kein Türblatt.

Die Asche im Herdfeuer hatte noch ein wenig Wärme gehalten, und Rosamund nahm sich Händevoll davon, bedeckte das Gesicht, die rotgefrorene Nase, die Arme, die Beine damit. Dann ließ sie sich auf den Boden sinken, mit dem Rücken zur Wand. Sie war so schrecklich erschöpft. In ihrem Kopf herrschte Leere, die Augen sahen nichts mehr, die Ohren hörten nichts, der Mund hatte keine Worte mehr. Ohnehin war niemand da, dem sie etwas sagen konnte. Niemand. Kein Mensch. Nur Gott.

Rosamund zog die Knie an, häufte Asche auf ihre Füße, schlang die Arme um die Knie und legte ihr Kinn darauf. Ich habe zum zweiten Mal mein Zuhause verloren. Dieses Mal ist es schlimmer. Beim ersten Mal wusste ich wohin. Jetzt weiß ich es nicht. Was soll aus mir werden? Wo soll ich leben? Mich von was ernähren?

In die Stadt zurück? Mich als Magd verdingen? Im Nachthemd? Als Hilfe bei einem Bauern vielleicht. Im Winter? Sie wusste es nicht, hatte den Glauben verloren. Was sollte nur aus ihr werden? Verzweifelt rang sie die Hände. Dann übermannte sie die Müdigkeit, sie ließ sich auf die Seite fallen und schlief ein.

Als Rosamund erwachte, war es dunkel. Der Mond schien durch die offenen Fenster. Die Kälte war noch klirrender geworden, Rosamund konnte die Glieder kaum bewegen. Einfach liegen bleiben, dachte sie. Ich habe einmal gehört, dass Erfrieren ein schöner Tod sein soll. Ganz warm, fast schon heiß soll einem werden, bevor der Mann mit der Sense kommt. Ich könnte einfach liegen bleiben. Vielleicht wäre es vorbei, bevor der Morgen graut.

Schad wäre es nicht um mich, keiner würde es merken. Den Abt kümmert's nicht, die Schwestern haben eigene

Sorgen, und der Mutter und dem Urselchen ist alles recht, solange ich nicht wieder vor ihrer Tür stehe. Auch dem Vater würde es nur Ungemach bereiten, käme ich zurück. Und ich will ja auch gar nicht zurück und mich ewig in der Werkstatt verstecken. Freunde möchte ich haben. Wenigstens einen. Reden würde ich mit ihm und lachen und weinen und trösten und Trost empfangen. Wir könnten uns an der Hand halten, wenn der Wind zum Sturm wird, einer könnte dem anderen ein Licht reichen in der Dunkelheit.

Widerwillig zwang sich Rosamund zum Aufstehen. Sie suchte nach Holz, fand da ein Tischbein, dort einen kaputten Weidenkorb, woanders das Stück eines Holzladens. Sie kroch auf Knien im Mondenschein durch das Gästehaus, sammelte Abgesplittertes und Vergessenes, trug alles zusammen und entfachte mit steifen Fingern das Herdfeuer. Sie blies hinein in die zarten Zünglein, und warm wurde ihr vom Blasen und nicht vom Feuer. Endlich brannte es, endlich wurde es Rosamund warm um die Brust, die Beine. Sie drehte sich vor dem Feuer, als wäre sie ein Huhn am Spieß, konnte nicht genug bekommen von der Wärme, lief hinaus, holte Schnee, leckte den lockeren Ball mit der Zunge auf. Dann legte sie sich vor den Herd und schlief erneut ein.

Am nächsten Morgen beschloss sie, dass sie weiterleben wollte. Hier, in Mariahilf. Sie fand in einer Ecke einen alten Lappen, der früher benutzt wurde, um die Küchenfliesen sauber zu waschen. Jetzt war er trocken und steif. Mit Händen und Zähnen riss Rosamund ihn in

Streifen, umwickelte ihre Füße damit, steckte diese in die Galoschen des Gärtners. Dann begab sie sich in die Vorratskammer, die sich neben dem Gästehaus befand. Dort waren die Regale umgestoßen worden, und Rosamund zerrte sie mit aller Kraft in den Hof. Feuerholz. Sie stieg über eine zerbrochene Kiste, klaubte einen schrumpligen Apfel hervor, biss herzhaft hinein, warf die Kiste zum Feuerholz.

Ein kleines Fass stand in einer Ecke; die Mönche hatten es wohl in der Dunkelheit übersehen. Butter war darin, und Rosamund steckte den Finger hinein, leckte ihn ab, steckte ihn wieder hinein, so lange, bis ihr der Bauch wehtat. In einer anderen Ecke war ein Haufen mit Erde aufgeschüttet. Rosamund wühlte, fand Mohrrüben darin. Sie lächelte, hatte jetzt genug für ein paar Tage.

Sie verließ die Vorratskammer und umschritt, noch immer im Nachthemd, die Ruine, die nun nicht mehr qualmte.

Der Haupteingang des Klosters war verschüttet, Steine und verkohlte Balken lagen kreuz und quer. An der Rückseite des Klosters befand sich ein geheimer Gang; Gunhilde hatte Rosamund davon erzählt. Sie fand die Tür, riss daran. Von der Wärme und vom Löschwasser aufgequollen, ließ sie sich nicht öffnen, so sehr sie auch zog, zerrte, mit den Füßen dagegentrat. Wind war aufgekommen, riss an ihrem dünnen Hemd, wehte es hoch bis über die nackten Schenkel. Ich hole mir den Tod, dachte Rosamund, blickte zum Himmel und bat Gott, ihr Hilfe zu schicken.

Heute war der Herr nicht taub für ihre Wünsche. Ein paar Schritte neben dem Geheimgang, dort, wo sie im Sommer das Holz zum Trocknen stapelten, fand Rosamund eine Axt.

Sie nahm sie in beide Hände, schwang sie über den Kopf und hieb die Axt so fest in das Holz der Tür, dass ihr die Splitter um die Ohren sausten. Rosamund jubelte auf, schwang erneut die Axt, wieder und wieder, bis das Türblatt in Fetzen hing. Dann stieg sie durch die Öffnung, tastete sich mit den Händen den rußgeschwärzten, stockdunklen Gang entlang bis zum Fuße einer Treppe, die steil nach oben führte. Rosamund versuchte sich zu erinnern, wo genau diese Treppe hinführen könnte, doch sie kannte die Ecken und Winkel des Klosters nicht gut genug. Auf allen vieren erklomm sie Stufe für Stufe. Ihre Hände trafen auf die spitzen Kanten von Steinen, schmierten im Ruß herum, einmal rutschte sie ab, fiel ein Stück, rappelte sich hoch und erklomm noch vorsichtiger die Treppe.

Als sie deren Ende erreicht hatte, war sie von Schweiß überströmt. Sie stand vor einer Tür, rüttelte an der Klinke und verfluchte sich, weil sie die Axt vergessen hatte. Mit dem ganzen Leib warf sie sich gegen die Tür und war fast überrascht, als diese leise knarrend zurückschwang. Rosamund trat über die Schwelle. Durch ein Fenster mit gesprungenen Butzenscheiben lugte der helle Tag. Sie sah sich um. Sie war in der Sakristei.

Ein Schrank war umgestürzt, lag halb auf einem derben Tisch. Eine Tür war offen, und daraus hing ein kostbares Gewand. Eines von denen, die der Priester nur an hohen

Feiertagen trug. Der Abt musste es gewesen sein, dessen Leib es zuletzt geschützt hatte.

Rosamund zerrte daran, murmelte dabei vor sich hin: «Jetzt gibst du mir doch ein Heim.» Sie schlüpfte in das weiße Gewand, das mit kostbaren Goldstickereien übersät war und viel zu groß für ihren Körper. Doch es wärmte so angenehm wie ein gutes, weiches Lammfell.

Sie lächelte. Zum ersten Mal seit dem Brand spürte sie ein bisschen Mut, ein bisschen Kraft. Langsam, ein wenig beschämt und trotzig in dem Kleid, das ihr nicht zustand, tat sie Schritt für Schritt, leise und zaghaft, als könnte sie die Ruhe stören.

In einem Bord lagerten die Hostien, daneben stand der Wein. Rosamund ließ sich auf einen gepolsterten Schemel gleiten, biss in eine Hostie, trank einen Schluck aus dem Weinkrug. Jetzt erst spürte sie, wie hungrig sie war. Also nahm sie die nächste Hostie, den nächsten Schluck Wein, hielt ganz allein das Abendmahl, labte sich am Leib und am Blut des Herrn.

Als sie satt war, betrat sie die Kapelle. Auch sie war beschädigt, die hinteren Bänke waren verkohlt, angesengt, aber nicht zu Asche zerfallen. Über dem Altar lag noch die wertvolle Decke, gefertigt von den Goldstickerinnen in Amsterdam. Darauf der schwere Silberleuchter, die Monstranz, die Silberkelche für den Wein, die kostbare, in feines Leder gebundene Bibel.

Vorsichtig näherte sich Rosamund dem Altar, wischte mit dem Ärmel des Priestergewandes den Ruß von der Heiligen Schrift, wischte auch die Monstranz sauber.

Warum hatten die Mönche diese Schätze unangetastet gelassen?, überlegte sie und fand sogleich die Antwort. Es war noch zu heiß gewesen in der Ruine. Sie würden wohl wiederkommen und auch diese Sachen mitnehmen. Noch einmal strich sie über die Bibel. «Ich werde dich hüten», sagte sie leise. «Nichts wird dir geschehen. Du kommst an den Platz, der dir zusteht.»

Rosamund versuchte, von der Kapelle die anderen Räumlichkeiten des Klosters zu erreichen, doch es war vergeblich. Überall hingen die Deckenbalken halb herunter, knarrten gefährlich im Wind. Das Stiegenhaus war zerfallen, die Gänge verschüttet.

Sie verließ auf demselben Weg, auf dem sie hereingekommen war, das Kloster, schützte den geheimen Gang mit einem Balken und begab sich ins Gästehaus. Im ersten Stock fand sie eine Kammer, die trocken war. Ein hölzernes Bettgestell stand dort, ein Kreuz hing an der Wand. Rosamund werkelte den ganzen Tag, suchte nach Hammer und Nägeln, fand sie in den ehemaligen Pferdeställen und nagelte sich einen Wetterschutz vor das Fenster. Dann stellte sie in ihrer neuen Kammer Kerzen auf, die sie aus der Sakristei mitgenommen hatte, fand im Hof eine zerbeulte Schüssel als Waschgeschirr.

Als es dämmerte, entfachte sie das Herdfeuer, legte zwei Ziegelsteine in die Glut. Dann ging sie in die Vorratskammer, holte sich ein paar Mohrrüben und legte sie in die heiße Asche zum Abendbrot.

Die Möhren waren fast fertig, als es draußen an der Tür klopfte. Rosamund schlüpfte in die Holzschuhe und begab sich zum Hoftor, öffnete die Klappe darin. «Gelobt sei Jesus Christus.»

«In Ewigkeit. Amen», antwortete eine Stimme, die zwischen Junge und Mann lag.

«Was wollt Ihr hier?»

«Ich bin ein Geselle auf Wanderschaft. Fragen wollte ich, ob ich die Nacht hier verbringen darf.»

Rosamund äugte durch die Luke, sah ein schmales Gesicht mit blasser Haut, dünne, braune Haare und einen aufgeworfenen Jungenmund.

«Wie heißt Ihr?», fragte sie.

«Ich? Ihr meint mich?»

«Ja. Dich. Also?»

«Man nennt mich Xaver. Aus dem Bayrischen komme ich, bin ein Kannengießer auf Wanderschaft.»

Rosamund entriegelte die Tür, Xaver schlüpfte hinein, betrachtete Rosamund, sagte: «Großer Gott!», ließ das Bündel fallen und schlug sich die Hand vor den Mund.

«Was ist?», fragte Rosamund, doch Xaver kniete schon vor ihr, küsste den Saum ihres Gewandes.

«Ach, das ist es!», begriff Rosamund. «Steh auf. Ich bin keine Priesterin. Es hat gebrannt im Kloster, und ich habe nichts zum Anziehen außer dem hier.»

Der Junge stand auf, hielt aber die Blicke voller Ehrfurcht weiter auf Rosamund gerichtet. «Seid Ihr die Göttin?», fragte er, als hätte er Rosamunds Worte nicht gehört. «Das Weib vom lieben Gott?»

«Ich bin Rosamund, beinahe Benediktinerin, sonst nichts. Komm mit, es ist kalt hier draußen.»

Sie fasste ihn beim Ärmel und zog ihn mit sich ins Gästehaus.

«Zum Essen gibt es nicht viel», erklärte sie. Xaver antwortete nicht, blickte nur mit großen Augen und offenem Mund.

«Ein paar Möhren habe ich, dazu Hostien und Messwein in rauen Mengen. Du musst dir selber nehmen, was du essen magst, es gibt keine Teller und Becher hier.»

Sie reichte ihm die Kanne mit dem Wein, Xaver hob sie mit beiden Händen an die Lippen und trank. «Ist das wirklich das Blut des Herrn?»

Rosamund lachte. «Nein. Es ist nur Messwein. Leib und Blut des Herrn sind doch nur Bilder, verstehst du? Wir denken uns einfach, dass der Wein das Blut und die Hostien der Leib sind, und dann verspeisen wir beides mit Andacht und im Gedenken an den Herrn. In Wirklichkeit werden die Hostien aus Mehl gebacken und der Wein aus Trauben gekeltert.»

Xaver riss das Maul auf, glotzte und schwieg.

Rosamund musste lachen. «Hast du wirklich geglaubt, du bekommst vorm Altar ein Stückchen aus dem Schinken des Herrn zwischen die Zähne?»

«Hochwürden hat's uns so gesagt», raunte Xaver ehrfürchtig.

«Nun weißt du, wie es wirklich ist. Hier, nimm noch eine Handvoll Hostien. Nebenan steht ein Fass mit Butter. Nimm dir davon auch. Streich auf die Hostien so viel du kannst.»

«Butter auf die Hostien?»

«Warum nicht?», entgegnete Rosamund.

Xaver schüttelte energisch den Kopf, biss vorsichtig ab, kaute langsam und bekreuzigte sich bei jeder neuen Hostie, während Rosamund aß und trank, als wäre alles so, wie es üblich ist.

Danach saßen sie im Dunkel vor dem Herdfeuer, schwiegen, starrten in die Glut. Nach einer langen Zeit fragte Rosamund: «Fragst du auch immer, wem es nützt, wenn etwas geschieht, das du nicht verstehst? Einen traf ich mal, der kam von Italien, der sagte mir, dort halten sie es so. Und ihr in Bayern?»

Xaver schüttelte den Kopf. «Wir fragen nicht nach dem Nutzen. Es ist Gottes Wille, sagen wir, und dass die Wege des Herrn unergründlich sind.»

«Ja, das sagen viele. Aber wenn man fragt, wem es nützt, tun sich andere Möglichkeiten auf. Man sieht plötzlich anders. Hast du gewusst, dass Worte sehend machen können?»

Xaver schüttelte den Kopf. «Ich sehe mit den Augen», sagte er schüchtern.

«Manchmal reicht das nicht aus», erwiderte Rosamund leise.

Da richtete sich der Xaver auf. «Jetzt weiß ich es, Ihr seid eine Heilige.»

«Ach was, ein Mädchen bin ich, ein Mensch. Nicht anders als du.»

«Nein, nein, Ihr seid eine Heilige. Da!» Xaver deutete mit dem Zeigefinger auf ihr Haar. «Da sehe ich einen Heiligenschein. Wenn Ihr nicht die Frau vom lieben Gott seid, dann seid Ihr eine Heilige. Der Schein, der sagt die Wahrheit.»

Rosamund schüttelte den Kopf. «Der Mond ist es, der durch die Ritzen dringt.» Sie wies Xaver einen Platz vor dem Herdfeuer zu, wo er schlafen konnte, und begab sich in ihre Kammer.

Am nächsten Morgen fand sie die Stube des Gästehauses warm. Xaver hatte die beiden Fenster repariert und Feuer entfacht. Sogar ein paar Mohrrüben schmorten schon darin, Schnee schmolz in einer Schüssel.

Sie aßen, dann kramte Xaver in seinem Bündel. «Ich habe nicht viel, das ich Euch geben könnte. Aber seid so gütig und nehmt diesen Becher aus Zinn. Ich habe ihn selbst gefertigt.»

Er reichte Rosamund ein Stück feinster Arbeit. Schön ziseliert hoben sich Girlanden vom Untergrund ab. Zuerst wollte Rosamund ablehnen, doch dann sah sie den Eifer in Xavers Augen. «Habt recht schönen Dank», sagte sie also, und «Gott vergelt's».

Xaver winkte ab. «Eine Ehre ist's mir, eine außerordentliche sogar, einer Heiligen meinen Becher schenken zu dürfen.»

Rosamund schüttelte den Kopf. «Nein, nein, eine Heilige bin ich nicht. Es war der Mondenschein, der durch die Ritzen schien, nichts sonst.»

Jetzt schüttelte der Xaver den Kopf. «Bei Nacht war's vielleicht der Mond, aber heute sehe ich Eure Augen. Eines ist blau, das andere braun. Das ist ein Zeichen von Gott.»

«Seid Ihr sicher? Von Gott? Nicht vom Teufel?» Rosamund war verblüfft.

«Von Gott, natürlich. Denn das braune Auge steht für die schwarzen Menschen in den fernen Ländern, die auch Gottes Kinder sind. Und das blaue steht für uns.»

«So einfach ist das?», fragte Rosamund erstaunt.

Xaver nickte überzeugt «Natürlich ist es so einfach. Gott ist einfach, damit jeder ihn verstehen kann. Und Ihr seid es auch. Wenn der Herr weiße und schwarze Menschen geschaffen hat, wie die Leute erzählen, die die Seefahrer getroffen haben, so ist es doch ganz natürlich, ein blaues und ein braunes Auge zu haben. Oder denkt an die Alten. Früher hatten sie dunkles Haar und jetzt weißes. Oder die Bauern. Im Frühjahr ist ihre Haut weiß wie Milch, und wenn der Sommer zu Ende geht, dann sind sie braun wie Eichenlaub. Der Mensch hat keine bestimmte Farbe. Die Farben wechseln. So ist es in der Natur, so ist's auch beim Menschen.»

Mit dieser Rede ging Xaver unter vielen Verbeugungen und Bekreuzigungen, schwenkte den Hut in der Hand und schloss grüßend das Tor hinter sich.

Dreizehntes Kapitel

Die nächsten Tage verbrachte Rosamund damit, sich im Gästehaus einzurichten. Sie durchstreifte jede Kammer, jeden Keller, fand Dinge, die sie benötigte, ein wenig Handwerkszeug, zwei Handtücher, sogar ein Blöckchen Seife, außerdem einen kaputten Schemel, den sie reparierte, und noch einige Öllampen.

Es war noch immer bitterkalt, doch der Himmel war klar. Zu manchen Stunden brach sogar die Sonne durch die Wolken. Dann stand Rosamund auf der Klostermauer, sah über das Land, die weite Schneefläche, die im Sonnenlicht glitzerte wie ein Diamantenfeld.

In den Nächten fror Rosamund trotz des heißen Ziegelsteins am Fußende der Bettstatt. Sie hatte zwar einen dünnen Strohsack gefunden, der nach langem Lüften auch nicht mehr so faulig roch, doch eine Zudecke fehlte ihr noch.

Also wagte sie sich noch einmal in den Geheimgang, der hinauf zur Sakristei führte, ging von dort in die Kapelle, zog zögernd die kostbare Samtdecke vom Altar.

Am Abend bat sie Gott um Nachsicht, dann kuschelte sie sich in den weichen Samt und fror zum ersten Mal seit langem nicht.

Jetzt hatte sie wieder ein Zuhause. Ich will wie eine Klausnerin leben, überlegte sie sich. Das Kloster will ich hüten mit seinen Schätzen und jeden Tag so beten, wie es die Benediktinerinnen getan haben. Ora et labora. Ich werde arbeiten, werde das Gästehaus wieder zu einem machen. Im Frühjahr werde ich ein Stück Feld beackern, die Aussaat klaube ich mir vom Boden der Vorratskammer. Ich werde Kräuter suchen und Tränke daraus brauen. Vielleicht kann ich diese im Ort verkaufen, mit dem Geld Kerzen und Seife, ein bisschen irdenes Geschirr erstehen. Außerdem könnte ich meine Dienste als Schreiberin im Dorf anbieten. Der Dietrich und der Vater haben's mir beigebracht, weil manche Leute in Frankfurt gern einen Spruch haben wollten im Wandfries.

Ich werde jedem ein Heim bieten, der es will. Niemand soll vor dem verschlossenen Tor bleiben. Die Klausnerin von Mariahilf werde ich sein. Oder bin ich es schon?

Mit dieser Frage schlief sie ein, stand am nächsten Morgen damit auf, öffnete die Tür vom Gästehaus, um frische Luft hereinzulassen, und fand auf der Schwelle einen Korb, aus dem es duftete.

Rosamund nahm den Korb, sah sich nach allen Seiten um, doch da war niemand. Das Hoftor war verschlossen. Sie trug den Korb ins Haus, lüpfte das Tuch – und fand darunter ein halbes Dutzend Eier, eine geräucherte Wurst, einen frischen Laib Brot, ein Stück Käse, eine Kanne Milch und ein paar gestrickte Schafwollsocken.

Laut lachte Rosamund auf, sah nach oben und sagte:

«Ich säe nichts, ich ernte nichts, und du ernährst mich doch.»

Dann bereitete sie sich ein Festmahl, schmauste und schlürfte, und als es dunkel geworden war, läuteten die Glocken der Bickenbacher Kirche bis hinein in ihr stilles Tal, und Rosamund wusste, es ist Weihnacht.

Zwei Tage später stand wieder ein Korb mit Köstlichkeiten vor der Tür, ein Pudding war dabei, ein Stück Braten sogar. Und wieder kein Hinweis, wer der Spender war.

Rosamund war voller Dankbarkeit. Und diese Dankbarkeit machte sie mutig. Um die Mittagsstunde, als der Tag am hellsten war, nahm sie sich ein Herz und eine Kerze, drang durch den Geheimgang in die Ruine ein, wühlte sich durch Schutt und Asche bis zum Arbeitszimmer der Oberin. Dort lagerten noch Papier und Stifte. Rosamund nahm alles mit, was sie finden konnte, zwei Kohlestifte, zwei Federkiele und ein Tintenfass, presste die Schätze an ihre Brust, schützte sie mit dem Priestergewand und trug sie vorsichtig in ihre Klause. Dort breitete sie die Sachen aus und begann zu zeichnen. Ein kleines Bildchen nur, eine Heiligenfigur aus Kohle. Dann rieb sie einen Ziegelstein, bis er pulvrig war, vermischte ihn mit dem Butterfett und malte der Heiligen einen ziegelsteinroten Mantel. Als das Bild fertig war, legte sie es in den Korb, bedeckte ihn vorsichtig mit einem Tuch und stellte ihn vor die Tür an eine geschützte, windstille Stelle.

Den nächsten Tag verbrachte Rosamund damit, einen alten Weinstock auszugraben. Über dem Feuer trocknete sie ihn, zerrieb dann das schwarze Holz zu Pulver, gab ein

Eiklar hinein und hatte die satteste schwarze Farbe, die sich denken ließ. Für das Gelb zerschlug sie eine ohnehin zerbrochene Butzenscheibe, zerrieb auch diese zu feinem Pulver, gab ein wenig Leinöl dazu. Sie erhielt kein sattes Gelb, auch kein Gold, sondern nur eine leichte Tönung, die sich aber auf dem weißgrauen Papier hervorragend machte.

Zum Schluss schnitt sie sich eine dicke Strähne ihres kräftigen Haares ab, band es fest zusammen, führte einen Stab in die Verbindung und hatte so einen Pinsel, der zwar nicht viel taugte, mit dem sich aber mehr schlecht als recht malen ließ.

So saß sie und malte Heiligenbilder, und den Mangel an gutem Material machte sie wett durch ihren Eifer und ihre Sorgfalt. Für jeden neuen Korb bedankte sie sich mit einem Bildchen, fühlte sich wohl dabei und nützlich.

Am Tag der Heiligen Drei Könige begann es zu tauen. Warmer Wind war aus dem Süden gekommen, lutschte an den Eiszapfen. Rosamunde saß auf dem Brunnenrand im Hof, auf den Knien ein kleines Blatt, den Kohlestift in der Hand, und zeichnete die tauenden Eiszapfen. Sie hätte so gern gemalt, am liebsten mit blauer Farbe, mit Indigo, das man hinter den Alpen herstellen konnte, aber hier, in der Ruine, fand sie nichts, das sich verwenden ließ.

Blau. Sie hatte eine solche Sehnsucht nach dieser Farbe, dass sie sich am Himmel nicht sattsehen konnte, sie vermisste das Blau wie einen Freund.

Wenn sie mit dem Malen fertig war, begab sie sich in die Sakristei. Sie polierte den silbernen Leuchter, wienerte die Monstranz, bis sich die Sonne darin fing, staubte die Bibel ab. Es wäre ihr niemals in den Sinn gekommen, die Gegenstände von ihrem angestammten Platz zu nehmen und ins Gästehaus zu tragen. Sie war nicht die Besitzerin der Dinge, sie verstand sich nur als Hüterin.

Sie hatte ein Leben und ein Zuhause und eine Aufgabe und war schon beinahe so weit, sich glücklich zu nennen, als es eines Abends, kurz nach der Dämmerung, an das Tor klopfte.

Rosamund hatte vorgehabt, ein neues Heiligenbildchen zu malen. Im Kerzenschein hatte sie arbeiten wollen, einen Becher heiße Milch dazu trinken. Und jetzt klopfte es, klopfte wieder und wieder.

Niemand soll vor dem verschlossenen Tor stehen, erinnerte sie sich ihrer Vorsätze, und ging öffnen.

Vor der Tür stand ein Mann, der sie mit offenem Mund anstarrte. «Ist es also doch wahr?», stammelte er.

Rosamund umarmte ihn vorsichtig. «Vater», flüsterte sie. «Ich freue mich so, dass du mich besuchen kommst.»

Sie nahm ihn beim Arm und führte ihn hinein. Der Vater sah sie unverwandt an, als hätte er sie noch nie gesehen. Einmal strich er ihr über das Haar, ein anderes Mal berührte er zart den Ärmel ihres Gewandes.

Rosamund erhitzte Wein, bot dem Vater den Schemel an, schnitt Brot und Käse.

Der Vater aß und trank, doch noch immer konnte er seinen Blick nicht von ihr wenden.

«Also ist es doch wahr», sagte er hin und wieder, bis Rosamund fragte: «Was ist wahr?»

«Dass du eine Heilige bist.» Er blickte sie unverwandt an.

Rosamund lachte. «Wer erzählt so etwas?»

Der Vater breitete die Arme aus. «Alle. Sogar in Frankfurt wird von dir gesprochen. Die Heilige von Mariahilf nennen sie dich.»

«Ich bin keine Heilige.»

«Du hast das Feuer überlebt.»

«Das stimmt, aber das haben noch viele andere Schwestern. Deshalb bin ich nicht heiliger als andere.»

Der Vater strich ihr wieder über das Haar, als müsse er sich vergewissern, dass sie kein Trugbild war.

«Erzähle mir, wie alles geschehen ist», bat er.

Und Rosamund erzählte, fragte dann den Vater, was er gehört habe.

«Vom Feuer haben wir zu Weihnachten erfahren. Sogleich habe ich eine Kerze für dich entzündet. Die Mutter hat ein Tränchen verdrückt, das Urselchen den Mund verzogen. Der Dietrich aber, der hat geheult wie ein Schlosshund. «Den Tod im Feuer, das hat sie nicht verdient. Sie ist doch keine Hexe», hat er immer wieder gesagt.»

«Und du, Vater, was hast du gedacht?»

Er sah sie an, sein Blick war müde und sein Gesicht grau.

«Nichts habe ich gedacht. Alle Gedanken waren aus meinem Kopf gewischt wie Kreide von der Tafel. Nichts hat mir mehr geschmeckt, die Arbeit ging nicht von der Hand, das Lachen habe ich verloren und das Weinen auch.»

Er sah hoch, griff jetzt beide Hände. «Es war falsch, Rosamund, dich hierher zu geben. Ich war feige, wollte nur meine Ruhe haben vor der Mutter und dem Urselchen. Dich, mein Liebstes überhaupt, habe ich weggegeben. Gott verzeihe mir meine Schwach- und Feigheit. Und vergib auch du mir, Rosamund.»

Rosamund antwortete: «Ich habe dir nichts zu vergeben, Vater. Eine schöne Zeit hatte ich hier vor dem Brand. Und auch jetzt geht es mir gut. Es mangelt mir an nichts, und niemand ist da, der sagt, dass ich nicht recht bin.»

«Eine Heilige nennen sie dich. Es wird erzählt, ein junger Kannengießer hätte in der Nacht ganz deutlich einen Heiligenschein über deinem Haupt gesehen. Er sprach auch von deinem Gewand. So herrlich wäre es, als hätte Gott höchstselbst die Fäden dafür geknüpft.

Dann haben dir die Leute Essen gebracht. Zum Dank erhielten sie Heiligenbildchen, und pünktlich zu den Drei Königen hättest du den Schnee tauen lassen.»

«Das war ich nicht, das war die Natur, Vater. Alles war die Natur. Selbst der Heiligenschein kam nur vom Mondlicht. Ich bin keine Heilige, das weißt du. Auch keine Teufelin. Ich bin einfach nur Rosamund.»

Da nahm der Vater sie in die Arme. Tränen rollten über seine eingefallenen Wangen. «Ich weiß, mein Kind. Ich weiß es doch. Aber die anderen, sie denken sich, was ihnen passt.»

Rosamund strich ihm mit dem Finger zart die Tränen von den Wangen. «Aber sie täuschen sich. Als ich der Teufel war, täuschten sie sich, und jetzt bin ich plötzlich eine

Heilige für sie. Wie es gerade passt. Ist das nicht wahrhaft merkwürdig?»

«Das ist es wohl und zeigt, wie dumm der Mensch doch ist», bestätigte der Vater. «Ich bin gekommen, weil ich ahnte, dass du diese Heilige bist. Ich bin hier, um dich nach Hause zu holen.»

«Nach Frankfurt? Was soll ich da, Vater?», fragte Rosamund. «Mir geht es gut hier.»

Der Vater sah sich um. «Ich sehe es. Aber du kannst hier nicht bleiben. Sobald das Frühjahr kommt, wird das Kloster abgetragen. Ich hörte es im Dorf. Die Benediktinermönche haben es so beschlossen. Komm nach Hause, Rosamund. Komm zu mir. Da gehörst du hin.»

Rosamund schwieg. Es war spät geworden, der Vater war müde vom Tag und vom Wein.

«Lass uns schlafen gehen», schlug sie vor.

Sie holte ihren Strohsack, bereitete dem Vater ein bequemes Lager vor dem Feuer. Dabei fragte sie: «Was würde die Mutter sagen, wenn ich heimkäme? Und das Urselchen? Ich bin ihnen doch immer nur im Wege gewesen.»

Der Vater lächelte ein graues Lächeln. «Jetzt nicht mehr. Jetzt bist du eine Heilige. Sie verehren dich mittlerweile. Die Mutter sagt, sie hätte schon immer gewusst, dass ein Segen auf dir liegt. Und das Urselchen brüstet sich, hofft, ein bisschen vom Heiligenschein strahlt auch auf sie ab.»

Rosamund verzog den Mund.

«Verurteile sie nicht, mein Liebling», bat der Vater,

schon vor dem Feuer ausgestreckt. «Sie wissen es nicht besser. Gott hat sie so gemacht, wie sie sind. Wir alle haben Fehler, können nicht aus unserer Haut.»

Rosamund nickte, bedeckte den Vater mit der Altardecke, wünschte ihm eine gute Nacht. Dann ging sie noch einmal vor das Haus, bestieg die Klostermauer und besah das Land im Licht des Mondes.

So sind die Menschen, dachte sie. Ich muss ihnen vergeben, weil sie nicht wissen, was sie tun. Ihre Dummheit muss ich ihnen verzeihen. Warum ist das nur so schwer? Sie dachte an Urselchens Engelsgesicht, an ihren Herzchenmund, der so bittere Worte ausstoßen konnte. Sie dachte an die Mutter, die so kalt war zu ihr. Und wer, fragte sie sich in dieser sternenklaren Nacht, wer denkt an mich?

Sie sah nach oben, als wolle sie Gott schauen. Da fiel eine Sternschnuppe vom Himmel. Sie lächelte. Muss ich besser sein, weil ich klüger bin?, dachte sie und schalt sich sofort für ihren Hochmut. Dann seufzte sie, wollte am liebsten das Land vor ihr in die Arme nehmen. «Ich möchte nicht weg von hier», flüsterte sie. «Aber bleiben kann ich auch nicht. In der Stadt, da gibt es mehr Möglichkeiten. Vielleicht findet sich dort ein Platz für mich.»

Vierzehntes Kapitel

Bevor der Vater am nächsten Morgen erwachte, betrat Rosamund zum letzten Mal den Geheimgang. Sie nahm die Bibel, den silbernen Leuchter und die Monstranz an sich, hüllte sie sorgsam ein und barg sie an ihrer Brust. Ich habe geschworen, diesen Schatz zu hüten, dachte sie. Und ich werde nicht zulassen, dass die habgierigen Mönche sich seiner bemächtigen. Ich werde ihn an einen Ort bringen, der ihm gebührt.

Dann weckte sie den Vater, kochte einen Brei aus Mais, gab ein wenig Butter hinzu, erhitzte Milch.

«Ich bin bereit», erklärte sie ihm beim Frühstück. «Ich werde mitkommen nach Hause. Meine Kammer hätte ich gern wieder und auch meinen Platz in der Werkstatt.»

Der Vater nickte, nahm vom Brei. Dann ließ er den Löffel sinken, betrachtete Rosamund. «Du bist hübsch», sagte er, aber die Tochter schüttelte den Kopf. «Nein, das bin ich nicht. Meine Augen, die kleine Nase, der breite Mund. Nichts an mir ist niedlich, puppenhaft. Du findest mich schön, weil du mich liebst. Für andere bin ich nichts als …» Sie brach ab, hatte sagen wollen «ein Mensch». Aber nicht einmal das war sie. Zuerst das Mädchen mit den Teufelsaugen, dann die Heilige.

«Wirst trotzdem einen Mann finden, jetzt, wo dein Leumund besser nicht sein kann», sagte der Vater und nahm den Löffel wieder auf.

Rosamund zuckte mit den Schultern. Einen Mann finden, Kinder kriegen. Sie hatte seit Falk nie mehr darüber nachgedacht, weil sie sicher gewesen war, dass es ein solches Leben nicht für sie geben würde. Auch jetzt konnte sie sich das nicht vorstellen. «Wir werden sehen,. was kommt», sagte sie.

Der Vater lächelte. «Deine Mutter hat sich schon Gedanken darüber gemacht. Es kann gut sein, dass du bald schon einen Freier hast.»

Rosamund schwieg.

Sie räumte zusammen, was sie mitnehmen wollte. Viel war es nicht. Die paar Malsachen, der Schatz aus der Kapelle.

Sie verriegelten das Gästehaus, schlossen achtsam das Tor und begaben sich auf den Weg ins Dorf. Dort befand sich ein Mietstall. Der Vater wollte für Rosamund ein Pferd leihen, das sie nach Frankfurt brachte.

Als sie sich dem Dorf näherten, traten die Menschen aus ihren Katen. Sie grüßten Rosamund voller Ehrfurcht. Eine junge Frau reichte ihr einen Säugling, damit sie ihn segne. Ein alter Mann nahm sie bei der Hand, führte sie ans Krankenbett seiner Frau, auf dass sie ihr einen Segen spreche und das Kreuzzeichen auf die Stirn male.

Rosamund tat das alles mit großem Ernst. Ihr Vater fragte sie: «Du sagst, du bist keine Heilige. Warum tust du dann diese Dinge?»

Rosamund erwiderte: «Ich weiß es und du weißt, dass ich keine Heilige bin. Aber die Leute hier, die glauben daran, versprechen sich etwas davon. Ich gebe ihnen Hoffnung. Sie haben sonst nicht viel. Soll ich ihnen das bisschen auch noch nehmen?»

«Du bist ein guter Mensch», antwortete der Vater. «Du wirst es noch schwer haben.»

Dann holten sie das Pferd und ritten den ganzen Tag lang über die verschlammten, aufgeweichten Wege, bis sie endlich die Frankfurter Stadttore erreicht hatten.

Der Vater wollte direkt nach Hause, aber Rosamund dirigierte ihn zuerst zum Orden der Deutschherren. Ihnen übergab sie den Schatz von Mariahilf.

«Warum habt Ihr Euch nicht an den Bischof gewandt?», fragte der Comptur der Deutschherren.

Rosamund zuckte mit den Achseln. «Ich möchte, dass der Schatz einen guten Platz erhält. Einen würdigen Platz. Er soll nicht in irgendwelchen Schatzkammern verstauben. Die Leute sollen sich daran freuen. Vielleicht gibt es eine Kirche, gerade neu gebaut, die diese Sachen gut brauchen kann, um die Gläubigen zu erquicken. Ihr wisst am besten darüber Bescheid.»

Der Ordensherr betrachtete die in Leder gebundene Bibel, die kostbare Monstranz. «Ein anderer hätte sich bereichert an diesen Dingen. Bis an Euer Lebensende hättet Ihr ausgesorgt.»

«Mag sein», erwiderte Rosamund. «Aber mein Seelenheil hätte ich verspielt.»

Der Comptur dankte im Namen des Herrn, dann trug

er die Schätze weg, und Rosamund und ihr Vater ritten nach Hause.

Die Mutter ließ den Löffel fallen, als Rosamund die Küche betrat. Scheu bestaunte die Mutter ihr Gewand. Dann trat sie zu ihrer ältesten Tochter, bückte sich und küsste den Saum des Priesterkleides. Rosamund musste wegschauen. «Steh auf, Mutter», bat sie. «Ich bin nicht anders als früher.»

Die Mutter erhob sich, nahm sie beim Arm, führte sie zur Küchenbank, rief der Magd zu, sie solle weiche Kissen holen, aber rasch. Dann stellte sie mit Honig gesüßte Mandelmilch vor Rosamund, brachte weißes, weiches Festtagsbrot. «Iss und trink. Du hattest einen langen Weg.»

«Der Vater auch», entgegnete Rosamund, schob ihm den Milchbecher zu und brach das Brot in zwei Teile.

Da flog die Tür auf, und das Urselchen stürzte herein. «Du bist wieder da», rief sie und flog ihrer Schwester um den Hals. Rosamund blieb steif sitzen, ließ sich von Urselchens Haar kitzeln, roch den feinen Vanilleduft ihrer Haut.

«Ja, da bin ich wieder», sagte sie, machte sich vom Urselchen los, ging hinauf in ihre Kammer, ließ sich von der Magd heißes Wasser bringen, reinigte sich und wusch ihr Haar mit duftender Seife. Am nächsten Tag zog sie ihre alte Kleidung an, die erstaunlicherweise noch im Schrank hing, und begab sich hinüber in die Werkstatt. Sie kochte Waid aus, rieb Farben an, fertigte Zeichnungen von Wandfriesen an, tat alles, was sie früher auch getan hatte. Es gab nur einen Unterschied: Rosamund betete nun, ging allein in die Kirche, entzündete Kerzen. Die Leute blieben stehen, wenn sie sie auf der Straße sahen. Manche Männer rissen sich die Mützen vom Kopf. Sie musste sich plötzlich vor niemandem mehr verstecken, die Tonia war vergessen, als hätte sie es nie gegeben, der Falk als Trottel hingestellt, die Nachbarin mit den bei Regen verdorrten Blumen verspottet.

Rosamund tat nichts dafür, tat nichts dagegen.

Eines Tages, sie war gerade zwei Wochen wieder zurück, kam ein Bote von den Deutschherren. Er brachte einen kleinen Lederbeutel und ein Schreiben. Die Mutter nahm die Sachen entgegen, kam, gefolgt vom Urselchen, in die Werkstatt gestürzt.

Seit Rosamund wieder zu Hause war, begegnete die Mutter ihr mit Scheu. Selten nur hielt sie Rosamunds Blick stand, widersprach ihr nie, reichte ihr beim Essen die besten Stücke. Rosamund kam es so vor, als hätte die Mutter Furcht vor ihr, erwartete aber zugleich große Dinge. Dabei wollte Rosamund nicht, dass sich jemand vor ihr fürchtete. Es sollte aber auch niemand etwas von ihr erwarten, das er nicht selbst zu tun bereit war.

«Was ist das?», fragte sie.

«Ein Bote der Deutschherren brachte es. Für dich und nur zu deinen Händen, sagte er.»

Rosamund wog den Beutel in der Hand, öffnete das Schreiben, las halblaut: «Geben wir bekannt, dass wir die Klosterschätze von Mariahilf an eine neuerbaute Kirche im Nordhessischen gesandt haben. Euch zum Dank übergeben wir 100 Gulden.»

Rosamund ließ das Schreiben sinken, legte es auf einen Arbeitstisch, den Beutel mit dem Geld daneben.

«Willst du nicht nachzählen?», drängte das Urselchen.

Rosamund schüttelte den Kopf. «Warum sollte ich?»

«Was wirst du damit machen?» Das Urselchen grabschte nach dem Beutel, doch ein Blick von Rosamund genügte, dass sie die Finger zurückzog und in die Kleidtaschen steckte.

«Ich weiß es nicht. Das Geld steht mir nicht zu. Ich habe nur eine Aufgabe erfüllt. Jemand, der es braucht, sollte es bekommen.»

«Ich!», schrie das Urselchen. «Ich verlobe mich demnächst. Für die Festlichkeiten könnte ich es gut gebrauchen.»

Rosamund sah sie eindringlich an, und das Urselchen erwiderte ihren Blick offen und bittend.

Sie begreift es nicht, dachte Rosamund. Und gerade deshalb ist auch sie bedürftig.

«Ich dachte eher an die Armen, die jetzt im Winter kaum Holz haben, um ihre Katen zu heizen.»

Das Urselchen breitete die Arme aus. «Wir geben ihnen Holz, und du gibst mir das Geld. Dann haben wir alle etwas davon.»

Die Mutter trat einen Schritt vor. «Sie könnt' es wirklich brauchen. Ein Zunftkollege hat sich um sie beworben. Einer mit viel Geld und guten Aussichten. Dein Vater ist alt. Lange wird er den Weißbindern nicht mehr als Zunftmeister vorstehen. Es muss vorgesorgt werden.»

Rosamund öffnete den Beutel, schüttete so viele Gulden in Urselchens Hand, wie diese fassen konnte. Dann verschnürte sie den Beutel, klemmte ihn unter den Gürtel. «Den Rest», sagte sie, «bekommen andere, die es nötig haben.»

Die Mutter und Ursula strahlten, hatten auf einmal keine Zeit mehr, hier in der Werkstatt herumzustehen. «Ich lasse mir ein neues Kleid schneidern», verkündete Lisbeth. «Eine Brautmutter muss etwas hermachen.»

Ursula plapperte ebenfalls, fiel der Mutter ins Wort und war schon bald verschwunden.

Rosamund fragte den Vater: «Stimmt es? Dass die Ursel einen Freier aus der Zunft hat?»

Der Vater nickte.

«Wer ist es?»

«Michael Vogt.»

«DER Vogt?»

Wieder nickte der Vater.

«Wie ist das geschehen?»

Der Vater seufzte. «Der alte Vogt hat es sich in den Kopf gesetzt. Die drittgrößte Werkstatt hat er in Frankfurt. Er will aber eines Tages die größte sein Eigen nennen. Deshalb hat der Michael um die Ursel gefreit. Eine gute Partie wäre er schon, der Michael. Er geht nicht in die Schänken, rührt die Würfel nicht an, treibt sich nicht mit den Kebsweibern herum. Fleißig ist er, gottesfürchtig und strebsam. Die Ursula hätte es gut bei ihm.»

«Und du? Was sagst du dazu?»

Wieder seufzte der Vater. «Es ist alles anders, jetzt, wo du wieder da bist. Die älteste Tochter bekommt die Werkstatt, wenn sie einen Weißbinder heiratet. Und die jüngere darf erst vor den Altar treten, wenn die Ältere versorgt ist. So will es der Brauch, und so wollen wir es auch halten.»

«Weiß das die Ursula?»

«Gesagt habe ich es ihr, aber sie hat mich nicht angehört, wie immer. Wenn sie nicht auf mich hören will, so muss sie es von ihrem Zukünftigen erfahren. Verloben darf sie sich alldieweil. Nur die Hochzeit braucht Zeit.»

Rosamund ließ sich auf einen Hocker sinken. «Jetzt sind wir wieder da, wo wir vor einem Jahr schon waren. Ich muss weg, damit die Ursula das Glück kriegen kann.»

«Nein, Liebes, dieses Mal ist es anders. Du kannst bleiben. Du darfst und musst bleiben. Dir steht alles zu.»

«Aber nur als verheiratete Frau.»

Der Vater nickte. «Es war einer da, der nach dir gefragt hat. Ob du noch frei bist, meine ich.»

«Wer denn?»

«Der Falk.»

Rosamund lachte hellauf. «Hat der keine Scham im Leib?»

Der Vater zuckte mit den Achseln. «Jetzt ist alles anders.»

«Kann sein. Aber ich, ich bin dieselbe. Wer hat noch um meine Hand angehalten?»

Der Vater schwieg, warf einen Blick zu Dietrich und betrachtete dann seine Schuhe.

Dietrich räusperte sich. «Es ist wohl sehr schwer, mit einer Heiligen zu leben.»

Rosamund zog die Stirn kraus. «Heißt das, erst wollte

mich keiner, weil ich ein Teufelsmädchen bin, und jetzt kommt keiner, weil ich als Heilige gelte?»

Dietrich hob die Hände. «Wer weiß das schon so genau. Ich könnt' mir nur vorstellen, dass einer, der eine Heilige im Haus hat, aber selbst nur ein normaler Sterblicher ist, sich immer voller Schuld fühlt. Und wie kann ein Mann sein Weib, das eine Heilige ist, zur Räson bringen? Er schlägt sie normalerweise, wenn sie nicht pariert. So ist's der Brauch. Kann man aber eine Heilige schlagen?»

Rosamund wusste nicht, ob sie lachen oder heulen sollte. «Ich kriege keinen Mann», prustete, schluchzte sie, «weil er mich nicht schlagen kann wie ein normales Weib?»

Sie sprang von ihrem Hocker auf. «Das glaube ich nicht. So ist die Welt nicht.»

Der Vater und Dietrich sahen sich schweigend an. «Die Welt vielleicht nicht, aber die Männer hier sind so. Sie wünschen sich etwas zum Bewundern. Dafür stehst du nun. Sie verbeugen sich, werfen ihre Mützen in die Luft. Aber zu Hause, da wollen sie der Herr sein. Da soll gemacht werden, was sie sagen, da soll das Gesetz herrschen, welches sie erlassen haben. Das Haupt der Familie wollen sie sein, wie der Papst das Haupt unserer Kirche ist. Unfehlbar. Das Oberhaupt, verstehst du, Mädchen, frei von Fehl und Tadel? Eine Heilige, wie soll man mit so einer umgehen? Mit einer, die, wenn es drauf ankommt, mehr recht hat. Und wie soll man mit so einer leben? Darf man Zoten reißen in ihrer Gegenwart? Fluchen? Saufen? Über die Nachbarn sich das Maul zerfetzen? Sich den Sack kratzen? Darf man sie besteigen bei Nacht?»

«Dietrich, es reicht», mischte sich der Vater ein.

«Ich sage nur, was alle denken», verteidigte sich der Geselle.

«Lass ihn. Einer muss es mir sagen. Verstehen muss ich es, sonst bringt es Leid. Als ich eine Teufelin war, war ich keine richtige Frau, und jetzt bin ich es auch nicht. So ist es doch, nicht wahr? Und deshalb will mich keiner.»

«Na, na. Nicht alle Männer sind so. Du siehst ja, der Falk hat den Mut. Es werden noch andere kommen, bist ja gerade erst nach Hause gekehrt. Lass dir Zeit, schon bald treiben die Leute eine andere Sau durch die Gassen.»

Fünfzehntes Kapitel

Der Glaubenskrieg im Land ging weiter, auch Frankfurt wurde davon nicht verschont. Die Stadtkassen waren ausgeplündert, denn jede der durchziehenden Truppen verlangte Getreide, Gulden und Gold. Selbst der Ratsschatz blieb nicht verschont. Die Kirchen wechselten ihre Herren schneller, als die Altarkerzen abbrennen konnten. Der Dom, die Liebfrauen- und die Leonhardskirche wurden evangelisch und kurz darauf der katholischen Kirche zurückgegeben. Jeden Sonntag eilten die Gläubigen auf der Suche nach der richtigen Kirche orientierungslos durch die Stadt, mussten am Eingang erst einmal nachfragen, und so manch Neugläubiger saß plötzlich im falschen Gotteshaus. Schließlich beschloss der Rat, die Evangelischen bekämen die Barfüßerkirche. So hatte das sonntägliche Hin- und Hergerenne der Gläubigen erst einmal ein Ende.

Die Hoffmanns aber, stur, wie sie waren, bemerkten nicht, dass in ihrer Kirche an so manchem Sonntag ein Lutherischer auf der Kanzel gestanden hatte. Sie hörten ohnehin nicht zu. Und der Ursula war es gleichgültig, was der Mann da vorn predigte, sie war gegen alles Unheil gewappnet, jetzt, da ihre Schwester eine Heilige war.

Das Urselchen saß sorglos und unbehelligt von Glaubensdingen den ganzen Tag über einer Liste. Schon gestern saß sie so, zerraufte sich das Haar, zerriss Papier, holte neues, begann von vorn.

«Was machst du da?», fragte Rosamund. «Willst du mir nicht sagen, welche Namen nun endgültig auf die Tischkarten sollen? Ich bin mit den Girlanden schon längst fertig.»

Das Urselchen hob den Kopf. «Es ist alles so schwierig», teilte sie mit. «So eine Verlobung ist ein großes Ereignis, die halbe Stadt wird davon sprechen. Alles muss gut bedacht werden.»

«Was meinst du?», wollte Rosamund wissen, die sich unter einer Verlobung einen Gratulationschor und ein festliches Essen im Kreise von Verwandten und Freunden vorgestellt hatte und nichts weiter sonst.

«Nun, wer neben wem zu sitzen kommt, zum Beispiel.»

«Was ist daran wichtig? Man kann sich auch über den Tisch hinweg unterhalten, kann die Plätze wechseln nach dem Hauptgang.»

«Das schon, aber erst sitzen sie so, wie ich es will. Und da ist Vorsicht geboten. Schau, Rosamund, die Großmutter vom Falk. Die erinnert sich noch genau daran, dass du einst das Mädchen mit den Teufelsaugen warst. Ich kann sie unmöglich neben den Patrizier Petzold setzen, den ich als Taufpaten für unser erstes Kind im Auge habe. Stell dir nur vor, sie redet über Dinge, die längst vergangen sind.»

«Gut. Dann setz sie woandershin.»

«Ja, aber wohin?»

«Zum Beispiel neben unseren Dietrich.»

«Bist du von Sinnen? Eine Bürgerin mit Brief, eine Meistergattin kann unmöglich neben einem einfachen Gesellen sitzen. Niemals mehr würde sie uns grüßen, täten wir das.»

«Dann setz doch alle Leute einzeln, dann hast du kein Problem. Ich aber brauche allmählich die Namen, sonst stehst du am Ende ganz ohne Kärtchen da. Oder weißt du noch immer nicht, wen du einladen wirst?»

«Das ist schwieriger, als du meinst. Jede einzelne Einladung muss genau bedacht werden.»

Rosamund schüttelte ein wenig den Kopf, musterte die Schwester, die schon wieder den Federkiel in der Hand hielt und wild auf ihrem Papier herumstrich, und ging, um nach der Mutter zu sehen.

Sie fand sie im Schlafzimmer auf dem Bett sitzend, das neue Kleid für die Verlobung auf den Knien, ein Stück des Mieders zwischen den Zähnen.

«Was tust du da?», fragte Rosamund.

«Waffff?» Die Mutter ließ das Kleid fahren. «Ich? Ach, nichts weiter.»

Sie sah Rosamund an, wieder mit dieser Scheu in den Augen.

Rosamund betrachtete das Kleid. «Was tust du da?», wiederholte sie. «Du hast das Kleid erst vor zwei Tagen vom Gewandschneider geholt. Warum beißt du jetzt darauf herum?»

Die Mutter senkte ertappt den Blick, um sogleich Rosamund verständnisheischend anzusehen. Seit sie eine Heilige war, sprach die Mutter mit ihr. Allerdings nicht so, wie eine Mutter mit ihrer Tochter üblicherweise spricht, sondern als wäre Rosamund ihr Beichtvater.

Die Mutter setzte eine zerknirschte Miene auf. «Das Mieder, es ist zu klein. Und ich, Gott sei es geklagt, bin zu jung, um nicht eitel zu sein.»

«Was willst du damit sagen?», fragte Rosamund und setzte sich neben die Mutter auf das Bett.

Da brach es aus der Mutter hervor. «Geheiratet habe ich einen, den mir die Eltern gesucht haben. Gerade einmal laufen konnte ich, da war ich schon versprochen. Und geheiratet habe ich, sobald ich mannbar war. Nie kam ein Freier, brachte mir Blumen und hielt um meine Hand an, weil er sich nicht lassen konnte vor Liebe zu mir und sein Leben sinnlos war ohne mich», schluchzte sie.

Rosamund verstand. «Du meinst, bei dir war es anders als bei dem Urselchen?»

«Jaha», greinte die Mutter. «Alles, was sie jetzt erlebt, das blieb mir versagt.» Sie sah ihre älteste Tochter an. «Ich bin doch noch nicht alt, oder? Sag du es. Ich bin doch noch nicht alt. Erst gestern trieb ich den Reifen durch die Straßen, dass mein langes Haar hinter mir herwehte, und heute, heute …» Sie begann erneut zu weinen, und Rosamund vollendete den Satz: «Und heute soll deine jüngste Tochter sich verloben und all das bekommen, was du nie hattest.»

Lisbeth tupfte sich die Tränen ab. «Ja», hauchte sie mit zitternder Stimme. «Ja. Genauso ist es.»

«Du bist nicht alt. Dein Gemüt ist das eines jungen Dinges. Darum musst du dich nicht sorgen», sagte Rosamund und war verblüfft über die Erkenntnis, dass die Mutter wahrhaftig nie erwachsen geworden war. Und da ahnte sie, dass auch das Urselchen ewig ein Kind bleiben würde, ein verzogenes Kind, gewohnt, seinen Willen zu bekommen, unverzüglich und in vollem Umfang.

«Was hat das Kleid damit zu tun?», wollte sie jetzt wissen.

Sofort begann die Mutter wieder zu plärren. «Ich bin noch jung. Du hast es selbst gesagt. Ich kann mich noch messen mit den Jungfrauen, die unterm Maibaum quietschen, weil jemand ihre Brüste begrabscht.»

Rosamund schwieg.

«Die Ursula, sie will keine junge Mutter haben. Nur sie soll strahlen am Fest. Mich will sie zu den Alten stellen.»

«Warum das Kleid?»

Die Mutter knüllte das Taschentuch in der Hand. «Den Ausschnitt wollte ich größer machen. Größer als den an Urselchens Kleid. Die Leute sollen sehen, dass ich auch was zu bieten habe.»

«Du wolltest die Ursula bei ihrer eigenen Verlobungsfeier ausstechen?» Rosamund schüttelte den Kopf.

Lisbeth begehrte auf. «Ich hatte ja nie so ein Leben. Also ist es auch meine Verlobungsfeier, oder nicht? Ein bisschen wenigstens?»

Rosamund wusste darauf keine Antwort. Dafür fiel ihr

etwas anderes ein. «Und was ist mit mir?», fragte sie leise. «Ich hatte bisher auch keine Verlobungsfeier. Du hast wenigstens ein neues Kleid. Ich aber werde in den alten Lumpen gehen müssen, ganz ohne Ausschnitt und Putz und Tand.»

Die Mutter schluckte, riss dann das Maul auf. «Aber … aber …», stotterte sie. «Du brauchst diese Dinge ja gar nicht. Du bist eine Heilige. Viel zu erhaben über Kleider und Mieder.»

Rosamund stand auf, schüttelte sich ein wenig. «Nein, ich bin keine Heilige und nicht erhaben über diese Dinge. Ich neide dem Urselchen ihr Fest genau wie du.»

Dann ging sie.

In der Werkstatt rieb sie Farben, rührte in Töpfen, gab Eiklar und Leinöl hinein, rührte. Früher hatte sie das Rühren immer beruhigt. Jetzt rührte sie, um die Wut zu überdecken. Das Urselchen nahm sich, was sie wollte. Fragte nie, ob es ihr auch zustand. Nie gab sie etwas zurück. Hätte das Urselchen der Mutter gesagt, dass sie sie liebt, dann hätte Lisbeth keinen Grund, ihr Mieder mit den Zähnen aufzureißen. Hätte sie mir den Platz zu ihrer Rechten angeboten, dann würde ich voller Freude auf das Fest warten. So aber werde ich gewiss neben die Großmutter von Falk zu sitzen kommen. Nein, dachte Rosamund, ich bin keine Heilige. Ich habe nur gelernt, den Mund zu halten.

Das Urselchen trug neben dem schönen Kleid an ihrem Verlobungstag einen schmallippigen Mund zur Schau. Immer wieder blickte sie auf die Mutter, die mit ihrem übergroßen Mieder protzte und sich sogar eine Blume in die Brustritze geklemmt hatte, die alle Blicke auf sich zog.

Der Mietknecht und die Magd hatten im Salon der Mutter eine große Tafel aufgestellt und tischten auf, was das Haus zu bieten hatte. Es gab zuerst eine kräftige Rindsbrühe, in der die Ochsenaugen schwammen, danach Flusskrebse aus dem Main in einer Tunke aus Sahne und Minze, in die die Köchin reichlich Pfeffer gestreut hatte. Dann wurde das Fleisch aufgetragen: gesottene Kalbsscheiben in Weinsoße, männerarmdicke Rollbraten vom Schwein, zierliche Stubenküken, eine Lammkeule und ein Rehrücken, der mit Speck gespickt war. Dazu Gemüse aller Art wie Bohnen und Erbsen, Möhren und Kohl und als Delikatesse ein Schüsselchen eingelegter Artischockenherzen, die extra aus dem Italienischen herbeigeschafft worden waren. Duftende Brote mit verschiedenen Füllungen standen in Körben dabei, Butterfässchen und Salztöpfchen. Der Wein kam aus dem Rheingau und aus dem Elsässischen, das Würzbier vom besten Gastwirt der Stadt. Lisbeth hatte verkündet, dass den Frankfurtern die Augen übergehen würden bei all der Pracht. An nichts war gespart worden. Sogar Rosenblätter bedeckten den Boden, und überall neben den Plätzen standen kleine, mit Zitronenwasser gefüllte Zinnschälchen, um die fettigen Finger einzutauchen.

Als die ersten Gäste eintrafen, schwand Lisbeths gute Laune. Das Weib des Gesellen Dietrich hatte nur ihr Sonntagskirchenkleid angezogen, und er selbst sah auch nicht viel besser aus. Sein Festtagswams war an den Ellbogen abgeschabt, ein vornehmes Tüchlein fehlte ganz und gar.

Die Meister der Zunft trugen zwar das Wappen der Weißbinder zur Schau, aber auch ihnen fehlte es an Vornehmheit. Der Fischgang war noch nicht abgetragen, da grölten sie schon ihre Zunftlieder und brachten zotige Sprüche. «Wenn der Dachstuhl brennt, ist der Keller feucht», schrie einer, deutete auf Urselchens rötliches Haar und leckte sich die Lippen, während die anderen sich auf die Schenkel schlugen.

Und ein anderer zeigte gar mit dem Finger auf den Bräutigam und setzte nach: «Wie die Nase des Mannes, so sein Johannes.» Da Michael eine eher kleine Nase hatte, lief er rot an vor Wut, doch tun konnte er nichts, denn die Sprüche gehörten zum Brauch. Schon packte einer den Vater am Ärmel, zerrte ihn zum Brautpaar und schrie mit Quäkstimme: «Gewährt mir die Bitte in Eurem Bunde der Dritte.» Die Männer lachten mit zurückgeworfenen Köpfen und hieben auf Tische und Schenkel, die Frauen kicherten in die hohle Hand und warfen neugierige Blicke auf Lisbeth, deren Lächeln im Gesicht festgefroren war.

Rosamund saß wahrhaftig neben der Falk'schen Großmutter und betrachtete die Leute, die so anders waren, als Gott es ihnen vorschrieb, die sich einen Teufel um Gebote kümmerten und hemmungslos der Völlerei, des Neides, des Hochmuts und der vier anderen Todsünden frönten.

«Na, Kind», schnarrte die Großmutter neben ihr. «Hast

du dich schon entschieden? Ich frage, weil der Falk es wissen will.»

Rosamund sah die alte Frau an. Die kleinen Augen, die zwischen den Runzeln hervorfunkelten, den zahnlosen Mund, die eingefallenen Lippen. «Würde schon gern noch mein Urenkelchen auf dem Schoß schaukeln», fügte die Alte an und kicherte. «An Zuneigung mangelt es bei euch ja nicht. Habt schon als Kinder verliebt getan.»

«Ich werde den Falk nicht heiraten», gab Rosamund bekannt.

Der Alten blieb der Mund offen. «Warum nicht? Ich habe gedacht, es wäre so gut wie beschlossen. Und du zierst dich nur, um ihn zu strafen für damals.»

Rosamund schüttelte den Kopf. «Ich strafe niemanden. Aber heiraten will ich keinen, der mich bei der erstbesten Gelegenheit verrät.»

Die Alte hob den Zeigefinger, fuchtelte Rosamund damit vor der Nase herum, schnappte nach Luft. «Das … das … das ist nicht wahr.»

«So?», fragte Rosamund, und konnte nicht verhehlen, dass es ihr Genugtuung bereitete, die Alte sprachlos zu sehen.

«Wie war es dann?», bohrte sie weiter. «Sagt es mir, denn Ihr habt ja einen großen Teil beigetragen.»

Da stand die Alte auf, warf Rosamund einen wütenden Blick zu und verließ die Verlobungstafel.

Rosamund blieb am Tisch sitzen, die Hände fromm im Schoß verschränkt, und dachte: Ich habe mich verändert. Ich bin eine andere geworden. Früher dachte ich, ich wäre vielleicht doch des Teufels Ausgeburt, war mir meiner niemals sicher. Zwar hatte ich nie etwas getan, doch die anderen gaben mir die Schuld. Schwer für ein Kind, der Schuldzuweisung zu widersprechen.

In Mariahilf war ich einfach irgendeine. Nur die Tracht hat mir noch gefehlt. Nach dem Brand wurde ich eine Heilige. Nicht ich war es, die das behauptet hat, die Leute haben mich dazu gemacht. Und sie haben nie gefragt, ob ich das auch möchte. Also bin ich immer die gewesen, die andere sich für mich ausgedacht haben. Das will ich nicht mehr. Niemals mehr. Einfach nur Rosamund sein.

Urselchens Quietschen schreckte sie aus ihren Gedanken. Die Schwester thronte in der Mitte der Tafel. Das Haar hatte sie sich mit dem Lockenholz in Engelsringelchen gelegt, ihre Wangen waren so rot wie Weihnachtsäpfel, und die Lippen glänzten feucht. Urselchens Blicke huschten wie Ameisen über den Tisch, ihre Hand aber hielt sie unter dem Tafeltuch. Ihr Verlobter Michael saß rotwangig neben ihr und versuchte sich an einem unbeteiligten Gesicht. Doch seine Augen, die glänzten wie Eiszapfen in der Sonne, verrieten ihn. Auch er hatte die Hand unter dem Tisch, wippte hin und her und grinste verschämt, wenn die Ursula aufquiekte.

Rosamund ließ ihr Mundtuch zu Boden fallen, kroch sogleich unter den Tisch, um zu schauen, was das Urselchen zum Quietschen brachte. Und siehe da! Die kleine Schwester hatte den Rock des neuen Kleides bis weit über die Knie geschoben und die Beine gespreizt. Und der Vogt

Michael hatte einen Finger in Urselchens Grotte gesteckt und bewegte ihn hin und her. Der kleine, rotblondgelockte Engel, dachte Rosamund. Sie hat es faustdick hinter den Ohren. Dann schnappte sie sich ihr Mundtuch und tauchte wieder über dem Tischtuch auf.

Ich möchte auch einmal so an einer Festtafel sitzen, Mittelpunkt sein und umgeben von Leuten, die mir Glück wünschen müssen. Einen Mann heiraten, Kinder kriegen, kleine Kinder, die vertrauensvoll ihre Hände nach mir ausstrecken. Ja, das möchte ich gern. Eine Familie haben, einen Ort, wo ich hingehöre, ein richtiges Zuhause. Rosamund seufzte, dann ballte sich ihre rechte Hand zur Faust. Ich bin keine Heilige, will auch keine mehr in den Augen der anderen sein. Ihr habt mich dazu gemacht, aber jetzt ist es genug damit. Ab sofort mache ich mich selbst. Zeigen werde ich Euch, was es mit der Heiligen auf sich hat. Wundern werdet Ihr Euch. Und wenn das vorbei ist, dann suche ich mir einen Mann.

Jetzt wurde die Festtafel aufgehoben. Die Bediensteten schoben die Stühle an die Wände, schleppten keuchend den schweren Tisch hinaus. Unten im Haus drängten sich schon die Musikanten, die Lisbeth bestellt hatte: Eine Fidel, ein Schellenkranz, zwei Flöten, ein Mohrenpäuklein und ein Zimbalon.

Die Männer hatten die Halstücher gelockert und die Wämse aufgeknöpft. Die Frauen bewedelten sich mit Fächern, und so manch eine musste schon jetzt einen tiefen Atemzug aus ihrem Riechfläschchen nehmen.

Rosamund saß neben einem Fenster zwischen den

alten Weibern, die lautstark das Geschehen kommentierten. Sie fühlte sich fehl am Platz, hätte gern mitgetan bei Tanz und Gesang, aber niemand hatte ihr je gezeigt, wie man die Füße zu setzen hatte, wie man sich drehte, sodass der Rock aufschwang wie ein Teller. Und niemals hatte ihr jemand beigebracht, wie man die Augen zu verdrehen hatte und wie man Quieken musste, sobald eine vorwitzige Hand sich dem Busen oder dem Hintern näherte.

Die Stimmung stieg, schon bald stampften die Zunftmänner die Dielen in Grund und Boden. Das Urselchen wurde hochgehoben und bis zur Stubendecke geworfen, weil ein jeder einen Blick unter ihren Rock erhaschen wollte. Der Bräutigam torkelte mit glasigen Augen durch die Gegend, wurde aber von Lisbeth aufgehalten, die dem Wein ebenfalls schon stark zugesprochen hatte. Sie nahm den Kopf des Michael und drückte ihn aufjauchzend an ihren Busen, sodass die Blume ganz zerdrückt wurde.

Die Bratendüfte, die noch im Raum schwebten, vermischten sich mit dem Schweiß der Männer und dem Begehren der Weiber, die Luft wurde dick und dicker, die Gäste lauter und ausgelassener. Rosamund saß noch immer in der Ecke der Alten, von denen manche schon mit dem Kinn auf der Brust eingenickt war, und fühlte sich so fehl am Platz wie ein Kebsweib unter Nonnen. Sie stand auf, sah noch einmal nach dem Urselchen, das jetzt mit beiden Händen die Röcke gerafft hatte und die Beine zum Tanz schmiss, während ihr Busen beinahe aus dem Mieder hüpfte, dann verließ sie das Fest, schlich in ihre Kammer und hörte noch viele Stunden lang den Lärm der Gäste, die Musik, das Lachen und Toben. Und sie wünschte sich, einmal nur auch der Mittelpunkt einer solchen Raserei zu sein.

Sechzehntes Kapitel

Was hat es mit dem Wünschen auf sich?, fragte Rosamund im Stillen. Einst war ich die Teufelin, wäre nichts lieber gewesen als eine Heilige. Und nun? Jetzt gelte ich als eine und bin doch um kein Fitzelchen glücklicher. Wie uns doch das Wort im Munde herumgedreht wird. Vom Wunsch zur Verwünschung ist es nur ein kleiner Schritt. Sie rieb die Farben an, während sie weiter nachdachte. Der Wunsch muss uns vom Teufel eingegeben sein. Nur er vermag es, aus Gutem Schlechtes zu spinnen. Aber nun weiß ich es. Am besten schützt man sich wohl, indem man nichts mehr wünscht. Doch wer nichts ersehnt und begehrt, ist ja kein Mensch mehr.

Sie lächelte in sich hinein und überlegte, wie sie es anstellen wollte, den Ruf der Heiligen zu ruinieren.

Tagelang dachte sie darüber nach, rührte Farben dabei, malte Girlanden, übte sich gar an einzelnen Friesszenen. Dann kam der Sonntag, ein heißer Frühsommersonntag, an dem der Himmel wie heißes Blei über der Stadt hing und die Blumen in den Fensterbeeten welken ließ. Drückend, schwer, schwül. Seit zwei Wochen hatte es nicht mehr geregnet. Die Bauern fürchteten um ihre Saat, die Viehzüchter um ihre Tiere. Die Stadt lag verstaubt und welk, als wäre sie an ihren eigenen Ausdünstungen erstickt.

Rosamund bürstete sich das Haar, bis es glänzend über ihren Rücken fiel. Sie zog ihr bestes Kleid an, öffnete das Mieder weiter, als es sich für eine Heilige geziemte.

Hinter ihrer Mutter und Ursula, die hochmütig knapp nach links und rechts grüßten, betrat sie die Kirche, setzte sich auf einen Platz nahe am Gang. Den Gottesdienst verfolgte sie unkonzentriert. Sie sah auf den Pater, verrichtete alle notwendigen Rituale, als wäre sie eine Marionette.

Nach dem Glaubensbekenntnis stand sie auf. Sie sah aus den Augenwinkeln, wie Lisbeth sie anstarrte und Ursula den Mund aufriss.

Langsam schritt sie durch den Gang, ganz ohne Eile. Der Pater stand vorn, lächelte sie an. Als sie vor dem Altar stand, bekreuzigte sie sich, wandte sich dann an den Geistlichen. «Darf ich ein paar Worte sagen?»

Der Pater schluckte. Unerhört war, was hier vorging. Eine Frau vor dem Altar! Eine, die zur Gemeinde sprechen wollte. Blasphemie war noch der sanfteste Ausdruck dafür. Rosamund las auf seiner Stirn, was sich dahinter abspielte. Sie lächelte, denn sie wusste, sie war eine Heilige. Unangreifbar sogar für den Pater.

«Darf ich also?», wiederholte sie leise.

Die Gemeinde hielt den Atem an.

Der Priester seufzte, machte eine ausladende Handbewegung. «Bitte. Wenn Gott, der Herr, Euch beauftragt hat, hier zu sprechen, so werde ich nicht im Wege sein.»

Rosamund dankte ihm. Dann sah sie die Gemeinde an.

Über jeden Einzelnen ließ sie ihren Blick schweifen, dann begann sie zu sprechen: «Ihr nennt mich eine Heilige», sagte sie, und die Gemeinde nickte. «Früher hießt Ihr mich ‹das Mädchen mit den Teufelsaugen› und fürchtetet mich so arg, wie Ihr Euch jetzt wünscht, mein Gewand zu küssen. Doch ich bin weder das eine noch das andere. Ihr alle kennt mich. Rosamund Hoffmann bin ich, die Tochter des Weißbinders. Ich weiß, Ihr wollt das nicht hören. Ich soll die sein, die Ihr Euch denkt. Aber ich bin ein Mensch. Und beweisen will ich Euch, dass ich weder eine Heilige noch eine Teufelin bin.»

Mehrere Menschen in der Kirche hatten die Münder aufgerissen. Einige Frauen umklammerten das Kreuz, das sie als Kettenanhänger trugen. Die Stille war so umfassend, dass man meinte, den Staub in den Ritzen knistern zu hören. Wieder ließ Rosamund ihren Blick schweifen, bevor sie weitersprach: «Heilige können Wunder wirken. Ich kann es nicht. Wir alle sehnen uns nach einem kräftigen Frühlingsregen. Nun, heute bitte ich Gott darum. Bin ich eine Heilige, so wird es vor dem Abend noch ein Gewitter geben. Wenn nicht, so gewährt mir bitte Frieden und lasst mich einfach Rosamund Hoffmann sein.»

Mit diesen Worten drehte sie sich zum Altar, bekreuzigte sich und schritt dann langsam und ruhig aus der Kirche.

Als das Gewitter am Abend über Frankfurt hereinbrach, mit himmlischen Sturzfluten den Staub von der Stadt wusch, die Blumen aufrichtete und den Menschen das

Kopfweh nahm, lag Rosamund in ihrer Kammer und weinte.

«Warum?», schluchzte sie. «Warum ich, lieber Gott?», aber sie erhielt keine Antwort.

Am nächsten Morgen betrachtete Ursula ihre Schwester mit Staunen. «Wie hast du das gemacht?», fragte sie. «Sag mir, wie hast du es angestellt? Die Leute haben Blumen vor die Tür gestellt und Kerzen aus echtem Bienenwachs. Und dem Vater rennen sie die Werkstatt ein nach Heiligenbildern.»

Rosamund schwieg, aß stumm ihren Brei, der ihr in der Kehle stecken blieb.

Lisbeth tat ihr noch einen Löffel Butter drauf. «Iss, meine Liebe, damit du bei Kräften bleibst.» Sie sah so stolz aus, als hätte sie eigenhändig mit ihren Topfdeckeln das Gewitter herbeigedonnert. «Das ist nicht alles, was sie kann», erklärte sie dabei dem Urselchen. «Sie kann noch viel mehr. Eine Zigeunerin hat sie gesäugt. Na ja, wir hielten sie damals für eine Zigeunerin. In Wahrheit wird wohl schon die Tonia eine Heilige gewesen sein. Die Zukunft konnte die Tonia aus der Hand lesen, und sie hat immer mit der Rosamund geübt.»

«Du kannst auch aus der Hand lesen?» Das Urselchen hatte vor Aufregung rote Wangen bekommen.

Rosamund schwieg noch immer, schüttelte nur den Kopf.

Ursula streckte ihr die Hand vor die Nase. «Lies mir vor, was darin steht.»

«Ich kann so etwas nicht; ich will so etwas nicht. Nur in

die Werkstatt will ich und tun, was zu tun ist», erwiderte Rosamund und musste mit den Tränen kämpfen. Sie fühlte sich so verloren und verlassen wie noch nie in ihrem Leben. Sogar in der Ruine von Mariahilf war sie nicht so einsam gewesen. Hier war sie ein Spiegel, in dem die Menschen sahen, was sie gerade brauchten.

«Nun lass sie doch nicht so lange zappeln», tadelte die Mutter sanft. «Sie ist deine Schwester. Großes steht ihr bevor. Du wirst sie doch nicht ins Unglück laufen lassen, falls in ihrer Hand etwas steht, das sie wissen müsste.»

«Ich kann das nicht», wiederholte Rosamund.

«Willst du die eigene Schwester schädigen? Ist das vielleicht gottesfürchtig? Der Herr hat dir diese Gabe gegeben, damit du sie nutzt. Und zwar für dich und die deinen. Einer Gabe kann man sich nicht verweigern. Wie willst du einst dastehen vor dem Jüngsten Gericht, wenn Gott dich fragt, warum du deine Schwester nicht behütet hast.»

«Vielleicht steht in ihrer Hand ja nichts von einem Unheil», warf Rosamund ein. Sie hatte das Gefühl, als kämen ihr die Mutter und die Schwester mit jedem Atemzug näher.

«Für dich ist es ein Leichtes», wimmerte Ursula. «Aber für mich kann es die Hölle werden, wenn ich nicht weiß, was mir die Zukunft bringt.»

«Die meisten Menschen wissen es nicht und leben doch.»

Die Mutter legte Rosamund eine Hand auf die Schulter. «Nur einen Blick. Wirf nur einen einzigen Blick in die

Hand deiner Schwester. Nur einen. Wir sind schließlich eine Familie.»

Rosamund schöpfte tief Atem, dann nahm sie Ursulas Linke in ihre Hand und besah sie. Zuerst betrachtete sie die Lebenslinie, die sich um den Venusberg herum bis fast zum Ansatz des Zeigefingers zog. Die Linie war kräftig, weit gebeugt und umschloss einen großen Venusberg.

«Nun, was ist?», drängelte das Urselchen.

«Deine Lebenslinie zeigt, dass du ein leidenschaftliches Wesen bist. Du hast den Wunsch, alles, was Gott dir gibt, in vollen Zügen auszukosten.»

Das Urselchen nickte begeistert, Rosamund fuhr fort: «Diese Linie zeigt aber auch, dass du recht eigensinnig bist und manchmal ein wenig launenhaft.»

Jetzt lachte Lisbeth auf. «Na und, sie ist eine Frau, die weiß, was sie will. Nicht wahr, mein Herzblatt?» Die Mutter streichelte Ursula über die blonden Locken.

Rosamund wandte sich der Kopflinie zu, die an der Daumenseite begann und sich eigentlich über die ganze Handfläche ziehen sollte. Bei Ursula war das anders. Die Kopflinie bildete gemeinsam mit der Lebenslinie ein Wirrwarr aus Zeichen. Rosamund wusste genau, was das bedeutet. Aber wie sollte sie es sagen?

«Deine Kopflinie, sie ist sehr kräftig, weißt du, und am Anfang ein bisschen verstrickt.»

«Und was heißt das?»

«Nun, das heißt, dass du nicht besonders gern zu den Weißfrauen in die Schule gehst.»

«Das stimmt, das ist wahr!», rief das Urselchen begeistert. «Gehasst habe ich die Nonnen mit ihren blöden Regeln und ihren Ermahnungen. Und weiter?»

Rosamund seufzte. Für das Kuddelmuddel zwischen Kopf- und Lebenslinie, so, wie es in Ursulas Hand stand, gab es nur eine mögliche Erklärung: Frühes Elend, langsame Entwicklung, die rasch zum Stillstand kam. Aber wie sollte sie das sagen? Niemals lügen, hatte Tonia ihr eingeschärft. Sie hatte die Worte ihrer Amme nie vergessen. Niemals lügen.

«Du musst auf dich aufpassen», sagte Rosamund so sanft sie konnte. «Dein Temperament macht dich anfällig für vielerlei Sachen. Es ist gut, dass du jemanden heiraten wirst, der dir zur Seite steht.»

Ursula zog die Stirne kraus. «Heißt das, ich werde Unglück erleben, Leid haben?»

Rosamund schüttelte den Kopf. «Nein, das heißt es nicht. Eine Hand verändert sich. Du bist noch jung. Im Augenblick steht da, dass du aufpassen musst. Bist du aber gottesfürchtig und aufrecht, so kann dir nichts passieren. Der Teufel lauert, aber du hast die Kraft, seinen Lockungen zu widerstehen. Kein Neid, keine Habsucht, kein Hochmut, dann steht deinem Glück nichts im Weg.» Sie sagte es und spürte doch, wie ihr weh wurde ums Herz. Sie wusste, dass das Urselchen einen Hühnerdreck auf ihre Warnung gab.

«Und weiter? Was liest du noch aus meiner Hand?»

Rosamund wollte nicht mehr. Sie wollte nicht in der Hand ihrer Schwester lesen, was sie ohnehin ahnte. Das Urselchen würde kein glücklicher Mensch werden. Sie würde es nicht schaffen. Ihre Wünsche waren zu groß, ihre Ansprüche zu hoch. Ursula, die Verwöhnte, hatte nie gelernt, dass Wünschen nicht glücklich macht, dafür aber Bescheidenheit. Und Rosamund konnte es nicht ändern.

«Deine Herzlinie», sprach sie weiter, konnte kaum die Worte im Munde formen. «Deine Herzlinie ist schnurgerade. Das heißt, dass du die richtige Person in Liebesdingen auswählst. Du bist wählerisch, nimmst nicht den Erstbesten, sondern den Passendsten.»

Das Urselchen nickte und wandte sich an ihre Mutter: «Siehst du, ich habe mit Michael das große Los getroffen.»

Lisbeth lächelte schief.

«Ob Michael der Richtige ist, steht hier nicht. Es gibt jedoch einen Hinweis darauf, dass er es sein könnte, denn eine Linie trifft von der Daumenseite her auf deine Schicksalslinie, und das heißt, dass dein Geliebter aus der gleichen Gegend und aus ähnlichen Verhältnissen kommt. Und dass ihr euch schon lange kennt.»

Ursula verzog den Mund. «Gesehen habe ich den Michael schon, als wir noch Kinder waren. Zählt das auch? Gesprochen aber erst vor einigen Monaten.»

Rosamund zuckte mit den Achseln. «So genau steht das in deiner Hand nun auch wieder nicht. Im Übrigen bist du noch jung. Dein Schicksal ist noch nicht besonders festgeschrieben. Das gilt für die guten wie für die schlechten Dinge. Letztendlich entscheiden nicht die Linien in deiner Hand über dein Glück, sondern du selbst.»

Rosamund war auf einmal sehr müde und erschöpft.

Sie hatte in Ursulas Hand so viel über das gelesen, was sie sich selbst wünschte – wie in so vielen anderen Händen. Nur die eigene Hand hatte sie noch nie betrachtet. Es war, als fürchtete sie sich davor.

Sie verließ die Küche, ging langsam über den Hof zur Werkstatt, presste dabei beide Hände zusammen.

Soll ich?, dachte sie. Will ich wirklich wissen, was das Leben mir bringen wird? Was, wenn es nicht so ist, wie ich es mir wünsche? Sie schluckte, erinnerte sich an das, was sie gerade zu Ursula gesagt hatte. Du kannst dein Leben noch ändern. Auch sie war noch jung, ihr Schicksal noch nicht festgeschrieben. Ganz tief holte Rosamund Atem, betrachtete ihre linke Hand. Nur ganz kurz, nur einen Blick, schwor sie sich. Und dann tat sie es. Als Erstes sah sie die schmale Linie, die von der Mondseite her kam und auf die Schicksalslinie traf. Ein Fremder, erkannte sie. Ich werde einen Mann lieben, der aus der Fremde kommt. Von weit her sogar. Sie ließ die Hand sinken, wusste nicht, ob sie froh oder traurig sein sollte. Ein Fremder, das hieß, dass sie einen Mann zum Lieben fand. Aber ein Fremder hieß auch, dass es Schwierigkeiten geben würde. Denn ein Fremder war das, was er war: fremd.

Siebzehntes Kapitel

Seit Tagen schon lief der Vater mit Leichenbittermiene herum.

«Weißt du, was er hat?», fragte Rosamund den Gesellen Dietrich.

Der wiegte den Kopf. «Mit der Zunft gibt es wohl Ärger.»

«Und weißt du auch, was für einen Ärger?»

«Nicht genau. Es wird gemunkelt, der Michael, der zukünftige Schwiegersohn, macht sich breit in der Zunftstube. Die nächste Wahl steht bald an, und er sieht sich wohl schon als Nachfolger deines Vaters. Jedenfalls versucht er schon jetzt, die Aufnahme eines Neuen zu verhindern. Die Alten hat er damit auf seine Seite gebracht.»

Rosamund zuckte mit den Achseln. «Warum auch nicht? Vater wollte ohnehin nicht mehr als Zunftmeister kandidieren. Er ist alt, sagt er, möchte mehr Ruhe und Zeit haben für die Dinge, die ihm Spaß machen. Du weißt doch, Dietrich, die Mutter hat sich schon lange einen Fries in ihrem Salon gewünscht. Und er selbst, davon hat er oft gesprochen, würde gern an der Hofseite des Hauses die Bewohner dranmalen.»

«Ja, so ist das wohl, aber der neue Zunftmeister ist nicht

so ganz nach seinem Geschmack.» Dietrich beugte sich vertraulich zu Rosamund hinab. «Ein Speichellecker sei er, der den Reichen und dem Rat nach dem Munde redet, aber dabei nur seine eigenen Schäfchen ins Trockne bringen will.»

«Was ist daran so ungewöhnlich? Für das Urselchen wäre es doch gut. Und für uns wäre es nicht schlecht, wenn ein Verwandter diesen Posten besetzt.» Rosamund ließ nicht locker, doch Dietrich kniff die Lippen zusammen. «Genaues weiß ich nicht. Die Leute erzählen viel, wenn der Tag lang ist. Am Ende stimmt's nicht, und ich bin als Tratschmaul verschrien.»

Mit diesen Worten wandte sich Dietrich erneut seiner Arbeit zu, doch Rosamund war sich sicher, dass er nicht die ganze Wahrheit gesagt hatte.

Sie lief in den Garten, um ein paar frische Haselzweige zu schneiden. Den Saft wollte sie auspressen und unter die grüne Farbe mischen, damit sie der Natur so nahe wie möglich kam. Sie hatte das Gartentürchen beinahe erreicht, als ein Quieken, das sie von der Verlobung her noch gut im Ohr hatte, sie innehalten ließ. Vorsichtig spähte Rosamund hinter der Hauswand hervor.

Das Urselchen stand an einen Baum gelehnt, den Rock bis zum Bauch hochgeschoben, die Schenkel weiß, glatt und bloß. Und vor ihr der Michael, dem die Hose um die Knöchel hing und der sich so eng es ging an das Urselchen presste.

«Jetzt mach doch», drängte das Urselchen und schob ihren Schoß ganz weit nach vorn.

Und der Michael nahm seinen Schwanz, bahnte ihm den Weg in Urselchens Grotte und stieß dann zu, als wolle er die Ursula in der Mitte entzweisägen. Hochrote Wangen hatte die kleine Schwester, und die Augen hielt sie geschlossen, während sie sich die feuchten Lippen leckte. «Ja, ja, mach weiter. So ist es gut», feuerte sie ihren Verlobten an.

Rosamund seufzte, verschob die frischgeschnittenen Haselruten auf später und schlich sich in die Werkstatt zurück.

Beim Mittagessen versuchte sie, vorsichtig die Mutter und das Urselchen auszufragen. «Habt ihr, du und der Michael, schon das Aufgebot bestellt?»

Das Urselchen schüttelte den Kopf, dass die Locken flogen. «Jetzt, da du eine Heilige bist, werden die Leute es hinnehmen, dass ich vor dir heirate. Aber uns drängt ja nichts», erklärte sie scheinbar unbefangen, doch Rosamund sah, wie sich ihre Augen verdunkelten. Sie nickte und musterte den Leib ihrer Schwester. Sie hatte nun ja genau gesehen, was das Urselchen trieb, wenn sie der Mutter erzählte, sie wolle mit ihrem Verlobten nach den Rosen im Garten sehen. Wenn niemand den Dingen Einhalt gebot, dachte Rosamund, dann mussten die beiden sicher recht schnell vor den Altar treten. Und wie gut, dass sie nun nicht mehr den Vortritt hatte. Sie blickte zur Mutter, die ihrem Mann einen scheelen Blick zuwarf und sich dann am Hals kratzte.

Der Vater war taub für das Unausgesprochene bei Tisch, war ganz in die eigenen Gedanken versunken. «Ein Meister hat um Aufnahme in die Zunft gebeten», sagte er. «Er ist talentiert, würde neuen Wind in unsere verstaubten Stuben bringen, aber die anderen ... ich weiß nicht. Am Ende verdirbt er uns die gute Gesellschaft, die wir haben. Dein Michael ...» Er deutete mit dem Finger auf die Ursula. «Der ist auf jeden Fall dagegen.»

«Wer ist es? Wer ist es? Etwa der, von dem es heißt, er male Frauen, die ihm ganz und gar nackt Modell stehen müssen?»

Ursulas Wangen hatten sich vor Aufregung gerötet. Jetzt mischte sich auch die Mutter ein. «Den lass mal lieber, wo er ist. So einer bringt uns noch Unzucht in die Stadt. Wenn das dort, wo er herkommt, so Sitte ist, dann soll er doch wieder dorthin zurückgehen. Wir Frankfurter sind anständige Menschen.»

Der Vater schüttelte leicht den Kopf. «Darum geht es nicht. Nackt oder angezogen. Es geht um die neue Art zu malen, eine neue Art der Kunst, abgeguckt von den alten Griechen. In Florenz ist es längst an der Tagesordnung, Männer und Frauen nackt zu malen. Ich sehe nichts, was dagegen spricht. Gott lässt uns ja auch nackt zur Welt kommen.»

«Unzucht ist das, jawohl», schimpfte Lisbeth. «Da wird den Männern nur der Mund wässrig gemacht. Sind so schon alles geile Böcke. Wenn noch überall Nackische von den Wänden lachen, dann wird es in Frankfurt bald zugehen wie im Freudenhaus. Soll er doch die Kebsweiber malen, die sind sowieso den ganzen Tag nackt.»

Rosamund beugte sich über den Tisch. «Wie malt er?», wollte sie wissen.

«Mit der italienischen Perspektive», sagte der Vater. «Er hat wohl bei Ghirlandaio gelernt, sagte er, und dem Botticelli über die Schulter geschaut.»

«Du meinst, er malt so wie Michelangelo?»

Der Vater nickte. «Er ist ein Künstler durch und durch. Sein Pech ist es, dass es in Frankfurt so viele Krämerseelen gibt, die nichts verstehen von der Kunst.»

Er seufzte, schob seinen Teller von sich und verschränkte die Arme auf der Tischplatte.

«Malt er nur die schönen Frauen?», wollte Ursula wissen. «Und werden die dann berühmt?»

«In Italien ist das wohl so. Von Sandro Botticelli heißt es, er habe ein weibliches Idealbild geschaffen.» Er hielt inne, hob den Zeigefinger in die Höhe. «Ein Ideal, welches sein Vorbild in der Wirklichkeit hat. Simonetta Vespucci hieß die Frau in Wirklichkeit, und war bald die berühmteste Frau in ganz Italien.»

Ursula schaute über den Kopf des Vaters hinweg in die Ferne. «Ob ich wohl als Modell tauge? Meine Brüste sind hoch und fest, die Taille schmal, die Hüfte ausladend. Sag, Vater, wäre ich geeignet?»

Der Vater brummte nur und machte eine wegwerfende Handbewegung, aber das Urselchen ließ nicht ab von ihrem Einfall. «Er könnte mich malen. Ein Bild für die eheliche Schlafkammer. Da würde der Michael immer sehen, wie schön ich bin, und würde es nicht vergessen nach dem ersten Kind. Und wenn ich gar erst berühmt würde, so würde ich zu jedem Fest eingeladen, und die Herren würden sich um einen Tanz mit mir raufen.»

Der Vater sah Ursula an, als hätte die den Verstand verloren. Er öffnete den Mund, als wolle er etwas sagen, doch schon schloss er ihn wieder, winkte nur ab und verließ die Küche in Richtung Werkstatt.

Lisbeth seufzte. «So geht es mir seit Jahr und Tag mit ihm. Immer hat er etwas im Kopf und denkt sich den Himmel auf die Erde, aber eben nur den Himmel in den Farben. Sonst nichts. Mich hat er ganz vergessen. Nicht einmal ein Bild im Schlafzimmer könnte daran was ändern.»

Ursula kicherte. «Das wird mir mit Michael nie passieren», behauptete sie stolz. «Ich werde schon dafür sorgen, dass mich der meine nicht vergisst.»

Jetzt stand auch Rosamund auf und folgte ihrem Vater in die Werkstatt.

«Du würdest ihn gern aufnehmen, den Fremden, nicht wahr?», fragte sie.

Der Vater bejahte. «Wir könnten viel lernen von ihm. Seit Jahren machen wir dasselbe, von den neuen Entwicklungen jenseits der Alpen kriegen wir nichts mit, weil keiner von uns die Zeit hat, dorthin zu reisen.»

«Und warum sträuben sich die anderen?», wollte Rosamund wissen.

Der Vater seufzte. «Sie haben Angst, er könnte ihnen die Aufträge wegnehmen. Sie haben Angst vor Veränderungen. Sie haben Angst um ihre Stellung.»

Rosamund nickte. Sie wusste, dass die Leute so waren, dass sie sich die Welt so hinbogen, bis es in ihr kleines Leben passte.

Während in der Werkstatt der Alltag seinen Lauf nahm, ging es im Haus nur noch um die Hochzeit, die am 15. August, am Marientag, stattfinden sollte. Die Verlobung hatte mehr Geld gekostet, als dafür vorgesehen war, hatte auch Rosamunds Zuschuss ganz und gar verschlungen, und nun wollte Lisbeth sparen, aber doch so, dass es niemand merkte. Am 15. August waren die Kirchen und Plätze der Stadt zu Ehren der Muttergottes geschmückt. Das hieß für Lisbeth, dass sie um die Kosten für den Kirchenschmuck herumkam und sich für das Eingesparte ein neues Kleid schneidern lassen konnte. Außerdem lag der 15. August direkt vor dem Datum für die Herbstmesse, für Urselchens Messewünsche war dann der Michael verantwortlich.

Das Urselchen dagegen greinte, sie bräuchte einen Schmuck, denn es hieß doch: Geborgtes, Altes, Neues und Geschenktes.

Es konnte nicht sein, dass das Neue ausgerechnet das Billigste war. Frankfurt sollte sehen, wer sich da das Jawort gab. Und so stritten die Mutter und das Urselchen, riefen die Magd zur Schiedsrichterin und schlugen gemeinsam auf das arme Ding ein, wenn sie mit dem Schiedsspruch nicht einverstanden waren. Und das waren sie nie.

Der Bräutigam, Rosamund sah es, ohne es zu wollen, kam regelmäßig, um seine Braut zu Spaziergängen in den Garten zu entführen, was lächerlich war, da der Garten gerade zwanzig Schritt in der Länge und fünfundzwanzig Schritt in der Breite maß. Aber außer ihr schien das niemandem aufzufallen.

Doch eines Tages, es war Anfang Juni, drang ein solcher

Lärm aus dem Wohnhaus, dass der Vater und Rosamund ihre Werkzeuge fallen ließen und in die Küche eilten.

Die Mutter stand vor dem Herd, hatte die Ursula bei den Haaren gepackt und drosch mit dem Kochlöffel auf sie ein, dabei schrie sie mit sich überschlagender Stimme: «Du Hure, du hast Schande über uns gebracht.» Der Kochlöffel klatschte auf Ursulas Rücken, auf den Hintern, auf den Kopf und in den Nacken, die Augen der Mutter rollten wild, und sie schrie, bis ihr der Atem ausging.

Der Vater trat zwischen die beiden, entriss der Mutter den Kochlöffel, und sogleich flüchtete sich die Ursula in Rosamunds Arme.

«Was ist hier los?», wollte der Vater wissen.

Die Mutter schlug die Hände vor das Gesicht und begann zu flennen. «Schande hat sie über uns gebracht. Schande! Benommen hat sie sich wie eine läufige Hündin. Wie stehen wir jetzt da? Was sollen die Leute von uns denken, wenn die da mit dickem Bauch vor dem Altar steht.»

Rosamund strich ihrer Schwester über den geschundenen Rücken. «Du bist jetzt also schwanger?»

Das Urselchen nickte, während ihr die Tränen über die Wangen rannen, doch zugleich schob sie trotzig die Unterlippe nach vorn. «Er ist mein Verlobter, er hat mich gedrängt. Eine Frau muss gehorchen. Was hätte ich denn machen sollen?»

«Deine Tugend hättest du hüten sollen wie einen Schatz. So macht das jede anständige Frau. Du aber mit deinem heißen Schoß hast uns entehrt. Was wird, wenn er dich jetzt nicht mehr will, der Michael Vogt?», keifte die Mutter.

Der Vater führte seine Frau zur Küchenbank, goss ihr einen Becher Wein ein. «Da, trink und beruhige dich. Es ist, wie es ist. Jetzt müssen wir sehen, dass wir das Beste daraus machen.»

Das Urselchen wischte sich die Tränen mit den Fäusten aus den Augen, ließ ihren Blick von einem zum anderen wieseln und verkündete dann mit kläglicher Stimme: «Die Rosamund war's. Die ist schuld.»

«Wie bitte?»

Rosamund fuhr erstaunt zu ihrer Schwester herum. «Was sagst du da?»

«Ja. Du bist schuld. Du hast aus meiner Hand das Unglück gelesen. Hättest du das nicht getan, so hätte ich jetzt noch meine Tugend.»

Rosamund schnappte nach Luft, sah zu Lisbeth, aber die hatte schon wieder etwas Farbe im Gesicht und betrachtete ihre älteste Tochter interessiert. Rosamund war wütend. Sie drehen es, wie sie es brauchen, dachte sie.

Dann blickte sie dem Urselchen fest in die rotgeweinten Augen. «Sag bloß, wenn in deiner Hand etwas anderes gestanden hätte, wärst du nicht mit deinem Verlobten immerzu im Garten ‹spazieren gegangen›?»

Sie betonte die letzten beiden Worte so, dass sie einen höhnischen Anstrich bekamen. Aber das Urselchen war bereits überzeugt, an ihrem Zustand nicht die geringste Schuld zu haben.

«Du warst es, die mir Unglück vorausgesagt hat. Du hast mir gedroht, dass ich nicht von Herzen glücklich werden kann. Was sollte ich denn tun?» Sie hob beide Hände in Brusthöhe, sodass die freien Handflächen nach oben zeigten. «Ein bisschen was vom Glück wollte ich auch. Ist das ein Verbrechen?»

Die Mutter nickte. «Es ist wahr. Du hast der Ursula aus der Hand gelesen. Du bist eine Heilige. Die Leute stellen uns jeden Tag Gaben für dich vor die Tür. Jetzt kümmere dich darum, dass die Tugend vom Urselchen bald wieder wie neu ist.»

«Und wie soll ich das anstellen?», fragte Rosamund verblüfft. Niemals wäre sie auf den Gedanken gekommen, dass man ihr die Schuld an Urselchens Schwangerschaft in die Schuhe schieben konnte. Wie auch? Sie hatte ja nicht am Baum gelehnt mit hochgeschobenen Röcken und losen Schnürleibchen.

«Jeder ist seines Glückes Schmied selbst», sagte sie. «Ich habe euch oft genug gesagt, dass ich keine Heilige bin. Und nicht ich habe die Linien in Urselchens Hand gezogen. Dass du schwanger bist, ist deine eigene Schuld. Ich habe damit nichts zu tun. Ich kann dir das Kind nicht aus dem Bauch holen. Und selbst wenn ich es könnte, so wäre das eine große Sünde wider Gott. Wie kann eine Heilige sich gegen Gott richten?»

Rosamund dachte, dieses Argument sei nicht widerlegbar, doch sie hatte sich getäuscht. Die Not machte das Urselchen noch erfinderischer als sonst. «Heilige hin, Heilige her. Du kannst Dinge machen, die andere nicht können. Ich bin deine Schwester. Meine Tugend ist in Gefahr, unser guter Ruf ist in Gefahr. Also tu etwas dagegen.»

Rosamund hatte die Arme verschränkt vor sich auf den Tisch gelegt. Ein Lächeln stahl sich über ihr Gesicht, ließ die Augen blitzen. «Das wäre Teufelswerk, ihr wisst es. Aber ich bin eine Heilige, sagen die Leute.»

«Heilige, Teufelin. Wo ist da der Unterschied?», greinte das Urselchen. «Jedenfalls bist du kein normaler Mensch wie wir.»

Michael Vogt, so erfuhr Rosamund später, hatte die Nachricht von seiner baldigen Vaterschaft schweigend aufgenommen. Wortlos war er aus dem Salon der Mutter, wo ihm die Neuigkeit verkündet worden war, in die Werkstatt gegangen. Stumm hatte er neben Ruppert Hoffmann, dem baldigen Schwiegervater, gestanden und mit brennenden Augen dessen Arbeit verfolgt.

Gerade war Ruppert dabei, eine Zeichnung für das letzte Stück eines Freskos im Hause des Kaufmanns Stetten anzufertigen. Noch in derselben Woche sollte die Arbeit zu Ende gebracht werden.

«Willst du mir helfen?», fragte der Vater seinen künftigen Schwiegersohn. Der stand starr und stumm und antwortete nicht.

Nach einer Weile ging er schweigend von dannen.

Während das Urselchen und die Mutter darauf warteten, dass Michael wiederkam, vollendete Ruppert das Wandfresko, welches sein letztes sein sollte.

Doch kaum zierte das Werk den Saal der Stettens, wurde in deren Haus ein Einbruch verübt. Die Diebe stahlen nichts, doch sie beschmierten das Fresko mit Blut und Kot. Und niemand wusste, ob der Anschlag dem Kaufherrn oder dem Weißbinder gegolten hatte.

Achtzehntes Kapitel

Eine Heilige ist eine Provokation, dachte Rosamund, als sie wieder in der Werkstatt war und Leinöl in die geriebenen Farben mischte. Eine Heilige ist unverständlich, weil sie keine irdischen Wünsche hat. Keine Sehnsucht nach irdischem Ruhm, nach immerwährender Schönheit oder einer Truhe voller Goldgulden, die man für Kleider und Tand ausgeben könnte. Für Ursula und die Mutter bin ich ein Ärgernis. Sie dürfen mich nicht mögen, weil ich all das, was ihnen wichtig ist, nicht benötige. Sie fragen nie, ob das wirklich so ist Sie haben es beschlossen, um mich heilig zu halten, solange es ihnen nützt. Sie benutzen mich und meinen Ruf, um ihre Reichtümer zu vermehren.

Der Vater kam zu ihr, legte seine harte Hand auf den Rührlöffel, mit dem sie das Leinöl unter die Farbe mischen wollte. «Was sollen wir tun?», fragte er. «Eine Woche lang wissen wir es nun, und ich dachte, das Schlimmste wäre überstanden. Aber nun? Und der Michael kommt und kommt nicht.»

Rosamund zuckte mit den Schultern. «Hat sie es ihm gesagt?»

Der Vater nickte. «Das musste sie doch. Wir haben Juni.

Im August wird auch der Letzte erkennen, dass das Bäuchlein nicht von den Lebkuchen zu Weihnachten stammt.»

«Und was hat er gesagt, der Michael?»

Der Vater winkte ab, seine Augen wurden ganz dunkel. «Gesagt hat er nicht viel. Nur, was es für ihn bedeutet, eine Frau zu heiraten, die keine Tugend mehr hat. Schlecht fürs Geschäft, schlecht für den Ruf.»

«Aber er war es doch, der sie geschwängert hat», warf Rosamund ein.

«Das zählt nicht, darum geht es nicht. Das Urselchen ist eine Schande. Weggeworfen hat sie sich vor der Hochzeit. Das allein zählt. Er muss nachdenken, hat er gesagt. Es gäbe viele Jungfrauen in der Stadt, die sich nach ihm alle zehn Finger lecken und ihre Tugend nicht herschenken würden wie einen Korb Fallobst.»

Rosamund verstand. «Was will er obendrauf?»

Der Vater seufzte. «Zunftmeister will er werden. Ich soll dafür sorgen, dass er es wird. Die Werkstatt will er, das Haus.»

«Wieso Werkstatt und Haus?»

«Sein Vater ist noch rüstig und voller Kraft. Er schwingt das Zepter, will noch lange nicht aufs Altenteil. Dazu hat er einen Bruder, der auch Weißbinder werden wird.»

«Deshalb will er deine Werkstatt. Und du sollst aufs Altenteil.»

Der Vater nickte, wirkte müde und grau.

«Und was wirst du tun?»

«Ich weiß es nicht. Wenn Michael sie nicht nimmt, dann nimmt sie keiner. Wer will schon eine, die ein Kind unter dem Herzen trägt? Und die Werkstatt. Sie steht dir zu. Du bist die Älteste. Ich will dich nicht schon wieder hintenanstellen. Und den Dietrich will er auch weghaben. Er ist zu alt, meint der Michael, zu sehr geprägt von der Werkstatt hier. Wo soll der Dietrich hin? Immer hat er gut für uns gearbeitet, war treu, fleißig und ehrlich. Wovon soll er leben, wenn er gehen muss?»

Rosamund schüttelte den Kopf, sah aus dem Fenster, begann wieder zu rühren. «Ich wundere mich», sagte sie wie für sich, «dass es dem Urselchen immer wieder gelingt, noch aus einer Schande das Beste für sich herauszuschlagen.»

«Dieses Mal nicht», erklärte der Vater. «Du wirst dieses Mal nicht darunter leiden Das verspreche ich dir.»

Er schickte sich an, seine Tochter in den Arm zu nehmen, breitete die Arme aus, doch in diesem Augenblick klopfte es an der Werkstatttür.

Der Dietrich, der sich höflich im Hintergrund gehalten hatte, ging öffnen.

«Gelobt sei Jesus Christus», erschallte der Gruß, und der Vater und Rosamund antworteten wie aus einem Mund: «In Ewigkeit. Amen.»

Der Mann, der eintrat, kam Rosamund bekannt vor. Er trat vor sie hin, verbeugte sich leicht und sagte artig: «Wir haben uns lange nicht gesehen, Jungfer Rosamund. Ich hoffe, die Zeit hat es gut gemeint mit Euch.»

«Ihr kennt Euch?», fragte der Vater.

«Ich hatte das große Vergnügen, Eurer Tochter einmal zu begegnen.»

Rosamund musste sich am Löffel festhalten. Tränen brannten in ihren Augen. Natürlich erinnerte sie sich noch an den Mann. Matteo, der Fremde, der über die Alpen nach Frankfurt gekommen war. Der, den sie am Fluss getroffen hatte. Der, der verhindert hatte, dass sie heute blind war. Sie warf ihm einen unsicheren Blick zu, hoffte inständig, er würde dem Vater nichts erzählen. Wenn der erführe, was sie sich hatte antun wollen, würde es ihm das Herz brechen.

«Wo habt Ihr meine Tochter getroffen, Matteo?», fragte der Vater, und Rosamund hörte, wie ihr Herz laut und lauter schlug.

Matteo lächelte. «Sie war die Erste, die ich nach Passierung der Stadttore getroffen habe. Eine Auskunft hat sie mir gegeben.» Er wandte sich an Rosamund: «Nicht wahr, so war es?»

Und Rosamund nickte erleichtert.

«Was führt Euch heute zu mir?» Ruppert Hoffmann wischte sich mit einem Lappen die Farbreste von den Fingern.

«Noch einmal, noch ein letztes Mal möchte ich Euch bitten, mir den Zugang zur Zunft zu gestatten. Ich bin ein guter Maler, ein guter Weißbinder auch. Ihr selbst habt meine Arbeiten gelobt.»

«Ich weiß es.» Der Vater ließ seufzend den Lappen sinken.

«An mir soll es nicht liegen, aber die anderen, die haben Angst um Moral und Sitte.»

«Die nackten Frauen?», fragte Matteo.

«Ja. Was in Italien Mode ist, braucht Jahre, bis es nach Deutschland kommt. Die Frankfurter halten am Alten fest. Ich kann sie nicht ändern.»

Matteo seufzte, knüllte das Barett zwischen den Fingern. «Dann muss ich wohl weiterziehen. Vielleicht in die Stadt, in der der Dürer gelebt hat. Nach Nürnberg. Womöglich ist man dort aufgeschlossener.»

«Ein Jammer ist es um Euch. Mir wäre nichts lieber, als dass Ihr bliebet.»

Rosamund trat einen Schritt nach vorn. «Mir kommt da ein Einfall.» Sie wandte sich an Matteo. «Wie eilig habt Ihr es, von hier fortzukommen?»

«Ich habe keine Eile. Am liebsten bliebe ich ganz hier. Nicht zuletzt, um die Gelegenheit zu haben, Euch zu sehen.»

Er sah sie ohne ein Lächeln an, und Rosamund erwiderte seinen Blick ohne Erröten, sondern nickte nur und fragte: «Könnt Ihr morgen um dieselbe Zeit noch einmal wiederkommen?»

«Mit dem größten Vergnügen», erwiderte der Fremde, verbeugte sich, grüßte und verließ die Werkstatt.

Der Vater sah seine Tochter kopfschüttelnd an. «Was sollte das? Haben wir nicht genug eigene Sorgen? Was hast du vor?»

Rosamund lächelte. «Vielleicht ist er derjenige, der unsere Sorgen vergessen machen kann.»

Jetzt kam auch der Geselle Dietrich näher. «Was planst du, Kind?», fragte er mit einem Hoffnungsschimmer in den Augen.

Rosamund ließ sich auf einen Schemel fallen. «Der Michael, der will was von dir. Für ihn ist Urselchens Schwangerschaft eigentlich ein Glücksfall. Wundern würde es mich nicht, wenn er es von Anfang an genau darauf abgesehen hat. Wenn du ihm das Urselchen verweigerst und überdies erzählst, wer deine Tochter geschwängert hat, so kann sich der Michael eine eigene Werkstatt und den Zunftmeisterposten in den Kamin schreiben. Du hast also auch ein paar Trümpfe in der Hand, Vater.»

«Sprich deutlicher, Kind. Was willst du mir damit sagen?»

Rosamund wippte mit dem Fuß auf und ab, in ihren Augen blitzte der Schalk. «Wenn wir es geschickt anstellen, so kriegt ein jeder das, was er sich wünscht.»

«So sprich doch endlich, und spanne uns nicht auf die Folter.» Auch dem Dietrich war eine gewisse Unruhe anzumerken.

«Versprich dem Michael Vogt die Werkstatt und die Zunftmeisterschaft. Als Ausgleich muss er den Matteo aufnehmen.»

«Und was haben wir davon?», fragte der Vater, noch immer verwundert.

«Ich werde den Matteo heiraten», verkündete Rosamund und strahlte dabei über das ganze Gesicht. «Für seinen Ruf ist es gut, mit einer Heiligen verheiratet zu sein, die nackten Frauen stören bestimmt nicht mehr. Mit meinem Erbteil und dem, was der Matteo vielleicht noch hat, werden wir eine eigene Werkstatt aufbauen und den Dietrich als Gesellen hinzunehmen können. Und du,

Vater, kannst jederzeit zu uns kommen, wenn dir hier die Decke auf den Kopf fällt.»

Jetzt ließen sich auch der Dietrich und der Vater auf Schemel fallen. Zum ersten Mal seit langem begann der Vater zu lächeln. «Das ist ein guter Einfall», sagte er leise, besah dabei den Fußboden und schwenkte den Rührlöffel sacht hin und her. «Das ist ein wirklich guter Einfall.»

Dietrich nickte, aber dann verzog er sein Gesicht. «Es gibt nur noch eine Hürde.»

Rosamund und der Vater sahen ihn an. «Welche?»

«Der Matteo muss zustimmen. Er muss unsere Rosamund heiraten wollen.»

Pünktlich am nächsten Tag war Matteo zur Stelle. Rosamund hatte sich in einer kleinen Kammer versteckt. Sie wagte es nicht, Matteo unter die Augen zu kommen. Ein Weib schlug einem Mann nicht die Ehe vor. Das war unmöglich, war so, als würden sich die Hunde ihre Herrchen selbst aussuchen. Sie stand in der Kammer, die Tür angelehnt, und lauschte, was die Männer besprachen.

«Wo ist Eure Tochter?», fragte Matteo gleich nach der Begrüßung.

«Nun, sie hat heute im Haus zu tun. Es ist auch besser, sie hört nicht, was ich mit Euch zu besprechen habe.»

Der Vater hatte sich einen sauberen Kittel angezogen; die Werkstatt war gekehrt, auf einem Tablett stand sogar eine Kanne Wein, daneben zwei Becher. «Setzt Euch», bot der Vater an, und Matteo gehorchte.

Dann legte der Vater ihm seinen Plan dar. Durch die

angelehnte Kammertür konnte Rosamund Matteos Gesicht von der Seite sehen.

Als der Vater sagte: «Ich verschaffe Euch Zugang zur Zunft, wenn Ihr meine Älteste heiratet», begann der Fremde zu lachen. Er lachte mit seinen weißen, gesunden Zähnen, warf den Kopf in den Nacken, bis der ganze Körper geschüttelt wurde. Dann sprang er auf, nahm das Gesicht des Vaters in beide Hände und küsste ihn nach italienischer Manier herzhaft auf beide Wangen.

Der Vater war verwirrt. «Was ist denn los? Warum führt Ihr Euch auf wie ein Narr?» Seine Miene war misstrauisch.

Doch Matteo strahlte noch immer über das ganze Gesicht, streckte ihm sogar eine Hand hin: «Abgemacht», sagte er. «Ich heirate Eure Tochter Rosamund mit dem größten Vergnügen. Vorausgesetzt aber, sie ist damit einverstanden. Eine Frau, die ich ins Bett zwingen muss, will ich nicht. Und alles andere wird sich finden. Wichtig ist mir nur, endlich in die Zunft eintreten zu können, damit ich meinen Lebensunterhalt verdienen kann. Und dann soll es der Rosamund an nichts fehlen.» Er brach ab, sah zu Ruppert. «Was meint Ihr, wird sie mich wollen?»

Rosamund in ihrer Kammer konnte sich ein Lächeln nicht verkneifen.

«Ihr müsst sie selbst fragen», erwiderte der Vater, ebenfalls mit einem Lächeln. «Sie wird bald wieder hier sein. Wollt Ihr auf sie warten?»

Matteo schüttelte den Kopf. «Nein, nein, ich komme wieder. Eine Stunde, sagt Ihr? Ich werde pünktlich sein.»

Und schon stob er aus der Werkstatt, während Rosamund aus ihrer Kammer kam.

«Und?», fragte der Vater. «Was hast du für einen Eindruck?»

«Wenn ihr mich fragt», schaltete sich der Dietrich ein, «so finde ich, sie hat es gut getroffen, unsere Rosamund. Er scheint ein ehrlicher Kerl zu sein. Einer, auf den man bauen kann.»

Eine Stunde später klopfte es. Matteo trat ein, hielt eine Rose in der Hand, in der anderen einen kleinen goldenen Schlüssel, den man als Anhänger an einer Kette tragen konnte.

«Ich überreiche Euch den Schlüssel zu meinem Herzen», sagte er. «Und ich wäre der glücklichste Mann auf der Welt, wenn Ihr, schöne Rosamund, die Gaben annehmen würdet.»

Rosamund traten Tränen in die Augen. Sein Blick war so offen und ehrlich, dass sie es wagte, ihm zu glauben.

«Ja», erwiderte Rosamund. «Ich möchte den Schlüssel zu Eurem Herzen gern annehmen.»

Matteo jauchzte auf, umarmte seine Zukünftige etwas zögerlich. «Darf ich Eure Stirne küssen?»

Rosamund nickte, und schon spürte sie warme, weiche Lippen unter ihrem Haaransatz, sanft wie Schmetterlingsflügel, aber gleichzeitig so heiß, dass sich ihr Blut erhitzte.

Neunzehntes Kapitel

Schon zwei Wochen später fand die Verlobung statt, allerdings in aller Stille, weil die Zeit für die Vorbereitungen fehlte. Rosamund bedauerte dies. Einmal hatte auch sie im Mittelpunkt stehen wollen. Doch sie hatte dazugelernt. Urselchens Unglück war ihr Glück gewesen. Matteo hatte ihr gefallen. Beim ersten Blick schon. Doch sie hätte niemals gewagt, ihn auf sich aufmerksam zu machen. Er war, Rosamund war sich dessen bewusst, für sie die letzte Gelegenheit, ein normales bürgerliches Leben mit Familie und Kindern zu führen.

Zudem hatte sie befürchtet, dass Michael, sobald er hier im Haus das Zepter schwang, alles daransetzen würde, Rosamund loszuwerden. Für einen Menschen wie Michael war eine Heilige eine Provokation.

Ihre Heirat mit Matteo war das, was Rosamund sich gewünscht hatte. Und nun hatte sie bekommen, was sie wollte, weil das Urselchen Pech gehabt hatte. Doch nur Rosamund wusste, dass dies so war. Der Mutter und der Schwester gegenüber gebärdete sie sich, als hätte sie ein großes Opfer dargebracht. Und das Urselchen wurde nicht müde, Rosamund ihre Dankbarkeit zu bezeugen.

«Möchtest du vielleicht mein Verlobungskleid haben?»,

fragte das Urselchen eifrig. «Weißt du, mir passt es nicht mehr. Vielleicht sogar nie mehr. Kinder ruinieren die Figur. Ich schenke es dir.»

Und Rosamund nahm das Kleid wie etwas, das ihr zustand, ließ es ein wenig ändern und färben und besaß bald das schönste Gewand, dass sie je gehabt hatte. Zum ersten Mal in ihrem Leben war sie nicht darauf bedacht, es den anderen recht zu machen, sondern war einzig für sich da. Und hatte nicht einmal ein schlechtes Gewissen dabei.

Die Hochzeit wurde zur Doppelhochzeit gemacht, damit die ältere Braut mindestens die Hälfte des Augenmerks auf sich zog und das Bäuchlein der Ursula nicht so schwer ins Gewicht fiel. Sie trug ein Kleid nach griechischem Stil, um die Schande zu verdecken, während Rosamund in einem enggeschnürten Mieder prunkte. Die Feier wurde in aller Stille abgehalten. Das Urselchen schmollte, doch als sie begriff, dass ihr Bauch die Ursache war, schenkte sie der Rosamund eine Kette.

Im Dezember, kurz vor Weihnachten, gebar das Urselchen einen Sohn. Michael übernahm die Werkstatt, schob den Vater aufs Altenteil, und Rosamund bezog ihr erstes Haus.

Der Vater hatte sich nicht lumpen lassen, und die Ursula war von der Mutter dazu verdonnert worden, ihr die Hälfte der Aussteuer zu überlassen. Und so zog Rosamund mit Truhen voller Leinenzeug, Bett- und Tischwäsche, mit Mundtüchern, Handtüchern und allerlei Hausrat in ihr kleines Haus, das sich nur drei Gebäude weiter in der Weißbindergasse befand.

Die Deutschherren schickten im Namen der Benediktiner aus Dankbarkeit für den geretteten Schatz von Mariahilf sechs Silberteller. Das war auch die letzte Reminiszenz an die Heilige von Mariahilf. Vor dem Haus lagen keine Opfergaben mehr. Die Mägde bekreuzigten sich nicht mehr bei Rosamunds Anblick, sondern blickten ihr frech ins Gesicht. Und die Bettler ließen von ihr ab, sobald sie ein Kupferstück erbeutet hatten. Nur in der Kirche noch wurde Rosamund hin und wieder von Frauen angesprochen und um einen Rat für den lendenlahmen Ehemann oder die renitente Tochter gebeten. Mit ihrer Heiligkeit aber war es vorbei.

Rosamund musste lachen, als sie begriff, dass die Frankfurter dies ähnlich sahen. Eine Heilige, die heiratete wie ein normales Weib, die das Bett mit dem ihren teilte und die Dreckwäsche der Familie wusch, das war keine Heilige mehr.

Dann begann der Alltag, und dieser Alltag war nicht besser und nicht schlechter als die Alltage, die sie vorher kennengelernt hatte. Nur eines war anders und ungewohnt: Sie war die Herrin, sie bestimmte, was gemacht wurde.

Am Morgen stand Rosamund beim ersten Hahnenschrei auf. Während die Magd sich um das Wasser kümmerte und den Herd anheizte, um darauf die Grütze zu kochen, ging Rosamund in den kleinen Hof, der sich hinter dem Haus befand, und gab den Hühnern ihr Futter.

Dann wusch sie sich und weckte Matteo, sobald der

Duft gekochter Honigmilch durch das Haus zog. Nach dem Essen besprach sie mit der Magd Ulla die Aufgaben des Tages, gab ihr Geld für die Markteinkäufe und begab sich dann in die Werkstatt.

Matteo war noch immer nicht Mitglied der Zunft; Michael Vogt, sein Schwager, hatte dies verhindert. Als neuer Zunftmeister hatte er die Macht. Doch Matteo störte dies nicht mehr besonders.

Sein Talent hatte sich herumgesprochen. Matteo wurde nicht als Weißbinder verpflichtet, sondern um die Porträts der Reichen zu malen, die sich einen echten Grünewald, Ratgeb, Cranach oder Dürer nicht leisten konnten, und das war das Gros der Frankfurter Bevölkerung.

An Rosamunds Aufgaben in der Werkstatt hatte sich trotzdem nicht viel geändert. Sie rieb die Wurzeln alter Weinstöcke, versetzte sie mit Eiklar und Leinöl, um eine glänzende schwarze Farbe herzustellen. Sie zerrieb Läuse, weil die das schönste Rot in sich bargen, und sie tränkte Bleiplatten in Pferdeurin, den sie eimerweise vom benachbarten Pferdeschlachter bekam, und vergrub diese in der Mitte des Misthaufens, bis sich die Platten mit einer weißen Schicht bedeckt hatten, aus der sich ein wunderbares Bleiweiß herstellen ließ.

Sie grundierte auf Rahmen gespannte Leinwände und überzog die fertigen Bilder mit Firnis. Sie tat diese Arbeit gern und sang oft dabei.

Matteo, der vor der Staffelei stand und sorgsam und selbstvergessen aus Farben Gesichter und Figuren machte, lächelte und pfiff zu Rosamunds Gesang. Manchmal legte er auch den Pinsel zurück auf die Palette, trat zu seiner Frau, fasste sie um die Hüften und flüsterte in ihr Ohr: «Du bist mein Glück. Mein kleines, starkes Teufelsaugenglück.»

Dann musste Rosamund noch breiter lächeln. Sie lehnte sich einen Augenblick an seine Brust, ließ sich mit geschlossenen Augen streicheln, stieß sich ab von ihm und sagte mit einer gewissen Strenge: «Wir müssen arbeiten, Matteo. Deshalb sind wir hier.»

Und er lachte und ließ sie.

Manchmal kamen Frauen, die Matteo nackt malte. Dann verließ Rosamund die Werkstatt, begab sich in ihre Stube und nahm den Stickrahmen zur Hand. Doch bald wurde es ihr langweilig, und wenn die Magd beschäftigt war, wagte sie sich in die Schlafkammer vor den Spiegel, zog sich aus und zeichnete mit dem Rötel, was sie im Spiegel sah.

Wenn sie fertig war, verbarg sie die Blätter in der Wäschetruhe.

Einmal fragte Matteo sie: «Rosamund, dich würde ich am allerliebsten malen. Wagst du es?»

Rosamund nickte, ging vor ihrem Mann in die Werkstatt, legte den Riegel vor, heizte ein Kohlebecken und zog sich ohne Scham die Kleider aus. Nackt und bloß stand sie vor ihrem Mann. Der starrte auf die Schatten, die das Feuer im Kohlebecken auf ihren Leib malte. «Du siehst aus, als wärest du ganz aus Gold», raunte er. Dann nahm er den Pinsel, begann zu malen, beinahe ohne aufzusehen. Er sprach kein Wort dabei, er pfiff und sang nicht, und

Rosamund schien es, als wäre er ganz woanders, ganz versunken in das Bild, das er malte. Sie stand still, atmete nur leicht und sah zu, wie sich aus den Umrissen langsam ein goldener Leib formte, als ob er eine goldene Vase oder eine Monstranz sei.

Erst als die Flammen verloschen, der Abend in die Nacht übergegangen war, hielt Matteo inne. Seine Augen lagen tief in den Höhlen. Er legte den Arm um seine nackte Frau, sah auf sein Bild, die Augen halb zusammengekniffen, und flüsterte: «Das ist das schönste Bild, das ich je gemalt habe.»

Und Rosamund erwiderte: «Ja, es ist schön. Es ist so wunderschön, weil es dein Wesen zeigt. Es zeigt, wie du mich liebst.»

Sie zog sich an, ihr war kalt, und dachte dabei in einem fort: Für ihn bin ich Gold. Pures Gold. Und als sie das gedacht hatte, spürte sie die Kälte nicht mehr.

Ein- oder zweimal in der Woche besuchte sie ihre Schwester und ihre Eltern. Der Vater saß in seinem Kämmerchen und zeichnete; die Mutter machte sich im Haus nützlich, wiegte das Kind, beschimpfte die Magd, sah bedrückt ihrem Leben hinterher.

Das Urselchen war aufgegangen, in den Hüften so breit wie ein Waschzuber, die Brüste wie Kürbisse, die Schenkel wie griechische Säulen, stark genug, ganze Häuser zu stützen.

Sie hatte Mühe, aufzustehen und aus dem Haus zu gehen, und so hing sie begierig an Rosamunds Lippen.

«Er hat mich gemalt. Nackt, wie mich Gott geschaffen hat», erzählte die Schwester.

Ursula verzog den Mund. «Warst du dir da nicht zu schade? Nackt wie ein Kebsweib?»

«Wieso? Er ist doch mein Mann. Er weiß, wie ich nackt aussehe.»

«Löscht ihr nicht das Licht, wenn ihr euch zu Bett begebt?»

«Aber nein. Wieso auch?» Rosamund schaute verwundert.

Ursulas Lippen hingen wie eine schmale Mondsichel nach unten. «Mich hätte er malen sollen, der Matteo. Dann hätten wir jetzt was, was in der Schlafkammer hängt.» Ihr Ton war vorwurfsvoll.

«Du warst schwanger», erwiderte Rosamund.

Ursula machte eine wegwerfende Handbewegung. «Na und? Er ist ein Künstler, hätte mir den Bauch wegmalen können, wenn du dich schon geweigert hast, mir zu Hilfe zu kommen.»

«Du hast doch, was du willst», erwiderte Rosamund.

Das Urselchen schwieg, fragte erst nach einer Weile. «Wie machst du es? Sag, wie stellst du es an?»

«Was?»

«Wie kriegst du ihn ins Bett, den deinen?»

Rosamund wunderte sich, dachte kurz an die leidenschaftlichen Zusammenkünfte ihrer Schwester und Michaels im Garten. «Ich muss nichts tun. Meist bürste ich mir nur das Haar, sitze auf dem Bettrand dabei, im Nachtgewand.» Sie kicherte leise. «Manchmal auch ohne.»

«Das reicht?», fragte das Urselchen.

Rosamund nickte. «Ist es anders bei dir?»

Sie sah Tränen in den Augen ihrer Schwester glitzern. «Ja, bei mir ist es anders. Seit wir den kleinen Kaspar haben, rührt er mich kaum noch an.»

«Hast du ihn gefragt, warum?»

Ursula nickte, wischte sich die Träne mit dem Kleidärmel von der Wange. «Er sagt, ich hätte ihn betrogen. Sein guter Ruf, alles wäre hin. Gefangen hätte ich ihn mit Spießen und mit Stangen. Jetzt hockt er hier, und seine Jugend verblüht.»

Rosamund schob die Lippen vor. «Er hat Matteos Aufnahme in die Zunft verweigert», sagte sie. «Obwohl er es gelobt hatte.»

Das Urselchen zuckte mit den Achseln. «Was soll's? Ihr kommt auch so klar, lebt glücklich und zufrieden, während wir hier verdorren.»

Sie zog die Augenbrauen zusammen, sodass über der Nasenwurzel eine Falte entstand. «Wie kommt das eigentlich?», fragte sie bitter. «Wie kommt es, dass ihr so glücklich seid, Aufträge in Hülle und Fülle habt und nichts dafür tun müsst?» Sie richtete sich auf. «Kannst du vielleicht doch zaubern? War die Heilige nur ein Schwank von dir? Bist du doch ein Teufelsmädchen?»

Rosamund lachte. «Hast du tatsächlich jemals geglaubt, ich wäre eine Heilige? Ich könnte zaubern?»

Urselchen schwieg, doch in ihren Augen stand die Antwort.

«Nein, Schwester. Ich kann nicht zaubern. Alles, was

wir haben, wurde von uns erarbeitet. Alles, verstehst du? Vom Morgengrauen bis zum Sonnenuntergang stehen wir in der Werkstatt. Wir haben keine Zeit für anderes als die Arbeit. Selbst den sonntäglichen Kirchgang müssen wir uns abpressen. Und weil das so ist, muss ich jetzt auch gehen. Die Werkstatt wartet.»

«Was denkst du über Kinder?», wollte Matteo am Abend von seiner Frau wissen. «Wie viele hättest du gern?»

Rosamund lachte. «Wenn sie nach dir kommen, ein ganzes Dutzend.» Als sie sah, dass Matteo nicht mit ihr lachte, wurde sie ernst. «Was ist?», fragte sie.

«Wir sind schon seit Monaten verheiratet, ein halbes Jahr fast, und du bist noch nicht schwanger.»

Rosamund zuckte mit den Achseln. Ursula trug den kleinen Kaspar schon auf dem Arm. Und sie?

«Ich weiß es nicht. Vielleicht dauert es länger bei mir, weil ich die Liebe nicht gewohnt war.»

Matteo nickte. «Ja, vielleicht ist das so.» Er lächelte sie an, aber Rosamund sah, dass er traurig war.

Eine Woche später ging sie erneut zum Urselchen und ihren Eltern. Doch sie traf nur Lisbeth mit dem greinenden Kaspar im Salon an. «Wo ist meine Schwester?», fragte sie die Mutter.

Lisbeth wiegte den kleinen Jungen hin und her, doch sie konnte das Kind nicht beruhigen. «Krank ist sie. Und ich habe den ganzen Tag das brüllende Kind. Ihr Mann nutzt jede Gelegenheit, um in die Zunftstube zu gehen. Geschäfte, nennt er das, aber so viel Wein, wie er dort trinkt, trübt das Auge selbst bei den unwichtigsten Geschäften.»

«Was hat die Ursula?»

«Einen trockenen Husten und Fieber. Frag sie selbst, woher sie sich das geholt hat.»

Rosamund strich ihrem Neffen über das fieberfeuchte Haar und begab sich in die Schlafkammer der Schwester.

Leise trat sie an ihr Bett, berührte ihre Schulter. Ursula schrak aus einem Schlummer, funkelte Rosamund wütend an. «Wegen dir liege ich hier, es ist alles nur deine Schuld.»

Rosamund setzte sich auf die Bettkante. «Was ist passiert? Und warum bin ich es schon wieder, die Schuld hat? Woran eigentlich? An deiner Krankheit?»

Das Urselchen stemmte sich ein wenig hoch, lehnte mit dem Kopf am Bettgiebel. Ihre Augen waren glasig, die Haut blass mit roten Flecken, die Haare hingen ihr strähnig ins Gesicht. Ein Geruch nach Schweiß und ungewaschenem Körper hing im Raum. Der Saum ihres Nachtgewandes war schmutzig. Ein Hustenanfall schüttelte ihren Körper, ließ sie wie ein Fisch nach Luft schnappen. Kaum war sie wieder zu Atem gekommen, zeigte sie mit dem Finger anklagend auf Rosamund. «Wegen dir! Alles ist nur deine Schuld.»

Rosamund seufzte. «Erzähle mir doch, was passiert ist.» Bei sich dachte sie, dass Ursula wohl nie erwachsen werden würde. Niemals würde die Schwester die Verantwortung für alles, was ihr zustieß, bei sich selbst suchen.

«Du hast gesagt, ich solle mich nackt auf die Bettkante

setzen, um dem meinen die Lenden zum Glühen zu bringen. Nun, ich habe getan, was du mir geraten hast. Und was ist dabei rausgekommen? Krank bin ich, liege elend und verlassen danieder. Nur wegen dir.»

«Ich habe dir nicht gesagt, dass du dich nackt hier postieren sollst. Wie lange hast du so gehockt?»

«Als der Nachtwächter die zehnte Stunde ausrief, habe ich mich ausgezogen. Gekommen ist der meine erst beim Morgengrauen.»

Rosamund schüttelte den Kopf. «Ich sage der Mutter, sie soll dir einen Aufguss von Lindenblüten machen.» Dann stand sie auf.

«Ist das alles, was du mir zu sagen hast? Willst du nichts weiter tun, um wiedergutzumachen, was du mir angetan hast?» Das Urselchen ruderte mit den Händen in der Luft, wurde wieder von einem Hustenanfall geschüttelt.

«Nein, zu sagen habe ich dir nichts. Ich habe dich schließlich nicht nackt auf die Bettkante gezwungen. Das hast allein du so entschieden.»

«Wenn du mir nicht hilfst, dann werde ich dich dazu zwingen», rief Ursula hinter ihr her, doch Rosamund hatte bereits die Tür geschlossen.

Zwanzigstes Kapitel

Wenige Tage später kam die Magd Ulla weinend vom Markt.

«Was ist los?», fragte Rosamund.

«Einen Pferdeapfel hat man nach mir geworfen. Und die Käsefrau hat mir das schlechteste Stück abgeschnitten. Die anderen Mägde grüßen mich nicht mehr.»

«Warum? Kannst du es dir erklären?»

Die Magd sah flehentlich zu Rosamund. «Es heißt», flüsterte sie, «der Eure sei mit dem Teufel im Bunde. Sein Schwager, der Weißbinder Michael, hat erzählt, er hätte ein Buch hier im Haus gesehen. Johannes Trithemius hat es geschrieben, ein Benediktinerabt aus dem Kloster St. Jakob in Würzburg. Und Ihr, Herrin, seid schließlich einmal fast Benediktinerin gewesen.»

«O nein, nicht schon wieder!», murmelte Rosamund vor sich hin. Dann strich sie der Magd über den Rücken. «Du hattest Angst, nicht wahr?»

Das Mädchen Ulla nickte. «Stimmt es, Herrin? Hat Euer Gatte dieses Buch?»

Rosamund schüttelte den Kopf. «Was soll er damit? In diesem Hause gibt es weder Heilige noch Hexen oder Teufel.»

Ulla sah sie verstört an, und Rosamund seufzte wieder: «Willst du uns verlassen? Soll ich dir deinen Lohn auszahlen?»

Das Mädchen schluckte und schüttelte den Kopf. «Ich habe es gut bei Euch, will nicht weg. Nicht vor Euch fürchte ich mich, sondern vor den Leuten.»

Rosamund strich dem Mädchen sanft über die Wange. «Das kann ich verstehen», sagte sie. «In der nächsten Zeit, bis sich die Gemüter beruhigt haben, brauchst du nicht auf den Markt zu gehen. Ich erledige das für dich.»

Rosamund stand auf und begab sich in ihre Wohnstube.

Johannes Trithemius. Sie kannte den Namen. Jeder im Heiligen Römischen Reich Deutscher Nation kannte ihn. Rosamund hatte in Mariahilf von dem Benediktinerabt aus Würzburg gehört.

Es hieß dort, er wäre ein großer Kenner der schwarzen Magie und Hexerei. Sein Buch «Antipalus maleficiorum» galt als bedeutender und schrecklicher als der Hexenhammer. Sein zweites Buch «De septem secundeis» stand sogar auf dem Index. Darin sollte erklärt sein, wie Gott mit Hilfe von sieben Dämonen die Welt regierte. Und jeder, der dieses Buch gelesen hatte, wäre ebenfalls in der Lage, die Welt zu beherrschen.

Rosamund glaubte nicht an die Macht dieses Buches. Doch sie wusste, dass die Leute daran glaubten, weil sie es so wollten, weil es sie von der eigenen Schuld befreite.

Es spielte nicht einmal eine Rolle, ob es das Buch tatsächlich gab oder nicht. Wichtig war nur, was die Leute glaubten.

Als Matteo später aus der Werkstatt hinauf ins Haus kam, fragte Rosamund ihn: «‹De septem secundeis›, kennst du es?»

Matteo schüttelte den Kopf. «Was ist das? Von den sieben Geistern? Was bedeutet das?»

«Es ist der Name eines Buches. Eines Teufelsbuches. Wer es gelesen hat, ist in der Lage, die ganze Welt zu beherrschen, heißt es.»

«Oh, wo kann ich es kaufen?»

«Matteo, das ist kein Scherz!» Rosamund sah ihren Mann so ernst an, dass ihm das Lächeln im Gesicht erfror. «Die Leute erzählen sich, dass wir dieses Buch hätten. Du hättest es. Michael hat das Gerücht gestreut. Und ich weiß noch aus dem Kloster, dass überall darüber spekuliert wurde.»

Matteo wurde blass, ließ sich auf einen gepolsterten Stuhl fallen und starrte Löcher in die Luft. Dann sah er Rosamund an. «Wir müssen dafür sorgen, dass die Leute die Wahrheit erfahren. Wir haben kein solches Buch. Michael wird sich verantworten müssen.»

Rosamund lachte bitter auf. «Du wirst durch Worte nicht ändern können, was die Leute glauben wollen. Und sie wollen glauben, dass du das Buch hast. Michael neidet dir deine Aufträge, deinen Erfolg als Maler. Er glaubt, ein Weißbinder wäre geringer als ein Maler. Also muss er dich schlechtmachen. Und die Leute sind von Michael abhängig; er ist der Zunftmeister, gibt ihnen Aufträge. Es geht nicht um dich oder das Buch. Es geht um Macht; und deshalb sind wir machtlos.»

«Und was sollen wir jetzt tun?»

Rosamund zuckte mit den Achseln. «Ich weiß es nicht. Alles ist noch schlimmer, weil die Frankfurter glaubten, ich wäre eine Heilige. Ursula hat es gesagt: Zwischen dem Teufel und dem Heiligen sind die Unterschiede nur gering. Wir müssen einfach abwarten und hoffen, dass es bald ein neues Ereignis gibt, welches die Leute beschäftigt.»

Matteo nickte, erhob sich. Der Blick, mit dem er Rosamund maß, gefiel ihr nicht. Er war ohne Liebe, er war fragend, zweifelnd.

«Ich gehe», erklärte Matteo.

«Wohin? Es ist schon spät.»

«In die Schänke neben der Zunftstube will ich und hören, was gesprochen wird.»

Rosamund nickte, dann setzte sie sich in einen Polsterstuhl, nahm eine Handarbeit. «Geh nur», sagte sie traurig. «Ich werde hier auf dich warten.»

Er kam spät nach Hause, sehr spät. Sein Atem roch nach Wein.

«Und?», fragte Rosamund. «Was hast du erfahren?»

«Nichts Neues», murmelte er und starrte vor sich hin.

«Du hast doch etwas. Sag es mir!»

Er blickte sie aus trüben, rotgeränderten Augen an, stieß einen Rülpser aus und sprach: «Wenn du wenigstens schwanger werden würdest, so hätten wir keine Probleme. Ein Kind ist immer ein Zeichen von Gottes Gnade.»

Seine Worte klangen bitter. Rosamund wollte ihm tröstend über die Wange streichen, doch er wich zurück. Seine Geste traf sie ins Herz, sie weinte sich in den Schlaf.

Am nächsten Morgen eilte sie in die Kirche zur Messe. Sie hielt den Rosenkranz die ganze Zeit über fest in den Händen, sprach die Gebete mit Inbrunst. Als die Messe vorüber war und die Gläubigen die Kirche verlassen hatten, trat sie zum Priester. «Pater, ich will beichten.»

Der Geistliche nickte, ging voran zum Beichtstuhl. Dort, in der Geborgenheit des dunklen Kämmerchens, klagte Rosamund dem Priester ihr Leid und bat ihn um Hilfe.

«Ein Kind, Hochwürden, so gern hätte ich ein Kind. Ganz gleich, ob Junge, ob Mädchen, Hauptsache ein Kind. Ich bin schon 20 Jahre alt, meine Schwester ist jünger und hat bereits einen Sohn. Was soll ich tun, Hochwürden?»

«Betest du fleißig, mein Kind?»

«Ja.»

«Berührst du dich unsittlich, wenn der deine nicht verfügbar ist?»

«Nein, Hochwürden.»

«Drängst du ihn auf dein Lager, wenn es dir nur um die Lust geht?»

Rosamund schluckte. «Manchmal, Hochwürden.»

«Siehst du, Kind, da lauert der Satan. Er ist den Weibern im Schoß. Wollust ist dem Kindsempfang hinderlich. Reibe dich mit kalten Wassern ab, bevor du zu dem deinen ins Bett steigst. Schling dir meinethalben den Rosenkranz ums Handgelenk, denke fest an unseren Herrn Jesum Christum, dann wird's schon werden.»

Rosamund dankte, ging nach Hause, versuchte sich an die Ratschläge des Priesters zu halten, doch es gelang ihr nicht.

Sie hatte Matteo lieben gelernt. Sie liebte seinen Geist, seine Seele, seinen Körper. Wenn sie beieinanderlagen, war ihr, als brauchten sie keine Worte. Es schien, als würde seine Haut zu ihrer sprechen und umgekehrt. Manchmal lagen sie Herz auf Herz, ihr helles Haar mit seinem dunkeln vermischt. Da halfen kein Rosenkranz und kein Gedenken an den Herrn Jesum Christum. Da dachte sie nur an ihn und an sich, als wären sie eine Person. Rosamund bezweifelte auch, dass die Ursula jemals im Garten an den Herrn der Welt gedacht hatte. Und trotzdem war sie schwanger geworden.

Sie ging zum nächsten Priester, beichtete ihm, fragte um Rat, erhielt den Auftrag, der Muttergottes eine armdicke Kerze zu spenden. Sie tat es, und in ihr tat sich trotzdem nichts.

Der dritte Priester wollte sie auf Wallfahrt schicken. Allein, ohne Matteo. Wie sollte sie da schwanger werden?

Aber der vierte Priester hatte schon vom verbotenen Buch gehört, war sich sicher, dass ihre Teufelsaugen, die Handleserei und Johannes Trithemius zwischen ihr und dem Kind standen.

«Einen Exorzismus brauchst du, Kind. Es ist nämlich so, dass der Teufel in dir steckt.»

Rosamund ging nach Hause, um zu überlegen. Der Priester hatte Zweifel in ihr gesät. Vielleicht, dachte sie, hat der Priester recht. Vielleicht berge ich tatsächlich den Teufel in mir. Was gibt es denn Teuflischeres, als eine Teufelin plötzlich in eine Heilige zu verwandeln und dann wieder zurück? Und was ist schlimmer für eine junge Frau, als einen trockenen Schoß zu haben.

Aber ich bin doch nicht böse, dachte sie weiter. Ich neide niemandem etwas, habe nicht vor, den Menschen zu schaden. Oder doch?

Sie dachte daran, wie sie sich an Ursulas Unförmigkeit innerlich geweidet hatte, wie sie die Trägheit und Dummheit der Mutter verachtete.

Sie hätte gern mit jemandem darüber gesprochen, doch sie fürchtete sich. Wer würde sie noch lieben, wenn herauskäme, dass doch der Teufel in ihr wohnte?

Schließlich begab sie sich in ihr Elternhaus, suchte den Vater auf.

«Meinst du, ich sollte mich einem Exorzisten unterwerfen?», fragte sie. «Meinst du, in mir wohnt doch ein Teufel?»

Der Vater wiegte den Kopf.

«Sag mir, dass dem nicht so ist. Es ist doch kein Mensch durch mich zu Schaden gekommen, nicht wahr?» Rosamunds Stimme klang flehentlich.

Der Vater schluckte, strich sich über das Kinn, wieder und wieder. Schließlich nahm er sich sein Wams, zog es über. «Lass uns ein wenig draußen umherlaufen», sagte er. «Frische Luft wird uns guttun.»

Rosamund war verwundert. Frische Luft? Ihr Vater unternahm niemals Spaziergänge. Das war etwas für Nichtstuer, für die dicken Frauen der Pfeffersäcke oder für verliebte Mägde. Aber nicht für ihn.

Als sie draußen waren, über den Römer hinweg zur

großen Bleiche kamen, sagte der Vater: «Seit Ursula und Michael bei uns dem Haus vorstehen, haben die Wände Ohren. Das, was ich dir sagen muss, braucht jedoch niemand zu hören. Und es ist besser, Rosamund, besser für dich, wenn auch du Stillschweigen bewahrst.»

Die Worte des Vaters machten Rosamund Angst. «Was habe ich getan?», fragte sie mit klopfendem Herzen.

Der Vater blieb am Rande der Bleichwiese stehen. Niemand war dort; Novembernebel hingen über der Bleiche und ließen die Bäume am Rand wie Gespenster scheinen.

«Sag es, was habe ich getan?»

Der Vater seufzte. «Erinnerst du dich an Tonia?»

«Tonia. Ja, ich weiß.» Rosamund lächelte bei dem Gedanken an ihre Amme. «Sie war bei uns, und auf einmal war sie weg. Und die Mutter hat verboten, jemals wieder ihren Namen zu nennen. Da war etwas mit Tonia, aber ich erinnere mich nicht mehr daran. Nur an das Buch, das sie mir vermacht hat. Das Buch über die Handleserei.»

«Betreibst du sie noch, diese Kunst?»

«Manchmal. Sehr selten. Die Ursel fragt mich, aber aus ihrer Hand lese ich nichts. Hin und wieder kommt eine Nachbarin um Rat. Den lese ich ihr aus der Hand, wenn er dort geschrieben steht. Aber was hat das mit der Tonia zu tun?»

Die nächsten Worte des Vaters klangen rau und schmerzlich. «Sie wurde auf dem Scheiterhaufen verbrannt, die Tonia. Verbrannt, weil sie als eine Zauberin galt.»

«Was hat sie getan?»

Der Vater trat dicht vor Rosamund, nahm ihr Gesicht in seine Hände. «Sie hat nichts getan. Sie hat dich nur beschützt. Mit ihrem Leben.» Und dann berichtete er, was damals geschehen war.

Rosamund sah ihrem Vater ins Gesicht, die Augen vor Entsetzen weit aufgerissen. Leise, fast unhörbar flüsterte sie: «Wegen mir ist sie verbrannt worden?»

«Ja.»

«Wegen einem kleinen Mädchen, das noch keine Herrschaft über die eigenen Gedanken hat?»

«Ja.»

Rosamund machte sich los, lief mit wehenden Röcken in den Nebel hinein.

«Kind! So warte doch!», schrie der Vater ihr hinterher, doch Rosamund war taub geworden. Die Stimmen in ihrem Kopf waren so laut, dass sie nichts mehr hörte.

«Gestorben wegen mir. Verbrannt bei lebendigem Leib. Meine Schuld. Mein Dasein. Ihr Verderben.»

Sie rannte so schnell sie konnte, stolperte, fiel hin, riss sich den Umhang an den Dornen auf, fühlte Spinnweben in ihrem Gesicht und rannte weiter und weiter, bis sie keinen Atem mehr hatte.

Da blieb sie stehen, lehnte sich an einen Baum, hörte ihr laut schlagendes Herz. Ein mächtiger Schrei drang aus ihrer Kehle, ohne dass sie sich dessen bewusst war.

Sie stürzte nieder, blieb auf dem kalten Novemberboden liegen. «Ich bin verdammt», stöhnte sie auf. «Ich bin verdammt.»

Einundzwanzigstes Kapitel

Rosamund kam sehr spät von der großen Bleiche zurück. Matteo war nicht zu Hause, die Magd schon zu Bett. Sie kämmte sich die Spinnweben aus dem Haar, zupfte Tannennadeln von ihrer Kleidung, nähte den Riss, spülte die verschwollenen Augen mit kaltem Kamillenaufguss, saß lange in der dunklen Küche, die Hände im Schoß, und starrte in die Dunkelheit.

Sie dachte nichts dabei, sie fühlte nichts. In ihr war nur Leere. Alle ihre Gefühle waren im Novembernebel verschwunden.

Ein klägliches Winseln drang an ihre Ohren. Rosamund wusste nicht, ob es von draußen kam oder aus ihrem Inneren. Nach einer langen Weile erst, als das Winseln nicht abriss, obwohl Rosamund eine Hand auf ihren Mund gepresst hatte, stand sie auf und sah vor der Tür nach.

Auf der Schwelle lag ein Hund. Ein Hündchen, zitternd und so winzig, dass sie es auf dem Handteller ins Warme tragen konnte.

Aus braunen Augen blickte das Hündchen Rosamund treuherzig an, wedelte mit seinem Schwänzchen und leckte ihr sogar die Hand mit einer rauen Zunge, als sie ihm das Köpfchen streicheln wollte.

Rosamund wärmte das Hündchen mit ihrem Leib, machte Milch warm und gab dem Tier zu trinken. Dann legte sie eine alte Pferdedecke neben den Herd, packte das Hündchen darauf und ging zu Bett.

Kaum lag sie, hörte sie wieder dieses Winseln. Sie öffnete die Kammertür, das Hündchen tobte hinein, sprang in ihr Bett, räkelte sich in der warmen Kuhle, die ihr Körper hinterlassen hatte, streckte alle vier Pfoten in die Luft und war schon eingeschlafen.

Rosamund stand ratlos davor. «Ein Kind habe ich mir gewünscht», flüsterte sie mit einer Traurigkeit und Wehmut, die tief aus ihrem Inneren kam. «Und was habe ich bekommen? Einen Hund! Ist das nicht der letzte Beweis dafür, dass ich den Teufel in mir trage?»

Am liebsten hätte sie das Hündchen bei den Pfoten gepackt und es in der Wassertonne ertränkt. Aber sie brachte es nicht über das Herz. Ihr Kind war ein Hund, den sie nicht einmal selbst geboren hatte.

Sie legte sich neben das Hündchen, schlang ihren Arm schützend um das winzige Wesen und schlief ein.

«Was ist das?», fragte Matteo am nächsten Morgen, als Rosamund das Hündchen in die Küche trug.

«Bommel» sagte sie. «Ein kleiner Hund, dem ich den Namen ‹Bommel› gegeben habe. Ich habe ihn vor der Haustür gefunden. Er lag einfach da.»

Matteo seufzte. «Ich wünschte, jemand würde ein Kind auf unsere Schwelle legen.»

Da schwieg Rosamund, strich Bommel über den Kopf und ließ ein paar Tränen in sein Fell tropfen.

Matteo stand auf, nahm sie in den Arm. «Es ist schwer mit uns, nicht wahr?», fragte er.

Rosamund nickte. «Ich hatte mir alles ganz anders vorgestellt.»

Matteo wiegte sie hin und her, strich ihr dabei über den Rücken, streichelte auch das Tierchen. «Wenn ich uns nur helfen könnte», flüsterte er, wiederholte es wieder und wieder.

Wie werden wir zu dem, was wir sind?, fragte sich Rosamund in den nächsten Tagen.

In ihrem Fall schien die Frage einfach zu beantworten zu sein: Die Leute bestimmten, wer sie war.

Warum aber galt diese Regel zum Beispiel nicht für das Urselchen? Ein jeder sah in ihr die gute Hausfrau, die treusorgende Mutter. Dass sie den ganzen Tag im Bett lag und süßes Mandelgebäck aß, störte niemanden. Es reichte bei Ursula aus, was sie selbst über sich berichtete. «Ach, der kleine Kaspar. Er ist meine ganze Freude. Die Sonne lacht mir, wenn ich ihn sehe.» Und die anderen Weiber betatschten das Kleinkindköpfchen, nickten der Ursula freundlich zu und fragten diese gar, wie sie es denn schaffe, die viele Arbeit in einem Zunftmeisterhaushalt zu bewerkstelligen. Ursula winkte dann hoheitsvoll ab. «Ach, lasst uns lieber über etwas anderes sprechen. Ich sinke jeden Abend halbtot vor Müdigkeit ins Bett. Gute Dienstboten sind so schwer zu finden. Alles muss man allein machen, will man sicher sein, dass es auch klappt.» Sie verschwieg dabei wohlweislich, dass es Lisbeth war, die zeternd, keifend und manchmal sogar schlagend die Mägde im Zaume hielt und sich dazu noch um das Kasperchen kümmerte, wenn Ursula, ermattet vom eigenen Glanz und der eigenen Trägheit, zu allen Tageszeiten plötzlich ins Bett sank und schnarchend schlief, danach nach Zuckerwerk und Mandelmilch verlangte und sich erst erhob, wenn Michael aus der Werkstatt ins Haus kam. Dann strich sie ihm Honig ums Maul, versuchte sogar hin und wieder, sich auf seinen Schoß zu setzen, doch meist stieß er sein Weib von sich. «Packt dich! Fett wie ein Otter bist du geworden. Ich kann mich gar nicht mehr zeigen mit dir. Dazu deine Verwandtschaft!» Er hob verzweifelt die Hände und sah zur Decke: «Gott, womit habe ich das verdient!» Dann sprang er auf und eilte ins Zunfthaus, um sich von den anderen trösten zu lassen.

Einmal, so erzählte der Vater Rosamund, war er am späten Abend besoffen wie ein Henkersknecht nach Hause gekommen. Er hatte gebrüllt nach seinem Weib. Als Ursula sich endlich in die Küche geschleppt hatte, habe er mit dem Nudelholz nach ihr geworfen und sie beschimpft, ihn wie eine Spinne in ihr Netz gezogen zu haben. Das Urselchen aber hatte das Nudelholz mit einer Hand gefangen und hatte es sogleich kräftig auf dem Ehegattenhaupt niedersausen lassen. Am nächsten Tag lag er krank zu Bett, und als er wieder genesen war, hasste er sein Weib und ihre Familie aus ganzem Herzen. Da er aber schlecht zugeben konnte, sich bei der Wahl des Eheweibs vertan zu haben, so schob er alle Schuld auf Matteo und dessen geheimes Buch, mit welchem er die Aufträge herbeizauberte, und auf Rosamund, auf die man schon seit ihrer Kindheit ein Auge habe werfen müssen.

Rosamund hätte darüber lachen müssen, doch sie konnte es nicht. Viel zu sehr nagte der Zweifel an ihr. Und als nach einem Monat ihre Blutung regelmäßig wie der Scherenschleifer ins Haus kam, beschloss sie, einen Exorzismus an sich vornehmen zu lassen.

«Komm um Mitternacht, Kind», hatte der Priester ihr befohlen. «Bei Vollmond um Mitternacht. Sieh zu, dass niemand dich sieht. Und sprich mit keinem Menschen über dein Vorhaben.»

Rosamund tat, was der Priester verlangt hatte. Sie hatte sogar dem Matteo eine großzügige Portion Baldrian in den Würzwein gemischt, damit sein Schlaf tief und fest war. Als er zu schnarchen begann, hatte sie sich angezogen und schlich nun im Schutze der Häuser heimlich wie ein Dieb zum Priester der Cyriakusgemeinde, die sich am Rande des Römers befand. Eigentlich gehörte Rosamund und ihre Familie nicht zur Gemeinde von St. Cyriakus. Immerhin waren sie eine Meisterfamilie, und zu St. Cyriakus gingen die, die sonst nichts hatten: die Tagelöhner, die Hafenarbeiter, Fischer, Waschfrauen, die Auflader, die Mägde und Knechte.

Als die Turmuhr Schlag Mitternacht verkündete, klopfte sie an die Tür des Pfarrhauses. Stumm wurde geöffnet, und Rosamund schlüpfte in das Innere des Hauses.

«Hat dich jemand gesehen?», fragte der Priester.

Rosamund schüttelte den Kopf.

«Hast du mit jemandem gesprochen?»

Wieder verneinte Rosamund.

Der Priester hob die Hand, in der er ein Holzkreuz hielt, fuhr damit über Rosamunds Kopf und sprach salbungsvoll: «Und der Engel des Herrn sprach zu dem Satan: ‹Der Herr schelte dich, du Satan!›»

Dann führte er sie in den Keller, ein feuchter Raum mit dicken Wänden aus Stein. Auf dem Boden stand das Wasser. Der Priester faltete die Hände, hielt darin das Holzkreuz und sprach: «Ihr habt den Teufel zum Vater, und nach Eures Vaters Gelüste wollt Ihr tun. Der ist ein Mörder von Anfang an und steht nicht in der Wahrheit; denn die Wahrheit ist nicht in ihm. Wenn er Lügen redet, so spricht er aus dem Eigenen; denn er ist ein Lügner und der Vater der Lüge. So steht es in Johannes 8,44.»

«Wollt Ihr hier den Teufel austreiben?», fragte Rosamund bang.

Der Priester nickte. «Niemand hört dich, wenn du schreist. Und du wirst schreien, wenn die Dämonen aus dir herausfahren. In den Sprüchen 20,30 steht geschrieben: Man muss dem Bösen wehren mit harter Strafe und mit ernsten Schlägen, die man fühlt.»

Rosamund spürte, wie die Angst in ihr hochkroch. Man hatte schon von Leuten gehört, die beim Exorzismus gestorben waren, weil die Teufel im Herzen gehockt hatten. Ihr Herz klopfte, und sie fröstelte so, dass sie die Arme um sich schlang.

«Ist dir kalt?», fragte der Priester.

Rosamund nickte.

«Das ist gut so. Die Teufel vertragen die Kälte nicht. Deshalb ist es in der Hölle auch so heiß. Du musst dich ausziehen, Kind. Nackt bis auf die Haut ausziehen, dann wirkt es am besten.»

Der Priester schwang ein Weihrauchfässchen. Vor sich, auf einem Pult, lag eine Bibel, daneben eine neunschwänzige Peitsche.

«Was werdet Ihr mit mir machen?», fragte Rosamund bang und löste die Bänder an ihrem Mieder.

«Nichts, was ich nicht schon an anderen Besessenen ausprobiert habe. Vertraue mir, Kind. Ich bin schließlich der Diener des Herrn.»

Rosamund löste mit klammen Fingern und mittlerweile vor Kälte schlotternd ihr Kleid, stand sogleich bloß, wie der Herr sie geschaffen hatte, vor dem Priester.

Der kniff die Augen zusammen und schwenkte das Weihrauchfass noch stärker. «Ich kann sie sehen, die Teufel in dir», raunte er. Er trat einen Schritt auf Rosamund zu, legte eine Hand auf ihre Brust, genau über das Herz. «Ich höre sie die Trommeln schlagen», keuchte er und kniff Rosamund so heftig in die Brustwarze, dass sie aufschrie. Die Kälte im Keller ließ sie am ganzen Leibe bibbern.

Jetzt begann der Priester, ein lateinisches Gebet zu sprechen. Dabei glitten seine Augen wie giftige Schlangen über Rosamunds Körper.

Sie verstand nur einige Worte, wusste nicht, wen der Priester da zu welchem Zwecke anrief. Er kam näher, berührte mit dem Kreuz ihren Kopf, ihre linke und ihre rechte Schulter. Dann war das Gebet vorüber.

«Spürst du schon was?», fragte der Geistliche.

«Nei...hein», bibberte Rosamund. Sie schlug den linken Arm vor ihre Brust, bedeckte mit der rechten Hand ihre Scham.

«Was tust du da?», sprach der Priester so laut, dass es in dem leeren Keller gespenstisch hallte. «Nimm die Hände weg! Oder willst du die Teufel schützen?»

Rosamund tat erschrocken, was der Priester verlangte.

Der trat näher an sie heran. So nahe, dass sie seinen weinsauren Atem spüren konnte.

«Was habt Ihr als Nächstes vor?», fragte Rosamund schüchtern.

«Ich muss deinen Leib befühlen, deinen dreckigen, teuflischen. Es ist mir Graus, aber ich muss es tun, muss genau erspüren, an welcher Stelle die Teufel sich festgesetzt haben.» Er seufzte tief. «Kannst du dir denken, wie es mich graust, dich, ein teuflisches Weib, zu berühren? Weißt du, wie ich mich überwinden muss dafür?»

Rosamund nickte und schluckte. «Ja, Hochwürden. Ich bin Euch auch sehr dankbar, dass Ihr es tun wollt. Wenn Ihr es wünscht, so werde ich, wenn es Gott gefällt, meinen ersten Sohn nach Euch benennen.»

«Was nützt es mir, wenn dein Sohn meinen Namen trägt? Was habe ich davon? Den Mund musst du halten über alles, was hier geschieht. Ein Priester, der seine Hände an einem Weiberleib beschmutzt! Und doch muss ich es tun, muss sorgen für die, die der Herr mir anvertraut hat.»

Er war mittlerweile so dicht an Rosamund herangetreten, dass sie den Stoff seiner Soutane auf ihrer Haut spüren konnte.

«Ich bitte Euch sehr, Hochwürden, überwindet Eure Abscheu. Helft mir armem Menschenkind, ein gottgefälliges Leben zu führen.»

Der Priester seufzte. «Nun, da du so sehr darum bittest, muss ich es wohl tun!»

Er nahm ihr Gesicht in beide Hände, und Rosamund schloss die Augen. Sie spürte, wie die heißen, trockenen Priesterhände über ihren Hals schabten, sich den Brüsten näherten. Mit festen Daumen strich er über ihre Brustwarzen, kniff hin und wieder in das zarte Fleisch, dass Rosamund zusammenzuckte.

«Spürst du schon etwas?», fragte er.

Rosamund schüttelte den Kopf. «Nein, Hochwürden. Nur kalt ist mir. Mit jeder Minute mehr. Ich meine gar, meine Knochen wären schon zu Eis erstarrt.»

«Die Teufel halten sich hartnäckig», stellte der Priester fest. «Ich muss dich wohl ein bisschen härter drannehmen.»

Und er knetete ihre Brüste, riss mit den Fingernägeln über ihr Fleisch, kniff sie, dass sie aufschrie.

«Merkst du jetzt etwas?»

Rosamund schluckte. «Heiß wird mir jetzt. Dort, wo Ihr, Hochwürden, Eure Hände habt, brennt mir die Haut wie Feuer.»

«Ha!» Der Priester lachte. «Dachte ich es mir doch. Dort hocken sie, die Teufel. Aber ich werde sie schon austreiben!»

Rosamund öffnete die Augen und sah, wie der Priester sich mit einem Taschentuch, dass er aus seiner Kuttentasche hervorzerrte, die Stirne abwischte. Dann ging er zu seinem Pult, goss aus einer Kanne Wein in einen Becher und trank diesen gierig bis zur Neige.

«Brennt dir noch immer die Haut?», fragte der Priester, und stellte den Becher zurück auf den Tisch, wischte sich mit dem Handrücken über den Mund.

«Ja, Hochwürden. Sie brennt und kribbelt. Am liebsten würde ich die oberste Hautschicht abschrubben.»

Der Priester nickte zufrieden. «Ich habe die Teufel hervorgelockt.»

Er ging in die Kellerecke, griff dort nach einem Eimer aus Rindsleder, stippte seinen Finger hinein und nickte. Dann kam er mit dem Eimer auf Rosamund zu. «Jetzt werde ich deinen Teufeln einen gehörigen Schreck einjagen.»

Dann nahm er den Eimer hoch und goss stinkendes, eiskaltes Wasser über das nackte Weib.

Rosamund schrie auf, schnappte nach Luft, wollte sich das Wasser aus Gesicht und Haaren streifen, doch der Priester warf den Eimer in die Ecke und herrschte sie an: «Rühr dich nicht, bewege dich nicht.»

Auf einmal hatte er Stricke in der Hand. Er ging zu Rosamund, zog ihr die Arme mit einem kräftigen Ruck nach hinten und band sie mit dem derben Kälberstrick zusammen.

«Warum das, Hochwürden?», jammerte Rosamund und schlotterte vor Kälte.

«Das muss sein, mein Kind. Das muss. Du darfst dich nicht mit den Teufeln in dir verbünden.»

Rosamund weinte leise, spürte die wohlige Wärme der salzigen Tränen auf ihrer Haut, fühlte sich so verloren und verlassen wie noch nie im Leben.

Der Priester sprach ein Gebet, malte mit seinem Finger Kreuzzeichen auf Rosamunds Stirn, auf ihre Brüste, ihren Bauch.

«Ist dir noch immer heiß, Kind?»

«Ja, Hochwürden», erwiderte Rosamund, und ihre Zähne klapperten vor Frost aufeinander. Doch obwohl sie erbärmlich fror, brannte ihre Haut an den Stellen, die der Priester berührt hatte, noch immer. «Ja, mir ist heiß, so heiß. Die Haut.»

«Sehr gut, sehr gut.» Hochwürden wirkte sehr zufrieden mit sich. «Ich habe die Teufel im Griff, glaube ich. Doch jetzt will ich sie das Fürchten lehren.»

Er griff nach der neunschwänzigen Peitsche. «Steh gerade, damit ich genau treffen kann», herrschte er Rosamund an, die in den Fesseln zusammengesunken war.

Sie richtete sich auf, und kaum hatte sie den Kopf gehoben, da sauste die Peitsche herab, riss das weiche Fleisch ihrer Brüste auf, sodass Rosamund schrie.

«Hörst du, wie die Teufel brüllen?», fragte der Priester, leckte sich die Lippen und holte erneut mit der Peitsche aus. Dieses Mal traf er Rosamundes Bauch. Dann schwang er wieder die Peitsche, schlug auf die Brust, dass Rosamund in den Fesseln hing wie eine Schinkenhälfte in der Räucherkammer. Sieben Mal schlug der Priester zu, sieben Mal schrie Rosamund auf, während ihr der Schweiß in Strömen über das Gesicht lief und sie zugleich vor Kälte mit den Zähnen klapperte.

Was dann mit ihr geschah, wusste sie nicht mehr. Sie kam zu sich, als Hochwürden die Fesseln löste und ihr einen Becher mit Würzwein an die Lippen hielt.

«Sind sie weg?», raunte sie mit spröden Lippen. «Sind die Teufel vertrieben?»

Die Augen des Priesters funkelten über hochroten Wangen. «Einige habe ich wohl vertrieben», teilte er stolz mit. «Aber zur Sicherheit sollten wir die heutige Prozedur wiederholen. Jetzt kniet nieder und lasst uns das Vaterunser sprechen.»

Rosamund sank auf die Knie, begann mit leiser Stimme: «Vater unser, der du bist im Himmel.»

Dann brach ihre Stimme, doch als die Sätze kamen: «Und führe uns nicht in Versuchung, sondern erlöse uns von dem Bösen», da schlug der Priester erneut auf sie ein, für jedes erste Wort ein Schlag über die nackten Brüste, für jedes zweite Wort eine Ohrfeige, dass ihr der Kopf dröhnte.

Ihr Oberkörper, der mit blutigen Striemen übersät war, wollte sie nicht mehr tragen. Sie schwankte hin und her wie ein Schilfhalm im Wind und sank mit dem ganzen Leib auf den Boden, noch ehe das Amen erreicht war.

«So reiß dich doch zusammen», donnerte der Priester, und Rosamund glaubte die Glocken von Jericho schlügen in ihrem Kopf.

Danach zog sie ihr Kleid über, mühte sich in ihre Schuhe, musste Hochwürden zum Dank die Hand küssen, dann schleppte sie sich die Kellertreppe hinauf, ertastete sich ihren Weg durch den nächtlichen November, indem sie sich an den Hauswänden hielt. Jeder Schritt tat ihr weh. Ewigkeiten schien es Rosamund, bis sie das kurze Stück von der Cyriakuskirche bis in die Weißbindergasse gelaufen war.

Mit letzter Kraft schlug sie den Messingklopfer, dann brach sie auf der Schwelle zusammen.

Zweiundzwanzigstes Kapitel

«Um Gottes willen, Liebste! Was ist passiert?»

Matteo hatte das Klopfen gehört, war auf bloßen Füßen die Treppe hinabgerannt und hatte Rosamund auf der Schwelle gefunden.

Er hob sie auf, bettete sie auf seinen Armen, presste ihren zitternden Körper fest an sich, trug sie ins Bett, legte sich daneben, wärmte ihre Haut mit seiner. Mit einer Hand strich er über ihr bleiches Gesicht, mit der anderen fuhr er über ihren Rücken. «Was ist bloß geschehen, meine Liebste? Wer hat das mit dir gemacht?»

Einmal schlug Rosamund die Augen auf. «Wasser», bat sie. «Bitte bringe mir einen Schluck Wasser.»

Nur ungern ließ Matteo sein Weib aus seinen Armen, eilte in die Küche, brachte, was sie wünschte. Er hielt ihr den Becher an die Lippen. Sie trank, seufzte und ließ sich zurück ins Kissen fallen. Er deckte das Bettzeug über sie, da stöhnte sie auf.

Behutsam löste Matteo das Mieder, immer wieder unterbrochen durch Rosamunds Wimmern. Als er ihr das Kleid abstreifte, war er es, der leise aufschrie.

Ihr Körper war bedeckt von blutigen Striemen, die Fleischränder aufgerissen wie Krater mit wulstigen Rändern. Dort, wo ihr Brustfleisch nicht zerrissen war, leuchteten Flecke in tiefem Violett und Blau.

«Mein Gott, wer hat dir das nur angetan?», wollte er wissen.

«Die Teufel», flüsterte sie mit rauer Kehle. «Sie mussten ausgetrieben werden. Fast ist es geschafft. Einmal noch muss … muss …»

Ihre Rede brach ab.

«Du warst bei einem Exorzisten?», fragte Matteo fassungslos, strich dabei so zart er konnte über ihr Gesicht.

«Ja.» Rosamunds Stimme war nur noch ein Hauch. «Das Kind. Wir wollen doch so gern ein Kind. Deshalb.»

Matteos Hand hielt inne, schmiegte sich an Rosamunds Wange. «Du warst bei einem Exorzisten, damit wir endlich ein Kind bekommen?»

«Ja.»

Matteo musste das Wort von Rosamunds Lippen lesen, denn sie war so entkräftet, dass sie nicht mehr sprechen konnte.

Er beugte sich über sie, presste seine Lippen auf ihre heiße Stirn.

«Wei…weinst du?», flüsterte Rosamund nach einer Weile.

«Ich kann nicht anders», raunte Matteo zurück. «Deine Wunden. Sie sind schrecklich. Und ich, was bin ich für ein eigensüchtiger Gatte! Was hast du gelitten, nur, damit wir ein Kind bekommen. Es tut mir so leid, Rosamund. So unendlich leid. Ich möchte jede einzelne deiner Wunden gesund küssen.»

«Es ... es ist nicht deine Schuld», brachte Rosamund mühsam hervor.

«Aber ich habe geschworen, dir ein guter Ehemann zu sein, dich zu lieben, dich zu schützen. Oh, wie ich versagt habe! Und dabei liebe ich dich doch so sehr.»

«Ich liebe dich auch», stöhnte Rosamund, dann sank sie endlich in einen erlösenden Schlaf.

Matteo wachte die ganze Nacht an ihrem Bett, holte Tücher, die er mit Essigwasser getränkt hatte, wischte damit über Rosamunds Stirn.

Als die ersten Hähne schrien, der neue Tag als schmaler Streifen am Horizont sichtbar wurde, erwachte das Haus aus der nächtlichen Ruhe. Ulla rumorte in der Küche. Matteo hörte, wie sie die Holzscheite in den Herd warf, mit Wassereimern klapperte, Geschirr auf den Tisch stellte.

Er richtete sich auf. Rosamund schlief endlich ruhig. Anfangs hatte sie sich herumgeworfen, hatte Gebete gemurmelt, unzählige Rosenkränze gesprochen, doch jetzt schlief sie auf der Seite, den Daumen der rechten Hand an die Unterlippe gedrückt. Ihre Augen zuckten nicht mehr hinter den Lidern, ihre Nasenflügel bebten nicht mehr, die Stirn hatte sich geglättet.

«Ich lasse dich kurz allein, meine Liebste», flüsterte Matteo. «Gleich komme ich wieder zu dir.»

Er eilte in die Küche, warf sich ein paar Hände voll kaltes Wasser ins Gesicht, dann bat er die Magd, eine kräftige Hühnerbrühe aufzusetzen und während diese kochte, den Medicus zu holen. «Sag ihm, dass er sich eilen soll. Gleich soll er kommen, nicht erst am Mittag, hörst du?

Und dann sage dem Dietrich, er muss heute allein in der Werkstatt bleiben. Er soll dort weitermachen, wo er gestern aufgehört hat. Und etwaige Besucher, die schickst du alle nach Hause. Ganz gleich, ob Lisbeth oder Ursula, heute empfangen wir niemanden.»

Ulla riss die Augen auf. «Ist jemand krank hier im Hause? Die Meisterin etwa? Gestern war sie doch noch kerngesund!»

Matteo erwiderte nichts, nahm nur einen Krug mit heißer Milch und begab sich zurück in die Schlafkammer.

Rosamund hatte sich in der Zwischenzeit nicht gerührt. Noch immer lag sie unschuldig wie ein Kleinkind zwischen Kissen und Decken.

Matteo fühlte ihre Stirn. Sie war heiß, so heiß, dass er erschrak. Rosamunds Lippen waren aufgesprungen. Sie lag im Fieber.

Ruhelos schritt Matteo in der Schlafkammer auf und ab. Sieben Schritte vom Bett bis zur Wand, vier Schritte vom Bett bis zur Tür, vier Schritte vom Bett bis zum Fenster. Dort blieb er stehen, schaute mit brennenden Augen hinunter auf die Gasse, als könne er so den Medicus zur Eile antreiben.

Die Luft im Raum war stickig, erfüllt vom Geruch nach Angst, Schweiß, Fieber und geronnenem Blut, aber Matteo wagte es nicht, ein Fenster zu öffnen, aus Furcht, die frische Luft könnte Rosamund wecken oder gar schaden.

Als der Medicus endlich eintraf, hatte Matteo sich das Haar zerwühlt, und unter seinen Augen lagen tiefe Schatten.

Der Arzt drehte Rosamund, die noch immer schlief oder vielleicht sogar ohne Bewusstsein lag, auf den Rücken und besah mit gerunzelter Stirn die Wunden. «Wart Ihr das?», fragte er Matteo.

Der schüttelte stumm den Kopf.

«Ihr könnt es ruhig zugeben. Ich sehe so etwas nicht das erste Mal. Manche Weiber brauchen einfach ab und zu die Peitsche. Aber dieses Mal habt Ihr es zu doll getrieben. Sie hat mehr offene Wunden als heile Haut am Leib.»

Er wandte sich um, sah Matteo ohne Vorwurf in die Augen. «Das nächste Mal schlagt weniger fest. Nehmt statt der Peitsche lieber die Fäuste. Kann sein, dass Ihr ihr so ein paar Knochen brecht. Aber die heilen leichter als diese Fleischwunden, die sich am Ende noch entzünden können. Eure Wut, mein Lieber, war sie auch berechtigt, kommt Euch nun teuer zu stehen. Sie braucht Medikamente. Salben, Verbände, Tränke, die das Fieber senken.»

«Sie soll alles haben, was nötig ist», erwiderte Matteo, ohne dem Arzt zu sagen, dass nicht er es war, der sie so zugerichtet hatte.

«Ich schreibe Euch auf, was Ihr in der Apotheke besorgen müsst.»

Während der Arzt seine Arbeit tat, öffnete Rosamund die Augen, sah sich fiebrig und ängstlich um. Sofort sprang Matteo zu ihr, nahm ihre Hand, streichelte sie. Und Rosamund entspannte sich. «Mein Lieber», flüsterte sie. «Jetzt wird alles gut.»

Der Arzt hielt in seinem Tun inne und nickte Matteo

anerkennend zu. «Scheint, die Tracht hat ihr gutgetan. Und Eurem Ruf schadet es auch nicht, wenn man hört, dass Ihr die Eure gut im Zug habt.»

Er stand auf, wies mit dem Finger auf Rosamund. «Die Magd soll ihr die Stirne kühlen. Wenn das Fieber steigt, so macht ihr Wadenwickel. Auf die Wunden legt Umschläge mit Kamille und Arnika. Ich werde morgen noch einmal nach ihr sehen.»

«Wird sie am Leben bleiben?» Matteos Stimme klang angespannt.

«Ich denke schon. Aber macht Euch nicht so viele Gedanken. Ihr seid noch jung, werdet schon bald ein neues Weib finden. Wer weiß, was in ihr drinnen alles kaputt ist.»

Matteo blickte bei diesen Worten zu Rosamund, und Rosamund lächelte und schüttelte leicht den Kopf. Mach dir nichts draus, schien diese Geste zu sagen. Lass ihn einfach reden.

Als der Medicus gegangen war und Ulla versuchte, ihrer Herrin die heiße Hühnersuppe einzuflößen, machte sich Matteo auf den Weg zur Apotheke. Vorher schaute er jedoch noch einmal in der Werkstatt vorbei. «Ist alles in Ordnung, Dietrich?», fragte er den Gesellen.

Dietrich sah auf, in seinen Augen funkelte Wut. Er hielt den Pinsel in der Hand, als wäre er eine Waffe.

«Der Medicus sagt, Ihr habt Rosamund fast zu Brei geschlagen», knurrte Dietrich, und Matteo konnte deutlich sehen, dass der Geselle bereit war, den Schläger für jede einzelne von Rosamunds Wunden bluten zu lassen.

«Halt ein, Dietrich. Ich war es nicht. Noch nie habe ich Rosamund geschlagen. Das weißt du doch genauso gut wie ich.»

«Und warum liegt sie dann elend danieder?», bellte der Geselle, den Pinsel noch immer wie eine Waffe erhoben.

Matteo wischte sich mit beiden Händen über das Gesicht, um die Müdigkeit, die jetzt wie ein hungriger Wolf über ihn herfiel, zu vertreiben. Doch dann war es mit seiner Beherrschung vorbei. Er ließ sich auf einen Schemel sinken und begann hemmungslos zu weinen.

Der Geselle stand hilflos daneben. «Erst schlagt Ihr sie, und dann jammert Euch was Ihr getan habt», sagte er und schlug seinem Meister leicht auf die Schulter.

«Ich war es nicht», erklärte Matteo müde. «Bei einem Exorzisten war sie, wollte sich die Teufel austreiben lassen, damit wir endlich ein Kind bekommen.»

«Was?» Dietrich riss die Augen auf. «Sie glaubt, dass das Böse in ihr wohnt?»

Matteo nickte.

«Rosamund? Ausgerechnet sie? Ja, wenn man mich fragen würde, ob in der Ursula der Teufel steckt, ich wüsste nicht, was antworten. Auch bei der Frau Meisterin Lisbeth wäre ich um eine Antwort verlegen, aber doch nicht unsere Rosamund!»

Matteo sah auf, lächelte zum ersten Mal an diesem Tag. «Ihr glaubt es auch nicht, nicht wahr?»

Dietrich warf sich in die Brust. «Ach, woher denn! Ich kenne sie, seit sie ein Kind war. Nie hat sie etwas Böses getan. Niemals.»

Matteo stand auf, schlug dem Gesellen herzhaft auf die Schulter. «Ich danke dir, Dietrich.»

«Wofür?» Der Geselle war verwundert.

«Für deine Treue. Für deine Freundschaft. Ach, was weiß ich. Dafür, dass du da bist.»

Matteo verließ die Werkstatt, und Dietrich sah ihm kopfschüttelnd nach.

Auf dem Weg zur Apotheke wurde Matteo plötzlich freundlich von allen Seiten gegrüßt. Das war unüblich. Er war noch immer ein Fremder in der Stadt, einer, von dem erwartet wurde, dass er zuerst den Hut zog und den Nacken beugte.

In der Apotheke selbst verstummte das Gemurmel, als er eintrat. Die Leute beglotzten ihn mit einer Mischung aus Furcht und Bewunderung.

«Was ist los?», fragte er.

Zwei Frauen steckten die Köpfe zusammen und tuschelten, ein Alter hieb ihm ins Kreuz.

«Der Medicus war also schon hier», stellte Matteo fest.

«Es heißt, Euer Weib hätte sich sogar bedankt für die Prügel», raunte eines der Weiber. Die andere verschränkte die Arme unter den üppigen Brüsten. «Bedankt! So weit kommt es noch! Dem meinen hätte ich die Bratpfanne über den Schädel geschlagen.»

Einige lachten. Der Alte zeigte mit dem Finger auf sie: «Ja, genau, so hättest du es gemacht. Und deshalb ist der deine ja auch als Schlappschwanz verschrien. Der hier», er wandte sich um und zeigte mit dem Daumen auf Matteo, «der hier, der Fremde, der Welsche, hat der seinen gezeigt, was ein richtiger Kerl ist, jawohl. Nicht so ein Schlappschwanz wie sein Schwager, der Herr Zunftmeister. Der schwingt nur in der Schänke das große Maul, und wenn er nach Hause kommt, dann kriegt er's von der Alten gestopft.»

Die Menge lachte. Einer fragte: «Woher weißt du das?»

«Von der Magd weiß ich's. Sie ist die Schwester unsrer Magd. Erzählt hat sie es überall, und gelacht hat sie, dass sie kaum noch Atem bekommen hat. Der Fremde hier ist aus anderem Holz geschnitzt. Der redet nicht, der handelt. Und ihr alle werdet sehen, wie ihm das zugute kommt. Der Medicus hat schon überlegt, ob er sich bei dem Fremden nicht ein Bild für die Schlafkammer bestellt.»

Matteo hatte genug. Genug von diesen Leuten, die es als Heldentat ansahen, wenn einer, der Muskeln hatte wie ein Auflader, sein schwaches Weib beinahe zum Krüppel prügelte. Doch er musste diese Last nun tragen, musste weiter als der Schuldige gelten. Kam heraus, dass Rosamund bei einem Exorzisten gewesen war, so wäre das noch viel schlimmer, so würden die Leute womöglich anfangen, Michael Glauben zu schenken, wenn er über das Geheimbuch sprach.

Wortkarg verlangte Matteo die Salben und Tränke, bezahlte ohne zu Murren die Rechnung und ging davon. Von draußen hörte er den Alten plappern: «Ein feiner Kerl, ein echter Mann. Erst zeigt er ihr, wer der Herr im Hause ist, dann kauft er die Medikamente, weil er ja geschworen hat, für sie zu sorgen. So ist es gut, so ist es recht, so gefällt es dem lieben Gott.»

Als er nach Hause kam, war das Fieber weiter gestiegen. Behutsam wusch er Rosamund mit einem weichen Lappen und warmem Wasser, dann strich er die kühlende Salbe auf ihre Wunden, bedeckte sie mit Leinenstreifen.

«Wo ist Bommel?», fragte Rosamund, die blass und schwach aus den Verbänden lugte. «Wo ist er hin, der kleine Hund?»

Da erst bemerkte Matteo, dass der Kleine fehlte. Er suchte ihn im ganzen Haus, fand ihn mit gesträubtem Fell und zitternd im Holzschuppen. Er hob ihn hoch, bürstete das Fell, damit der Schmutz nicht in Rosamunds Bett gelangte, und brachte ihn zu seiner Herrin.

Sogleich hörte Bommel auf zu zittern, räkelte sich neben ihr, streckte alle vier Pfoten in die Luft und warf sich dann herum, um Rosamunds Gesicht zu lecken. Rosamund lächelte und schlief von neuem ein.

Lange lag sie krank. Das Fieber ließ sie in der Nacht aus schlimmen Träumen schrecken. Die Wunden auf ihrem Leib heilten gut, doch immer, wenn Matteo ihre Brüste berührte, schreckte sie zurück, als hätte sie sich verbrannt.

«Was ist?», flüsterte er. «Tue ich dir weh?»

Rosamund schüttelte den Kopf. «Hochwürden sagte, die Teufel wären es, die mir die Haut so kribbeln machen, wenn mich jemand berührt.»

Da zog sich Matteo aus, legte sich nackt neben sein Weib und streichelte sie so lange, bis das Brennen aufhörte und einer wohligen Wärme wich.

«Fühlt sich so der Teufel an?», raunte er in ihr Ohr.

«Nein», flüsterte sie zurück. «Deine Hände sind mir eher das Paradies.»

Als Rosamund wieder so weit genesen war, dass sie über Tag ein wenig aufstehen und herumgehen konnte, das Hündchen Bommel dicht neben sich, machte sie sich auch wieder in der Werkstatt nützlich.

Eines Abends aber, als sie wieder beieinanderlagen und Matteos Hände wie eine Wundersalbe über ihren Leib glitten, sagte sie: «Ich glaube, es ist Zeit für den zweiten Exorzismus. Der Priester war der Meinung, er wäre nötig. Nun, ich bin bereit dafür.»

Aber Matteo schüttelte den Kopf. «In dir wohnen keine Teufel. Du brauchst den Priester nicht.»

«Bin ich dir keine Heilige? Keine Teufelin?»

«Aber nein. Für mich bist du Rosamund. Die Frau mit den schönsten Augen der Welt.»

Rosamund lächelte, aber getröstet war sie noch nicht.

«Und was sollen wir tun, wenn doch ein Teufel in mir wohnt? Schließlich haben wir noch immer kein Kind.»

Da küsste Matteo sie zärtlich und sagte leise: «Vielleicht wohnt der Teufel der Kinderlosigkeit nicht in dir, sondern in mir. Wenn es nötig sein sollte, so werde ich mich exorzieren lassen. Niemals aber lasse ich zu, dass dir jemand wieder so wehtut.»

Dreiundzwanzigstes Kapitel

Der 11. März des Jahres 1551 war für ganz Frankfurt ein Unglückstag. Der Winter war hart gewesen, lang und frostig. Hüfthoch hatte der Schnee gelegen, war seit Januar nicht getaut. Die Abortgruben der Stadt liefen über, auf dem Friedhof hatte man die Leichen in einer Ecke gestapelt und wartete darauf, dass der Frost den Boden so aufweichte, dass sie begraben werden konnten.

Manche Kirchen waren die ganze Nacht über geöffnet, damit die Bettler nicht auf der Straße erfrieren mussten. Die Menschen verließen ihre Häuser nur, wenn es unbedingt nötig war, und selbst die Marktfrauen und Fischer, die einiges gewohnt waren, ließen ihre Arbeit liegen und blieben zu Hause.

Auf dem Main ließen ein paar unerschrockene Kinder ihre Reifen treiben, denn das Eis war dick wie ein Männerarm. Doch in der Nacht zum 10. März begann es zu tauen. Innerhalb weniger Stunden war ein warmer Wind aus dem Süden gekommen und hatte das Eis zum Schmelzen gebracht. Der Main zeigte Risse zwischen den Eisschollen. Die Gassen waren nass und glitschig, und dort, wo sie nicht gepflastert waren, versank man knietief im Dreck. Die Menschen atmeten auf, öffneten seit Monaten wieder einmal ihre Fenster und ließen frische Luft in die Stuben.

Die Mägde schwatzten am Brunnen, Waschfrauen reckten die Gesichter in die blasse Märzsonne. Es schien, als wäre mit dem Südwind auch das Leben in die Stadt zurückgekehrt. In den Kirchen wurden Messen gelesen, Frauen zündeten Kerzen zur Ehre der Mutter Maria an.

Die Totenfrau eilte klagend durch die Gassen, denn nun war es an der Zeit, die Leichen der vergangenen Monate zu begraben.

Doch die Freude währte nicht lange. Am frühen Nachmittag des 11. März, lange vor der Vesper, braute sich über den Dächern der Stadt ein Unwetter zusammen. Dicke, schwarze Wolkenburgen mit schwefelgelben Rändern hingen über Frankfurt. So tief, dass es schien, als würden sie die Dächer niederdrücken. Der Wind drehte, blies nun kalt und so heftig aus Norden, dass die zarten Birken sich fast bis zum Boden bogen.

Der Tag verdunkelte sich, wurde zur Nacht, die von keinem Mond erhellt wurde. Und dann brach das Unwetter los. Der Wind peitschte die Fensterläden gegen das Mauerwerk, Donner brüllten, Blitze zuckten wie Peitschenhiebe zwischen den Wolken hindurch.

Die Frankfurter banden ihre Läden fest, holten die Kinder und die Tiere ins Haus, verriegelten Tür und Tor. Der Wind heulte wie der Höllenhund im Kamin, fegte durch die Gassen, trieb Unrat wie Spielzeug vor sich her.

Plötzlich ertönte ein Trommeln, als nähere sich ein ganzes Kriegsheer der Stadt. Hagelkörner, groß wie Hühnereier, schlugen auf die Dächer, rissen Löcher hinein, verwandelten Holzschuppen, Fischerboote, Marktstände und die Flaggen vor dem Rathaus in Siebe.

Von allen Kirchen wurden die Sturmglocken geläutet, doch das Geläut ging im Heulen des Windes und im Prasseln des Hagels unter.

Rosamund, Matteo und Dietrich standen in der Werkstatt und blickten zur Decke. Noch war alles dicht, noch kam kein Wasser herein. Rosamund drängte sich ängstlich an ihren Mann, nahm seine Hand. «Noch nie habe ich ein solches Unwetter erlebt», flüsterte sie.

Dietrich nickte und bekreuzigte sich. «Wer weiß, wofür der Herr uns damit strafen will …»

Ganz still standen die drei, duckten sich unter dem Hagel wie unter Schlägen. Rosamund spähte aus dem Fenster, sah über den Hof hinüber zum Haus. Drüben mühte sich die Ulla, die Läden festzubinden, doch gegen die Kraft des Sturmes war sie ohnmächtig.

So schnell, wie der Hagel gekommen war, ging er auch wieder. Die Blitze zuckten nur noch in weiter Entfernung über den Himmel, die Donner hallten mit schwachem Echo.

Rosamund atmete auf. Doch zu früh. Jetzt kam ein Regenguss, der den Hof innerhalb weniger Augenblicke unter Wasser setzte. Ein kleiner Sturzbach drang von der Gasse her durch das Hoftor. «Los», sagte sie zu Matteo. «Lass uns jetzt hinüber ins Haus laufen.»

«Ich bleibe hier», erklärte Dietrich. «Einer muss auf die Werkstatt achten.»

Matteo nickte, dann packte er Rosamunds Hand, und beide hetzten über den Hof. Obwohl es nur ein paar Meter waren, war Rosamund innerhalb von Sekunden völlig durchnässt. Das Kleid hing an ihr wie ein Sack.

Die Magd kam aus der Küche gerannt, brachte trockene Tücher, wischte hinter ihnen den Boden auf.

Noch immer prasselte der Regen gegen die Fenster und auf das Dach. Das Herdfeuer war erloschen; es hatte dem Sturm nicht mehr standhalten können.

«Die Welt ist wohl gerade ihrem Untergang entronnen», sagte Matteo und lachte ein wenig dabei. «Und uns bleibt nichts anderes übrig, als zu Bett zu gehen und den morgigen Tag herbeizuschlafen.»

Rosamund gab ihm recht, und auch die Ulla schien froh, diesen unheilvollen Tag beenden zu können.

Die Schläge der nahen Turmuhr hatten die achte Stunde noch nicht vollendet, als das Haus bereits in tiefem Schlummer lag.

Doch die Ruhe hielt nicht lange an. Rosamund schien es, als hätte sie kaum ein Auge zugemacht, als es unten heftig an der Haustür klopfte. Sie öffnete das Schlafzimmerfenster, stieß die Läden weit auf und beugte sich hinaus. Hinter sich hörte sie, wie Matteo sich aus den Kissen wühlte und verschlafen fragte: «Was ist denn nun schon wieder los?»

Unten vor dem Haus stand der Falk. «Schnell», rief er. «Steht auf. Der Main ist über die Ufer getreten, die Wiesen sind schon ganz überschwemmt. Und in den Kellern am Anfang der Gasse steht das Wasser. Kommt und helft!»

Kaum hatte er den Satz herausgebracht, stürzte er schon zum nächsten Haus.

Rosamund nickte, schloss die Läden, weil es draußen noch immer regnete.

«Was ist los?», fragte Matteo erneut.

«Der Fluss hat die Uferwiese überschwemmt und die Keller unten in der Gasse geflutet. Wir müssen helfen.»

Sie nahm seine Sachen von einem Schemel, warf sie ihm zu.

Geschwind zogen sie sich an, weckten die Magd Ulla und auch den Gesellen Dietrich, der in der Werkstatt vor dem Ofen geschlafen hatte. Bewaffnet mit Eimern, Schaufeln, mit Trögen und Kellen eilten sie die Gasse hinab, deren Ende auf Flusshöhe und nur ein paar Bootslängen vom Ufer entfernt lag.

Im Keller von Falks Haus sah es verheerend aus. Ein Fass mit Sauerkraut war umgestürzt und hatte seinen Inhalt im Wasser verteilt. Geräucherte Würste schwammen zwischen Kohlköpfen und Speckseiten, Büschel von ehemals getrockneten Kräutern irrten zwischen umgestürzten Regalen umher. Rosamund schaufelte die dunkle, seltsam riechende Brühe in einen Eimer, reichte diesen weiter an Matteo, der ihn seinerseits an den Hintermann weitergab, und immer so fort, bis zur Straße. Dort wusste niemand, wohin mit dem Wasser aus den Kellern, denn auch auf der Gasse stand das Nass kniehoch. Leere Fässer wurden herangerollt, doch bald waren diese voll, und noch immer rann der Regen vom Himmel, als wolle er nie wieder damit aufhören. Schließlich wurden die vollen Eimer in die Brunnen gegossen, ungeachtet der Dinge, die aus den Vorratskellern herausgespült worden waren.

Rosamund hatte mit Matteo den Platz getauscht, reichte nun Eimer um Eimer an den nächsten. Ihr Kleid war nass bis hinauf zu den Schenkeln, über den Rücken und zwischen den Brüsten rann ihr der Schweiß. Langsam erlahmten ihre Arme, und sie hielt inne, um eine Pause zu machen. Sie ließ die Schultern kreisen und trat auf die Gasse, in der einige Männer damit beschäftigt waren, Säcke mit Sand zu füllen, um damit die Keller abzudichten.

Rosamund hatte sich kaum die Füße vertreten, als ein schrilles Quieken sie auffahren ließ. Das Urselchen, schwerbäuchig, in einem fadenscheinigen Nachthemd und nur mit einem Umschlagtuch über den Schultern, erschien auf der Gasse.

«Kommt zu uns, Ihr Leute, kommt zu uns», schrie sie. «Auch in unserem Keller ist es ganz nass. Wir werden verhungern, wenn unsere Vorräte verderben. Schon läuft das Wasser die Kellertreppe hinab. Kommt, ehe der Dreck die Weinfässer ruiniert.»

Einer der Männer, der die Säcke mit Sand befüllte, hielt inne. «Was redet Ihr da, Weib! Euer Haus liegt weiter oben. Viel Wasser kann bei Euch nicht eingedrungen sein. Geduldet Euch, bis Ihr an die Reihe kommt.»

«Aber ich bin schwanger», greinte das Urselchen.

«Wenn es nicht der Wassergeist war, der Euch geschwängert hat, so müsst Ihr keine Sorge haben», entgegnete der Mann.

Die übrigen Männer lachten, und auch Rosamund verzog das Gesicht. Da aber ging die Ursula auf ihre Schwester los.

«Befiehl den Männern, dass sie jetzt zu uns kommen. Los, mach schon. Jeder hier weiß doch, dass du die Macht dazu hast.»

Rosamund drehte sich brüsk um. «Ich habe die Macht nicht. Warte, bis du an der Reihe bist.»

Sie hatten gearbeitet, bis silberne Streifen am Horizont den Morgen ankündigten. Die meisten Keller waren mittlerweile trocken, doch noch immer fiel der Regen vom Himmel, und es stand zu befürchten, dass der Main noch höher über die Ufer stieg. Die Ratsherrschaft der Stadt hatte zwar Wächter am Fluss zurückgelassen, doch viel konnten diese auch nicht ausrichten. In den Häusern, die dem Main am nächsten standen, lagen Schaufeln, Sandsäcke, Tröge und Kellen bereit.

Als Rosamund erwachte, stand die Sonne schon hoch am Himmel. Noch immer hingen die Wolken mit ihren dicken Bäuchen beinahe auf den Dächern der Stadt, doch der Regen hatte aufgehört, und die Sonne lugte vorsichtig zwischen den Wolkenbergen hindurch.

Rosamund reckte sich und spürte dabei jeden Knochen in ihrem Leib. Die Anstrengung der letzten Nacht hatte ihre Muskeln verkatert.

Leise, um Matteo nicht zu wecken, schlich sie aus der Kammer und hinunter in die Küche. Der Herd war noch kalt, die Wassereimer leer, der Einkaufskorb stand ungefüllt in der Ecke. Auch Ulla schlief noch. Kein Wunder, dachte Rosamund, war sie doch ebenfalls die ganze Nacht auf gewesen.

Rosamund holte frisches Wasser vom Brunnen, wusch sich, kleidete sich an, hängte sich den Weidenkorb über den Arm und ging hinauf zum Markt auf dem Liebfrauenberg, um frisches Brot, warme Brötchen und Milch vom Tage einzukaufen.

Die Straßen waren belebt, wie sie es gewöhnlich nur zu Zeiten der Messe waren. An jeder Ecke hatten sich kleine Trauben gebildet, um über das gestrige Unwetter und seine Folgen zu reden.

«Unten am Fluss hat's ein Kälbchen erschlagen. Hagel ist ihm auf den Kopf gekommen. Da ist es umgefallen und in den Uferwiesen ersoffen. Die Mutterkuh hat gebrüllt, als hätte der Wahnsinn sie befallen. Sie wollte ihr Kleines retten und ist dabei selbst ersoffen. Nun haben die armen Leute, denen das Vieh gehörte, ihren ganzen Besitz verloren», erzählte eine junge Frau, die einen kleinen Jungen mit rotzverschmiertem Gesicht an der Hand hatte.

Rosamund hörte zu, bedauerte die arme Familie und lief weiter. Bei der Nikolaikirche auf dem Römerberg, kurz vor dem Brunnen, sah sie ihre Schwester und ihre Mutter. Ursula hatte die Hände auf ihren schweren Leib gelegt, das Kinn zum Hals hinuntergedrückt, während Lisbeth mit einem Korb neben ihr stand, als wäre sie die Magd.

Rosamund kam näher, und ihre Schwester verstummte auf der Stelle, maß sie mit hämischen Blicken. Dann stieß das Urselchen die Mutter in die Seite, sagte laut: «Komm, hier haben wir nichts mehr verloren», und schritt, ohne Rosamunds Gruß zu erwidern, davon.

Kopfschüttelnd sah Rosamund ihr nach. «Was hat sie denn?», fragte sie die anderen Frauen, die meisten von ihnen Nachbarinnen aus der Weißbindergasse.

«Vielleicht macht ihr die Schwangerschaft zu schaffen», vermutete eine, hob die Hand zum Gruß und ging davon. Auch die anderen taten mit einem Mal sehr beschäftigt, murmelten etwas von Einkäufen und eingeweichter Wäsche, und schon stand Rosamund beinahe allein da. Nur die Großmutter von Falk war noch geblieben.

Rosamund schüttelte den Kopf, sah den Frauen verblüfft hinterher.

«Gehetzt hat sie, Eure Schwester, das Luderbein. Ein Rattengewitter ist das Weib, wie es der Herr in der Bibel nicht besser hätte beschreiben können. Statt Blut fließt Galle in ihren Adern, und ihre Worte sind schlimmer als Gift.» Die alte Frau schüttelte sich, ehe sie weitersprach. «Der ihre hätte ihr bei Zeiten den Wanst versohlen sollen. Jetzt ist es zu spät. Jetzt hat sie Oberwasser, und Eure Mutter schaut kuhdumm zu.»

Rosamund legte eine Hand auf den Unterarm der Falk'schen Großmutter. «Sprecht nicht allzu schlecht von meiner Schwester. Sie ist nicht eigentlich böse, nur dumm ist sie. Und manchmal weiß ich nicht, was schlimmer ist.»

«Pah, wenn es nur die Dummheit wäre.» Die Großmutter beugte sich zu Rosamund. «Bei ihr aber paart sich Dummheit und Bosheit, und das ist wahrhaft gefährlich. Ihr hättet hören sollen, wie sie sich vorhin vor allen hier gebläht hat. Gekeift und gezetert hat sie wie ein altes Fischweib. Und keinen guten Faden hat sie an Euch gelassen. Mit der nimmt's einmal ein schlimmes Ende, das kann ich Euch versichern.»

«Was hat sie nur gesagt, dass Euch so in Zorn gebracht hat?»

Die alte Frau lachte bitter auf und klopfte mit ihrem Stock auf das noch immer nasse Straßenpflaster. «Gesagt hat sie nicht viel. Nur angedeutet und geheimnisvoll getan. Hat davon gesprochen, dass schon einmal eine Kuh in Eurer Nähe gestorben sei. Die Ursula hat's zwar geflüstert, aber so laut, dass sie alle verstanden haben. Auch war von verdorrten Blumenbeeten die Rede, und sogar den Falk hat sie als Zeugen für Eure Hexenkünste benannt.»

Rosamund lachte. «Ach, das ist doch nicht schlimm. Fast jeder war schon einmal in der Nähe, als irgendwo ein Stück Vieh zugrunde gegangen ist. Und das andere sind alles alte Geschichten. Neu ist daran überhaupt nichts.»

«Das stimmt schon», gab ihr die Alte recht. «Aber denkt einmal daran, was man früher noch so alles über Euch erzählte. Und nun plötzlich ein Gewitter mitten im Frühjahr. Ein Gewitter mit Hagel, der die frische Saat vernichtet hat und bestimmt mehr als nur zwei Kühe in den Main gerissen hat. Ein Bettler fehlt nämlich auch. Einer, der immer in unsrer Gasse zu finden war. Der alte Sebastian. Nun, sein Bündel liegt noch dort, wo es immer liegt. Aber von dem Alten keine Spur. Ich bin sicher, er wird in den nächsten Tagen irgendwo mainabwärts an Land gespült. Und die Ursula hat's mehrmals erzählt. So lange, bis es auch das letzte der Weiber verstanden hat. Sogar am Brunnen hat sie gestanden, Eure Schwester, und mit den Mägden getratscht, die sie sonst nicht einmal mit dem Hintern anschaut.»

«Das ist sicher nicht besonders christlich, aber etwas Verbotenes kann ich darin nicht erkennen», erklärte Rosamund und wusste noch immer nicht, warum die Frau, deren Enkel sie einst abgewiesen hatte, so zornig war.

«Da habt Ihr recht, verboten ist es nicht. Aber gefährlich.» Die Alte hob den Zeigefinger der rechten Hand und fügte hinzu: «Besonders, wenn all die Ereignisse mit dem Datum in Verbindung gebracht werden. Der 11. März. Ihr wisst, was das bedeutet?»

Rosamund wurde blass und nickte. «Der 11. März», wiederholte sie leise. «Der Namenstag von Rosamund.»

Vierundzwanzigstes Kapitel

Zwei Monate nach dem schlimmen Unwetter und ein halbes Jahr nach Rosamunds Exorzismus waren die Knospen der Bäume voller Saft. Die Blumen streckten ihre Köpfe der Sonne entgegen, überall regte sich Leben. Apfelbäume standen in voller Blüte, die Mägde gingen mit losem Mieder, und auf der großen Bleiche lag die Wäsche in der Sonne.

Ursula watschelte mit stolz gewölbtem Leib und durchgedrücktem Rücken umher. Ihre Niederkunft stand kurz bevor. «Der Herr war uns noch einmal gnädig», verkündete sie mit einer Zufriedenheit, die ihr aus den Mundwinkeln tropfte. «Er wird uns noch ein Kind schenken. Der Herr weiß, wer zu seinen Gerechten gehört. Selbst das Unwetter und alle andere Unbill hat uns nichts anhaben können. Da könnt Ihr sehen, dass Anstand, Gottesfurcht und Tugend doch noch etwas gilt in der Welt.»

Rosamund aber hatte noch immer einen flachen Bauch.

«Wie steht es mit dir?», fragte auch die Mutter sie bei einem ihrer inzwischen spärlich gewordenen Besuche. «Ist dein Schoß wirklich so trocken, wie die Leute sagen?»

«Woher wollen die Leute wissen, wie es in meinem Schoß aussieht?», entgegnete Rosamund.

«Nun», entgegnete die Schwester spitz, «wäre er fruchtbar, so würde man es sehen können.» Sie strich sich über ihren Leib und lächelte Rosamund boshaft an.

«Was habe ich dir nur getan?», wollte Rosamund wissen. «Warum hasst du mich so?»

Das Urselchen verzog den Mund. «Ich würde es nicht wagen, dich zu hassen. Wer weiß, was du mir dann antust. Einmal nur habe ich das Wort gegen dich gerichtet, und schon hast du mir ein Unglück aus der Hand gelesen.»

Rosamund sah zu ihrer Mutter. «Siehst du das auch so?», fragte sie.

Lisbeth schüttelte bedauernd den Kopf. «Glück hast du uns niemals gebracht, obwohl du es bestimmt vermocht hättest. Der Nachbarin hast du drei Kinder in die Hand gelesen, der Bäckerstochter einen reichen Bräutigam, und dem Schankmädchen aus der Wirtschaft an der Ecke hast du eine große Liebe vorhergesagt. Nur für uns hattest du Leid und Unglück übrig. Wie sehr musst du uns hassen? Und warum? Ich, deine Mutter, habe doch alles für dich getan!»

Rosamund wusste nichts darauf zu erwidern. Noch immer wurde in der Stadt hie und da gemunkelt, sie wäre schuld am Unwetter. Mit dem Zauberbuch ihres Mannes hätte sie es herbeigehext. Zwar sprachen nur noch wenige so, aber einige wollten nicht von dem Gedanken lassen. Ursula gehörte zu ihnen. Auch jetzt hielt sie mit ihrer Bosheit nicht hinter dem Berg. «Es ist ja wirklich kein Wunder, dass das Unwetter genau an deinem Namenstag über die Stadt gekommen ist. So was kommt von so was, kann ich da nur sagen.»

Jetzt spürte Rosamund eine Wut in sich aufsteigen, die ihr den Blick vernebelte, das Herz rasen ließ und sie all ihrer Beherrschung beraubte. Sie stemmte die Hände in die Hüften wie eine der Frauen an den Schlachtbänken, beugte sich zur Ursula vor und zischte ihr ins Gesicht: «Ach, und als Vaters letztes Fresko bei dem Einbruch im Kaufherrenhaushalt der Stettens mit Kot beschmiert wurde, weißt du, wer da Namenstag hatte? Dein Mann Michael. Es war der 29. September. Erinnerst du dich? Und hat deshalb bisher irgendwer behauptet, dein Mann wäre der Schmierfink gewesen?»

Das Urselchen bekam einen puterroten Kopf. Sie schnappte nach Luft, und für einen Augenblick schien es, als wolle sie Rosamund ohrfeigen. Doch diese wich zurück. Da brüllte die Ursula, dass es weithin zu hören war: «Das ist die Höhe, du verdammte Hexe. Niemand wagt es, meinem Mann einen schlechten Leumund auszustellen. Bisher habe ich dich trotz allem, was du uns angetan hast, zu dir gehalten. Aber jetzt ist Schluss. Ab heute herrscht Krieg zwischen uns!»

Nach diesen Worten spuckte sie vor Rosamund aus, wandte sich ab und warf die Tür von Mutters Salon kraftvoll hinter sich ins Schloss. Lisbeth stand da, weinte und rang die Hände. «Musste dies sein? Willst du wirklich noch mehr Unglück über uns bringen? Reicht dir nicht, was du bisher angerichtet hast?»

Rosamund trat zu ihrer Mutter, hob die Hand, wollte ihr über die Wange streichen, aber Lisbeth fuhr aufschreiend zurück. «Verschwinde aus meinem Haus! Lass dich hier nie wieder blicken. Ab heute bist du nicht mehr meine Tochter.»

Und Rosamund gehorchte. Auf leisen Sohlen verließ sie das Haus ihrer Kindheit, das Haus ihrer Eltern. Sie war verjagt worden wie ein streunender Hund.

Und ein Hund war es auch, der ihr daheim die salzigen Tränen von den Wangen leckte, der sich an sie schmiegte und ihr den ersten Trost gab, bis Matteo nach Hause kam.

Ihr Mann hielt sie, wiegte sie, streichelte sie, liebte sie, und als sich zwei Wochen später ihre Blutung pünktlich einstellte, weinte Rosamund bittere Tränen.

Ich bin keine Teufelin, dachte sie wieder und wieder und konnte sich doch nicht ganz glauben. Sie sah das Urselchen vor sich, die verbitterte Mutter. Mein ganzes Leben lang habe ich versucht, gut zu sein. Ich habe mir den Neid und die Missgunst versagt, habe Mutter und Schwester zu lieben versucht, habe nicht geprasst, nicht gestohlen, kein falsches Zeugnis abgelegt. Ja, ich habe sogar die andere Wange hingehalten, und ein jeder hat die Gelegenheit genutzt, noch einmal draufzuschlagen. Was hat es mir gebracht? Die Teufelin blieb ich, nur, dass mich mancher plötzlich eine Heilige nannte. Aus Angst war ich gut, aus Angst und weil ich glaubte, ein jeder müsse gut sein. Nun ist es genug damit. Jetzt will ich die sein, die ich bin, will nichts mehr unterdrücken, mich nicht mehr verstellen.

Und sie stand auf, nahm den Korb, ging auf den Markt. Es nieselte, das Pflaster der Straßen war glitschig. Die Milchfrau hatte sich einen Hut über die Haube gezogen, stand doppelt behütet, wetzte das Maul wie eh und je. «Habt Ihr gesehen, wie die Bürgersfrau meinen Käse betatscht hat?», rief sie der Nachbarin zu. «Die Finger sollen ihr abfaulen. Es hat gerade so ausgesehen, als wäre meine Ware nicht gut genug.»

Die Nachbarin nickte, verglich mit Blicken ihre goldgelben Butterstücken mit den blassgelben der Milchfrau, schwieg dazu und seufzte.

Als Rosamund vor dem Stand angekommen war, schrie die Frau ihr zu, sodass die Hüte bebten: «Kommt zu mir, bei mir erhaltet Ihr die beste Ware. Gute Butter, Käse, lange gereift, Milch, auf der das Fett oben schwimmt.»

Rosamund trat an den Stand, besah die Waren.

«Eurer Butter fehlt das Fett», sagte sie laut. «Das tragt Ihr auf Euren Hüften. Wenn Eure Butter so prächtig sattgelb leuchtet wie Euer Gesicht, dann kaufe ich bei Euch.»

Die Milchfrau schnappte nach Luft, schoss dann einen Schwall Schimpfworte auf Rosamund ab, aber die kümmerte sich nicht darum, kaufte längst ein goldgelbes Butterstück bei der Nachbarin, lächelte dabei und fühlte sich gut.

Sie ging weiter zwischen den Ständen umher, hatte die Kapuze ihres Umhanges hochgeschlagen, um dem Nieselregen zu entgehen. Rosamund kaufte duftendes Brot, geräucherte Wurst, ein paar Eier, Zwiebeln, einen Rindsknochen für die Suppe, Innereien für den Hund.

Ihr Korb war vollgepackt, als sie durch die letzte Marktreihe schritt. Dort gab es Bänder, Seifen, Kämme, Nadeln, einfache Tuchwaren, billige Schafsfelle. Ein solches wollte sie für ihr Hündchen kaufen, das inzwischen gewachsen und ein Hund geworden war. Ein Fell, vor ihrem Bett für die Nacht, damit Bommel nicht fror und bei ihr sein konnte.

«Wie viel?», rief sie einem jungen Mädchen mit blassem Gesicht zu. «Einen Viertelgulden», wisperte das Mädchen und hustete, dass es Rosamund in der Seele wehtat.

«Ich gebe Euch das Geld. Nehmt das, was Ihr Euerm Herrn geben müsst, und kauft Euch von dem Rest einen Sirup von Thymian gegen den Husten.»

Sie reichte ihr die Münzen, nahm das Fell, schritt weiter. Ich bin schon wieder gut gewesen, dachte sie. Es liegt in meiner Natur.

Da sah sie von weitem die Schwester. Sie watschelte voran, blieb alle paar Schritte stehen, rang schwer nach Atem. Hinter ihr ging die Magd, bepackt wie ein Esel. Auch Ursula trug schwer an einem großen Tuchstück. Immer wieder rutschte ihr das Stück unter dem Arm hervor, drohte in den Schmutz zu fallen. Ursulas Gesicht war kirschrot.

Rosamund beobachtete, wie die Schwester sich umsah, mit flatternder Stimme nach einem Träger rief, aber da war niemand. Die Männer hatten sich vor dem Regen unter die Torbögen geflüchtet.

Ich sollte hingehen und ihr beim Tragen helfen, dachte Rosamund. Etwas in ihr drängte sie vorwärts zum Urselchen. Aber sie blieb stehen. Ich muss nicht mehr gut sein, dachte sie. Soll sich die Ursula doch abschleppen, dass ihr die Arme abfallen. Wenn das Tuch in den Dreck fällt, dann will ich lachen. Und wenn ich höre, sie hat das Kind zu früh bekommen wegen der Schlepperei, dann will ich mit den Schultern zucken und sagen: «Jeder, wie er es verdient.»

Und so blieb sie stehen, sah der Schwester von weitem zu, wie sie da watschelte und keuchte. Erst als das Urselchen um die nächste Ecke gebogen war, trat sie hervor, ging hinter ihr her, ganz langsam und frisch im Gesicht, besah den schwankenden Hintern, die wippende Haube, welche sich die Ursel vom Kopf riss, kaum dass der Markt nicht mehr zu sehen war. Rosamund sah zu, wie sich die Schwester den Schweiß auf der Stirn abwischte, und dann die Brust, die wie Hefe aus dem aufgerissenen Mieder quoll, trocknete. Unter der Last schwankend, nach Luft ringend wie ein Karpfen an Land, erreichte die Schwester endlich das Elternhaus, stieß die Tür auf, warf das Tuch sogleich zu Boden, seufzte tief und schlug die Tür hinter der Magd wieder zu.

Und Rosamund lief weiter, mit einem Mal so fröhlich, dass ihr ein Lied in den Sinn kam. Ein Lied über den Frühling, über das Werden und Vergehen, über die Liebe, die Lust und den Tanz unterm Maienbaum.

Sie lachte über das ganze Gesicht, dass Falks Großmutter, die einen Eimer ausgeleert hatte, auf der Schwelle stehen blieb und fragte, was es Neues gäbe.

«Alles und nichts», rief ihr die Rosamund nach dem Gruße zu.

Fünfundzwanzigstes Kapitel

Manchmal stand Rosamund in ihrer Schlafkammer nackt vor dem Spiegel und betrachtete ihren Körper. Die Brüste apfelrund und genauso groß wie Matteos Hand. Sie strich darüber, schmiegte ihre Hand drum herum. Weich waren sie, warm. Die Brustwarzen, prall wie Kirschkerne und rot, standen hervor. Staunend stand Rosamund und betrachtete sich, als ob sie ein Bild sei, bei dem man umso mehr entdeckte, je länger man hinschaute. Ihre Taille war schmal, die Hüften schwangen sich in großem Bogen. Ihr Körper war der eines Weibes. Nichts fehlte daran, alles war da. Geschaffen zum Muttersein. Warum? Warum nur wurde ihr dieser dringliche Wunsch nicht erfüllt?

Eines Abends hob sich ihre Hand wie von selbst, legte sich warm und schützend über ihren Bauch, doch da war nichts, das ihren Schutz brauchte. Leer war ihr Inneres, so leer wie das Innere eines alten Weibes.

«Ich muss dir etwas sagen», sprach Matteo nach dem Abendessen, als sie vor dem kalten Kamin saßen bei offenem Fenster und den Duft der Apfelblüten rochen.

Matteo neigte den Kopf, lächelte sie an, doch Rosamund hatte Angst vor dem, was er sagen wollte.

Sie lächelte zaghaft zurück, legte die Hand auf ihren Bauch und sagte leise, aber so fest, als hätte sie den Satz schon hundert Mal gesagt «Ich bin wieder nicht schwanger.»

Matteo runzelte die Stirn. «Wer sagt dir das? Der Medicus?»

Rosamund schüttelte den Kopf. «Nein, nicht der Medicus. Mein Körper sagt es mir.»

«Bist du dir sicher?»

Rosamund nickte. Seit Jahren hatte sie allen Erzählungen der Schwangeren gelauscht, hatte sich jedes Anzeichen, jede noch so kleine Veränderung gemerkt. Sie war sich so sicher, wie man nur sein konnte.

Matteo sah sie an, und Rosamund suchte in seinem Gesicht nach Bekümmerung. Nach einem absterbenden Lächeln, einem Dunkel in den Augen, gekräuselten Lippen, gehobenen Augenbrauen. Aber da war nichts. Ganz still war sein Gesicht und unbewegt wie ein zugefrorener See.

«Verstößt du mich nun?», fragte sie.

Matteo stand auf, trat zum Fenster, kehrte seinem Weib den Rücken zu.

«Verstößt du mich jetzt?», fragte sie wieder, schon mit Verzagtheit in der Stimme.

Da stieß er einen Schrei aus, wirbelte herum, zog Rosamund aus ihrem Armlehnstuhl und hielt sie fest an sich gedrückt, eine Hand auf ihrem Bauch.

«Ein Kind», flüsterte er. «Ein richtiges Menschenkind. Ein Bambino. Schön wäre das. Aber wenn uns dieses

Glück versagt bleibt, so werden wir es nicht ändern können. Du bist mein Weib, ob mit, ob ohne Kind. Ich liebe dich so oder so. Sorgen macht mir nur eines: Wie kann ich dich glücklich machen. Weißt du, Rosamund, wie viele Nächte ich darüber gegrübelt habe? Wenn wir keine eigenen Kinder bekommen können, dann ist es eben so. Es gibt genug Findelkinder, die sich freuen würden, bei uns aufzuwachsen. Wenn du willst, so werde ich mich gleich morgen danach erkundigen.»

Rosamund spürte, wie ihr Mann zitterte. Nach einer Weile ließ er sie los, sah sie ernst an. «Mir ist heute wieder vorgeworfen worden, wir seien schuld an dem Unwetter. Ein Wirt aus Bornheim, dem ich die Schänke mit einem Bild verschönern sollte, hat mich weggeschickt.»

«Wenn wir zaubern könnten, dann hätten wir schon ein Kind. Warum wollen die Leute das nicht verstehen? Es heißt doch, der Teufel gibt den seinen, was sie ersehnen», erwiderte Rosamund fest.

«Wir müssen uns trotzdem vorsehen», erklärte Matteo, umfasste Rosamund. «Ich kann dich nicht den ganzen Tag beschützen. Ich habe Angst um dich.» Er atmete ganz tief ein, dann sagte er leise: «Ich will, dass du das Handlesebuch von der Tonia verbrennst. Nicht das geringste Zeichen von Hexerei dulde ich noch in unserem Haus. Es ist zu gefährlich.»

«Das Buch? Nein. Das gebe ich nicht her. Es ist alles, was mir von der Tonia geblieben ist. Handleserei ist keine Hexerei. Das weißt du ebenso gut wie ich.»

«Ich weiß es, du weißt es. Aber das reicht nicht. Wir

dürfen den Leuten keinerlei Anlass zum Gerede geben. Wir sind nicht wie die anderen. Uns würde man so etwas nie nachsehen.»

Matteo schluckte, strich ihr über das Gesicht. «Verbrenne das Buch. Vorsicht ist besser als Nachsicht.»

Rosamund schob ihn von sich, funkelte ihn wütend an. «Glaubst du etwa auch, dass ich mit dem Bösen im Bunde bin? Dass ein zweiter Exorzismus nötig wäre?»

Matteo schüttelte den Kopf. «Nein, das glaube ich nicht. Aber es ist nun einmal so, dass die Leute etwas in uns sehen, das ihnen Angst macht. Und deshalb werde ich mich um das Böse kümmern. Ich werde einen Exorzismus machen, aber auf meine Art. Ich werde dafür sorgen, dass niemand mehr wagt, uns mit dem Bösen in Verbindung zu bringen. Nicht mit dem Teufel, nicht mit dem Zauberbuch des Benediktinerabtes aus Würzburg. Aber du musst das deine dazu tun. Verbrenne das Buch. Lies niemals mehr jemandem aus der Hand. Sag einfach, die Gabe wäre dir genommen, oder besser noch, du hättest diese Gabe nie gehabt.»

«Ich soll lügen? Soll mich selbst des Unrechts bezichtigen? Nein, das tue ich nicht.»

«Du musst. Denk darüber nach. Die Zeiten sind unruhig. Wir müssen Ruhe bewahren.»

Rosamund seufzte. «Gut», erklärte sie. «Ich tue, was du willst. Ich verbrenne das Buch. Aber du sorgst dafür, dass das Gerede über das Zauberbuch aufhört.»

Matteo nickte, nahm sein Weib wieder in den Arm, küsste ihre Stirn. «Ich schwöre, dass ich das Böse von uns nehmen werde. Ich schwöre dir bei meinem Leben, dass wir eines Tages eine richtige Familie sein werden.»

Die Dämmerung hatte das Zimmer verdunkelt, als Matteo seine Frau zu ihrem Stuhl geleitete. Sie lächelten sich an, berührten sich, waren jetzt im Einklang mit sich und dem anderen.

«Warum ist das so?», fragte Rosamund auf einmal in die friedliche Stille hinein. «Warum glauben die Menschen die merkwürdigsten Dinge? Wie kommt es, dass sie aus einer Teufelin eine Heilige machen, um kurz darauf die Dinge wieder herumzudrehen wie ein Kopfkissen?»

Matteo nahm ihre Hand. «Wir leben in einer schwierigen Zeit. Für die Menschen schwierig, meine ich. Alles ist im Umbruch, alles ist im Fluss. Was bisher Gültigkeit hatte, gilt über Nacht nicht mehr. Seit Luther die Thesen gegen den Ablass an die Wittenberger Schlosskirchentür geschlagen hat, hat sich alles verändert. Die Kirche, einst eine Festung, ist ins Schwanken geraten. Kriege um den rechten Glauben finden statt. Du weißt, wie es in Frankfurt zugegangen ist. Die Stadt untersteht dem Kaiser, und der hängt dem alten Glauben, dem katholischen an. Also müsste Frankfurt altgläubig bleiben. Doch das ist es nicht. Immer wieder werden Kirchen von katholisch zu lutherisch gemacht und eine Woche später wieder zurück. Niemand weiß mehr, welcher der rechte Glaube ist. Die Gewissheit, dass die Muttergottes ihre Hand schützend über uns hält, gilt nicht mehr. Du weißt selbst, wie oft die Heere durch die Stadt gezogen sind, weißt, wie oft die Stadt belagert wurde in den letzten Jahren. Auch jetzt steht ein sächsisches Heerlager vor Sachsenhausen, um für den neuen Glauben zu kämpfen.»

«Martin Luther als Marientöter?», fragte Rosamund.

Matteo lachte. «Wenn du es so willst. Wer aber weiß heute schon so genau, was richtig ist. Selbst die Existenz des Teufels wird in Frage gestellt, die Priester fühlen sich überflüssig und bangen um ihre Macht, seitdem gesagt wird, man bräuchte sie nicht mehr. Sie und die durch sie erteilte Vergebung der Schuld nicht mehr. All dies könnten die Menschen im direkten Gespräch mit Gott klären. Das klingt gut, das klingt leicht. Aber zu wem von uns hat Gott tatsächlich schon gesprochen? Die Menschen brauchen jemanden, der ihnen sagt, was gut und böse ist, welche Schuld vergeben und welche nicht. Die neue Kirche verweigert ihnen dies. Also greifen sie zu anderen Mitteln, glauben, was ihnen in den Sinn kommt.»

«Wie Johannes Trithemius.»

«Ja, genau. Der behauptet, Gott habe die Macht an sieben Dämonen abgegeben. Die Menschen glauben dies nur zu gern. So können sie alles, was ihnen nicht gefällt, was sie fürchten und nicht verstehen, den Dämonen zuschreiben. Viele meinen, der Teufel hätte Luther geschickt, um die Kirche zu spalten. Andere sagen, Luther sei gekommen, um den Teufel aus den Kirchen zu vertreiben. Niemand weiß mehr, was gut und richtig ist. Und keiner vermag es, einen einheitlichen Glauben zu erschaffen.»

«Und so glaubt jeder, was er für passend hält», fasste Rosamund zusammen. «Und für passend hält jeder, was der Nachbar sagt.»

«Ja, so ist es. Wir haben eine Zeit, in der der Teufel den ganzen Tag ums Höllenfeuer tanzt, weil die Menschheit so verwirrt ist. Die Italiener haben sich auf die Antike besonnen, haben das Alte zurückerobert, weil es an Neuem fehlt. Ich sagte schon, es ist eine unruhige, schwierige Zeit, in der täglich unsere Gewissheiten in Frage gestellt werden. Neue Länder werden entdeckt, die Erde ist keine Scheibe mehr, und wie es in der Hölle aussieht, ist ebenfalls ungewiss.»

«Vielleicht ist es Gottes Wille, dass in eine solche Zeit keine Kinder geboren werden?» Rosamund schüttelte sich leicht.

«Deswegen, meine Liebe, ist es so wichtig, dass wir wissen, was für uns gut und böse ist. Wichtig auch, dass wir Ruhe zeigen in der allgemeinen Verwirrung.»

Als sich das Zimmer vollständig verdunkelt hatte, entzündete Rosamund eine Bienenwachskerze, kniete sich vor Matteo und sagte: «Ich möchte aus deiner Hand lesen. Bevor wir all das tun, was wir tun müssen, möchte ich wissen, was uns erwartet. Gib mir deine Hand. Zum ersten und zum letzten Mal.»

Matteo zögerte. «Was ändert es, wenn ich weiß, was mir die Zukunft bringt?», fragte er. «Ich kann das Schicksal nicht beeinflussen.»

Rosamund überging seine Frage. «Ich muss wissen, was kommt. Eine Sicherheit brauche ich. Ruhe werde ich nur erringen, wenn ich Vertrauen habe. Im Handlesen habe ich mich noch nie getäuscht.»

Sie nahm Matteos linke Hand, zog sie in die Nähe der

Kerze, strich sanft über den Handteller, fuhr mit dem Finger einige Linien nach.

Matteo hatte den Blick abgewandt. Er sah in die leise flackernde Kerzenflamme, als könne er dadurch seinem Schicksal entgehen.

Seine Hand mit den schlanken beweglichen Fingern sah seltsam grau aus. Rosamund zog die Unterlippe zwischen die Zähne und betrachtete die Nägel. Am Ringfinger zeigten sich senkrechte Kerben, die sich über den gesamten Nagel zogen. Ein Zeichen für Rückenschmerzen und Verspannungen. Sie nickte, hatte oft genug selbst erlebt, wie sich Matteo nach langem Bücken mit einem Seufzer, die Hand fest ins Kreuz gedrückt, erhob. Dann drehte sie die Hand herum und suchte nach der Lebenslinie, die sich im weiten, ruhigen Bogen um den Venushügel schwang. Daneben lag die Schicksalslinie, sie kam ihr ein wenig blass vor, doch das mochte am Kerzenlicht liegen. Aber die Kopflinie – Rosamund erstarrte. Sie schloss die Augen, fuhr mit der empfindlichen Spitze des Zeigefingers darüber und schreckte zurück, als sie eine senkrecht nach oben zeigende Einkerbung in Höhe des kleinen Fingers fand. Rosamund presste Matteos Hand zusammen, bis er leise aufbegehrte, doch es änderte sich nichts. Die senkrechte Kerbe blieb. Rosamund holte ganz tief Luft.

«Ist irgendetwas?», fragte Matteo.

Rosamund schüttelte den Kopf. «Nein, eigentlich nicht. Deine Lebenslinie ist kräftig, die Schicksalslinie zeigt nichts, das nicht normal wäre.»

«Aber etwas ist doch. Ich höre es an deiner Stimme.» Matteo wand sich aus Rosamundes Griff, fasste mit einer Hand nach ihrem Kinn und drückte es hoch, sodass sie ihm in die Augen sehen musste. «Also sag es mir. Was hast du gelesen?»

«Ich glaube, es ist nicht wichtig. Da ist nur eine Kerbe, eine winzig kleine Kerbe an einer Stelle, an der keine sein sollte.»

«Für was steht die Kerbe? Für etwas Schlechtes, nicht wahr?»

Rosamund erwiderte: «Die Kerbe bedeutet, dass du dir den rechten Arm oder gar die rechte Hand verletzen wirst.»

Matteo lachte auf. «Ach Gott, wenn es weiter nichts ist! Wie oft hatte ich dort schon blaue Flecken oder Prellungen. Mach dir darum keine Gedanken. Ich bin ein Handwerker. Und solche verletzen sich immer mal wieder.»

«Ja», sagte Rosamund und verschwieg, dass blaue Flecken und Prellungen nicht in der Hand eingezeichnet waren.

Sechsundzwanzigstes Kapitel

Jeden Tag lief sie durch die Stadt. Angeblich, weil die frische Luft und die Bewegung einer Frau, die sich ein Kind wünschte, guttaten. Das zumindest, wusste Rosamund, hatte die Hebamme der Ursula geraten, die sich deshalb an das Gegenteil gehalten und sich so wenig wie möglich bewegt hatte.

Mit Ursula hatte sie seit ihrer letzten Begegnung kein einziges Wort mehr gewechselt. Und so erfuhr Rosamund nur von den Nachbarn, dass die Ursel ein Mädchen geboren hatte. Winzig sei es, ganz leicht und schmal, als hätte es in seiner wuchtigen Mama zu wenig Platz gehabt. Eine schwierige Geburt, bei der sogar die Hebamme Blut und Wasser geschwitzt hatte. Den Michael hatte die Nachricht in der Zunftstube erreicht. Die Magd musste laufen und ihm ausrichten, es eile, wolle er Weib und Kind noch einmal lebend sehen. Aber Michael war geblieben, hatte nur auf die Gesundheit von Weib und Kind angestoßen, und das hatte gereicht, um die beiden durchzubringen. Ein Zeichen des Herrn, dass er es gut meinte mit den seinen aus der unteren Weißbindergasse.

Gesehen hatte Rosamund die kleine Nichte noch nicht. Sie war nicht geduldet im Elternhaus, und die

Mutter und die Schwester setzten keinen Fuß über Rosamunds Schwelle. Nur der Vater kam hin und wieder, stahl sich heimlich aus seinem Haus, kaum dass die Frau und die Tochter zum Einkaufen waren. Dann rannte er mit geduckten Schultern und ohne auf die Grüße der Nachbarn zu achten die wenigen Schritte bis zum Tochterhaus, schlüpfte dort in die Werkstatt, sagte laut: «Ach!», und musste erst einmal schnäuzen. Er ließ sich auf einen Schemel sinken, keuchte sich die Angst aus den Rippen und erzählte, wie es im Elternhaus aussah. «Die kleine Enkelin, sie schreit den ganzen Tag. Eine Amme ist schon fortgeschickt, der nächsten wird dasselbe Schicksal blühen. Keiner kriegt die Kleine ruhig. Nur wenn sie herumgetragen wird, schläft sie. Die Hebamme sagt, das kommt, weil das Kind im Bauch zu wenig Bewegung hatte. Die Trägheit muss erst ausgeschwitzt werden, deshalb schreit das Mägdlein so. Getauft ist es noch nicht, der Michael möchte es Annette nennen nach seiner Mutter, doch die Ursula möchte ein Blümchen haben. Pupsegal ist ihr, dass nur die Judenmädchen so heißen. Von denen, sagt die Ursula, lasse sie sich noch lange nicht vorschreiben, wie ihr Kind zu heißen hat. Aber der Michael will einen guten christlichen Namen und kein Blümchen oder Herzgütelchen oder Silbersternchen.»

Rosamund hörte dem Vater zu, der immer grauer wurde von Besuch zu Besuch und über Schmerzen im Rücken klagte, die ihn ganz krumm machten, und über Brennen beim Wasserlassen und darüber, dass der Schlaf nicht kommen wollte.

Er tat ihr leid, aber zugleich und ganz insgeheim gönnte sie ihm die Schlaflosigkeit. Am liebsten hätte sie ihn bei den Schultern genommen und einmal kräftig durchgeschüttelt, damit er aufbegehrte und sich wehrte und der Mutter BEFAHL, sie solle ein Kissen mit Kirschkernen stopfen und es über den Herd hängen für seinen Rücken. Aber Rosamund wusste, dass er schwach war und feige. Sie hatte es schon immer gewusst. Und mehr als einmal hatte er sie dafür um Vergebung gebeten. Sie hatte es getan, jedes Mal, und sich immer dabei gefragt, ob es nicht ausreichte, alleingelassen worden zu sein. Musste sie überdies noch vergeben, den Vater von seiner Schuld erlösen?

Aber so war es nun einmal, und als sich der Vater nach einer Viertelstunde ächzend erhob, eine Hand in den Rücken gepresst, gab sie ihm eine Salbe mit, in die sie zerstoßenen Pfeffer, Brennnessel und reichlich gehackte Minze gemischt hatte, damit der Rücken weniger Beschwerden machte.

Kaum war er zurück nach Hause geschlichen, nahm sie ihren Weidenkorb und durchstreifte die Straßen. Normalerweise wollte sie nur ein wenig Bewegung, doch heute hatte sie noch einen besonderen Grund. Bommel war verschwunden. Seit das Hündchen ein wenig größer geworden war, war es auch selbständiger geworden, hing nicht mehr den ganzen Tag an Rosamunds Rockzipfel. Sie ließ ihn bei Tag auf der Gasse umherstreifen, doch gestern Abend war er zum ersten Mal nicht zum Fressen nach Hause gekommen. Jetzt war sie unterwegs in der Hoffnung, ihn irgendwo zu entdecken.

Vor den Kirchen lagerten die Bettler auf den Stufen, die Knie mit zerschlissenen Umhängen bedeckt. Einer schlief, zwei hockten beieinander, redeten, zeigten mit Fingern auf die Vorübergehenden. Näherte sich eine Frau, setzten sie schmerzliche Mienen auf, streckten die Hände vor und erzählten Geschichten, die selbst dem Teufel Mitleid entlockt hätten. Kaum war die Frau, um ein paar Münzen erleichtert, verschwunden, wich der Schmerz aus den Gesichtern, sie wurden lebhaft, schwatzten, tranken einen Schluck aus einer zerbeulten Weinkanne, die unter einer Decke verborgen war, und lachten laut, bis sich das nächste Weib näherte.

Rosamund ließ ihren Blick weiterschweifen, sah alte Männer verloren vor ihren Werkstätten sitzen, in denen jetzt die Söhne das Zepter schwangen. Und alte Weiber, die in schwarzen Kleidern und auf Krückstöcke gestützt zur Kirche schlurften, um in ihren letzten Tagen die schöne Jugend zu bereuen.

Sie sah die jungen Mädchen aus den Bürgerhäusern treten, Blicke nach links und rechts werfend, laut kichernd, um nicht übersehen zu werden.

Sie sah Auflader und Träger, schwankend unter den Lasten auf ihren Rücken, die von Straßenjungen angerempelt wurden und nicht einmal mehr die Kraft hatten, den Lachenden hinterherzufluchen. Doch ihr Hündchen, Bommel, sah sie nicht.

Selbst in die Vorstadt zog es Rosamund. Sie lief durch eines der Stadttore, befand sich kurz darauf auf ungepflasterten Wegen, die bei gutem Wetter den Kleidersaum bis zum Knie mit Staub bedeckten, bei schlechtem Wetter mit Schlamm. Sie schlenderte an den ärmlichen Hütten vorbei, vor denen halbnackte Kinder mit Dreck spielten oder Steine nach räudigen Kötern warfen. Auch am Haus des Henkers, welches sehr stattlich und mit einer mannshohen Mauer umgeben war, kam sie vorüber. Vor diesem Haus spielte niemand. Nicht einmal die Katzen legten sich hier in die Sonne. Es schien fast so, als läge ein Schatten über dem Anwesen. Unwillkürlich schnupperte Rosamund, doch es roch wie überall sonst in der Vorstadt nach Armut und Kohlsuppe und keineswegs nach Leichen.

Auf den Feldstücken hockten Frauen und hieben mit kleinen Schaufeln Ackerstücke hoch. In der Luft kreisten ein paar Vögel mit großem Geschrei. Es mochten Raben sein, die eine tote Katze entdeckt hatten. Leichten Fußes schritt Rosamund einher, betrachtete die halb verfallenen Hütten, die blassen Frauen, die zerschlissene Wäschestücke auf eine Leine hängten, und gelangte schließlich zum Frauenhaus. Obwohl es erst Mittagszeit war, herrschte reger Betrieb. Männer betraten das Haus, andere kamen heraus. Die Fenster des unteren Stockwerkes waren geöffnet. Lärm wie aus einer Schankstube war zu hören.

Im Eingang des Frauenhauses stand ein Weib. Rosamund betrachtete es aus den Augenwinkeln. Das Weib, angetan mit einem bunten Kleid, lehnte mit der Schulter am Türrahmen, schüttelte das lange Haar, hielt die Füße übers Kreuz und den Blick geradeaus.

Rosamund blieb stehen. Da stand die Sünde. Die leibhaftige Teufelin, die Verführerin der ehrbaren Männer, die Wollust an sich und senkte nicht einmal den Blick, sondern sah sie an, von gleich zu gleich, und nickte ihr sogar zu. Nicht unsichtbar, klein und bescheiden, nein, diese Frau blühte wie eine Blume im Türrahmen, als hätte Mutter Natur sie selbst dorthin gestellt.

«Gott zum Gruße, Frau», rief die Dirne und winkte Rosamund zu. «Habt Ihr Euch verlaufen hier? Oder sucht Ihr wen?»

Rosamund wagte es, den Blick zu heben. Sie sah in ein freundliches Gesicht, das sie fragend ansah. «Nein, ich suche nichts. Ich gehe hier nur», sagte sie.

Das Kebsweib lachte. «Na, Ihr seid mir eine! Ihr geht hier nur so. Wollt Ihr nicht vielleicht sehen, ob der Eure bei uns ist?»

«Nein. Aber nein!» Rosamund schüttelte den Kopf, dass die Haube wackelte. «Nein, ich gehe hier nur so spazieren. Seht!» Sie deutete auf ihren Leib. «Ich möchte schwanger werden, brauche Bewegung, damit sich die Trägheit nicht einnistet in den Eingeweiden.»

In diesem Augenblick kam ein Mann des Weges, haute der Frau auf den Hintern, zog sie ins Haus hinein. Das Kebsweib drehte sich noch einmal um. «Ich muss arbeiten. Viel Glück mit dem Kind», rief sie ihr zu und verschwand.

«Ja. Danke sehr. Viel Glück auch Euch!», rief Rosamund zurück, doch die Frau war schon verschwunden.

Plötzlich fühlte sich Rosamund ganz leicht. Sie hatte

ein Kebsweib gesehen. Das war nicht neu, das hatte sie schon öfter. Während der Messe standen sie an allen Ecken. Aber noch nie hatte sie mit einer solchen Frau, einer sündigen Frau, geredet. So etwas tat man nicht. Eine anständige Frau mied die Dirnen wie der Teufel das Weihwasser. Die anständigsten unter den Frankfurterinnen, Ursula zum Beispiel, spuckten gar aus vor den Weibern mit dem gelben Hurenzeichen.

Aber sie hatte mit der Frau geredet. Nicht mit geneigtem Kopf und einem milden Lächeln auf den Lippen wie die Beginen oder die anderen frommen Frauen, die kamen, um die Wege der Tugend aufzuzeigen und Gutes zu tun. Sondern von Frau zu Frau, von gleich zu gleich. Und Rosamund hatte die Frau gemocht. Einfach so. Weil sie freundlich war, weil sie gelächelt hatte. Und nichts war passiert. Nichts von dem, was die Mutter oder die Benediktinerinnen ihr für einen solchen Fall vorausgesagt hatten. Nein, in ihrem Schoß brannte nicht das Feuer der Sünde. Ihr Schoß war ruhig wie vorher. Sie leckte sich über die Lippen, schmeckte Staub und keinen Honig, der kleben blieb und sie für immer zur Hure machen würde, wenigstens in Gedanken. Die Mutter hatte gelogen, die Schwestern auch. Oder sie hatten es nicht besser gewusst.

Beschwingt lief Rosamund nach Hause, stellte sich in den Türrahmen ihres Hauses, riss sich die Haube vom Kopf, schüttelte ihr Haar und kreuzte die Füße.

Eine Nachbarin beugte sich aus dem Fenster. «Na, Rosamund, hast du nichts zu tun, dass du auf der Straße stehen und dem lieben Gott den Tag stehlen kannst?», rief sie und lachte dabei.

«Einen Augenblick nur will ich hier stehen und die Sonne anschauen», erwiderte Rosamund.

«Recht hast du! Genieße das Schöne, vom Schlechten haben wir alle genug!»

Die Nachbarin hob die Hand zum Gruß und warf das Fenster zu. Ein Lehrjunge schusselte auf seinen Holzschuhen vorüber. Als er auf Rosamunds Höhe war, blieb er stehen, zog die Mütze vom Kopf und grüßte artig. Rosamund grüßte zurück. Der Lehrjunge lief oft hier vorüber; sie kannte ihn. Aber nie war er stehen geblieben und hatte sie gegrüßt.

Vielleicht, dachte sie, lag es die ganze Zeit an mir. Was wäre geschehen, hätte man versucht, das Urselchen zu einer Heiligen zu machen? Gezetert hätte diese, gekeift und gespuckt. Und geblieben wäre sie die, die sie war. Das ist es, dachte Rosamund. Weil ich niemand war, konnte jeder aus mir machen, was er wollte. Sie hätte am liebsten aufgejauchzt, wollte in die Werkstatt und Matteo berichten, was sie verstanden hatte, doch da bildete sich am Ende der Gasse eine Menschentraube.

Neugierig lief Rosamund hin und stellte sich zu den anderen Menschen. «Was ist passiert?», fragte sie.

«Der Nachtwächter. Tollwütig ist er geworden», erwiderte eine neben ihr.

«Ja», rief eine andere Frau, deren Körbe verrieten, dass sie gerade vom Markt zurückgekommen war. «Ins Narrenhaus hat man ihn sperren müssen. Gewütet hat er, die ganze Kate kurz und klein geschlagen und die Töpfe nach der Frau geworfen. Schaum ist ihm dabei aus dem Maul gequollen und Töne hat er ausgestoßen wie ein krankes Tier. Die Frau hat sich nicht zu helfen gewusst und hat die Büttel gerufen. Ja, und die haben ihn ins Narrenhaus gesperrt. Der Medicus musste kommen. Und der hat gemeint, die Tollwut sei es, denn mittlerweile hat der Nachtwächter gebellt wie ein Fuchs. Am Bein haben sie eine Bisswunde gefunden. Und jetzt sind die Stadtjäger unterwegs in der Bornheimer Heide, um nach dem tollwütigen Fuchs zu schauen. Aber gefunden haben sie ihn noch nicht, er scheint sich gut zu verstecken.»

Ein Raunen ging durch die Menge. Einer wandte sich an Rosamund. «Kanntet Ihr ihn, den Nachtwächter?», fragte er.

Rosamund erschrak. Was wollte der Mann damit sagen? Dass sie ihn verhext hatte? Sie schüttelte energisch den Kopf. «Nein, ich kannte ihn nicht. Nur gesehen habe ich ihn vom Fenster, wenn er abends mit seiner Fackel durch die Straßen ging und die Stunden ausrief. Es handelt sich doch um den, dem das blonde Haar an der Stirn schon ausgeht, oder?»

«Ja, richtig, der ist es. Vier Kinder soll er haben, und das Kleinste noch in der Windel. Die arme Frau.»

Die anderen Frauen nickten und seufzten. Da läuteten die Glocken der Nikolaikirche zur Mittagsstunde. Und plötzlich hatten sie es alle eilig, nach Hause und an die Töpfe zu kommen und den ihren die neuesten Nachrichten zu erzählen.

Niemand warf Rosamund einen bösen Blick zu, keiner tuschelte oder zeigte mit dem Finger auf sie.

Da wünschte sie allen einen guten Tag und ging zurück in ihr Haus.

Siebenundzwanzigstes Kapitel

Matteo aß ohne Appetit.

«Was ist mit dir? Hat dir die Geschichte vom Nachtwächter auf den Magen geschlagen?», wollte Rosamund wissen, und die Magd Ulla bekreuzigte sich rasch.

Matteo schüttelte den Kopf. «In der Zunftstube war ich. Und Glück hatte ich, dass sie mich überhaupt eingelassen haben, da ich ja noch immer keiner von ihnen bin, Michael sei Dank.»

«Was ist dort passiert?»

Matteo machte eine wegwerfende Handbewegung. «Ach nichts. Einer war da, ein Meister aus der Nähe vom Friedberger Tor. Der wollte wissen, ob ich wahrhaftig das Buch vom Trithemius habe.»

«Und was hast du geantwortet?»

«Woher er denn weiß, dass ich es überhaupt habe. Und er hat gesagt, dass alle Welt davon spricht. Meinen Ring sollte ich ihm zeigen. Nur einen einzigen Blick wollte er darauf werfen.»

«Welchen Ring?», wollte Rosamund wissen.

«Das habe ich ihn auch gefragt. Den Ring der Trithemius-Bruderschaft. Ein Siegelring, in dessen Mitte eine Sieben prangt. Der Weißbinder hat ihn mir genau beschrieben. Alle Mitglieder der Bruderschaft tragen diesen Ring. Und die Ziffer Sieben bezieht sich auf die Schrift des Trithemius «De septum secundeis», zu Deutsch: Die sieben Dämonen.»

Rosamund ließ den Löffel sinken. «Woher weiß er das denn alles?»

«Im Geheimen hat er mir anvertraut, dass er selbst mit der Bruderschaft liebäugelt. Mächtige Männer gehörten dazu, sagte er. Männer mit Macht und Einfluss in der Stadt, die sich einen Dreck um die Zunftregeln scherten und ihre Aufträge an die vergäben, die würdig im Sinne der Bruderschaft sind. So waren seine Worte. Und ich wäre einer von ihnen, dachte er. Nicht nur, weil Michael dies stets behauptet, sondern weil ich von meiner Arbeit leben kann, obwohl ich kein Mitglied der Zunft bin.»

«Interessant», murmelte Rosamund und schickte die Magd, die bereits aufgegessen hatte, in die Waschküche, um nach der Bleiche zu sehen.

Dann schob sie ihren Teller zur Seite, stützte die Ellenbogen auf den Tisch und fragte: «Was hat er noch gewusst, der Weißbinder? Was hat er erzählt?»

Matteo zuckte mit den Achseln. «Nicht mehr allzu viel. Er hatte wohl bemerkt, dass ich wenig weiß über die Bruderschaft. Gefragt hat er mich nur, was ich am 24. Juni vorhabe.»

«Am 24. Juni? Was soll da sein? Fronleichnam ist vorüber, das Zunftfest steht noch aus. Was meint er damit?»

Wieder zuckte Matteo mit den Achseln. «Ich weiß es nicht. Er brach ab und ließ mich stehen, als ich mich verwundert zeigte.»

Matteo schob nun auch seine Schüssel weg, die erst halb leer gegessen war.

«Hat dir diese Begegnung etwa den Appetit verschlagen?», wollte Rosamund wissen.

Matteo nickte. «Das Jahr ist schon halb um. Ein neues Jahr bringt für jeden neues Glück, ist ein Neuanfang. Ich möchte alles Böse von uns wenden bis zur Jahreswende.»

«Warum eilt es dir plötzlich so?»

Matteo griff nach Rosamunds Hand. «Ich habe Angst um dich. Was ist, wenn doch etwas Böses hier im Hause ist? Ich möchte alle Gefahren ausschalten, muss die Bruderschaft kennenlernen und beweisen, dass ich nicht dazugehöre. Der Verdacht muss von uns genommen werden, dann kann uns nichts passieren, dann können wir in aller Ruhe ein Kind zu uns nehmen.»

Rosamund streichelte seine Hand. «Ich verstehe dich», sagte sie. «Wir können nicht vorsichtig genug sein. Auch wenn es im Augenblick still ist, so stehen wir doch immer unter Beobachtung.»

Am nächsten Tag, Bommel war noch immer nicht zurück nach Hause gekehrt, nahm Rosamund ihren Stadtspaziergang erneut auf. Sie blieb hie und da stehen, redete mit den Nachbarinnen. Die Jäger, hieß es, hätten einen Fuchs gefangen, der toll war und um sich gebissen hat, nun wäre die Gefahr zunächst gebannt, aber man müsse Vorsicht walten lassen, denn niemand wisse, wen das Tier noch gebissen hätte.

Rosamund hörte zu, ging weiter, sah in jedes offene Hoftor, in jeden Abfallgraben, rief Bommel bei seinem Namen, doch der Hund blieb verschwunden.

Heute wollte sie auf dem Friedhof nachsehen. Manchmal fanden sich dort die Rudel der wilden Hunde ein, um ungestört zu schlafen. Auf den Grabplatten war es warm, und niemand jagte sie von dort weg.

Das eiserne Tor des Friedhofs knarrte ein wenig, und der Kies, mit dem der Weg bestreut war, knirschte unter ihren Schuhen. Rosamund war gern auf dem Friedhof. Sie liebte die Ruhe dort, den Geruch nach frischer Erde, nach Laub, den Gesang der Vögel, das Rascheln des Windes in den Sträuchern. Der Friedhof hatte nichts Beängstigendes für sie, ganz im Gegenteil. Getröstet wurde sie von der Ruhe hier, vom Frieden.

Ein Totengräber ließ seine Schaufel sinken, als Rosamund vorüberging, grüßte und wischte sich mit einem Tuch über den schweißglänzenden Oberkörper.

«Viel zu tun?», fragte Rosamund.

Der Totengräber lachte. «Das Frühlingssterben ist vorbei. Im Sommer wollen die Leute leben. Reichlich Arbeit gibt es erst wieder, wenn der Herbst kommt. Und in den nächsten Tagen natürlich.»

«Warum in den nächsten Tagen?», fragte Rosamund.

Wieder lachte der Totengräber. «Übermorgen hat Johannes der Täufer seinen Namenstag. Halb Frankfurt wurde nach ihm benannt. Dann werden alle kommen und ihren toten Johannesen Blumen und Kerzen aufs Grab stellen. Und wenn die Kerzen stehen, dann kommen die Tiere. Sie holen nachts das Fett von den Lichtern und zerwühlen dabei die Gräber. Vorsorgen muss ich heute schon.»

Rosamund blieb mit einem Ruck stehen. «Johannes», murmelte sie vor sich hin. «Johannes Trithemius.»

«Welches Datum haben wir übermorgen?», fragte sie den Mann.

«Den 24. Juni. Wie jedes Jahr.» Er lachte und schwang die Schaufel.

Rosamund ging ein paar Schritte auf ihn zu. «Sagt, guter Mann, trifft sich hier auch die Geheime Bruderschaft des Trithemius?»

«Wer?»

«Trithemius. Johannes Trithemius.»

Der Mann schüttelte den Kopf. «Der liegt hier nicht begraben. Ich kenne alle meine Toten. Ein Trithemius ist nicht dabei. Andere Johannese kann ich Euch zuhauf zeigen.»

«Ich danke Euch», rief Rosamund aus. «Ich danke Euch von Herzen.»

«Gern geschehen» murmelte der Totengräber und kratzte sich verdutzt am Kinn.

Rosamund rannte die Strecke bis nach Hause beinahe. Einmal stolperte sie und wäre um ein Haar gestürzt, konnte sich aber noch rechtzeitig an einem Mauervorsprung halten.

Sie riss die Tür zur Werkstatt auf. «Ich weiß es, Matteo», rief sie. «Ich weiß es.»

Ihr Mann stand gebeugt über dem Zeichentisch, fuhr beim Anblick seiner Frau hoch und ließ den Kohlestift fallen.

«Was, um aller Welt, weißt du?»

Auch Dietrich, der in einem Farbkessel rührte, ließ den Holzlöffel sinken.

Rosamund winkte ihm kurz zu, zog Matteo aus der Werkstatt ins Freie. «Der 24. Juni. Ich weiß, was dieser Tag bedeutet. Es ist der Namenstag von Johannes dem Täufer. Der Totengräber hat es mir erzählt. Und Johannes, so hieß auch Trithemius.»

Matteo nickte. «Dann müssen wir jetzt nur noch herausfinden, wo sich die Bruderschaft an diesem Tag trifft.»

«Nun, auf dem Friedhof nicht. Aber vielleicht in der Johanneskirche in Bornheim?»

«Johanneskirche», murmelte Matteo nachdenklich, dann lächelte er und küsste seine Frau auf den Scheitel. «Natürlich! In der Bornheimer Johanneskirche. Wo denn auch sonst?»

Achtundzwanzigstes Kapitel

Matteo schaffte es gerade noch rechtzeitig bis zur Bornheimer Pforte, dann schloss der Büttel hinter ihm das kleine Stadttor.

Die Sonne war schon untergegangen; Dämmerung lag über der Bornheimer Heide, verwischte die Konturen.

Matteo eilte mit langen Schritten den Sandweg entlang. Die Schwüle des heißen Tages lag noch über der Heide, verband sich mit dem Geruch fetter Erde zu einem dichten würzigen Duftteppich, doch Matteo hatte dafür keinen Sinn.

Er überlegte stattdessen, wie er sich der Bruderschaft nähern sollte. Ob er einfach die Kirche betreten konnte, einen freundlichen Gruß auf den Lippen? Er wusste es nicht, hatte jedoch schon das Ende des Sandweges erreicht und sah die ersten Häuschen des Dorfes vor sich auftauchen.

Die Johanneskirche lag still im Abendlicht. Der Kupferhahn auf dem Dach drehte sich träge und leise knarrend im Wind. Irgendwo bellte ein Hund, ein Junge trieb eine Ziege vorüber.

«He, du», rief Matteo. «Weißt du, ob heute Abend etwas los ist in der Kirche? Immerhin feiert Johannes seinen Namenstag.»

«Die Messe ist schon vorüber», erklärte der Junge. «Ich weiß das, weil ich die Glocken geläutet habe.»

Matteo wies mit dem Finger auf das Gebäude. «Dann bin ich wohl zu spät. Oder ist noch irgendwer in der Kirche?»

«Der Pfarrer wird noch da sein. Er ist fast immer da. Selbst nachts sieht man manchmal Fackelschein durch die Fenster leuchten. Geht einfach hinein, Herr. Dann werdet Ihr schon sehen.»

Der Junge nickte und trieb seine Ziege weiter.

Matteo klinkte die große Kirchentür auf, war nicht überrascht, als sie sich öffnen ließ. Im Vorraum blieb er stehen, schnupperte in der Luft. Da war kein Hauch von Weihrauch zu spüren, denn die Kirche war in den Händen der Lutherischen. Auch kein Geräusch, kein Licht. Nichts.

Und obwohl alles still war, schien es Matteo, als wäre er nicht allein hier. Langsam betrat er das Schiff, ging gemessenen Schrittes bis zum Altar.

In der vordersten Bank hockte einer, der auf den ersten Blick nicht in das Dörfchen Bornheim passen wollte. Er trug Patrizierkleidung, einen Samtwams mit bestickter Borte, feine Beinkleider, weiche Stiefel. Er saß, als wäre er ins Gebet versunken, doch Matteo wusste, dass er ihn aus den Augenwinkeln heraus beobachtete.

Matteo war noch nie in einer lutherischen Kirche gewesen. Er stand vor dem Altar, wusste nicht, ob er niederknien musste, sich bekreuzigen durfte, oder ob hier ganz und gar andere Regeln galten. Also stand er nur da, sah auf das schlichte Holzkreuz und überlegte, was er als Nächstes tun sollte. Schließlich, es waren einige Augenblicke vergangen, wandte er sich zu dem Patrizier um. Der saß da, die Hände im Schoß gefaltet und erwiderte Matteos Blick.

«Kann ich Euch helfen?», fragte er.

Matteo trat näher, versuchte, einen Blick auf die Hand des Mannes zu werfen, ob da womöglich ein Ring mit einer eingravierten Sieben blinkte, doch der Mann hielt die Hände so, dass von einem Ring nichts zu sehen war.

«Vielleicht könnt Ihr mir helfen», begann er zögernd. «Ich bin gekommen, um den Namenstag des Johannes gebührend zu feiern. Doch jetzt finde ich die Kirche leer.»

Der feine Patrizier betrachtete ihn aufmerksam. «Wie hattet Ihr Euch eine solche Feier denn vorgestellt?», fragte er.

Matteo zuckte mit den Achseln. «Ich weiß es nicht; ich habe keine genaue Vorstellung. Es ist nur so, dass Johannes mir sehr viel bedeutet.»

Jetzt stand der Patrizier auf. «Habt Ihr einen Bruder mit diesem Namen? Nannte sich Euer Vater so? Oder was habt Ihr sonst mit einem Johannes zu schaffen?»

Matteo lachte verlegen. «Ihr stellt mir da sehr persönliche Fragen, aber ich habe keinen Grund, mit der Antwort hinter dem Berg zu halten. Nein, ich habe niemanden in der Verwandtschaft, der diesen Namen trägt. Es ist eher so, dass ich mich geistig hingezogen fühle zu jemandem, der sich so nannte. Er ist tot, versteht Ihr, trotzdem möchte ich seinen Namen ehren.»

«Wie heißt er noch, Euer geistiger Vater?»

«Hieß. Er ist leider schon am 13. Dezember 1516 gestorben.»

«Sprecht weiter», forderte der Patrizier Matteo auf.

«Nun, ich weiß nicht, ob Ihr ihn kennt. Es handelt sich um Johannes Trithemius. Einst war er Abt der Benediktiner in Würzburg.»

«Aha. Interessant. Erzählt mir mehr von diesem Benediktiner», forderte der Patrizier.

Matteo schüttelte bedauernd den Kopf. «Viel mehr weiß ich nicht. Es ist nur so, dass ich mich für seine Schriften interessiere. Ich hatte gehofft, hier in der Johanneskirche womöglich auf Gleichgesinnte zu treffen.»

«Wie kommt Ihr zu dieser Annahme?»

«Nun, heute ist der Johannestag. Wir befinden uns in der Johanneskirche. Was liegt näher, als hier zu suchen?»

Der junge Mann lächelte, streckte Matteo plötzlich seine Hand hin. «Dann heiße ich Euch willkommen», sprach er. «Ihr habt recht. Hier in dieser Kirche trifft sich die Bruderschaft des Johannes Trithemius. Wenn Ihr mir nun noch Euren Namen nennt und vielleicht sogar noch das Erkennungszeichen, dann werde ich Euch sogleich zu den Brüdern führen.»

«Man nennt mich Matteo Catalani. Ein Maler und Weißbinder bin ich und stamme aus Italien. Und das Erkennungszeichen? Nun, ich glaube, das könnte die Ziffer Sieben sein. Sie steht für Trithemius' Werk ‹De septum secundeis›.»

Der Patrizier nickte. «Kommt mit», bat er und ging voran, vorbei am Altar und in die Sakristei. Dort gab es eine zweite Tür, die hinunter in einen Keller führte.

Jetzt hörte Matteo Stimmengewirr. Ein einzelner Bass stach heraus. Sie durchschritten einen Gang, der nur von einer einzigen Fackel erleuchtet war, die leise flackerte und gespenstische Schatten an die Wand malte.

Vor einer verschlossenen Tür hielt der Patrizier an. Er wandte sich an Matteo und legte einen Finger auf die Lippen. «Die Sitzung ist gleich vorbei. Wir treffen uns immer zur siebten Abendstunde. Heute seid Ihr zu spät gekommen. Aber ich bin sicher, der Großmeister der Frankfurter Bruderschaft hat noch etwas Zeit für Euch.»

Von drinnen hörte Matteo jetzt Stühle scharren und Schritte. Eine Tür klappte, und nach und nach verklangen die Schritte. Als alles wieder ruhig war, klopfte der Patrizier sieben Mal hintereinander an die Tür, wartete ein Weilchen und wiederholte das Klopfen.

«Ja?» Die tiefe Bassstimme erklang.

Der Patrizier öffnete die Tür und winkte Matteo mit einer Handbewegung in den Raum.

«Großmeister, hier ist einer, der sich uns anschließen möchte.»

«Danke, mein Sohn», erwiderte der Mann, der im Dunklen stand, sodass Matteo ihn nicht erkennen konnte. «Du kannst jetzt gehen und die Kirche verschließen.»

Der Patrizier verbeugte sich leicht und ging auf demselben Weg, den Matteo und er gekommen waren.

«Nun, was führt Euch zu uns?»

Matteo erklärte in kurzen Worten, wer er war und dass er gekommen sei, um die Bruderschaft näher kennenzulernen.

«Ich habe von Euch gehört», erklärte der Großmeister. «Es heißt, Ihr hättet bereits Kontakt zur Bruderschaft.»

«Das ist nicht richtig», erklärte Matteo. «Aber ich bin viel herumgekommen, bin fremd in der Stadt. Die Leute reden viel, wenn einer fremd ist.»

«Das ist wahr. Was also wisst Ihr über uns?»

«Nicht als Wissender bin ich hier, sondern als Fragender.»

Der Großmeister nickte. «Das gefällt mir. Also fragt, was immer Ihr fragen wollt. Doch zuvor nehmt Platz und bedient Euch aus der Weinkanne.»

Matteo tat, wie ihm geheißen. Er trat ein paar Schritte nach vorn und konnte plötzlich einen Altar erkennen, der jedoch gänzlich anders war als alles, was er bisher gesehen hatte. In der Mitte des Altars prangte ein Wappen, in dessen Mitte sich die Sieben befand. Daneben stand ein Stundenglas, auf der anderen Seite eine Kerze. Vor dem Wappen aber lagen ein paar Taubenfedern und ein Totenschädel.

Matteo setzte sich, nahm sich einen Becher Wein. Auch der große, stattliche Mann setzte sich – Matteo hörte einen Säbel leise klirren –, doch er sorgte dafür, dass sein Gesicht weiterhin verborgen blieb.

«Was steht in der Schrift ‹De septum secundeis›?», fragte Matteo.

«Trithemius beschreibt darin, dass Gott die Herrschaft

an sieben Dämonen abgetreten hat, die von nun an die Welt regieren.»

«Und die Bruderschaft? Glaubt sie auch daran?»

«Nein.» Der Großmeister schüttelte den Kopf. «Wir haben die Schriften des Trithemius weiterentwickelt. Viele von uns haben in Italien studiert, sind kundig in der Philosophie. Ihr kommt von dort, wisst sicher auch einiges darüber.»

Matteo nickte. «Ich war am Hofe der Medici in Florenz.»

«Gut. Das ist sehr gut. Dann klebt ihr wohl nicht am Alten, sondern seid in der Lage, eigene Gedanken zu entwickeln.»

«Ja, gewiss. Sonst wäre ich auch nicht hier. Wie habt Ihr die Schrift weiterentwickelt?»

«Glaubt Ihr an den Teufel?», fragte der Großmeister, ohne auf Matteos Frage einzugehen.

«Ich weiß nicht, wie und wer der Teufel ist, und kann mir deshalb kein Bild machen. Mit Gott ergeht es mir ebenso», erwiderte Matteo.

«Dann sind wir uns beinahe einig. Wir glauben, dass Gott und Teufel zwei Seiten derselben Münze sind. Habt Ihr Euch je gefragt, wem der Teufel nützt?»

«Ja, schon oft. In Florenz haben wir darüber debattiert. Aber ich habe keine Antwort gefunden.»

«Nun, ich will es Euch sagen. Dem Menschen nützt der Teufel nichts. Gäbe es aber das Schlechte nicht in der Welt, so bräuchten die Menschen keinen Gott, der sie von ihrer Schuld erlöst.»

Matteo schnappte nach Luft. «Soll das heißen, dass Gott den Teufel geschaffen hat, um die Menschen von sich abhängig zu machen?»

«So könntet Ihr es nennen. Und habt Ihr Euch schon einmal gefragt, was Gott eigentlich ohne die Menschen machen würde?»

«Gott ohne den Menschen? Aber er war es doch, der den Menschen geschaffen hat.»

«Das ist richtig. Aber warum? Wozu braucht Gott die Menschen? Wofür dienen sie ihm?»

Matteo zögerte. «Diese Frage habe ich nie gestellt. Gott ist Gott. Er ist unser Herr, er ist der Allmächtige. Man fragt nicht nach seinen Gründen.»

«Warum nicht?»

«Weil er eben Gott ist.»

«Nun, ich – oder besser gesagt, die Bruderschaft, die fragt. Gott hat uns Verstand gegeben. Also hat er uns auch die Fragen gegeben. Und wir fragen: Wozu braucht Gott die Menschen. Seid Ihr bereit, Euch mit dieser und ähnlichen Frage auseinanderzusetzen?»

«Ja», erwiderte Matteo ohne Zögern.

«Gut. So frage ich Euch: Was würde aus Gott, wenn es die Menschen nicht gäbe?»

«Er braucht uns nicht, denke ich. Er ist Gott.»

«Glaubt nicht, wir würden uns im Kreis drehen, wenn ich erneut frage: Warum hat Gott dann den Menschen erschaffen?»

Matteo fühlte sich auf einmal sehr erschöpft und müde. In seinem Kopf drehten sich die Gedanken wie die Mainstrudel bei Hochwasser. «Sagt es mir, ich bitte Euch.»

«Wir glauben, dass Gott die Menschen erschaffen hat, weil er jemanden braucht, der an ihn glaubt. Ohne uns, ohne unsere Gebete und Bitten, ohne unsere Liebe und ohne unsere Schuld wäre Gott nicht Gott. Wir, die Menschen, machen ihn erst durch unseren Glauben zu dem, was er ist. Der Allmächtige.»

Matteo schluckte. «Darüber muss ich nachdenken.»

«Trinkt noch einen Becher Wein, dann werdet Ihr wieder klarer im Kopf.»

Matteo gehorchte. Er trank, wischte sich mit dem Handrücken über den Mund, dann sagte er: «Ihr gebt dem Herrn menschliche Züge. Ihr unterstellt ihm, dass er denkt wie ein Mensch. Aber er ist Gott.»

Der Großmeister lachte. «Ihr seid ein kluger Mann, Matteo Catalani. Aber hat uns Gott nicht nach seinem Bild geschaffen?»

«Ja. Das hat er. Und in uns wohnt das Böse wie das Gute. Wären wir nur nach seinem Bild, woher kommt dann das Böse in uns?»

«Diese Frage findet ihre Antwort erst, wenn man von der Annahme ausgeht, dass Gott und der Teufel ein und dieselbe Macht sind.»

Matteo schüttelte den Kopf. «Darüber muss ich nachdenken. Was Ihr sagt, klingt logisch. Aber für mich sind diese Gedanken ungewohnt.»

«Was habt Ihr Euch dann von uns erhofft?», fragte der Großmeister.

Matteo zuckte mit den Achseln. «Ich sagte schon, ich bin als Fragender gekommen.»

«Nun, Eure Fragen habe ich beantwortet. Doch scheint mir, die Antworten sind nicht nach Eurem Geschmack.»

«Lasst mir ein wenig Zeit, Herr, um alles gründlich zu bedenken.»

«Die Zeit sollt Ihr haben. Bedenkt besonders zwei Fragen: Wem nützt der Teufel? Und warum hat Gott die Menschen geschaffen? Wenn Euch unsere Antworten nahestehen, wenn Ihr darüber debattieren wollt, so seid Ihr jederzeit gern gesehen. Ihr findet uns immer hier. An jedem Dienstag und Donnerstag treffen wir uns zur siebten Stunde. Kommt auch, wenn Ihr weitere Hilfe benötigt. Es ist nicht so, dass wir hier immer alle einer Meinung sind. Der Glaube muss lebendig sein, sagte Trithemius. Und diesem Credo fühlen wir uns verpflichtet.»

Matteo stand auf. Sein Kopf brummte, doch zugleich fühlte er sich auf eine besondere Art beschwingt. Hier war keine Teufelei zu fürchten. Hier stand etwas anderes im Mittelpunkt. Etwas, das er womöglich mit seinen Gedanken fassen konnte, verstehen konnte.

«Ich danke Euch, Herr», sprach er und verbeugte sich leicht.

Da endlich trat der Mann aus dem Halbdunkel. Matteo erstarrte, als er in dem Großmeister der Geheimen Bruderschaft den ersten Rechtsbeirat des Rates der Stadt Frankfurt erkannte. Vor ihm stand der Dr. der Jurisprudenz und Ratsherr Peter Dittmann.

Neunundzwanzigstes Kapitel

Matteo wusste später nicht mehr, wie er nach Hause gekommen war. Er hatte keine Erinnerungen an den Weg, wusste kaum, ob es Tag oder Nacht war, ob es regnete oder ob der Wind wehte. Er war so in Gedanken versunken, dass er beinahe das heimliche Pförtchen im Stadttor verpasst hätte, durch das zu später Stunde die Nachtschwärmer hereinströmten. Ohne hinzusehen, zückte er seine Börse, drückte dem Torwächter ein Geldstück in die Hand und schlich nach Hause.

Rosamund wartete in der Wohnstube auf ihn. «Wie war es?», wollte sie wissen. «Du musst mir alles ganz genau erzählen.»

Matteo ließ sich in einen Armlehnstuhl fallen und presste eine Hand auf seine Stirn, dann schüttelte er den Kopf. «Es war das Merkwürdigste, das ich je erlebt habe», sagte er und erzählte Rosamund die Begebenheiten des Abends in allen Einzelheiten.

Rosamund schien weniger überrascht als Matteo. Im Gegenteil. Mit einem Mal war sie hellwach, der Körper gespannt, die Augen voller Glanz. «Ja, ja», rief sie. «Zwei Seiten derselben Münze. Ja. Das kenne ich, das weiß ich, das habe ich schon selbst erlebt.»

Matteo sah sie verwirrt an. «Ich verstehe dich nicht.»

«Früher, als ich noch ein junges Mädchen war», berichtete Rosamund, «da erzählten mir alle, dass jeder Mensch einen Schutzengel habe. Der Herr habe allen einen Engel zur Seite gestellt. Natürlich einen guten Engel. Was sonst! Eines Tages lud mich der Falk zum Maientanz ein. Ich bat meinen Schutzengel, dafür zu sorgen, dass ich mit ihm dorthin gehen könnte. Aber die Ursula bat ihren Schutzengel, dass er sich dafür einsetzen sollte, dass sie mit dem Falk gehen könnte. Ursulas Schutzengel war stärker als meiner. Sie hatte gewonnen. Also war in diesem Fall Ursulas Schutzengel mein Teufel. Und wenn das so ist, dann steckt in jedem Engel auch ein Teufel. Verstehst du?»

Matteo presste erneut die Hand gegen seine Stirn und schüttelte den Kopf. «Das ist alles zu viel. Ich bin kein Philosoph, nur ein Maler.»

«Ich nehme ein anderes Beispiel. Stell dir vor, der Rat der Stadt schreibt den Auftrag aus, den Ratssaal mit einem Fresko zu schmücken. Michael bittet Gott um diesen Auftrag. Und du tust dasselbe, vielleicht sogar, weil uns das Wasser bis zum Halse steht. Am Ende bekommt Michael den Auftrag, und wir müssen hungern. War da Michaels Gott nicht dein Teufel?»

Matteo stöhnte auf, ließ sich von Rosamund das Fläschchen mit dem Minzöl reichen und rieb sich damit die Schläfen ein. «Die Wege des Herrn sind unergründlich», heißt es. Wer weiß, wozu es gut ist, dass ich den Auftrag nicht bekommen habe. Am Ende dient es mir nur zu meinem Besten.»

«Ja, so sagen die Priester von der Kanzel. Wäre es so, würden alle Menschen am Ende ihres Lebens glücklich sterben. Denn alles, was geschah, diente letztendlich nur ihrem Besten. Aber die Menschen sterben nicht glücklich.»

«Das Ende des irdischen Daseins ist nicht das Ende des Lebens», widersprach Matteo.

Rosamund nickte. «Das kann so sein. Das wird so gesagt, aber wissen tun wir es nicht. Ich selbst habe erlebt, wie aus einer Teufelin eine Heilige wurde.»

«Willst du damit sagen, dass du dem Großmeister Glauben schenkst?»

Rosamund zuckte mit den Achseln. «Warum soll er weniger recht haben als ein Priester? Wer von uns weiß schon, wie Gott wirklich ist. Es ist so vieles möglich, es geschieht so vieles, das wir nicht verstehen. Ich bin nur ein Mensch und kann nicht entscheiden, wer recht hat. Und deshalb glaube ich.»

Matteo nickte. Schwerfällig stand er auf und begab sich zu Bett.

Einige Tage später erfuhr Rosamund, dass ihre Nichte mittlerweile getauft worden war. Das kleine Mädchen hatte den Namen Sonja erhalten.

Rosamund machte sich auf den Weg ins Haus ihrer Eltern und Schwester. Sie hoffte, man würde sie mit dem Geschenk für die Kleine nicht wieder nach Hause schicken. Eine Decke hatte sie für das Kind anfertigen lassen, eine weiche, warme Decke aus Kaninchenfell.

Ihr Herz schlug rasch, als sie an die Tür klopfte. Die Magd öffnete und rief sofort nach Ursula, ohne Rosamund jedoch hereinzubitten.

Rosamund stand auf der Schwelle wie eine Hausiererin und musste einige Zeit warten, bis sich ihre Schwester endlich schwerfällig zur Tür bemühte. Ursel stellte sich mitten in den Türrahmen und fragte mit hochgezogenen Augenbrauen: «Was willst du denn hier?»

Rosamund reichte ihr die Decke. «Für meine Nichte», sagte sie.

Ursula nahm die Decke, befühlte sie, breitete sie sogar aus und hielt sie gegen das Licht, als suche sie nach Mottenlöchern. «Vielleicht benutze ich sie einmal», sagte sie dann. «Ist sonst noch etwas?»

Jetzt reichte es Rosamund. Sie schob ihre Schwester zur Seite und warf die Tür hinter sich ins Schloss. «Du hast kein Recht, mich wie eine Bettlerin zu behandeln. Ich habe dir nichts getan, im Gegenteil. Immer hat sich alles um dein Wohl gedreht. Nie hattest du einen Nachteil wegen mir. Also erwarte ich, dass du mich mit Achtung behandelst. Wir müssen keine Freundinnen werden, aber ich gehöre zur Familie.»

«Pffft!», schnaubte Ursula. Ihr Atem ging heftig, und ihr Busen bewegte sich wie ein Schiff auf hoher See. «Familie! Als ob dir das je etwas bedeutet hätte!»

«Und dir?», schimpfte Rosamund zurück. «Noch immer ist mein Mann von der Zunft ausgeschlossen. Obwohl es anders abgemacht war.»

Ursula verzog die Mundwinkel. «Der deine braucht die

Zunft nicht. Die Aufträge werden euch ja sogar ins Haus getragen.»

«Wovon redest du?», wollte Rosamund wissen. Aus der Küche schaute der Kopf der Mutter heraus. Als sie ihre älteste Tochter erblickte, rümpfte sie die Nase und verschwand.

Ursula stemmte die Hände in die Hüften. «Jetzt tut sie, als ob sie die Unschuld in Person wäre! Hast du das gehört?» Der Ruf ging in Richtung Küche. Der Mutterkopf tauchte wieder auf, nickte und verschwand.

«Wovon redest du?», wiederholte Rosamund.

Ursula beugte sich nach vorn. «Stimmt es nicht, dass heute der Ratsherr Dittmann bei euch war und ein Porträt in Auftrag gegeben hat? Matteo soll das Ratsherrenweib malen.»

«Nein. Ich weiß von nichts», erwiderte Rosamund.

Ursula zeigte nach draußen. «Vor einer Viertelstunde hat er sich auf den Weg gemacht.»

«Ich weiß von nichts. Aber du? Woher weißt du, wohin der Ratsherr geht?»

«Von seiner Magd weiß ich's. Ganz früh heute habe ich es erfahren. Die Magd hat gelauscht, hat gehört, wie der Ratsherr seinem Weib das Porträt zum Namenstag schenken will. Und malen soll's Matteo. Obwohl der Michael sich als Erster darum beworben hat. Schon letzte Woche hat er deswegen beim Ratsherrn vorgesprochen. Als ob der meine ein schlechterer Maler wäre!»

Sie schüttelte den Kopf, trat dicht an Rosamund heran. «Sag, wie hast du es gemacht? Hast du ihn verhext? Hast du in seiner Hand gelesen, dass es Unglück brächte, ließe er das Bild von einem anderen malen?»

Rosamund schüttelte den Kopf. «Ich kann nicht hexen, das weißt du. Es wird wohl so sein, dass der Ratsherr Dittmann einfach den besten Maler der Stadt für seine Frau haben will. Und das ist dein Michael nun einmal nicht.»

Mit diesen Worten wandte sich Rosamund zum Gehen, da traf sie etwas Weiches im Rücken. Es war die Decke aus Kaninchenfell. «Nimm das verseuchte Zeug wieder mit. Ich lasse nicht zu, dass meine Tochter verhext wird. Nicht einmal den Hofhund ließe ich darauf schlafen.»

«Auch gut», entgegnete Rosamund. «Dann werde ich die Decke für mein Kind aufbewahren.»

«Du? Ein Kind? Dass ich nicht lache! Die ganze Stadt weiß, dass du einen trockenen Schoß hast.»

Rosamund erwiderte nichts, nahm die Decke unter den Arm und eilte nach Hause. Sie nahm sich kaum Zeit, um im Haus nach dem Rechten zu sehen, sondern lief sogleich in die Werkstatt.

«Die Ursula», sprudelte sie los. «Die Ursula hat erzählt, der Dittmann habe ein Porträt seiner Frau bei dir in Auftrag gegeben.»

Matteo nickte. «Das stimmt. Er ist gerade wieder aus dem Haus. Schon morgen soll ich mit den Skizzen anfangen. Ins Dittmann'sche Haus soll ich dafür kommen. Aber woher weiß die Ursula das?»

«Michael hatte sich darum beworben, aber Dittmann hat sich für dich entschieden. Die Magd hat's erlauscht und es sogleich der Ursula berichtet.»

Matteo tat gleichgültig, aber am Funkeln seiner Augen erkannte Rosamund, dass etwas in ihm arbeitete. Schließlich wandte er sich an den Gesellen Dietrich. «Wir werden unser Bestes geben, nicht wahr?»

Dietrich nickte. «Das haben wir versprochen bei unserer Malerehre.»

«Und dass der Michael auf uns nicht gut zu sprechen ist, sind wir ja gewöhnt», fügte Matteo hinzu.

Rosamund war nicht beruhigt durch seine Worte, aber sie freute sich über den Auftrag. Das Porträt einer Ratsherrenfrau! Wenn es gut gelänge, würden die anderen Ratsherrn nicht nachstehen und auch von ihren Frauen Porträts haben wollen.

«Wie wirst du vorgehen? Hast du schon eine Idee? Wie sieht sie aus, die Dittmännin?»

Matteo lachte, strahlte über das ganze Gesicht. «Du bist zu schnell, Rosamund. Lass mich nachdenken über meine Arbeit. Wie sie aussieht, die Dittmännin? Ich weiß es nicht. Morgen sehe ich sie.»

«Das Porträt muss gut werden. Nein, es muss das Beste werden, dass du je gemalt hast. Und vor allem, es muss sich unterscheiden von allen anderen. Liebt er sein Weib?»

Matteo zuckte mit den Achseln. «Sieht ganz so aus. Warum sonst will er ein Bildnis von ihr haben?»

Am nächsten Abend kam Matteo sehr beschwingt aus dem Dittmann'schen Haus zurück. In einer Mappe hielt er mehrere Zeichnungen, in einem Kästchen Kohlestift und Rötel.

«Nun?», fragte Rosamund, die ihrerseits den ganzen Tag bei der Suche nach Bommel über das Porträt nachgedacht hatte. «Nun, liebt er sie?»

«Ist das denn so wichtig?»

«O ja. Wer liebt, sieht am anderen nur das Schöne und Gute. Liebt er sie, muss sie so aussehen, wie er sie sieht. Ganz gleich, ob sie eine Hakennase hat oder sogar schielt.»

Matteo legte die Mappe auf den Tisch. «Sie schielt nicht, ich kann dich beruhigen. Hier, sieh dir an, was ich gezeichnet habe.»

Rosamund blätterte. «Sie ist schön», sagte sie leise. «Sie ist wahrhaftig wunderschön.»

Die Dittmännin, die mit Vornamen Maria hieß, war groß und schlank mit einem üppigen Busen. Ihr Haar hatte einen hohen Ansatz, was als vornehm galt, und fiel rotgolden über ihren Rücken. Der Mund war voll, die Nase zierlich, die Augen groß und rund. Alles an ihr war üppig. Sie sah aus wie die Göttin der Ernte nach einem prachtvollen Jahr. Überfluss war das Wort, das Rosamund dachte. Sie ist ein Weib im Überfluss. Eine, die verschenken würde, was sie zu viel hat.

«Wie ist sie?», fragte Rosamund und presste die Lippen ein wenig aufeinander. Ein Hauch von Eifersucht rumorte in ihr, doch sie war entschlossen, diesen Hauch nicht zum Wind werden zu lassen.

«Fröhlich ist sie. Heiter», erklärte Matteo. «Sie lacht gern, und Missgeschicke tut sie mit einer Handbewegung ab. Sie ist warm, und ihr Busen ist wie ein Wolkenkissen, an dem man ausruhen kann. Auch in ihrem Gesicht findet der Geplagte Ruhe. Da ist nichts Verkniffenes, alles ist offen und gut, wie es ist.»

«Du schwärmst ja regelrecht.» Rosamund gelang es nicht, die Eifersucht im Zaum zu halten.

«Was ist daran falsch?», fragte Matteo, sah dann aber den finsteren Blick seiner Frau. Er trat auf sie zu, strich mit der Hand sanft über ihr Gesicht. «Die besten Bilder entstehen, wenn der Maler sich ein wenig in sein Model verliebt», sagte er. «So haben wir es in Italien gehalten. Und ich bin verliebt in diese Frau. Bin verliebt, wenn ich ihr Haus betrete, und wenn ich es Stunden später wieder verlasse, so habe ich sie vergessen, kaum, dass die Tür hinter mir ins Schloss gefallen ist. Ich liebe nicht das Weib, sondern das Material für ein wundervolles Bild.»

Rosamund schluckte. Doch insgeheim musste sie zugeben, dass diese Haltung wohl wahrhaftig die besten Bilder zustande brachte. Doch noch etwas anderes beschäftigte sie.

«Morgen ist Dienstag. Wirst du hingehen zu der Bruderschaft?»

«Ich muss wohl», entgegnete Matteo. «Jetzt, da ich den Auftrag habe.»

«Und hast du nachgedacht über die Fragen des Großmeisters?»

Matteo nickte. «Ich bleibe dabei. Man kann Gott nicht dem Menschen gleichsetzen. Deshalb werde ich nicht dorthin gehen, um zu glauben, sondern um zu fragen.»

Rosamund zog die Unterlippe zwischen die Zähne.

Leise sagte sie: «Ich bitte dich, Matteo, geh nicht dorthin. Die Gedanken, die sie hegen, kommen nicht von Gott. Wer Gott in Zweifel zieht, der öffnet dem Teufel die Tür.»

Matteo sah seine Frau verwundert an. «Was hast du plötzlich? Die Bruderschaft sorgt für die ihren. Hätte ich sonst den Auftrag von Dittmann bekommen?»

«Aber ihre Reden.»

«Alle Gedanken kommen von Gott. Hast du das nicht selbst gesagt?»

«Von Gott. Oder vom Teufel. Wer weiß das schon? Wer kann das unterscheiden? Bitte, Matteo, geh nicht wieder dorthin.»

Aber er tat es, lief bei nächster Gelegenheit durch die Bornheimer Heide, erreichte außer Atem die Johanneskirche. Wieder musste Matteo warten, bis die Bruderschaft ihre Zusammenkunft beendet hatte. Dann erwartete ihn der Großmeister. Doch dieses Mal war er nicht allein, ein zweiter Mann stand im Raum, verborgen im Halbdunkel, ohne sein Gesicht zu zeigen. Matteo wartete nicht, bis die beiden Bruderschaftler ihn mit ihren Theorien in die Enge treiben konnten, sondern begann das Gespräch von sich aus. «Ihr setzt Gott mit dem Menschen gleich, schreibt ihm alle Eigenschaften zu, die ein Mensch hat. Für Euch ist Gott neidisch und ungerecht. So wie ein Mensch. Aber er ist Gott. Er steht über diesen Dingen. Die Frage, warum er die Menschen geschaffen hat, kann deshalb nicht beantwortet werden. Wir wissen es einfach nicht. Und Gott wäre nicht Gott, wenn wir auf jede Frage sogleich eine Antwort hätten.»

«Klug gesprochen, Catalani. Aber deine Worte setzen voraus, dass du Gott als Allmacht akzeptierst. Wir aber gehen vom Gegenteil aus.»

«Wollt Ihr damit sagen, dass Ihr Gottes Existenz anzweifelt?»

«Ja, das tun wir. Zumindest in Gedanken. Gott, wenn es ihn gibt, wird das zulassen, denn dann war er es, der uns diese Gedanken eingegeben hat. Ich sagte bereits, wir gehen weiter als Johannes Trithemius. Aber glaubt nicht, dass wir eine Bruderschaft der Zweifler wären, so ist es nicht. Wir orientieren uns an den philosophischen Zusammenkünften und Debatten, die wir aus Italien kennen. Unter uns sind Männer, die sich mit Mathematik beschäftigen, mit den Kräften der Natur und ihrer Wirkung. Philosophen sind darunter und Kaufleute. Wir gehen vor, wie wir es aus den Schriften der Gelehrten kennen. ‹Ziehe alles in Zweifel›, sprach der Grieche Sokrates. Wir tun das. Wir gehen stets vom Gegenteil aus. Unser Ziel ist es jedoch nicht, Gottes Existenz zu leugnen. Es ist genau andersherum. Wenn wir davon ausgehen, dass es Gott nicht gibt, so hoffen wir doch, dass wir auf diese Art Beweise für seine Existenz bekommen.»

Matteo schluckte, nickte dann. «Dieses Verfahren kenne ich aus dem Medici-Palast. Die alten Griechen hielten es so.»

«Wir knüpfen daran an. Habt Ihr auch über die Frage nachgedacht, wem der Teufel nützt?»

Matteo nickte. «Mir ist einiges dazu eingefallen, doch schlussendlich führte dies alles zurück zu einem.»

«Erklärt Euch.»

«Der Teufel nützt den Priestern, also der Kirche. Wenn sie von der Kanzel herab den Teufel beschwören, so klingelt es im Kollektebeutel, und für Kerzen ist auch gesorgt. Aber auch dem Menschen nützt der Teufel. Hat er Schuld auf sich geladen, so muss er dafür nicht die Verantwortung übernehmen, denn er kann sagen, der Teufel habe ihm dies eingeflüstert.»

«Und dann geht er zur Beichte», setzte der Großmeister fort. «Und bekennt seine Schuld und stiftet eine Kerze oder eine Messe.»

«Ja, so ist das.»

«Es gibt aber noch einen anderen Blickpunkt. Unserer Meinung nach dient der Teufel auch dazu, den Menschen stumm und klein zu halten. Wer Angst hat, fragt nicht. Wer nicht fragt, zieht nichts in Zweifel. Der Teufel festigt die Macht Gottes. Er ist es, der ihnen zeigt, wie sehr sie Gott und seine Vergebung brauchen.»

«Aber jahrelange Angst kann auch Hass schüren. Und Hass ist eine große Macht. Die Leute könnten sich zusammentun und sich gegen den Teufel verbünden.»

Der Großmeister lachte. «Luther hat dies versucht. Nicht den Priestern sollte eine Schuld gebeichtet und mit Opfergaben gesühnt werden; der Wittenberger wollte, dass die Menschen selbst mit Gott reden. Er hat dem Teufel sozusagen ein Schnippchen geschlagen.»

«Hat Luther den Teufel abgeschafft?», fragte Matteo.

«O nein. Die Leute halten an dem fest, was sie kennen. Bedenkt, sie können alle Schuld auf den Teufel schieben. Gäbe es ihn nicht, so wären sie an allem Unheil selbst schuld. Luther hat dem Teufel die Macht beschnitten, aber selbst er konnte nicht aufhören, an ihn zu glauben.»

«Ihr meint damit, die Macht der katholischen Kirche, die auf Opfergaben verzichten muss, wenn nicht mehr die Priester die Schuld vergeben, sondern allein Gott.»

«So ist es. Seht Ihr darin eine Logik?»

«Ja. Aber wenn Luther dem Teufel ans Bein pisst, dann pisst er auch dem Herrgott ans Bein. Denn Ihr sagt, dass der Teufel vor allem Gott nützlich ist.»

Jetzt lachte nicht nur der Großmeister, auch der andere Mann riss den Mund auf.

Beide traten aus dem Halbdunkel. Dittmann, angetan mit einem schwarzen Umhang mit riesiger Kapuze, streckte Matteo eine Hand hin. «Willkommen in der Bruderschaft», sagte er. «Wenn Ihr es wollt, Catalani, so seid Ihr ab jetzt einer von uns.»

Matteo schlug ein. Dann hielt ihm auch der andere Mann die Hand hin, und Matteo sah ihm erstmals ins Gesicht. Er war nicht überrascht, als er dem Frankfurter Vertreter des Erzbischofs von Mainz, Monsignore Gronauer, gegenüberstand. Und wieder schlug er ein.

Dann wurden die Becher mit Wein gefüllt. «Von heute ab gehört Ihr uns an. Doch ein Aufnahmeritual, bei dem Ihr auch den anderen Brüdern vorgestellt werdet, ist trotzdem vonnöten. Kommt am nächsten Dienstag.

Bringt eine lebende Taube mit. Am besten eine mit weißen Federn.»

«Wozu?», fragte Matteo.

«Ihr wollt als Fragender zu uns kommen. Und es heißt: Fragen kostet nichts. Nun, wir gehen auch hier vom Gegenteil aus.»

Dreißigstes Kapitel

An eine solche Trockenheit, wie sie in diesem Jahr über dem Land lag, konnten sich selbst die Ältesten nicht mehr erinnern. Der Main hatte einen so niedrigen Wasserstand, dass das Marktschiff aus Mainz nicht mehr verkehren konnte. Einzelne Fischer in winzigen Nachen waren allein auf dem Fluss, der träge wie ein alter Bischof in seinem Bett lag und sein frühlingshaftes Grün gegen ein dunkles, unheilvolles Braun getauscht hatte.

Die Waschfrauen trugen ihre Körbe hinaus auf die große Bleiche und blieben gleich dort, da die Wäsche in Windeseile trocknete. Sie saßen zusammen unter den wenigen Büschen, hatten die Röcke bis über die Knie hochgeschlagen, die Mieder gelockert und fächelten sich mit bloßen Händen Kühlung zu.

In den Gassen war die Luft zum Schneiden dick, angereichert vom Geruch der schnell verfaulenden Abfälle, der öffentlichen Kloaken und der im Rinnstein verwesenden Tiere.

Die Menschen gingen gedrückt im Schatten der Hauswände entlang, sahen immer wieder zum Himmel, in der Hoffnung auf ein paar Wölkchen, die im Laufe des Tages zu Gewitterwolken wachsen würden. Doch da waren keine

Wölkchen. Der Himmel hing strahlend blau wie ein Marienkleid über der Stadt.

In der Werkstatt hatte Dietrich alle Fenster und Türen geöffnet, in der Hoffnung, ein leichter Wind könne Kühlung bringen.

Er selbst legte spätestens zur Mittagsstunde das Hemd ab und arbeitete mit freiem Oberkörper, an dem der Schweiß in dünnen Rinnsalen herunterlief.

Matteo war der Einzige, der die drückende Schwüle nicht zu bemerken schien. Er stand an seinem Zeichenpult, pfiff vor sich hin und arbeitete an dem Porträt der Dittmännin.

Rosamund hingegen machte die Hitze schwer zu schaffen. Ihr Rücken schmerzte schon beim Aufstehen, Hände und Füße waren geschwollen. Nichts ging ihr mehr leicht von der Hand, für alle Dinge brauchte sie die doppelte Zeit. Dazu kam, dass sie nun beinahe immer müde war. Am liebsten hätte sie den ganzen Tag im Schatten eines Apfelbaumes gelegen, doch die Aufträge, die der Werkstatt immer häufiger zugetragen wurden, gestatteten keinen Augenblick der Ruhe. Von morgens an grundierte Rosamund Leinwände, vergrub Bleiplatten im Misthaufen, mischte Eiklar mit Leinöl und rieb Farben. Aber immer wieder musste sie sich auf den Schemel setzen, sich mit einem Tuch den Schweiß von der Stirn wischen und an den besonders schlimmen Tagen sogar die Füße in einen Zuber mit Brunnenwasser stellen.

«Geht es noch?», fragte Matteo jede Stunde. «Kannst du noch? Ich möchte nicht, dass du Schaden nimmst.»

«Mache dir keine Sorgen, es geht schon», erwiderte Rosamund, doch als sie zum ersten Mal vor lauter Hitze umzufallen drohte, begab sich Matteo ins Haus seines Schwiegervaters und bat diesen um Hilfe.

Ruppert Hoffmann war sofort zur Stelle, als hätte er nur darauf gewartet, von Matteo gerufen zu werden.

«Hast du den deinen gesagt, dass du nun bei uns arbeiten wirst?»

Ruppert schüttelte den Kopf. «Sie müssen nicht alles wissen. Außerdem sind sie beschäftigt. Lisbeth mit dem Kaspar, Ursula mit dem Sonnenscheinchen und Michael damit, seinen Leuten Aufträge zu erteilen und selbst durch die Stadt zu laufen, um welche zu ergattern.»

«Läuft es denn schlecht bei euch?», fragte Rosamund, erleichtert, nicht mehr den ganzen Tag arbeiten zu müssen.

«Nein, schlecht läuft es nicht. Zumindest, was die Werkstatt betrifft. Aber du kennst ja die deinen. Niemals reicht aus, was ist. Jetzt will die Ursula ein Sommerhäuschen vor den Toren der Stadt, wo sie im Gärtchen Blumen züchten kann. Die Zunftmeisterin der Gewandschneider hat damit angefangen, und Ursula meint, sie wäre weniger wert, wenn sie nicht auch ein solches Gärtchen mit einer Laube darin bekäme. Und der Michael, tja, was soll ich sagen? Seine Leute arbeiten gut, doch manchmal fehlt es an einem, der ihnen sagt, wo es langgeht. Ist keiner da, so sitzen sie herum und klopfen Karten und spielen mit Würfeln, derweil der Michael in irgendwelchen Stuben oder Schänken hockt und sich ausgerechnet hat, dass er mittlerweile so viele Leute kennt, dass es für einen Platz im Rat reichen müsste. Nicht mehr auf der dritten, letzten Bank der Zunftmeister will er hocken, sondern ganz vorne, da, wo die Patrizier und Kaufleute sitzen und sich mit einer dicken Ratskette schmücken.»

Rosamund nickte. «Genauso habe ich mir das vorgestellt. Und der Mutter, geht es ihr gut?»

«Wie im Paradies fühlt sie sich, seit die Ursula ihr erklärt hat, dass sie nun zu vornehm für die Hausarbeit sei, und zwei Mädchen eingestellt hat. Nun ist sie nur noch damit befasst, mit den anderen vornehmen Weibern zu tratschen und dabei ihre neuen Kleider auszuführen, die Ursula wegen ihrer zunehmenden Leibesfülle ablegen musste.»

Er brach ab, sah seiner ältesten Tochter direkt in die Augen. «Nur ich bin überflüssig; mich braucht keiner. Und es ist meine Schuld, ich kann es nicht anders sagen. Immer war ich zu schwach, zu feige. Sogar jetzt noch, im Alter, erhebe ich nicht das Wort gegen die meinen. Na ja, was soll das Jammern?» Er machte eine wegwerfende Handbewegung.

«Jetzt bin ich ja bei euch, und darüber freue ich mich. Es ist ein schönes Gefühl, gebraucht zu werden. Und sobald das Urselchen sein Gärtchen hat, wird sie mich dafür ganz sicher anstellen.»

Er klatschte in die Hände und sah seinem Schwiegersohn über die Schulter. «Sag, wobei kann ich helfen.»

Matteo deutete auf ein Skizzenblatt, das die Dittmännin zeigte.

«Ah, das berühmte Porträt.»

«Du hast davon gehört?»

«Natürlich. Michael spricht von nichts anderem. Er möchte zu gern wissen, wie du es malst.»

«Aber du wirst ihm nichts sagen, oder?»

«Bei meiner Ehre, nein. Im Übrigen weiß ich auch noch gar nicht, was du vorhast.»

Matteo verzog die Lippen zu einem Lächeln und hob den Pinsel wie ein Schulmeister seinen Stock. «Ich werde sie als die griechische Göttin der Schönheit malen. Das zumindest dachte ich zuerst. Aber dann fiel mir ein, dass diese Schönheiten zumeist nackt oder halbnackt dargestellt werden. Und das schickt sich nicht für eine Frankfurter Ratsherrengattin. Also werde ich sie als Maria malen. In einem blauen Mantel. Im Übrigen heißt sie auch so.»

Ruppert beugte sich über die Blätter. «Dein Einfall gefällt mir. Maria ist die Schutzpatronin der Weiber und Mütter. Und die Dittmännin sieht aus wie das Weib der Weiber, wie die Mutter aller Mütter. Außerdem tut sie sich in kirchlichen Wohltätigkeitszwecken sehr hervor. Sie soll, so heißt es, immer wieder Spenden ans Frauenhaus geben, und auch den gefallenen Mädchen soll sie eine Hilfe in der Not sein.»

«Du meinst also, das passt?»

Ruppert nickte heftig. Er griff zu einem Kohlestift und zeigte damit auf die Falten des Gewandes. «Hier würde ich einen Schuh hervorblitzen lassen, um ihre Weltlichkeit anzuzeigen.»

Matteo nickte ernst, schob dem Schwiegervater das

Blatt zu, und kurz darauf waren beide so in die Arbeit vertieft, dass sie nicht einmal merkten, wie Rosamund aufstand und die Werkstatt verließ.

Am nächsten Tag schon spannte Ruppert eine grundierte Leinwand auf einen Keilrahmen, während Dietrich die Farben anrieb und Matteo die ersten zaghaften Kohlestriche auf das Bild setzte.

Nach dem Mittagessen stand die Maria bereits in Kohleumrissen auf der Leinwand, und Matteo probierte die blaue Farbe nach Rupperts Rezept auf dem Papier aus.

Rosamund kam gerade, um einen Krug Minzwasser als Erfrischung zu bringen, als die Tür plötzlich mit Schwung aufgerissen wurde und Michael im Rahmen erschien, gefolgt von Ursula mit hochrotem Kopf und schwerem Atem.

Michael schritt ohne Gruß, dafür mit geblähter Brust in die Werkstatt und baute sich vor dem Bild auf. «Das habe ich mir doch gedacht», zischte er. «Das hätte ich gleich wissen müssen. Hexerei, dieses Wort ist noch viel zu harmlos für das, was hier vorgeht.»

Matteo warf ein altes Laken über das Bild, stellte sich direkt vor Michael. «Was hast du gewusst? Was ist schlimmer als Hexerei?»

Auch Dietrich kam näher, stand Schulter an Schulter mit seinem Meister.

Michael schnaubte verächtlich, trat einen Schritt zurück und spuckte auf den Boden. «Das wird dir das Genick brechen», zischte er.

«Was?», wiederholte Matteo.

«Das da, und dass du einen Arbeiter meiner Werkstatt ohne mein Wissen abgeworben hast. Du weißt, wie man mit solchen Handwerkern umspringt?»

Matteo zuckte mit den Achseln. «Sie werden aus der Zunft geworfen. Das kannst du ruhig tun, denn bislang bin ich ja noch immer kein Mitglied. Doch bevor du das machst, sage mir noch, welchen deiner Mitarbeiter ich dir weggenommen habe.»

«Den da!» Michael fuhr herum und zeigte auf den Schwiegervater. Ursula stand neben ihm, hatte ihre Hand um seinen Arm gekrallt.

«Nein, Ruppert ist freiwillig hier. Und Lohn hat er auch nicht erhalten. Dies ist nur ein Besuch unter Weißbindern und Malern.»

«Pah!», schrie da das Urselchen. «Gezwungen habt Ihr den alten Mann. Weil er mehr weiß als Ihr, weil er ein besserer Maler ist, als Ihr es jemals sein werdet.» Sie rüttelte an Rupperts Arm. «Nun sag schon, dass sie dich gezwungen haben.»

Der alte Mann sah zu Boden, presste eine Hand auf seinen schmerzenden Rücken. «Gezwungen nicht», murmelte er. «Nein, nein. Nur gebeten. Das schon.»

«Was sagst du da?» Die Ursula haute ihrem Vater ins schmerzende Kreuz. «Gebeten? Eine Bitte ausgesprochen, hinter der unhörbar ein Zwang stand, sodass man nicht abschlagen konnte, ohne Schlimmes befürchten zu müssen? Sag schon, war es so?»

Und wieder erhielt der Alte einen Schlag, dass er zusammenzuckte. Er kratzte mit einer Schuhspitze auf dem Boden der Werkstatt herum und nickte.

«Na, also!», rief die Ursula. «Und das wiederholst du vor der Zunft. Gleich heute Abend wirst du das tun. Und dann ist's vorbei mit der Porträtmalerei der Ratsherrin. Dann kannst du dir deine Leinwand an den Hintersten hängen.»

Triumphierend sah sie zu Rosamund, die mitleidig und verärgert ihren Vater anblickte.

«Jetzt komm!» Ursula packte den Alten noch fester beim Arm und zog ihn hinaus. Michael drohte Matteo noch einmal, dann folgte er den beiden.

Einunddreißigstes Kapitel

Als Matteo, eine weiße Taube mit zusammengehefteten Flügeln unter dem Arm, in Richtung der Bornheimer Johanneskirche aufbrach, gingen ihm die Worte seines Schwagers nicht aus dem Kopf. «Das wird dir das Genick brechen», hatte der gesagt. Matteo hatte nicht die leiseste Ahnung, was er damit gemeint hatte.

Michael war ein mächtiger Mann. Er saß als Vertreter der Weißbinder und Maler im Rat. Er bestimmte in der Zunft und über die Zunft. Fast konnte man sagen, dass er die Macht hatte, Existenzen zu vernichten oder zu errichten. Die anderen Weißbinder und Maler krochen vor ihm zu Kreuze, machten ihm Geschenke, lobten seine Arbeit, grüßten seine Frau mit den tiefsten Verbeugungen und drängten sich danach, dem Meister zu Gefallen zu sein. Jeder wusste, dass er am Hungertuch nagen würde, hätte er Michael zum Feind.

Bisher hatte der Schwager Matteo verschont. Nur hin und wieder gestichelt und Verleumdungen in die Welt gesetzt. Zum Beispiel die Verbindung des Italieners mit dem Zauberbuch des Trithemius. Matteos Glück war es gewesen, dass niemand das Buch wirklich kannte. Und die wenigen, die es kannten, waren die Mitglieder der Bruderschaft, die sich einen Dreck um den Zunftmeister Michael scherten. Auch Matteo fühlte sich ein wenig geschützt durch die Bruderschaft. Wenn er vorher noch Zweifel gehabt hatte, ob er das Aufnahmeritual wirklich bestehen wollte, so waren diese Zweifel inzwischen gewichen.

Als er den Kellerbereich der Kirche betrat, wunderte er sich über die Dunkelheit. Die Fackel, die voriges Mal gebrannt hatte, war erloschen und verströmte den Geruch nach verbranntem, kaltem Fett. Nur unter dem Türspalt des Versammlungsraumes drang ein schmaler Lichtstreif hervor.

Matteo tastete sich langsam vorwärts und hatte Mühe, das weiße Täubchen ruhig zu halten. Endlich hatte er die Tür erreicht und klopfte. Noch bevor seine Hand das Holz erreichte, wurde die Tür aufgerissen.

Matteo trat ein. Auch hier war es dunkler als sonst. Nur auf dem merkwürdigen Altar brannte eine einzelne Kerze, die ihr Licht auf das Stundenglas warf.

In einem Halbkreis drum herum saßen Männer, deren Gesichter Matteo nicht erkennen konnte, weil diese unter den großen Kapuzen verborgen waren.

Der Großmeister und sein Stellvertreter Gronauer standen links und rechts des Altars.

Matteo war hinter der Tür stehen geblieben und wartete nun. Lange stand er, während sich niemand bewegte. Kein Getuschel, keine Füße scharren. Auch Dittmann und Gronauer rührten sich nicht, standen nur da, die Füße schrittweit auseinander und blickten unverwandt in seine Richtung.

Die Taube unter Matteos Arm wurde unruhig. Er strich ihr über das Köpfchen, wartete weiter. Er ahnte, dass die Geduldsprobe Teil des Rituals war. Schließlich, Matteo schien es, als wäre das Stundenglas einmal durchgelaufen, winkte der Großmeister ihm zu. «Tretet näher», sprach er.

Matteo lief nach vorne und blieb vor dem Altar stehen.

«Bist du, Matteo Catalani, noch immer bereit, ein Mitglied unserer Bruderschaft zu werden?», fragte der Großmeister.

«Ja. Ich bin bereit.»

«Bist du auch bereit, dich dem Aufnahmeritual zu unterziehen, ganz gleich, was von dir verlangt wird?»

Matteo schluckte, die Taube unter seinem Arm begann leise zu gurren. «Ja, dazu bin ich bereit.»

Der Stellvertreter trat auf Matteo zu, löste die Fesselung an den Taubenflügeln. «Weißt du, wofür diese Taube steht?», fragte er dann.

«Sie ist ein Sinnbild des Heiligen Geistes.»

«Töte sie!» Die Anweisung kam unmissverständlich und energisch.

Ich bin ein Fragender, dachte Matteo. Befehle, die ich nicht verstehe, deren Sinn ich nicht erkenne, führe ich nicht aus.

Er hatte nicht bemerkt, dass er die Worte laut gesprochen hatte. Nun hörte er die Unruhe unter den Brüdern. Stühle wurden hin und her geschoben, einige tuschelten.

Der Großmeister nickte. «Das ist dein gutes Recht hier

bei uns. Das Töten der Taube ist ein Symbol. Du sollst den Heiligen Geist abtöten, auf dass du frei wirst von ihm und eigene Gedanken entwickeln kannst. Mit diesem Zeichen zeigst du deinen zukünftigen Brüdern, dass du kein Späher der Kirche bist, dich nicht von Symbolen in der Freiheit deiner Gedanken einschränken lässt.»

«Ich töte ein Symbol, um meine Unabhängigkeit von Symbolen unter Beweis zu stellen?»

«Das ist richtig, aber nicht die Hauptsache. Du sollst töten, um frei zu sein.»

Im Raum war es jetzt wieder ganz still. Matteo hielt das Täubchen an seiner Brust, streichelte über das zuckende Köpfchen. Dann, mit einem Ruck, warf er die Taube hoch und ließ sie fliegen. Er sah dem Großmeister direkt in die Augen. «Ich töte keine Symbole. Was kann die Taube dafür, dass sie ein Sinnbild ist.» Er schüttelte den Kopf. «Nein. Ich töte nicht ohne Grund. Keinen Menschen, kein Tier, nicht einmal eine Fliege.»

Er glaubte, der Großmeister würde ihn packen und vor die Tür werfen, doch der lächelte plötzlich und begann in die Hände zu klatschen. Die anderen Brüder taten es ihm nach. Vereinzelt hörte Matteo sogar Bravorufe.

Nun trat Gronauer hervor, überreichte Matteo einen Ring, in dessen Siegel eine Sieben prangte. «Du hast das Aufnahmeritual bestanden. Es ist, wie du gesagt hast. Unsere Bruderschaft tötet nicht ohne triftigen Grund.»

Er bückte sich, nahm ein paar Federn, welche die weiße Taube gelassen hatte, und legte sie auf den Altar.

Matteo steckte sich den Ring an den Ringfinger der linken Hand, so, wie er es beim Großmeister gesehen hatte. Aber dann wurde es laut im Saal. Matteo wandte sich um.

Einer der Brüder war aufgestanden. «Ich bin damit nicht einverstanden», rief er. «Früher, unter dem alten Großmeister, war es Usus, ein Täubchen zu schlachten und sein Blut zu trinken. Rituale festigen die Gemeinschaft. Ich zumindest habe die Schriften des Trithemius nicht vergessen. Er sagte, dass Gott die Herrschaft an sieben Dämonen abgegeben habe. Herausfinden wollte ich, auf wessen Seite die Dämonen stehen.»

Ein anderer Bruder stand auf. «Recht hat er. Was wir hier machen, ist Kinderkram. Wir reden uns die Welt so, dass sie passt. Aber niemand, der ernsthaft ist, kann bezweifeln, dass es den Teufel gibt, ganz gleich, wem er nun nützt und wer ihn geschaffen hat. Ich sehe es als meine Aufgabe an, den Teufel zu bekämpfen. Notfalls, indem ich mich mit ihm gemein machen muss.»

Jetzt erhoben sich auch einige andere. Stimmen erklangen, die Männer sprachen durcheinander.

«Ruhe», donnerte der Großmeister, und es wurde tatsächlich still.

«Ihr wollt das Gelehrte mit dem Praktischen verbinden?», fragte er.

Die Männer bejahten.

«Ihr wollt töten?»

«Wir sind Männer. Es ist unsere Aufgabe, zu kämpfen und zu töten, wenn es nötig ist. Und so, wie es nötig ist, eine Kuh oder ein Schwein zu schlachten, um unseren Hunger zu stillen, so ist es auch nötig, eine weiße Taube zu schlachten, um anzuzeigen, dass wir unser Denken nicht dem Heiligen Geist überlassen. Wir alle haben eine Taube getötet und ihr Blut getrunken, wir alle haben uns den Heiligen Geist einverleibt. Niemand hat das gern getan. Warum soll der da verschont werden?»

Die weiße Taube saß derweil auf einem Mauervorsprung und gurrte leise. Da stand einer auf, formte lockende Laute und hielt sie schon in der Hand. Damit kam er zu Matteo, hielt sie ihm hin. «Töte und trink!», befahl er. «Damit du ein Gleicher unter Gleichen wirst.»

Widerstrebend nahm Matteo das Tierchen in die Hand. Er wollte es nicht töten, doch er wollte auch Teil der Bruderschaft sein. Zu verlockend waren die Vorteile. Entschieden drehte er der Taube den Hals um, bis es knackte. Dann riss er den Kopf ab, ließ ihr Blut in einen Kelch strömen und trank diesen aus. Er wischte sich danach den Mund mit dem Ärmel ab, legte das tote, ausgeblutete Tier auf den Altar und sagte: «Nun bin ich einer von Euch. Bin ein Gleicher unter Gleichen.»

Als er sich später auf den Weg zurück nach Frankfurt machte, fühlte er sich stark. Es war, als hätte das Blut ihm Kraft gegeben. Noch immer schmeckte er es in seinem Mund. Warm, ein bisschen süß und schwer. Und er roch das Blut auch noch. Als säße es in seinen Kleidern, in seinen Haaren.

Immer wieder hob er die Hand zur Nase und roch daran. Eine leichte Übelkeit befiel ihn. Er wollte nicht so blutbefleckt nach Hause zu Rosamund kommen.

Der Mond schien hell in dieser Nacht, beleuchtete die Wiesen und Felder.

Irgendwo heulte ein Hund den Mond an, ein Käuzchen rief aus dem nahen Wald, ein Eichelhäher meldete Gefahr.

Matteo hockte sich nieder, fuhr mit den Händen immer wieder durch das feuchte Gras, doch das Blut war schon getrocknet, saß hartnäckig zwischen den Fingern seiner rechten Hand.

Plötzlich stand der Hund vor ihm, fletschte seine Zähne. Matteo hatte ihn nicht kommen hören. Bevor er reagieren konnte, setzte der Hund zum Sprung an, packte Matteos Hand und hieb seine Zähne fest hinein. Matteo schrie auf, schlug mit der freien Hand nach dem Hund, versuchte, die empfindliche Schnauze zu treffen, doch der Hund war wendig, hielt die Hand gepackt und schleuderte sie hin und her, als hätte er eine Ratte am Genick.

Der Schmerz war unbeschreiblich. Er saß nicht nur in der Hand, sondern kroch in den ganzen rechten Arm, breitete sich im Körper aus, vernebelte Matteos Sinne. Mit der Linken schlug er weiter auf den Hund ein, bekam sogar einen Stein zu fassen, doch allein, es fehlte ihm an Kraft. Der Hund hing noch immer an seiner Hand, hatte die Reißzähne fest ins Fleisch getrieben, sodass Matteo die Knochen brechen hörte. Als er glaubte, der Schmerz könnte nicht mehr schlimmer werden, riss der Hund noch einmal kräftig. Matteo spürte, wie sich ein Messer durch seine Eingeweide fraß, dann verlor er das Bewusstsein.

Wenig später, der Mond stand noch an derselben Himmelsstelle, wachte Matteo auf. Er hob den Kopf, sah sich um, doch der Hund war weg. Er fühlte seine Hand nicht mehr, seine Finger nicht mehr. Da war nur ein einziges großes Weh, das ihn zum Stöhnen brachte.

Mühsam und immer wieder laut dabei aufschreiend richtete er sich auf und betrachtete seine rechte Hand. Dort, wo einst Daumen und Zeigefinger gesessen hatten, ragten jetzt nur noch zwei blutige Stümpfe hervor. Die Kuppen von Mittel- und Ringfinger fehlten ebenfalls. Die Haut war aufgerissen bis auf die Knochen, die aus dem Fleisch hervorstachen wie Zweige von einem Baum.

Matteo starrte auf seine Hand und begriff, dass etwas Ungeheuerliches, nicht Wiedergutzumachendes geschehen war. Dann versank er im Dunkel.

Rosamund schrak aus dem Schlaf, als jemand an die Haustür hämmerte. Sie tastete nach Matteos Bettseite, erspürte aber nur das leere Kissen. Sofort überfiel sie eine böse Ahnung. Sie sprang aus dem Bett und jagte, wie sie war, nur im Nachtgewand und ohne Schuhe, die Treppe hinab und riss die Tür auf.

Vor ihr standen zwei Männer in dunklen Umhängen, die Gesichter unter großen Kapuzen verborgen. Zwischen ihnen hing Matteo, den Kopf auf der Brust. Von seiner rechten Hand, die notdürftig mit einem Stoffstreifen umwickelt war, tropfte Blut.

«Was ist geschehen?», fragte Rosamund und schlug vor Schreck die Hand vor den Mund.

«Wir haben ihn in der Heide gefunden», erwiderte einer. «Wo sollen wir ihn hinlegen?»

Rosamund deutete auf die Küche, lief hin und her, wusste nicht, was sie tun sollte.

Einer der Männer breitete ein Schaffell auf der Küchenbank aus, legte Matteo darauf nieder.

«Schafft Binden herbei, schnell. Habt Ihr Salbe im Haus?», fragte der andere Mann.

«Nur Arnika und Minze.»

«Das reicht nicht.» Der Kapuzenmann gab dem anderen ein Zeichen, dieser nickte und verschwand.

«Mein Bruder holt, was der Eure braucht. Bringt Ihr unterdessen Wasser und ein Tuch. Wir müssen die Wunden kühlen und sehen, dass kein Fieber dazukommt.»

Rosamund war unfähig, einen klaren Gedanken zu fassen. Sie starrte auf die verletzte Hand, konnte den Blick nicht davon lassen.

«Los, Weib, steht jetzt nicht herum. Es geht um das Leben Eures Mannes. Gebt mir zuerst zwei dünne Stücke aus Stoff.»

Endlich reagierte Rosamund, riss ein Tuch entzwei, reichte dem Mann zwei schmale Stücke.

Als dieser damit die Fingerstümpfe abband, um das Blut zu stillen, stöhnte Matteo auf. Sein Leib bäumte sich, er warf den Kopf hin und her.

«Habt Ihr Branntwein da?»

Rosamund nickte.

«Schnell, holt ihn.»

Der Mann machte keine Umstände, setzte das kleine

Branntweinfässchen Matteo direkt an die Lippen und hörte erst auf, als Matteo nicht mehr schlucken konnte, sondern die Augen verdrehte und sein Kopf zur Seite fiel.

Schon war der andere Kapuzenmann wieder zur Stelle und zog aus der Umhangtasche einen Tiegel, der nach Ringelblumen und anderen Essenzen roch. Großzügig bestrich er Matteos Wunden damit, legte danach einen Verband an. Erst dann löste der erste die Abbindung. Die beiden Männer standen da, sahen auf den frischen Verband. Als nach einer Weile noch kein Blut durchgesickert war, verkündete der erste: «Wir haben getan, was wir tun konnten. Die Blutung ist gestillt. Bleibt diese Nacht bei ihm und seht, dass er kein Fieber bekommt. Morgen, in der Frühe gleich, schickt Eure Magd zum Medicus. Sie soll nicht zu dem gehen, den die Handwerker aufsuchen, sondern zu dem, der Böckler heißt und die Ratsherren behandelt. Sagen soll sie, dass es sich um den Catalani handelt, dann wird er kommen.»

Die beiden Männer verabschiedeten sich, doch Rosamund bemerkte das kaum, sondern starrte auf ihren Mann, der mit geöffnetem Mund leise stöhnte.

Sie trat zu ihm, legte ihre Hand auf seine Stirn. «Was ist nur passiert?», fragte sie, doch sie erhielt keine Antwort.

Die ganze Nacht blieb sie bei ihm, kühlte seine Stirn, strich ihm über das Haar, und als der Morgen kam, schickte sie die Ulla zu dem Medicus Böckler.

Kaum war die Magd verschwunden, wachte Matteo mit schmerzverzerrtem Gesicht auf. Er besah den dicken Verband an seiner Hand, blickte dann zu seiner Frau und sagte mit einer Stimme, die vor Schmerz und Enttäuschung rau war: «Ich glaube, es gibt ihn doch, den Teufel.»

«Was ist geschehen?», fragte Rosamund, doch Matteo schloss die Augen und schüttelte den Kopf. Unter seinen Lidern quollen Tränen hervor.

Als Rosamund das sah, begann sie selbst zu weinen. Da herrschte Matteo sie an: «Greine nicht, Weib. Es war dein Hund, der mir die Hand zerbissen hat. Dein Hund. Nicht irgendeiner, sondern deiner.»

Rosamund riss die Augen auf. «Bommel?», fragte sie.

«Du nennst ihn Bommel, ich aber nenne ihn den Teufel.»

Dann drehte er den Kopf zur Wand und antwortete nicht mehr auf Rosamunds Fragen.

Hilflos setzte sich Rosamund neben ihren Mann. Sie strich sanft über seine Stirn, doch er antwortete mit einem Knurren und schob ihre Hand weg. «Was habe ich dir getan?», fragte sie. Und er antwortete: «Ich habe den Teufel gesehen. Den Teufel in einer vertrauten Gestalt. Er ist näher, als ich je gedacht habe.» Dann sah er Rosamund so vorwurfsvoll an, dass sie die Blicke niederschlug, als hätte sie ein Unrecht begangen.

Es dauerte nicht lange, da kam die Magd mit dem Medicus zurück. Rosamund hatte Dr. Böckler noch nie gesehen, sondern nur von seinen Künsten raunen hören. Doch jetzt schien ihr die Stimme bekannt vorzukommen, obwohl der Arzt kaum sprach.

Mit seiner und Dietrichs Hilfe gelangte Matteo ins Schlafzimmer. Dort wechselte der Arzt den Verband, nickte zufrieden, als er die Wunde sah.

Rosamund stand daneben, beide Fäuste auf den Mund gepresst. Erst jetzt wurde ihr gewahr, dass Matteo wohl nie wieder einen Pinsel würde halten können. Laut schluchzte sie auf.

«Seid still», herrschte der Arzt sie an. «Euer Geschrei ist ihm keine Hilfe. Sorgt gut für ihn. Ich komme morgen, um nach der Wunde zu sehen.»

«Wird er wieder?», fragte Rosamund.

«Was glaubt Ihr, Weib? Froh könnt Ihr sein, wenn er überlebt. Gesund wird er niemals wieder. Zwei Finger sind ganz ab, im Mittel- und Ringfinger sind die Knochen so zersplittert, dass keine Schiene hilft. Sie werden steif bleiben bis zu seinem letzten Tag.»

Bei diesen Worten maß der Medicus sie mit Blicken, dann sah der Arzt zu Ulla, die betend nahe der Tür stand. Rosamund verstand, und schickte die Magd nach draußen.

«Ich rate Euch, sprecht mit niemandem über das, was in der Nacht hier vorgefallen ist. Es ist in Eurem Sinne, wenn keiner weiß, dass der Eure ein Krüppel ist.»

Rosamund schluckte, sah mit tränenblinden Augen auf ihren Mann, der leise stöhnte und das Gesicht schon wieder abgewandt hatte.

«Wie soll ich verheimlichen, was geschehen ist?», fragte sie leise. «Er wird nie wieder malen können. Nein, das kann man nicht verschweigen.»

«Ihr müsst», sagte der Medicus. «Lasst Euch etwas einfallen wegen des Malens. Seht vor allem zu, dass das Porträt rechtzeitig fertig wird. Das Wichtigste ist jetzt, dass Ihr schweigt wie ein Grab. Lasst niemanden zu ihm. Nur ich darf ihn sehen, und vielleicht noch der Ratsherr Dittmann.»

«Warum?», fragte Rosamund, flüsterte so leise, dass sie ihr eigenes Wort kaum verstand. «Warum?»

«Es ist für Euch das Beste so. Vertraut mir und schweigt. Erzählt selbst der Magd nur, was sie unbedingt wissen muss.»

Rosamund nickte, der Arzt stand auf, warf noch einen letzten Blick auf Matteo und ging.

Zweiunddreißigstes Kapitel

Wäre Rosamund kein Mensch gewesen, der den praktischen Dingen des Lebens zugewandt war, sie wäre verzweifelt.

Matteo lag noch immer, geplagt von inneren und äußeren Schmerzen, danieder und sprach nicht mehr mit ihr.

Wenn sie sich abends zu Bett legte, dann rutschte er ganz nahe an seine Bettkante, bemüht, ihr nicht zu nahe zu kommen oder sie gar zu berühren.

Dr. Böckler kam jeden zweiten Tag, um nach den Verbänden zu sehen. Einzig von ihm hörte sie Anerkennung ob der guten Pflege, die sie Matteo angedeihen ließ. Sie kochte ihm kräftigende Suppen, hatte sich von der Kräuterfrau Tränke besorgt, die die Heilung beschleunigen sollten, und Pulver, um die Schmerzen zu vermindern. Sie wusch Matteo jeden Tag, bürstete ihm das Haar, doch sie konnte nicht übersehen, dass er ihre Berührungen scheute.

Anfangs hatte sie wieder und wieder gefragt: «Was ist mit dir? Sag mir doch um Himmels willen, was mit dir ist. Warum weichst du mir aus?»

Aber eine Antwort erhielt sie nicht. Auch der Medicus schüttelte den Kopf. «Bedenkt», sagte er, «dass der Eure nicht mehr arbeiten kann. Was ist ein Mann ohne seine Arbeit? Kein Wunder, dass er zagt und zweifelt. Vielleicht heilt die Zeit auch diese Wunde. Das Wichtigste ist es jetzt aber zu schweigen und nach außen hin weiterzumachen, als ob nichts wäre.»

Und Rosamund hatte genickt und war in die Werkstatt geeilt. Einem Menschen musste sie sich anvertrauen. Allein war die Last nicht zu tragen.

Dietrich, der Geselle, ihr schon immer treu ergeben, hörte ihr zu. Dann zog er das Laken von der Staffelei und sprach: «Was in Matteo vorgeht, das weiß ich nicht. Doch wenn der Medicus sagt, das Porträt müsse um jeden Preis fertig werden, so werden wir es malen.»

Rosamund betrachtete es. «Die Umrisse sind fertig, die Aufteilung festgelegt. Selbst die Farben sind schon bestimmt.»

«Ich kann sie anrühren», erklärte Dietrich. «Und ich kann die großen Flächen malen. Das Gesicht der Maria aber und ihr Haar, dazu reichen meine Fähigkeiten nicht. Das, Rosamund, musst du malen.»

«Ich?»

«Ja, du. Das Handwerk ist das eine, die Begabung das andere. Schon als Kind hast du gemalt und gezeichnet, hast alles so dargestellt, wie deine Augen es gesehen haben. Du musst es machen.»

Rosamund hatte keine Zeit zum Zögern. Sie stellte sich wieder vor das Bild, betrachtete auch die Skizzen.

«Ich muss sie sehen, die Maria Dittmann. Dann erst kann ich sie malen.»

Und Rosamund wartete, bis es Sonntag wurde, und begab sich in den Dom, den die Dittmanns besuchten.

Als sie das große Gewölbe betrat, hörte sie, wie hinter ihr getuschelt wurde. Rosamund wunderte sich, setzte sich ganz an den Rand, versteckt hinter einer Säule, und blickte auf die Dittmann. Sie merkte nicht, dass ein großer Teil der Gemeinde nach ihr schaute, sie beobachtete. Sie war ganz von der Ratsherrenfrau angezogen, achtete auf jede Regung in deren Gesicht, auf Ausdruck und Formen. Sie starrte auf den Mund, der stets in Bewegung war, sich nach vorn wölbte, die Winkel nach oben, als ob es eine Lust zu leben wäre. Hingerissen starrte Rosamund auf die Frau, die so gar nichts hatte von der Maria, die sie aus der Kirche und von den Benediktinern kannte. Kein Leid war zu sehen, keine schmerzliche Hingabe, sondern nur diese unbändige Lust am Leben. Maria, dem Leben zugewandt. So dachte Rosamund und bemerkte nicht, dass sie das Aufstehen und Hinknien, das Bekreuzigen und das Murmeln der gemeinsamen Gebete vergaß. Sie ging noch vor dem Segen, war angefüllt mit Bildern, war ja nur da gewesen, um zu schauen, und dieses Mal nicht, um den Herrn zu huldigen. Und halb Frankfurt hatte ihr dabei zugesehen und eigene Schlüsse gezogen.

In der Werkstatt hieß sie Dietrich die Farben anrühren, trat vor der Leinwand von einem Bein auf das andere, setzte einmal dort den trockenen Pinsel an und einmal da, probierte sich am Strich, sah vor ihrem inneren Auge schon das gemalte Gesicht.

Als die Farbe fertig war, hielt Rosamund inne, schloss die Augen. Dann tauchte sie den Pinsel ein und begann zu malen. Ganz langsam zog sie Strich für Strich, schloss immer wieder die Augen dabei, um nach der Dittmännin in ihrem Inneren zu sehen.

Sie malte sehr langsam, legte hin und wieder Pausen ein, ging nach draußen, auf den Markt, um zu sehen, wie sich bei den Frauen der Hals faltete, wenn sie den Kopf zur Seite neigten.

Sie hatte nichts anderes im Kopf, merkte nicht, dass eine Magd am Brunnen mit dem Finger auf sie zeigte und die anderen sich darauf bekreuzigten.

Einmal rempelte sie gegen einen Auflader. Der ließ den Sack von seinem Rücken rutschen, wischte an seinem Ärmel herum, als klebte die Pest an Rosamund.

«Was soll denn das?», herrschte sie ihn an. «Bin ich etwa eine Sieche?»

Der Auflader schüttelte stumm den Kopf, starrte mit entsetzten Augen auf sie.

Rosamund hastete weiter. Erst auf dem Markt hielt sie inne, stand einfach nur da und versuchte, die Frauen zu beobachten. Doch die Frauen wichen ihr aus, zogen einen weiten Bogen um sie, sodass sie die Halsfalten gar nicht sehen konnte. Einer lief Rosamund nach, die wurde schneller, begann schließlich zu rennen. Was haben die nur, dachte Rosamund.

Als sie Hunger bekam, trat sie zu einem Käsestand. «Ein Viertelchen von dem da!», verlangte sie und legte ihren Finger auf eine Käserinde.

Die Marktfrau riss die Augen auf, wie es der Auflader getan hatte. «Nehmt alles, gute Frau», winselte sie. «Nehmt den ganzen Laib. Es kostet Euch nichts, gar nichts. Nur kommt nicht mehr zu mir.»

«Was redet Ihr da?», fragte Rosamund und sah an sich herab, ob da etwas war, was nicht hingehörte.

«Nehmt, was Ihr tragen könnt. Nehmt meinetwegen noch von den anderen Käsen, nehmt auch Quark und Dickmilch, ich gebe Euch Butter und Eier auch.»

«Was ist denn los mit Euch?», fragte Rosamund nach.

Die Marktfrau war bis ans hinterste Ende des Standes zurückgekrochen, schützte ihr Gesicht mit der Hand vor Rosamunds Blicken.

«Was los ist, will ich wissen», befahl Rosamund in einem Ton, den sie von Ursula gut kannte. «Sagt es mir, sonst komme ich Euch näher.»

Die Marktfrau begann zu zittern. «Bitte, tut mir nichts. Ich habe vier Kinder und eine kranke Mutter.»

Rosamund sah, dass die Frau eine Heidenangst vor ihr hatte, doch das kümmerte sie jetzt nicht. «Sprecht, aber schnell.»

«Der wilde Hund in der Heide. Er gehört Euch, nicht wahr? Er fällt die Menschen an, verbeißt sich in ihr Fleisch. Die Jäger ziehen jeden Tag aus, aber sie können ihn nicht töten. Zwei Mal schon haben sie auf ihn geschossen, doch er fällt einfach nicht zu Boden. Nachts geht er um und sucht nach verlorenen Seelen. Und Ihr habt ihn großgezogen.»

«Wer spricht so?», fragte Rosamund.

«Alle.»

«Und wer ist durch den Hund zu Schaden gekommen?»

Die Marktfrau schlotterte nun am ganzen Körper. «Der Eure», flüsterte sie. «Weil er Euch kein Kind schenken kann, deshalb. So war's schon immer, sagen die Leute. Schon als Kind habt Ihr gehext, habt später sogar die Leute glauben machen, Ihr wärt eine Heilige. Aber das war nur eine Lüge, um Euch zu schützen. Der Hund hat die Wahrheit an den Tag gebracht.»

«Das erzählt man sich?» Rosamund runzelte die Stirn. «Das glauben die Leute?»

Die Marktfrau schluckte und nickte. «Es gibt genug Beweise.»

«Unfug», bestimmte Rosamund. Sie trat einen Schritt näher und betrachtete die Frau. Sie war ungefähr im selben Alter wie die Dittmännin. «Nehmt die Hände herunter und neigt den Kopf ein wenig zur Seite.»

«Wollt Ihr mich verhexen? Bitte, ich habe vier Kinder ...»

«... und eine kranke Mutter, ich weiß. Ich tue Euch nichts, nur legt endlich den Kopf schief.»

Die Marktfrau tat es, und ihr Leibeszittern verstärkte sich noch dabei.

Rosamund schritt um die Frau herum, trat dicht an sie heran, studierte die Halsfalten. Nach einer Weile hatte sie genug gesehen. «Ich danke Euch», sagte sie zu der Frau, die einer Ohnmacht nahe an ihrem Stand lehnte. «Ihr habt mir sehr geholfen.»

Dann ging sie davon, hörte hinter sich Stimmengewirr, wandte sich um und erkannte, dass sich vor dem Käsestand eine aufgebrachte Menschenmenge versammelt hatte. Eine hob die Faust und drohte ihr aus der Ferne. Rosamund kümmerte sich nicht weiter darum. Schon oft hatte man sie eine Hexe genannt. Es gab Wichtigeres im Leben. Und im Augenblick ging es darum, die Halsfalten der Dittmännin zu malen.

In der Werkstatt nahm Rosamund sofort den Pinsel zur Hand, malte die Neigung des Kopfes neu, bemerkte nicht, dass sie dabei von Matteos Umrissen abwich. Sie malte wie im Rausch, hörte nicht, wie sich Dietrich zum Feierabend verabschiedete, achtete nicht auf den Boten, der ein Schreiben brachte, bemerkte selbst die Dunkelheit erst, als sie die Farben nicht mehr erkennen konnte.

Da ließ sie sich auf einen Schemel sinken, spürte ihre schmerzenden Füße, den wehen Rücken. Sie war so erschöpft, dass es ihr Mühe bereitete, ein Licht anzuzünden und den Pinsel auszuwaschen. Dann betrachtete sie das Porträt. Ihr schien es, als hätte sie etwas geschafft, was ihr zuvor noch nie gelungen war. Ja, das Bild zeigte Maria Dittmann. Aber es zeigte nicht nur die Ratsherrenfrau, sondern außerdem noch allen Schmerz, den sie womöglich in ihrem Leben erlitten hatte und der sie doch nicht hatte brechen können. Rosamund fehlten die Worte für das, was sie sah, doch sie wusste, dass sie ihrem Leben, ihrem Schmerz in der Figur der Maria Dittmann Ausdruck verliehen hatte.

Es dauerte eine Weile, bis sie sich von dem Porträt losreißen konnte und sich hinüber zum Haus schleppte. Ihr Magen knurrte, und ihr Mund fühlte sich trocken an. Seit dem Frühstück hatte sie nichts mehr zu sich genommen. In der Küche fand sie ein wenig Brot, Butter und Käse. Ulla, die Magd, hatte die Sachen hingestellt. Rosamund fiel darüber her, hieb ihre Zähne in den Käse, riss große Stücke vom Brot. Dann trank sie hintereinander zwei Becher Milch, wischte sich mit dem Ärmel den Bart vom Mund. Von oben hörte sie ein Geräusch. Matteo fiel ihr ein. Auch an ihn hatte sie seit dem Frühstück nicht mehr gedacht. Jetzt musste sie zu ihm, musste ihm berichten, was ihr gelungen war.

Sie eilte die Treppe nach oben, fand Matteo im Bett liegend vor, die kranke Hand auf der Brust, den anderen Arm hinter dem Kopf.

Es war dunkel im Zimmer. Als Rosamund eine Kerze entzünden wollte, schüttelte er leicht den Kopf. «Nein, kein Licht.»

«Du siehst doch nichts», entgegnete Rosamund.

«Was nützen mir meine Augen, wenn ich nicht mehr malen kann, was ich sehe», erwiderte er feindselig.

Rosamund schluckte. Sie hörte auch die Worte, die er nicht aussprach. Was nützen mir meine Augen, wenn ich durch deine Schuld nicht mehr malen kann, was ich sehe.

Mit einem Mal fühlte sie sich elend. Sie hatte den ganzen Tag vor der Leinwand gestanden, voll von innerem Jubel, während ihr Mann allein und verlassen hier oben lag.

«Verzeih», sagte sie leise. «Ich hätte dich nicht so lange allein lassen dürfen.»

Matteo schnaubte. «Ich brauche dich nicht. Das, was du für mich tun kannst, kann genauso gut die Ulla übernehmen.»

«Ich bin dir nicht mehr als die Magd?» Rosamund kämpfte mit den Tränen.

«Die Ulla, sie hat mir nichts genommen», erwiderte er bitter.

Rosamund nickte.

Sie ließ sich auf ihr Bett fallen, doch Matteo rückte von ihr ab. Leise und bittend rief sie seinen Namen, streckte die Hand nach ihm aus. Er wich noch weiter vor ihr zurück, noch ein Stück – und da hörte sie ein dumpfes Poltern, gefolgt von einem Schmerzensschrei.

Sofort war sie auf den Beinen, entzündete mit fliegenden Händen ein Licht.

Matteo lag vor dem Bett auf den blanken Dielen und hielt mit schmerzverzerrtem Gesicht den kranken Arm. Sein Gesicht war grau, die Augen dunkel wie Höhleneingänge.

Rosamund kauerte sich neben ihn, wollte ihn unter den Achseln packen, zurück auf das Bett ziehen, doch er schrie sie an: «Lass deine Finger bei dir. Rühre mich nicht an.»

Rosamund fuhr zurück. «Aber warum …»

In diesem Augenblick klopfte die Magd an die Tür. «Kann ich helfen?», rief sie.

«Komm rein», befahl Matteo.

Schon stand Ulla im Zimmer. Matteo winkte sie zu sich. «Hilf mir auf.»

Von der Ulla ließ er sich packen und auf das Bett zurückzerren. «Bring mir ein wenig Wasser», bat er dann noch, und Ulla eilte davon.

Rosamund stand daneben, kam sich vor wie ein ungebetener Gast, der einfach nicht begreifen wollte, dass er störte. Keinen Blick hatte Matteo für sie, kein Wort.

Da nahm sie ihr Bettzeug, klemmte Kissen und Decke unter den Arm. «Ich gehe in die kleine Kammer», flüsterte sie, wartete darauf, dass Matteo sie zurückhielt. Sie suchte seinen Blick, doch er wandte sich ab.

Da ging sie zur Tür, und Matteo rief ihr nach: «Geh ruhig in die kleine Kammer. Richte dich dort ein. Für das, wofür sie einmal geplant war, werden wir doch niemals eine Verwendung haben.»

Die Worte trafen Rosamund wie Axthiebe. Weinend ließ sie sich auf die Bettstatt in der kleinen Kammer sinken. Die kleine Kammer. Rosamund hatte die Hoffnung nie aufgegeben, dass daraus doch noch einmal das Kinderzimmer werden könnte.

Dreiunddreißigstes Kapitel

Am nächsten Tag hatte Rosamund Mühe aufzustehen. Warum, dachte sie. Warum soll ich mich aus dem weichen, warmen Bett erheben, warum hinaus in den Morgen? Damit sich sehe, wie Ulla sich um Matteo kümmert? Was soll ich in der Werkstatt? Warum soll ich das Porträt malen, wenn Matteo letztendlich den Ruhm dafür einsteckt? Was ist eigentlich mit mir?

Sie war mutlos und bekümmert. Immer war sie für Matteo da gewesen, hatte dafür gesorgt, dass im Haus alles zu seiner Zufriedenheit bestellt war, hatte in der Werkstatt geholfen. Und nun? Zum ersten Mal in ihrem Leben wusste sie nicht weiter. Alles war verloren: der Mann, das Leben, das sie sich mit ihm gewünscht hatte, ein Kind und nicht zuletzt auch die gemeinsame Arbeit in der Werkstatt.

Rosamund glaubte an Gott, hatte immer an ihn geglaubt. Nichts, was ihr bisher widerfahren war, hatte diesen Glauben zerstören können. Gott war Gott. Und die Menschen manchmal eher Gottes Feinde als Gottes Kinder.

Das Böse war ihr von den Menschen widerfahren, nicht von Gott. So hatte sie jedenfalls immer gedacht. Jetzt faltete sie die Hände, schloss die Augen, wartete, bis sie ganz ruhig und konzentriert war, dann hielt sie Zwiesprache mit ihm. «Hast du mich wirklich von dir gestoßen? Trage ich tatsächlich das Böse in mir? Bringe ich den meinen Leid? Lieber Gott, ich kann mich nicht erinnern, sündig gewesen zu sein. Nicht mehr jedenfalls als andere auch. Du strafst bis ins dritte Glied. Bin ich die, die für die Schuld meiner Vorfahren büßen muss, oder muss ich büßen für eine Sünde, die mir nicht gegenwärtig ist?»

Gott blieb stumm, und Rosamund ging noch einmal ihr ganzes Leben durch, auf der Suche nach der Schuld, die sie auf sich geladen hatte und für die nun die Zeit der Abrechnung gekommen schien. Tonia fiel ihr ein. Tonia und ihr Tod auf dem Scheiterhaufen. Da wurde Rosamund von solcher Traurigkeit gepackt, dass sie unfähig war, sich zu rühren. Ich trage die Schuld am Tod eines Menschen, dachte sie wieder und wieder. Nie habe ich um Vergebung für diese Schuld gebeten. Ich bin eine große Sünderin vor dem Herrn und vor den Menschen. Es ist kein Wunder, dass Gott mich von sich gestoßen hat.

Lange blieb sie so liegen, haderte mit sich und der Welt, dann fasste sie einen Entschluss, sprang auf, warf sich kaltes Wasser ins Gesicht, band ihr Haar zusammen, schlüpfte in den Malerkittel und eilte in die Werkstatt.

Sie besah noch einmal ihr Bild von der Maria Dittmann. Und wieder schien es ihr so gut gelungen, so anrührend, dass ihr beinahe die Tränen kamen. Sie wartete, bis in ihr nichts anderes mehr war als dieses Bild. Dann nahm sie den Pinsel zur Hand und malte. Wieder vergaß sie Zeit und Raum, hörte nicht, wie sich die Tür hinter ihr öffnete und Matteo hereinkam. Er setzte sich auf den Schemel, starrte auf die Leinwand, auf seine Frau. Auf einmal sprang er auf, als wolle er seiner Frau den Pinsel aus der Hand reißen. Da trat Dietrich zu ihm, legte ihm eine Hand auf die Schulter. «Es ist ein ganz anderes Bild geworden, nicht wahr? Anders, als Ihr es gemalt hättet.»

Matteo nickte, und seine Kiefer malten. Er stellte sich hinter Rosamund, die sich nach ihm umdrehte, ihn anlächelte, ohne ihn zu sehen. Sie spürte nichts von dem, was in Matteo vorging, sondern trat einen Schritt zurück und betrachtete mit schiefgelegtem Kopf ihr Werk.

Im selben Augenblick wurde an die Werkstatttür geklopft. Dietrich, froh der Spannung ausweichen zu können, ging, um zu öffnen.

Michael stand vor der Tür und neben ihm der Richter und der Abt des Dominikanerklosters. Ohne sich mit einem Gruß aufzuhalten, stürmte er auf das Bild zu, stieß Rosamund dabei unsanft zur Seite. «Hier, seht, was ich Euch gesagt habe! Blasphemie ist das! Gotteslästerung.»

Matteo trat ihm in den Weg. «Was willst du hier? Niemand hat dich eingeladen. Warum kommst du herein und schaust dir Dinge an, die dich nichts angehen?»

«Weil sie sündig sind, deshalb.»

«Aha. Und was ist an diesem Porträt sündig?»

Er griff mit der gesunden, linken Hand nach einem Pinsel, tunkte ihn in die Farbe, setzte ein paar Lichter im Mariengesicht.

«Sündig ist», keuchte der Zunftmeister. «Dass ihr die Dittmännin als Muttergottes darstellt.»

Matteo breitete die Arme aus und lachte. Rosamund hörte den bitteren Unterton. Sie blickte in Michaels Gesicht, erkannte darin Wut und Hass.

«Woher wollt Ihr wissen, dass dies die Muttergottes ist? Stellt Ihr Euch die himmlische Maria etwa so vor? Als ein Weib, das es an körperlichen Vorzügen mit einer Eva aufnehmen kann?», erwiderte Matteo.

Michael schluckte, fuhr herum zum Abt. «Was sagt Ihr dazu, Hochwürden?»

Der Abt stieß die Luft aus, umfasste mit der rechten Hand sein Kinn. «Nun, ich sehe eine Frau, die in einen blauen Umhang gehüllt ist. Es könnte eine Maria sein, durchaus, durchaus.»

«Na bitte!»

«Und diese Maria trägt eindeutig die Züge der Dittmännin.»

«Das sage ich doch! Darin besteht doch die Ungeheuerlichkeit. Dieser Mann hier», Michael Vogt deutete mit dem Zeigefinger auf Matteo, «hat es gewagt, einer Sterblichen, einer Sünderin das Antlitz der Muttergottes zu geben. Er hat es gewagt, die Dittmännin in den Himmel zu heben!»

Der Abt runzelte die Stirn. Rosamund konnte sehen, wie es in ihm arbeitete. Hin und wieder warf er einen Seitenblick auf Michael, der, vor Selbstgerechtigkeit strotzend, mit verschränkten Armen vor der Leinwand stand, bereit, auf das Bild zu spucken, sobald es ihm jemand gestattete.

Rosamund suchte den Blick des Abtes. «Es ist die Frau

des Ratsherrn Dittmann», sagte sie leise. «Ein Mann mit viel Einfluss in der Stadt. Was würde er sagen, wenn jemand das Bildnis seiner schönen Frau für blasphemisch hielte?»

Der Abt nickte. «Nirgends steht geschrieben, wie die Muttergottes in Wirklichkeit aussah. Ich kenne Fresken in Italien, da trägt sie schwarzes Haar. Im Norddeutschen findet man ihr Haar blond.»

Michael ließ die Arme sinken. «Was soll das heißen?»

Der Abt lächelte fein. «Dass ich in dieser Sache keine Aussage treffen kann. Ich nicht und auch sonst niemand. Wie die Muttergottes aussah, weiß man nicht. Und da man das nicht weiß, könnte das da», er wies auf die Leinwand, «die Muttergottes sein, oder aber auch nicht. Ich für meinen Teil sehe die Dittmännin dort. Das Ratsherrenweib, das – zugegeben – einen Umhang trägt, der nicht der Kleiderordnung entspricht. Mäntel wie der gemalte stehen allein dem Hochadel zu, aber ist es einem liebenden Ehemann nicht gestattet, in seinem Eheweib die Schönste der Schönen zu erblicken, die Edelste und Hochherzigste?»

Michael trat auf den Abt zu. «Ist das Euer letztes Wort in dieser Sache?»

«Ja, das ist es. Und Ihr, mein Sohn, könnt von Glück reden, wenn dieser befremdliche Vorfall nicht zum Stadtgespräch wird. Könnte gut sein, dass einer, der Euch schlecht will, dem Malefizamt anzeigt, dass Ihr üble Nachrede gegen den Matteo Catalani und sein Eheweib führt.»

Der Abt wandte sich an den Mann neben ihm. «Oder, Richter, wie seht Ihr das?»

Der Richter, dessen unmittelbarer Vorgesetzter der Dittmann war, blickte mit großen Augen auf das Bild. «Tja», sprach er und strich sich über den Bart. «Da steht eine Schönheit. Eine, die der Ratsherr Dittmann mit Fug und Recht sein Eigen nennt. Auch ich kann darin keine Gotteslästerung sehen. Im Gegenteil. Hätte der Meister ihr hier und da ein bisschen weniger geschmeichelt, so müsste man ihn zur Anzeige bringen, da die Schönheit an sich unverfälschbar ist.»

Michael sah von dem Abt zum Richter und wieder zurück. «Soll das etwa heißen, Ihr, werte hochwürdige Herren, findet Gefallen an dieser Schmiererei?»

Die werten hochwürdigen Herren sahen sich an und dann den Michael, als wäre der eine Spinne mit behaarten Beinen. Dann schüttelten sie die Köpfe über seinen Unverstand, grüßten ehrerbietig den Meister und gingen von dannen. Michael, vor Wut schnaubend, eilte ihnen nach.

Rosamund fühlte eine Welle des Glücks durch ihren Körper rauschen. Der Abt, der Richter, beide hatten ihr Bild gelobt, wenn auch nicht mit Worten, die ihre Malerei betrafen. Doch hatten sie gesagt, dass ihr Bild lebt. Gab es ein schöneres Kompliment?

Mit einem breiten Lächeln stand sie vor Matteo, wies auf die Leinwand, sprach: «Was sagst du dazu? Gefällt es dir? Habe ich dich würdig vertreten?»

Rosamund hoffte so sehr, dass Matteo, nachdem er das

Bild gesehen hatte, wieder mit ihr sprechen, dass er sie in den Arm nehmen würde und das alles bald wieder wie früher sei.

«Na?», drängte sie. «Was sagst du? Sprich doch.»

Matteo sah lange auf das Bild, schließlich wandte er sich Rosamund zu. Sein Gesicht war blass, in den Augen funkelte es. Er betrachtete sie so voller Verachtung, dass Rosamund zurückwich. Dann hob er den Arm, wies mit dem Finger auf die Tür und sagte mit heiserer Stimme: «Raus hier. Geh fort, und zwar schnell. Du bist nicht mehr mein Weib.»

Rosamund riss die Augen auf, wich vor ihrem Mann bis an die Tür zurück. «Was sagst du da?», stammelte sie. «O mein Gott, was sagst du da? Willst du mich verstoßen?»

Matteo schüttelte den Kopf. «Ich habe dich längst verstoßen, Rosamund. Du bist nicht mehr mein Weib.»

Vierunddreißigstes Kapitel

Betäubt lief Rosamund durch die vertrauten Gassen ihrer Heimatstadt, sah nichts, hörte nichts außer den Worten ihres Mannes. «Du bist nicht mehr mein Weib.»

Mit jedem Schritt, den sie sich von ihrem Heim entfernte, wurde ihr klarer, warum Matteo so reagiert hatte. Es fiel Rosamund nicht schwer, sich in andere Menschen hineinzuversetzen. Ihr Leben lang hatte sie nichts anderes getan. Und auch jetzt wusste sie, dass Matteo den Eindruck hatte, sie, sein Weib, habe ihm alles genommen. Sogar die Malerei. Für ihn musste es so aussehen, als habe sie, seit er sie kennengelernt hatte, nichts anderes im Sinn gehabt, als ihn zu vernichten. Dabei hatte sie das Gegenteil gewollt, wollte es noch immer.

Rosamund kam an der Nikolaikirche vorbei. Die Morgenmesse war lange vorüber. Jetzt lag die Kirche still und verlassen. Sie betrat das Schiff, ging bis ganz nach vorn, setzte sich auf eine Bank, presste beide Hände auf ihr wild schlagendes Herz. Sie sah zum Kreuz hinauf. Dort hing der Jesus mit geschlossenen Augen, als könne er nicht mehr mit ansehen, was vor seinen Füßen geschah. Hatte auch er sich abgewandt?

Die Welt ist kompliziert, dachte Rosamund, die Menschen sind schwierig. Es ist schwierig, mit ihnen umzugehen, schwierig, sich ihnen verständlich zu machen. Am Anfang war das Wort, so stand es in der Bibel, doch die Worte waren dafür verantwortlich, dass die Welt schwierig war.

Matteo. Noch immer klangen seine Worte in ihrem Kopf. Ohne sie wäre sein Leben anders verlaufen. Ohne sie, die Schwägerin des Zunftmeisters, der sich in die Ehe mit Ursula gezwungen fühlte, wäre er womöglich längst ein ordentliches Mitglied der Zunft, müsste nicht um Aufträge betteln, wäre anerkannt. Sicher hätte er längst eine andere Frau an seiner Seite, eine, die ihm ein Dutzend Kinder geschenkt hätte. Und er hätte ganz sicher noch seine Hand.

Aber so war sein Leben eben nicht verlaufen. Und niemand hatte Schuld daran, es sei denn, Matteo selbst. Keiner hatte ihn gezwungen, sie zu heiraten. Keiner hatte vorhersehen können, dass ihr Schoß trocken war. Oder seine Lenden. Auch das konnte schließlich sein. Und niemand hatte das Hündchen so abgerichtet, dass es Matteo die rechte Hand zerfetzen würde. Aber natürlich konnte man glauben, der Teufel hätte bei all diesen Dingen seine Hand im Spiel. Er hatte recht gehabt, Rosamund zu verstoßen, das Übel mit der Wurzel auszurotten. Er war ohne sie besser dran. Obgleich es sein konnte, dass es zu spät war für einen Neuanfang. Ohne die Finger, die er am dringendsten benötigte.

Rosamund sah auf ihre Hände. Es ist wie in der Urlegende des Dr. Faustus, dachte sie. Vater hat mir davon erzählt. Von Dr. Faustus und dem Mephistopheles. Dem Geist, der stets verneint. Dem Geist, der stets das Böse will und dabei das Gute schafft. Bei ihr war es andersherum. Sie hatte immer nur das Gute gewollt, und dabei war das Böse entstanden. Oh, sie war verflucht. Vom ersten Tag ihres Lebens verflucht.

«Was soll ich nur tun?», fragte sie den blicklosen Jesus am Kreuz. «Wohin soll ich?»

Da berührte eine Hand sie an der Schulter. Rosamund drehte sich um, sah in das Gesicht eines alten Weibleins. Es war voller Runzeln und Falten. Dazwischen lagen zwei schmale, freundliche, wasserhelle Äuglein.

«Ihr seid des Hoffmanns Tochter?», fragte sie, und Rosamund musste sich anstrengen, die Worte zu verstehen, die sie zahnlos nuschelte.

«Ja», seufzte sie. «Die bin ich wohl.»

«Was tut Ihr hier zu einer Zeit, in der eine ehrbare Hausfrau sich um das Mittagsmahl kümmern sollte?»

Die Worte kamen freundlich, ganz ohne Vorwurf.

«Ich habe niemanden mehr, dem ich ein Mahl bereiten könnte», erwiderte Rosamund.

Das Weib nickte. «Er hat Euch verstoßen, nicht wahr?»

«Woher wisst Ihr das?»

Das Weib lachte keckernd. «Er ist ein Mann. Es musste so kommen.»

«Was wisst Ihr?»

«Kennt Ihr mich nicht?»

«Nein», gab Rosamund zu. «Mir ist, als habe ich Euch noch nie gesehen.»

Wieder lachte das Weib. «Die Hilda bin ich, bringe Euch Kräuter aus dem Wald für Farben und Tränke. Auch die Läuse für das Rot bekommt Ihr von mir, und die schwarzen, alten Weinstöcke.»

Rosamund nickte benommen.

«Der Dietrich hat mit mir die Geschäfte gemacht. In der letzten Zeit hat nicht der Eure vor der Leinwand gestanden, sondern Ihr wart es.»

«Ja. Es ging nicht anders.»

Das alte, verknitterte Weiblein lächelte, tätschelte Rosamund die Schulter.

«Als ich noch so jung war wie Ihr, da erging es mir ähnlich. Der meine, ein Fallensteller, wurde blind. Da habe ich die Fallen für ihn gestellt, die Tiere gehäutet, das Fleisch verkauft. Gehasst hat er mich dafür. Mit dem Knüppel hat er geschlagen und mit der Sauferei angefangen. Jeden Tag hat er mir vorgehalten, dass alles meine Schuld wäre.»

«Und was habt Ihr getan?»

«Gegangen bin ich, noch bevor er mich rausschmeißen konnte. Ich bin nach Marburg gepilgert, zum Grab der heiligen Elisabeth von Thüringen. Habt Ihr je von ihr gehört?»

Rosamund nickte. «Sie hat sich um die Alten und Kranken gekümmert, nicht wahr? Hat in Armut und Dreck gelebt, obwohl sie von königlichem Geblüt war.»

«Ja, und weil sie eine starke Frau war, haben die Männer sie verfolgt. Gestorben ist sie nicht an ihrer Güte, sondern am Hass der Männer. Seither wacht sie über Frauen wie uns. Geht zu ihr, schlaft eine Nacht auf den Stufen vor ihrem Grab, das sich in der Elisabethenkirche befindet. Sie wird Euch helfen, wie sie auch mir geholfen hat.»

«Wie hat sie Euch geholfen?»

Das Weiblein lachte. «Was der einen hilft, kann für die andere von Schaden sein. Vertraut der Elisabeth. Sie wird für Euch das Richtige finden. Und er», die Alte wies mit dem Finger auf das Kruzifix, «wird sie dabei unterstützen.»

Rosamund drehte sich um, sah zum Jesus am Kreuz, der noch immer, wie sollte es auch anders sein, die Augen geschlossen hielt. Als sie sich wieder der Alten zuwenden wollte, war diese verschwunden. Der Platz, auf dem sie gegessen hatte, wirkte leer und kalt.

Rosamund hielt einen Augenblick inne, wusste nicht, ob sie das Weiblein geträumt hatte. Doch war das nicht gleichgültig? Sie fühlte sich so gestärkt, gekräftigt wie nach einem guten Mahl, einem Becher Wein. Die Kälte war von ihr abgefallen. Sie stand auf, bekreuzigte sich, dann machte sie sich auf den Weg.

Ungehindert passierte sie das Stadttor, kam durch die Vorstadt, überquerte das Flüsschen Nidda über eine Holzbrücke, streifte durch Wälder. Manchmal kamen ihr Leute entgegen. Fuhrwerke aus Nordhessen, die mit Tuch beladen waren, eine Gruppe von Nonnen auf den Weg ins benachbarte Kloster, Bauern, unterwegs zu ihren Äckern, oder berittene Boten, die Nachrichten von Ort zu Ort transportierten. Jedes Mal grüßte sie, jedes Mal wünschte man ihr einen guten Weg.

Der Herbst war angebrochen, die Bäume verfärbten sich. Manchmal blieb Rosamund stehen, betrachtete das Zusammenspiel der Farben. Dunkles Rot neben hellem, dazwischen feuriges Orange, sattes Gelb, bläuliches Grün. Die Luft roch nach abgeworfenen Pappelblättern und nassem Laub, nach feuchter Erde und nach Pilzen.

Seit Rosamund das Stadttor hinter sich gelassen hatte, fühlte sie sich erleichtert. Sie hatte einen Weg, ein Ziel. Das war mehr als zu Hause. Dort hatte sie in der letzten Zeit immer nur darauf geachtet, einen Schritt vor dem nächsten zu tun, den Morgen nur bis zum Abend planend.

Sie ließ das Dörfchen Bonames hinter sich, trank in Kalbach in einer Schänke einen Becher Apfelsaft und erreichte in den Abendstunden die kleine Stadt Homburg.

In einer Wirtschaft bat sie um ein Essen und um ein Nachtlager. Der Stall wäre ihr recht gewesen, doch die Wirtsfrau schüttelte den Kopf. «Eine Pilgerin seid Ihr? Was wollt Ihr da im Stall? Ich gebe Euch eine Schüssel Grütze, aber schlafen müsst Ihr anderswo, wenn Ihr kein Geld habt.»

Rosamund erschrak. Erst jetzt fiel ihr auf, dass das Leben bezahlt werden musste. Hals über Kopf war sie aufgebrochen, hatte nichts bei sich als das, was sie am Leibe trug. So war es damals in Mariahilf auch gewesen, doch jetzt schützten sie die Klostermauern nicht und auch nicht ihr Ruf als Heilige. Aber vielleicht konnte sie sich doch über Wasser halten? Sie musste es wenigstens versuchen. «Geld habe ich nicht, aber wenn Ihr einen Kohlestift habt und Papier, dann will ich Euch eine Heilige malen, die Euer Haus beschützt.»

Die Wirtsfrau runzelte die Stirn. «Kohle und Papier in einer Schankwirtschaft?» Sie schüttelte den Kopf. «Wozu soll das gut sein? Wenn wir etwas notieren müssen, dann reicht eine Schiefertafel und ein Griffel.»

«Auch darauf kann ich zeichnen, wenn Ihr mich nur lasst.»

«Eine Heilige in einer Wirtschaft, pah!», machte die Wirtin. «Das ist ungefähr wie ein Madonnenbild in einem Hurenhaus.»

Rosamund ließ die Schultern sacken, sah durch die Butzenscheiben nach draußen in den Herbstabend. Aus den Wäldern stiegen Nebel auf, die Sonne war längst untergegangen.

«Also gut, bleibt hier, um der Nächstenliebe willen. Ich gebe Euch die Tafel und den Griffel, aber gebt Acht, dass Ihr nicht alles zerkratzt.»

Rosamund atmete auf, setzte sich in ein stilles Eckchen und begann zu zeichnen. Immer wieder fiel ihr Blick dabei auf das Gesicht der Wirtsfrau. «Wie heißt Ihr?», fragte sie einmal. Die Wirtin zuckte mit den Achseln. «Hanna nennt man mich. Und mein Mann, der heißt Joachim.»

Rosamund lachte. «Der Eure und Ihr, Ihr heißt wie die Eltern der Heiligen Jungfrau Maria?»

Die Wirtin runzelte die Stirn, als wolle Rosamund sie auf den Arm nehmen.

«Wirklich. Es ist, wie ich sage. Ich habe eine Zeit in einem Kloster gelebt. Hanna oder Anna heißt auf Deutsch

‹Gnade› und ist zugleich der Name der Mutter von Maria. Ja, und Annas Mann, das war Joachim.»

Jetzt lächelte auch die Wirtin. «Wir heißen wie die Großeltern vom Jesuskind?», fragte sie nach.

Rosamund nickte eifrig.

«Dann malt fleißig. Wer weiß, vielleicht füllt's uns ja am Ende die Scheuer.»

Die Wirtin schwenkte einen nassen Lappen, schüttelte belustigt den Kopf, und Rosamund zeichnete weiter. Sie nahm die Züge der Frau in sich auf, die Haltung ihres Kopfes, das feine Lächeln, das in ihren Mundwinkeln lag.

Nach einer Weile war sie fertig. Das Gasthaus hatte sich geleert, die Männer aus der Umgebung waren längst nach Hause gegangen. Zwei Reisende, die wirkten, als wären sie Abgesandte eines hohen Herrn, hatten eine Bank auf den Tisch gestellt und sich darunter aus Decken ein Nachtlager gebaut.

Die Wirtin wusch die Weinbecher ab, machte Rosamund ein Zeichen.

Sie stand auf, ging der Wirtin entgegen, die Tafel in der Hand. «Hier», sagte sie. «Mögen Gott und die heilige Anna Euer Haus schützen.»

Die Wirtin nahm das Bild, kniff die Augen zusammen, sah eine ganze Weile hin. «Das bin ich ja», stellte sie fest. «Ihr habt ja mich gemalt.»

Rosamund nickte. «Warum nicht? Niemand weiß genau, wie die Anna ausgesehen hat. Ihr tragt Ihren Namen. Warum kann sie nicht ausgesehen haben wie Ihr?»

Die Wirtsfrau lachte aus vollem Halse. «Ausgerechnet ich», rief sie. Dann schlang sie einen Arm um Rosamunds Hals, küsste sie schallend auf die Wange. «Eine Hure war ich früher, ehe der Wirt mich genommen hat, damit ich ihm die Bälger seiner verstorbenen Frau großziehe. Nun, ich hab's getan und nicht bereut, aber eine Heilige, nein, das bin ich nicht.»

Sie schenkte Rosamund einen Becher Wein ein, noch immer über das ganze Gesicht lachend. «Schlaft im Stall, nehmt Euch eine Decke aus der Pferdebox. Und morgen früh mache ich Euch eine Schüssel Grütze. Dann aber zieht weiter, wie Ihr es vorhattet.»

Rosamund lag lange wach im Stall. Sie hörte das leise Schnauben der Pferde, das Rascheln der Mäuse, roch Hafer und Dung und genoss die Wärme, die von den Tieren ausging.

Sie hatte sich in eine Decke gewickelt und in die Nähe eines Balkens gelegt. Der Mond schien durch ein kleines unverglastes Fenster zu ihr herein, übergoss alles mit flüssigem Silber. Das möchte ich malen, dachte Rosamund. Eine Landschaft bei Nacht, eine Silbermondlandschaft.

Sie fühlte sich noch immer so leicht wie seit Wochen nicht mehr – und hatte deswegen eine schlechtes Gewissen. Seit sie fort war von zu Hause, hatte sie nicht eine einzige Träne geweint. Beinahe kam es ihr so vor, als hätte der Abschied von Frankfurt und von Matteo schon lange Zeit vorher stattgefunden. Es tat gut, nicht mehr in die vorwurfsvollen Augen eines Mannes zu blicken, der glaubte, man habe ihm das Leben verdorben. Es tat gut, die Last von der Schulter zu werfen. Nicht mehr in der Werkstatt zu stehen und ein Porträt zu malen, weil es ihre Schuld war, dass hier kein anderer stehen konnte. Denn erst jetzt wurde Rosamund klar, dass sie mit dem Porträt vor einer unlösbaren Aufgabe gestanden hatte. Einerseits hatte es gut werden müssen. Besser als alle anderen, die man je in Frankfurt gesehen hatte. Und auf der anderen Seite durfte es keineswegs so gut werden, dass Matteo sich davon überflügelt fühlte. Ja, jetzt in der Nacht konnte Rosamund es zugeben. Sie war versucht gewesen, hier und da das Porträt der Dittmännin zu verpfuschen. Für Matteo. Damit er für immer der Beste blieb. Doch sie hatte es nicht getan. Sie hatte es schlicht vergessen in ihrem Malrausch.

Handwerklich reichte sie nicht an Matteo heran. Das hatte sie festgestellt, als Michael und der Abt in der Werkstatt gewesen waren. Die Perspektive beherrschte er viel besser als sie. Und doch hatte ihr Bild die anderen berührt. Vielleicht, weil sie in ihren Pinsel alles gelegt hatte, was sie nicht aussprechen konnte. Und so war eine Aura um das Bildnis der Dittmännin entstanden, die man allein mit Handwerk nicht hervorbringen konnte.

Rosamund hatte viel verloren, ihren Mann, ihr Heim, vorher Mutter, Schwester und das Elternhaus. Ich müsste weinen, dachte sie, weinen, bis ich keine Tränen mehr habe. Aber ich kann es nicht. Vielleicht war ich doch verflucht von Anbeginn. Und noch immer fühlte sie sich auf unbenennbare Art befreit, so als läge das Leben noch vor ihr, als wäre noch alles möglich.

Der Lärm, den der Stallknecht am Morgen machte, weckte sie auf. Sie grüßte ihn, wusch sich am Brunnen das Gesicht, dann ging sie in die Gaststube. Die Wirtin begrüßte sie mit einem Lächeln, stellte ihr eine Schüssel Hafergrütze hin, dazu einen Kanten Brot, ein Töpfchen mit goldgelber Butter.

Als Rosamund aufgegessen hatte, trat die Wirtin zu ihr an den Tisch. «Nach Marburg ist es noch ein gutes Stück Weg», sagte sie. «Ihr braucht Proviant und Wasser unterwegs und am Abend einen Platz zum Schlafen. Ich kann Euch nicht viel geben, wir haben selbst kaum genug. Die schlechte Ernte, die hohen Steuern, die vielen Soldaten, die das ihre verlangen und nichts dafür geben.»

«Das ist freundlich von Euch, dass Ihr Euch Sorgen macht, aber ich komme schon klar. Bin immer schon irgendwie klargekommen.» Rosamund lächelte die Wirtin an, fühlte sich von deren freundlichen Blicken fast gestreichelt.

«Da, nehmt das. Mehr habe ich nicht.»

Sie reichte Rosamund ein Bündel und fügte hinzu: «Ein Maler hat dies bei uns gelassen als Pfand, weil er die Rechnung nicht begleichen konnte. Er wollte wiederkommen und sein Bündel auslösen, aber das ist jetzt über ein Jahr her. Nehmt Ihr die Farben, die Pinsel und das andere Zeug darin. Vielleicht könnt Ihr Euch auf die Art ein Auskommen schaffen. Und wenn Ihr am Grab der heiligen Elisabeth steht, dann denkt einen Augenblick an mich und grüßt die Thüringerin von mir.»

Die Wirtin legte das Bündel auf den Tisch, wandte sich

brüsk ab und verschwand mit schnellen Schritten in der Küche, sodass Rosamund kaum dazu kam, ihr zu danken.

Sie machte das Bündel auf und lachte hell, als sie die Farben darin fand, die Pinsel, ein Kännchen mit Leinöl sogar, einen kleinen Mörser und zwei Kohlestifte.

Gerührt betrachtete sie die vertrauten Dinge, fühlte die weichen Borsten der Pinsel, roch an den Farben, die sie bei Bedarf reiben konnte. Jetzt hatte sie mehr, als sie sich zu träumen getraut hatte. Auch der letzte Rest Besorgnis fiel von ihr ab. Von nun an würde sie aus eigener Kraft für sich selbst sorgen können. Und den Rest, da war sie sich sicher, würde die heilige Elisabeth für sie erledigen.

Fünfunddreißigstes Kapitel

Von Homburg aus wandte sich Rosamund nach Norden. An der Ostseite des Taunus wanderte sie an kleineren Dörfern und an der Kapersburg vorbei, bis sie die Usa, ein kleines Flüsschen, welches den Ort Mörlen durchzog, erreichte.

Die Herbstsonne schien mittagswarm, am Himmel sammelten sich mit großem Gezeter die ersten Zugvögel. Kurz vor dem Dorfeingang setzte sich Rosamund an den Rand einer kleinen Lichtung, die an der Usa lag. Den ganzen Weg über hatte sie Holz gesammelt. Glatte Rindenstücke, Scheiben, die von einem Fuhrwerk heruntergefallen waren, sogar ein armdickes Aststück war dabei. Sie ließ sich auf der Lichtung nieder, öffnete das Bündel und begann, die Farben zu reiben. Dann füllte sie den Mörser mit Wasser aus der Usa und begann zu malen. Die Sonne beschien sie, einzelne Strahlen tanzten durch das Herbstlaub, ließen das Flüsschen wie Silber schimmern. Rosamund saß, den Pinsel in der erhobenen Hand, und nahm alles in sich auf. Dann begann sie zu malen. Sie sah auf, starrte auf den Sonnentanz, rührte Farben, tauchte den Pinsel hinein, setzte da einen gelben Lichtpunkt, schuf dort flirrendes Grün, ließ das Haar der gemalten Heiligen wie Gold schimmern.

Als die Sonne sich hinter den Baumwipfeln versteckt hatte, war Rosamund fertig. Sie betrachtete die Heiligenbilder, die sie gemalt hatte. Ja, auch denen fehlte es an handwerklicher Feinheit, doch sie lebten. Beinahe kam es Rosamund so vor, als atmeten sie, als spielte das Licht in ihren Augen wie ein Schalk.

Die Farben waren noch nicht trocken, also trug Rosamund die Heiligenbilder auf ihren Händen ins Dorf Mörlen.

Auf dem Platz vor der Kirche blieb sie stehen. Einige alte Männer saßen auf Bänken unter der Dorflinde, redeten miteinander, starrten auf Rosamund.

Einer winkte ihr mit seinem Krückstock, sie solle näher kommen.

Rosamund grüßte.

«Wer seid Ihr? Wohin wollt Ihr?», fragten die Männer.

«Mein Mann, er ist Maler. Bei einem Unfall hat er sich die rechte Hand verkrüppelt. Ich will zur heiligen Elisabeth und dort für ihn bitten.»

Der Mann mit dem Krückstock zeigte auf die Bilder. «Sind die von dem Euren?»

Rosamund zögerte einen Augenblick. Zu gern hätte sie zugegeben, dass sie die Malerin dieser Bildchen war, doch sie sah an den Blicken der alten Männer, dass ihre Arbeiten dann weniger wertvoll gewesen wären.

«Ja, der meine hat sie gemalt. Die Farben trocknen schlecht; der Herbst ist zu feucht.»

Die alten Männer nickten wissend. «Gilbt der Sommer das Gras, wird der Herbst nass.»

«Geht zum Pfarrer», riet einer der Männer. «Der ist zwar ein Lutherischer, aber kein schlechter Kerl. Vielleicht hat er Verwendung für Eure Bildchen.»

Rosamund dankte. Die Pfarrhaustür wurde ihr von einer nicht mehr ganz jungen Frau geöffnet, deren rote Wangen wie Sommeräpfel leuchteten.

«Kommt herein, kommt herein», sagte sie fröhlich. «Ich habe gerade frischen Apfelkuchen aus dem Rohr geholt. Der wird Euch schmecken an einem Tag wie heute.»

Rosamund war verblüfft ob der Freundlichkeit der Frau.

Die hatte ihr die Bildchen schon aus der Hand genommen.

«Ihr seid die, deren Mann seine Hand verloren hat, nicht wahr?»

«Woher wisst Ihr das?»

Die Frau lachte. «In unserem Dorf verbreiten sich die Nachrichten schneller als Staub bei Sturm. Der alte Mann mit dem Krückstock; er ist mein Onkel. Einen Jungen hat er mit der Nachricht von Euch geschickt. Und nun setzt Euch und lasst es Euch schmecken.»

Rosamund setzte sich zögernd. «Dann wisst Ihr auch, dass ich nichts bezahlen kann?», fragte sie.

Die Haushälterin winkte ab. «Eure Bildchen, das ist mehr Bezahlung als genug. Ihr gebt sie doch her, nicht wahr?»

Rosamund nickte, den Mund voller Apfelkuchen.

Mit Freude betrachtete die Frau das Bildnis der heiligen Anna. «Ja, so habe ich sie mir vorgestellt, unsere liebe Frau. Ganz genauso habe ich sie in meinen Träumen gesehen.»

Rosamund wunderte sich. «Aber ihr Gesicht. Seht Ihr nicht, dass die Nase ein bisschen schief ist?»

«Wer von uns ist schon vollkommen? Tröstlich ist es, dass selbst die Heiligen schiefe Nasen haben. Gott hat den Menschen nach seinem Bild geschaffen. Also. Der eine schielt, der andere nuschelt, der dritte hat einen Buckel, und die hier hat eben eine schiefe Nase. Mir gefällt das Bild. Ich nehme es. Ist ein Abendmahl und ein Bett in einer Kammer zu wenig dafür?»

Die Frau wirkte zum ersten Mal unsicher.

«Aber nein, ganz und gar nicht. Allein Euer Apfelkuchen ist genug, um das Bildchen aufzuwiegen.»

«Das sagt mein Pfarrer auch immer», lachte die Haushälterin. «Eine Sünde nennt er meine Kuchen, aber eine lässliche eben. Wo hat Euer Mann gelernt, so zu malen?»

Rosamund seufzte. «Im Italienischen, hinter den Alpen. Von dort stammt er auch.»

Die Haushälterin nickte ehrfurchtsvoll.

«Wenn Ihr wollt, dann zeige ich Euch jetzt Eure Kammer. Zum Abendessen rufe ich Euch.»

Da spürte Rosamund ihre Müdigkeit. In der Kammer zog sie ihre Schuhe aus, ließ sich auf das Bett fallen, ein einfacher Strohsack nur mit einem Überzug, und war eingeschlafen, noch bevor die Haushälterin wieder zurück in ihrer Küche war.

Sechsunddreißigstes Kapitel

Matteo hatte noch lange in der Werkstatt vor dem Bildnis der Dittmännin gesessen. Sogar den Gesellen hatte er gefragt: «Dietrich, wie findest du es?»

Dietrich hatte gezögert, aber sich dann doch ein Herz gefasst. «Sie malt das Innere des Menschen, Meister. Und Ihr das Äußere.»

«Ist das so?», hatte Matteo entgegnet und weiter auf das Porträt gestarrt.

«Ja, Meister. Ich denke, so ist es.»

Dann war Dietrich gegangen, um vom Nachbarn einen Eimer Pferdepisse zu holen, denn die weiße Farbe war knapp geworden. Als er wiederkam, saß Matteo noch immer auf dem Schemel. «Ich glaube, Dietrich, es ist an der Zeit, dass ich wieder male», sagte er.

«Mit der Hand? Wie soll das gehen?» Dietrich hatte vorsichtig gesprochen, doch Matteo verzog die Mundwinkel nach oben. «Habe ich nicht zwei Hände, Dietrich?»

«Ja, Herr. Natürlich habt Ihr das.»

«Also werde ich von nun an lernen, mit links zu malen.»

Dietrich machte große Augen und nickte sehr langsam, doch er sah, dass es dem Meister ernst war.

«Wir haben noch Aufträge. Sagt mir, welche Farben Ihr benötigt, dann werde ich sie anrichten.»

«Nein, Dietrich, noch keine neuen Farben. Nur alte Reste, mit etwas Leinöl geschmeidig gemacht. Ich bin weniger als ein Lehrjunge mit der linken, muss erst üben.»

Wenig später tunkte Matteo den Pinsel in alte Farbe, versuchte sich an Kreisen mit der linken Hand. Die ersten gelangen zittrig und glichen eher einem Ei; Matteo musste sogar den Handrücken aufstützen, um den Pinsel bewegen zu können. Doch nach dem ersten Dutzend wurde es besser, die Kreise runder, der Pinsel saß fester in der Hand. Nach zwei Stunden war Matteos Hemd nass geschwitzt. Dennoch war er bester Laune.

«Ich werde wieder ein Maler sein, Dietrich», sagte er. «Ich werde es lernen. Und auch alles andere, was mir wichtig war, werde ich mir zurückerobern.»

Wieder nickte Dietrich sehr langsam, wagte kaum, den Mund zu öffnen, tat es aber doch: «Und die Meisterin?», fragte er leise.

Matteo sah ihn aus zusammengekniffenen Augen an und erwiderte nichts.

Am Abend wanderte er über die Heide nach Bornheim. Obwohl die Glocken noch nicht die siebte Abendstunde eingeläutet hatten, war es bereits dunkel. Matteo atmete tief durch. Er hatte Angst, den Sandweg zur Johanneskirche zu benutzen. Hier war er vor Wochen von dem Hund angefallen worden. Hier war er um seine Hand gebracht worden. Bisher hatte niemand den Hund fangen können, doch seit einiger Zeit ward er auch nicht mehr gesehen. Trotzdem schlug Matteo das Herz in der Brust wie ein Hammer auf einen Schmiedeamboss.

Immer wieder blieb er stehen, sah sich nach allen Seiten um, lauschte in die Dunkelheit. Die Vögel hatten ihren Singsang eingestellt, der Wind murmelte nicht mehr in den Blättern, nur einzelne Tropfen blinkten im kahlen Geäst.

Nebel lag über der Heide, und auch aus Matteos Mund kamen bei jedem Atemzug weiße Wölkchen.

Einmal raschelte es dicht neben ihm. Sofort blieb er stehen, alle Sinne bis zum Zerreißen gespannt. Er blickte zurück zur Bornheimer Pforte, versuchte, den Abstand einzuschätzen. Doch es blieb still, und nach einer Weile beruhigte er sich und ging entschlossen, wenn auch mit weichen Knien, weiter.

Stille lag über dem Dörfchen. An den meisten Katen waren die hölzernen Läden schon zugeschlagen. Hin und wieder entdeckte Matteo einen winzigen Lichtstreifen durch die Latten. Aus einigen Schornsteinen stieg Rauch auf, doch die Gassen waren leer. Kein Mensch, kein Hund, kein Lachen, kein Weinen Nur zwei Ratten huschten ihm über die Füße.

Eiligen Schrittes begab sich Matteo zur Johanneskirche, drückte die große Klinke, stemmte sich gar gegen das Türblatt, doch die Tür blieb verschlossen. Auch hier herrschte eine Stille, die tiefer zu sein schien als die eines ganz normalen Herbstabends.

Matteo lief um das Gebäude herum, suchte nach dem

zweiten Eingang, der direkt in den Keller führte, fand ihn, doch auch hier war die Tür verschlossen.

Mit hängenden Schultern stand er da, entdeckte im gegenüberliegenden Pfarrhaus noch Licht, klopfte dort an die Tür.

Der Pfarrer selbst öffnete, und Matteo erkannte in ihm einen der Männer der Geheimen Bruderschaft.

«Was führt Euch hierher?», fragte der Pfarrer und tat, als hätte er Matteo noch nie im Leben gesehen.

«Es ist sieben Uhr, und die Kirche ist verschlossen», erwiderte Matteo.

Der Pfarrer nickte, verschränkte seine Hände vor dem Bauch. «Das hat seine Richtigkeit. Unsere Kirche wird jeden Tag nach dem Vespergottesdienst verschlossen.»

«Aber … aber heute ist doch Dienstag!» Matteo konnte es nicht glauben. Der Pfarrer verhielt sich, ob er sich im falschen Dorf befände, vor der falschen Kirche, als wäre das alles hier ein großer Irrtum. Aber das konnte nicht sein. Die Bruderschaft hatte immer hier ihre Zusammenkunft gehabt.

«Ja, heute ist Dienstag», bestätigte der Pfarrer.

Matteo schüttelte den Kopf, trat von einem Bein auf das andere, nicht bereit, sich fortschicken zu lassen.

«Und die Bruderschaft?», fragte er leise.

Der Pfarrer sah ihn ungerührt an. «Ich weiß nicht, von was Ihr sprecht.»

Matteo blieb hartnäckig. «Die Geheime Bruderschaft des Johannes Trithemius. Ihr wart doch dabei, ich habe Euch dort gesehen!»

Der Pfarrer seufzte, sah sich nach allen Seiten um. Die Gassen lagen noch immer wie ausgestorben.

Er packte Matteo am Ärmel, zog ihn ins Pfarrhaus hinein und bedeutete ihm mit einer Handbewegung zu schweigen.

«Es gibt sie nicht mehr, die Bruderschaft. Es hat sie nie gegeben, versteht Ihr?»

Matteo schüttelte den Kopf, und der Pfarrer verdrehte die Augen über so viel Begriffsstutzigkeit.

«Einer hat geredet. Aus Angst. Erzählt hat er von der Bruderschaft. Und dass Euch ein Hund gebissen hat. Nun, die Strafe wäre es für all jene, die sich mit dem Teufel eingelassen haben. Deshalb gibt es keine Bruderschaft mehr und hat es auch nie eine gegeben.»

Jetzt verstand Matteo, doch ihm fielen keine Worte ein.

Stumm nickte er, wandte sich um und verließ das Pfarrhaus und das Dörfchen Bornheim, eilte durch die Heide und erreichte verwirrt sein Zuhause. Wie gern hätte er mit jemandem gesprochen über all diese Dinge. Aber da war niemand. Das Haus war leer, die Lichter gelöscht, das Feuer im Herd erloschen, das Bett kalt.

Am nächsten Morgen begab er sich beim ersten Hahnenschrei in die Werkstatt und übte sich im linkshändigen Zeichnen. Das Bild der Dittmännin war seit Michaels Besuch unter einem Laken verborgen. Trotzdem kannte Matteo jeden Pinselstrich. Das Bild war fertig, zumindest beinahe. Ein paar kleine Korrekturen, ein paar fehlende

Lichter, das war schon alles. Und den wenigsten, den allerwenigsten würde es auffallen, wenn diese Korrekturen nicht ausgeführt würden.

Matteo seufzte. Der Pinsel lag schwer in seiner linken Hand, sträubte sich, den Befehlen seines Herrn zu folgen. Einmal fiel er Matteo sogar auf den Boden. Und Matteo bückte sich nicht danach, sondern trat nach dem Pinsel, schimpfte dabei wie ein Fuhrknecht. Bis Dietrich schließlich kam, den Pinsel säuberte und ordentlich neben das Papier auf den Tisch legte.

«Ihr macht Fortschritte, Herr», sagte er leise.

«Unfug!», brüllte Matteo. «Nichts gelingt. Als sie noch da war, da war es schlimm, doch seit sie weg ist, ist alles noch viel schlimmer.»

Dietrich zog den Kopf zwischen die Schultern, machte sich am Feuer zu schaffen, erwiderte nichts. Nur einmal blickte er auf, zeigte zur Tür. «Da kommt jemand.»

Matteo hielt inne, erspähte auf dem Hof den Ratsherrn Dittmann.

«Geh, Dietrich, geh zur Apotheke. Kauf dort Leinöl und Alkohol. Bald werde ich mit Farben üben.»

Dietrich verstand, wechselte seinen Malkittel mit einem ordentlichen Umhang und verschwand. In der Tür traf er mit dem Ratsherrn zusammen. «Ist der Meister drinnen?», fragte dieser.

Dietrich nickte und ging.

«Gott zum Gruße, Meister Matteo», sprach der Ratsherr.

Matteo tat, als schreckte er aus seiner Arbeit hoch.

«Ach, Ihr seid es. Gott zum Gruße auch Euch.»

«Ist das Bildnis fertig? Ihr wisst, der Termin rückt näher.»

Matteo stand auf, trat vor die Staffelei. «Seht selbst, Ratsherr.»

Doch der Ratsherr beugte sich über die Zeichnungen. «Ihr übt Euch in der Kunst der Linksmalerei?»

Matteo schwieg, sah auf seine rechte Hand, die noch immer bandagiert war.

«Das ist recht so. Ihr werdet bald wieder malen können. Es war gut und richtig, Stillschweigen über die Schwere Eurer Verletzung zu bewahren. Es mangelt Euch doch nicht an Aufträgen?»

Matteo lächelte schief. «Die Bruderschaft, als es sie noch gab, sorgte gut für die ihren.»

«Das wird auch so bleiben.»

Der Ratsherr nickte Matteo zu, dann trat er vor das Porträt seiner Frau.

Lange stand er davor, betrachtete es mit zur Seite geneigtem Kopf. Erst nach einer Weile, die Matteo unendlich lang erschien, trat er zurück. Seine Stimme bebte leicht, als er sagte: «Ich sehe sie vor mir in diesem Bild, meine Maria. An mich halten muss ich, um nicht die Hand auszustrecken und ihr über die Wange zu streicheln.»

«Es lebt, das Bild. Sagt zumindest unser Geselle.»

«Recht hat er, der Geselle. Mir ist gerade so, als hätte der Maler meine Maria auch von innen gemalt. Ihr Herz, versteht Ihr, und ihr Hirn. So, wie sie eben ist.»

Matteo nickte. Auch er war angerührt von diesem Porträt, das er als Plan entworfen, Rosamund aber vollendet und belebt hatte.

Ratsherr Dittmann zog seine Geldkatze hervor. «Ich bezahle Euch jetzt und nehme das Bild gleich mit.»

«Es ist noch nicht ganz durchgetrocknet», gab Matteo zu bedenken.

«Das ist mir gleich. Es kann genauso gut in meinem Haus trocknen. Ich aber möchte keinen Augenblick mehr ohne dieses Bild sein.»

Er legte Matteo eine Summe auf den Tisch, für die ein normaler Handwerker ein ganzes Jahr lang arbeiten musste.

Matteo starrte auf die Goldgulden. «Das ist zu viel», flüsterte er.

Der Ratsherr schüttelte den Kopf. «Genau diese Summe ist mir das Bild wert. Der Wert bestimmt den Preis. So handelt man unter Ehrenmännern.»

Matteo schluckte. «Dann sage ich dem Dietrich, er möchte gleich nach seiner Rückkehr das Bild zu Euch bringen.»

«Gut so, mein Freund. Doch ehe er kommt, noch ein Wort von mir. Ihr wart gestern in Bornheim, nicht wahr?»

Matteos linke Hand strich über den Verband an seiner rechten. «Ja.»

«Die Bruderschaft gibt es nicht mehr, das habt Ihr sicherlich erfahren?»

«Ja. Aber ich weiß nicht, warum das so ist. Der Pfarrer, er hat mir nichts darüber gesagt.»

«Es gibt auch nicht viel darüber zu sagen. Euer Erscheinen hat letztlich dazu beigetragen, dass die Bruderschaft des Johannes Trithemius sich aufgelöst hat.»

«Ich!» Matteo wich entsetzt zurück, beide Hände in Abwehr erhoben.

Der Ratsherr lächelte. «Ja, Ihr. Eure Fragen waren es, über die sich die Mitglieder nicht einigen konnten.»

Der Ratsherr ließ sich auf den Schemel fallen. «Gibt es keinen Wein hier? Mein Mund ist ganz trocken vom vielen Reden.»

Matteo nahm die Kanne, goss einen Becher voll und schob ihn dem Ratsherrn hin. Der trank und seufzte.

«Wo war ich?»

«Ihr sagtet, der Zerfall der Bruderschaft wurde durch meine Fragen herbeigeführt.»

«Ein Scherz, mein Lieber, nur ein Scherz. Obwohl, im Kern steckt doch ein Stückchen Wahrheit. Nun, wir waren bei unseren Gesprächen kurz davor, die Existenz Gottes in Zweifel zu ziehen. Überdies tat sich der Gedanke auf, dass Gott und Teufel nur zwei Seiten derselben Münze sind. Einige der Brüder hat das sehr empört. Sie mögen nicht lassen von Gott, brauchen ihn wie das Kleinkind die Mutter. Ihr in Italien seid da weiter als wir. Bei euch sind die Philosophen an Gottes Stelle gerückt.» Der Ratsherr zuckte mit den Achseln. «Wir mussten die Bruderschaft auflösen, um nicht noch mehr seltsame Gerüchte in Umlauf zu bringen. Ein falsches Wort an den falschen Mann hätte üble Folgen haben können. Ihr versteht?»

Matteo nickte, obwohl er nicht alles verstand, was der Ratsherr da sprach. Ihm hatten die Gespräche Freude gemacht, er hatte sich an den Argumenten berauscht. Für ihn war es ein Spiel gewesen. Sein Glaube war davon unberührt geblieben. Es war nicht anders als Mathematik. Eine Rechnung wurde gestellt, die Zahlen nachvollziehbar aufgegliedert, trotzdem hatte Matteo nur in den seltensten Fällen Lust, diese Rechnung auch zu bezahlen. Gleichwohl tat er es trotzdem.

«Und nun?», fragte er. «Wie geht es weiter?»

Der Ratsherr hob die Schultern. «Gleichgesinnte finden einander überall. Ich unterhalte jeden Sonntagabend eine kleine Gesprächsrunde. Nichts Geheimes, keine Zeichen, keine Umhänge, alles ganz zwanglos. Es würde mich freuen, Euch auch einmal dabei begrüßen zu dürfen. Über alles andere macht Euch keine Sorgen. Die Malerei, die muss einem im Blute liegen; die Hand ist nur ihr Werkzeug.»

Matteo hatte den Ausführungen des Ratsherrn mit gesenktem Kopf und hängenden Schultern gelauscht. Für ihn war die Welt zusammengebrochen. Er hatte seine Hand verloren und damit seinen Beruf, sein Weib war weg, die Bruderschaft zerfallen, und der Ratsherr stand vor ihm und tat, als gäbe es für alles eine Lösung, als wäre sein ganzes Leid nur etwas Vorübergehendes.

Und jetzt schlug er ihm gar noch auf die Schulter. «An Aufträgen wird es Euch nicht mangeln. Eure Geldlade wird stets gut gefüllt sein. Jetzt müsst Ihr Euch nur noch zurückholen, was Ihr verloren habt. Wartet nicht zu lange damit.» Ein bäriges Lachen noch, dann war der Dittmann verschwunden, mit ihm das Bild, das Letzte, was noch von Rosamund hier gewesen war, und Matteo stand allein in seiner Werkstatt.

Siebenunddreißigstes Kapitel

Rosamund machte sich zeitig auf die Wanderschaft. Sie verließ Mörlen, warf einen Blick zurück auf das Flüsschen Usa. Ein dicker bläulichgrauer Nebelteppich bedeckte die Wiesen. Hier und da ragte ein Pferdekopf hervor. Rosamund hörte kurzes scharfes Schnauben, ein Aufwiehern. Ein Hengst stieg mit den Vorderhufen aus dem Nebel. Anderswo ragten zwei Pferdeköpfe hervor, rieben zärtlich die Hälse aneinander.

Rosamund zog den Umhang fester um sich, schritt schneller aus. Der Weg vor ihr verlor sich nach einem kurzen Stück im Nebel. Manchmal schälte sich ein Baum am Wegesrand aus dem Nebel, winkte mit kahlem, tropfendem Geäst. Dann tauchte ein Reiter vor ihr auf wie eine Traumgestalt, verschwand hinter ihr nach kurzem Gruß.

Gegen Mittag, der Nebel hatte die Landschaft noch immer in ein graues Tuch gehüllt, kam sie in Butzbach an, trank auf einem Bauernhof einen Becher Milch, erbat ein Brotstück, aß frischen Käse dazu.

Der Bauer, ein leutseliger Mann, der allein auf dem Hof lebte, nahm sie auf seinem Fuhrwerk mit nach Gießen. Unterwegs erzählte er von seinem Leben, von seiner Frau und den sieben Kindern, von denen der Herrgott vier schon im Säuglingsalter wieder zu sich geholt hatte. Die restlichen drei hatten den Hof verlassen. Die älteste Tochter war in Kassel in den Dienst einer Patrizierin getreten, um sich ihre Aussteuer zusammenzusparen. Der Sohn war in einem hessischen Regiment, half mit, das Land von Luthers Lehre zu überzeugen. Die jüngste Tochter aber war mit einem Landsknecht auf und davon gegangen.

Der Mann hatte Tränen in den Augen, als er davon sprach.

«Sie wird wiederkommen», beteuerte er. «Vielleicht mit ein paar Bälgern, die keinen Vater kennen, doch das ist mir gleich. Als Witwe werde ich sie ausgeben und wieder in mein Herz schließen, denn immerhin ist sie mein Fleisch und mein Blut.»

Am Abend waren sie in Gießen. Während der Mann in einer Schänke für Fuhrleute unterkam, bereitete sich Rosamund ein Lager aus Heu auf dem Fuhrwerk. Sie schlief schlecht in dieser Nacht, schrak mehrmals hoch, klapperte vor Kälte mit den Zähnen, spürte, wie die Nässe ihre Kleider durchdrang.

Sie ließ ein Bildchen im Wagen zurück und machte sich auf den Weg, sobald der Horizont von einem Silberstreif erhellt wurde.

Der Nebel hatte sich verzogen, nur der Fluss Lahn, an dessen Ufern sie entlangging, dampfte, als würde darin gekocht. Nach ein paar Stunden brach die Sonne durch die Bäume, ließ silberne Tropfen auf den schwarzen Ästen glitzern.

In Lollar war Markt. Rosamund ermalte sich eine Schüssel aus der Garküche, lief weiter. Am Abend erreichte sie das Dörfchen Fronhausen, machte jedoch vorher halt und setzte sich unter einen Baum am Fluss. Sie war müde und schmutzig. Die Füße taten ihr weh, in ihrem linken Schuh klaffte ein Loch. Ihr blaues Kleid, dem die Haus- und Werkstattarbeit in Frankfurt nichts anhaben konnte, hing jetzt wie ein Lumpen an ihr. An einigen Stellen war der Saum heruntergetreten, das Kleid selbst bis zu den Hüften hinauf mit Lehm und Dreck bespritzt.

Ihr Haar war strähnig, ihre Arme und Beine waren von einer Staubschicht bedeckt. Rosamund fühlte sich so schmutzig, dass sie sich nicht mehr unter die Leute wagte.

Als die Dämmerung die Schatten überdeckte, legte sie ihr Kleid ab und stieg in den Fluss. Das Wasser war so kalt, dass es ihr für einen Augenblick den Atem nahm, doch Rosamund hielt der Kälte stand, tauchte sogar den Kopf unter Wasser, reinigte Haar und Körper. Lieber fror sie sich blau, als sich noch länger schmutzig zu fühlen.

Mit klappernden Zähnen erklomm sie das Ufer, hüllte sich fest in ihren Umhang und versuchte, den Schmutz aus dem Kleidersaum zu rubbeln. Sie war ganz vertieft in ihre Arbeit, dachte an zu Hause, an die Wäscherinnen am Main und an deren Gesänge. Ohne dass sie es merkte, fing sie an zu singen, Waschfrauenlieder, die sie schon als Kind gehört hatte. Dabei rubbelte sie ihr Kleid, bis ihr ganz warm wurde.

Die Dämmerung war der Dunkelheit gewichen, doch

der Mond schien so hell, dass Rosamund alles ringsum gut erkennen konnte.

Hinter sich hörte sie Geräusche, doch sie wandte sich nicht um. Die Tiere, dachte sie, wollen hinunter zum Fluss, um zu trinken.

Als sich eine Hand auf ihre Schulter legte, schrie Rosamund auf. Sie wollte sich umdrehen, doch schon presste sich eine Hand auf ihren Mund.

Sie roch herben Schweiß, fühlte die raue Männerhand.

«Na, meine Schöne», raunte eine Stimme neben ihrem Ohr. Warme Schwaden biersauren Atems streiften ihr Gesicht.

«Wer nachts nackt und allein im Fluss badet, der sucht nach jemandem, der ihm den Rücken schrubbt.»

Die harte Männerhand löste sich von ihrem Mund, fuhr grob über ihren Hals bis hinunter zu Rosamunds Brüsten.

Da erwachte sie aus ihrer Erstarrung, riss den Kopf herum, funkelte den Mann an. «Wer nachts allein nach Mädchen sucht, der ist des Teufels», sagte sie streng und starrte dem Mann ins Gesicht. Der schüttelte kurz den Kopf, herrschte sie an: «Schau weg, Dirne!»

«O nein, ich schaue nicht weg. Seht mich nur an. Könnt Ihr meine Augen gut erkennen? Das eine ist dunkel wie die Hölle, das andere blau wie der Sommerhimmel.»

Rosamund dachte nichts in diesem Augenblick, fühlte nichts, nicht einmal Angst. Ihre Sinne waren so geschärft, dass sie alles um sich herum in übergroßer Deutlichkeit wahrnahm. Den Adamsapfel des Mannes, der hektisch auf und ab hüpfte, den schwarzen Zahn in seinem Maul, die Speichelreste in seinen Mundwinkeln.

«Seht hin!», befahl sie. «Los! Macht schon! Oder habt Ihr Angst vor dem Teufel?»

Der Mann holte aus, wollte ihr eine Maulschelle versetzen, doch Rosamund rief: «Halt! Der Teufel wird nicht geschlagen, denn er schlägt zurück mit doppelter Kraft.»

Da beugte sich der Mann ein wenig zu ihr herunter, stierte in ihre Augen, fuhr zurück, wischte die Hände an den Hosenbeinen ab, stotterte: «Ihr seid wahrhaftig der Teufel, habt wahrhaftig zwei verschiedene Augen.»

Er begann zu schlottern, seine Hände zitterten, als er sie abwehrend hob. «Es war ein Versehen, ich bitte untertänigst um Vergebung. Lasst mich laufen, ich wollte Euch nichts tun. Nur ein bisschen erschrecken, versteht Ihr. Ein Spaß.»

Rosamund ließ den Mann nicht aus den Augen, wies mit der ausgestreckten Hand auf das Dorf. «Geht!», befahl sie.

Der Mann nickte eifrig, sein Adamsapfel hüpfte, Speichel tropfte von seinen Lippen, aber er stand wie Lots Frau.

«Habt Ihr nicht gehört!» Rosamund schrie nun. «Macht, dass Ihr fortkommt.»

Sie rappelte sich hoch, da endlich kam Leben in den Mann, er wirbelte herum und rannte, dass kleine Erdbrocken von seinen Absätzen spritzten.

Als er schon lange weg war, klopfte Rosamunds Herz

noch immer wie verrückt. Nur langsam wurde sie ruhiger. Eine unbekannte Heiterkeit überfiel sie, wurde stärker mit jedem Atemzug, bis sie schließlich in schallendes Gelächter ausbrach. «Er hat wahrhaftig gedacht, ich wäre der Teufel», kicherte sie, presste die Hand vor die Augen. «Das Mädchen mit den Teufelsaugen. Ich bin es noch immer. Aber dieses Mal haben mich meine Augen gerettet. Sie sind von Gott. Gott hat mich so geschaffen, weil er wusste, dass sie mich schützen können. Ja, ich bin ein Gotteskind, und meine Augen sind ein Gottesgeschenk.»

Sie spürte, wie alle Angst von ihr abfiel, fühlte sich stärker bewaffnet als mit einem scharfen Schwert. Sie zog ihr feuchtes Kleid über, schlang die Haare im Nacken zu einem Knoten, setzte die Haube auf und wickelte sich in ihren Umhang. Die Müdigkeit war verflogen.

Dann schnappte Rosamund ihr Bündel und ging furchtlos durch die Nacht.

Am nächsten Morgen erreichte sie die Stadttore von Marburg, fragte den Wächter nach einer Herberge, und wurde von ihm ins Haus der Beginen geschickt.

Achtunddreißigstes Kapitel

Alles war so still. Die Werkstatt, das Haus. Sogar sein Inneres war ruhig und leer.

Manchmal hielt Matteo inne, lauschte, doch da war nichts. Kein Lachen von Rosamund, kein Gesang, keine Befehle an die Magd. Er vermisste selbst das Geräusch, das entstand, wenn ein Pinsel auf die Leinwand traf. Klack, klack, Klaaaaaack.

Er selbst musste den Pinsel führen, um das Klacken zu erzeugen. Mit links klang es schwächer als mit rechts. Und er musste selbst singen, wenn er Lieder hören wollte, selbst lachen, mit sich selbst reden.

Aber was sollte er sich sagen? Worüber sollte er lachen? Es gab nichts mehr zum Lachen, seit Rosamund weg war.

«Vermisst Ihr sie?», hatte Dietrich gefragt, und Matteo hatte geschwiegen, ihm nur einen bitteren Blick gesandt. Was wusste Dietrich schon? Er kannte Rosamund, seit sie ein Kind war. Aber er ahnte nichts von der Leere und Stille in Matteo.

«Ich würde sie suchen», hatte Dietrich hinzugefügt, ein wenig stammelnd, weil er wusste, dass sich solche Worte aus seinem Mund nicht ziemten.

«Dann tue, was du nicht lassen kannst», hatte Matteo gebrummt und war erleichtert, als Dietrich tatsächlich den Malerkittel auszog und davonging.

Stundenlang hatte er auf dem Schemel gehockt, den Pinsel mit der linken Hand über das Blatt geführt und dabei auf das Knarren des Hoftores gelauscht, das Dietrich und – Herr im Himmel, ich bitte Euch sehr – auch Rosamund zurückbringen sollte.

Doch nur Ulla war gekommen, hatte berichtet, dass das Abendessen bereitstand. Und Matteo hatte genickt und den Pinsel nicht losgelassen, bis Dietrich endlich zurückkam, die Schultern hob, die Arme ausbreitete und sagte: «Niemand weiß etwas.»

Und Matteo war aufgesprungen, hatte gegen den Tisch getreten, dass die Farben und Pinsel, das Leinöl und der Mörser zu Boden stürzten.

«Bist du zu blöd, eine Frau zu finden?», hatte er mit hochrotem Kopf gebrüllt. «Sie kann sich doch nicht in Luft aufgelöst haben!»

Dietrich zuckte nicht zurück und sagte nur: «Doch. So ist es», und sah Matteo beim Wüten zu. Als dieser fertig war und mit noch tiefer hängenden Schultern, das Haar im Gesicht, auf dem Schemel hockte, sprach er weiter: «Ihr, Meister, habt sie weggeschickt. Vielleicht ist es Gottes Wille, dass Ihr nach ihr suchen sollt.»

Matteo sah auf, die beiden Falten, die sich von der Nase bis zu den Mundwinkeln zogen, waren noch tiefer geworden. «Gottes Wille, ja?»

Dietrich nickte.

«Und kannst du Besserwisser mir auch sagen, wo ich sie suchen soll?»

Dietrich sog Luft zwischen die Zähne. «In der Stadt ist sie nicht. Da war nur was, das habe ich auf dem Markt gehört.»

«Was genau?»

«Es muss nichts dran sein. Die Weiber, die reden halt. Aber eine hat geschwätzt über ein Heiligenbild, das sie in Homburg in einer Schänke gesehen haben will.»

«Na, und? Du weißt so gut wie ich, dass es viele gibt, die als Maler von Stadt zu Stadt ziehen und unterwegs Bildchen malen.»

Dietrich nickte. «Ja, das weiß ich, Herr. Aber dieser Maler war eine Frau.»

Matteo fuhr von seinem Schemel hoch. «Wie hat sie ausgesehen, diese Frau?»

«Das wusste niemand.»

«Und was war auf dem Bild?»

«Eine Heilige eben.»

Matteo ließ nicht locker. «Du meinst, sie ist es?»

«Das weiß ich nicht, Herr. Das kann ich nicht wissen. Fragt Euer Herz.»

Matteo war still. Nach einer Weile hielt Dietrich es nicht länger aus: «Und hat Euer Herz zu Euch gesprochen?»

Und Matteo nickte, stand auf, sah Dietrich in die Augen. «Ich soll sie holen, nicht wahr?»

«Sie ist Euer Weib.»

«Ist dann die Stille weg, diese furchtbare Stille, diese Leere überall?»

«Wenn sie Euch verzeihen kann, dann gewiss.»

«Ich habe schwere Schuld auf mich geladen, nicht wahr, Dietrich?»

«Das habt Ihr, Meister. Man darf sein Weib nicht verstoßen. Sie hat Euch nie belogen, nie betrogen. Sie ist anders als die anderen, aber nicht schlechter. O nein, das ist sie wahrhaftig nicht.»

Matteo griff nach seinem Umhang, aber Dietrich schüttelte den Kopf.

«Wartet bis morgen. Mietet Euch ein Pferd, dann kommt Ihr schneller voran. Nehmt Proviant mit und ein paar Kleider für die Meisterin. Es reicht nicht, sie einfach nur abzuholen. Ihr müsst sie heimführen, als wäre sie eine königliche Braut.»

«Du hast recht, Dietrich», erklärte Matteo. «Sie ist eine Königin. Meine Königin.»

Neununddreißigstes Kapitel

Das Haus der Beginen befand sich unweit der Lahn. Rosamund konnte vom Fenster ihrer Kammer aus den Turm der Elisabethenkirche, in der die heilige Elisabeth von Thüringen ihre letzte Ruhe gefunden hatte, sehen.

Sie fühlte sich ausgeruht und sauber. Die Beginen, fromme Frauen, die sich dazu entschlossen hatten, außerhalb eines Klosters christliche Dienste zu tun, hatten ihr eine Kammer gegeben, ein Nachtkleid und einen Becher gewürzten, heißen Wein, als sie am Morgen abgerissen und erschöpft um Einlass gebeten hatte. Jetzt hatte Rosamund zehn Stunden am Stück geschlafen, trug ein sauberes Kleid und hatte eine kühlende Salbe auf ihre schmerzenden Füße aufgetragen.

Die Glocken läuteten zur Vesper. Rosamund fuhr sich mit der Bürste über das Haar, nahm ein Heiligenbild aus ihrem Bündel, welches sie an den Ufern der Lahn gemalt hatte, und begab sich in die Kirche.

Der Gottesdienst war anders, als Rosamund ihn kannte. Es gab keinen Weihrauch, kein ständiges Auf und Niederknien zum Gebet. Der Pfarrer, ein junger Mann mit leidenschaftlichen Augen und ausladenden Armbewegungen, predigte von der Kanzel, und Rosamund schien es, als spräche er direkt zu ihr.

Sie sah sich um, blickte in begeisterte Gesichter. Frauen jeden Alters, aus allen Schichten kamen zu Elisabeth von Thüringen. Ganz vorne, in der ersten Reihe, saß sogar eine adelige Frau, deren Antlitz von einem schwarzen Spitzenschleier bedeckt war. Ihre Hände steckten in perlenbestickten Handschuhen, der Umhang war mit einem silbernen Fuchspelz gesäumt. Ganz gerade saß die Frau, hielt den Blick unverwandt zur Kanzel gerichtet.

Orgeltöne brausten durch das Schiff, fanden in der Apsis ihr Echo, verklangen erst nach einer Weile im Ohr.

Wie berauscht saß Rosamund auf ihrer Bank, fühlte sich angekommen. Ja, hierher hatte sie gewollt. Hierher in diese Kirche, hierher zur heiligen Elisabeth von Thüringen, die allen Schmerz, den ein Mensch erleiden konnte, am eigenen Leib durchlitten hatte.

Als der Gottesdienst zu Ende war, blieb Rosamund noch eine Weile sitzen, wartete, bis auch die letzten Besucher die Kirche verlassen hatten.

Nur die vornehme Frau saß noch ganz vorn in ihrer Bank und rührte sich nicht.

Langsam schritt Rosamund durch den Gang, das Bild der heiligen Elisabeth fest in den Fingern haltend.

Vor einem Seitenaltar mit einer geschnitzten Statue der Thüringerin und Königstochter von Ungarn kniete Rosamund nieder. Sie lehnte das Bild an die Füße der Statue, sah in das hölzerne Gesicht, das ihr sehr lebendig vorkam.

Rosamund suchte nicht nach Worten, um mit Elisabeth reden zu können. Nein, sie schaute nur auf das Ebenbild, öffnete dabei ihre ganze Seele. Und es war, als streckte die Heilige beide Hände nach Rosamund aus, damit sie ihr Leid, ihren Kummer und ihre Sorgen in die Obhut der Heiligen gäbe. Dazu brauchte es keine Worte, dafür reichten Blicke, Gedanken und Gefühle.

Rosamund wusste nicht, wie viel Zeit sie im stummen Gespräch mit Elisabeth von Thüringen verbracht hatte, doch als sie die Kirche verließ, saß die unbekannte vornehme Frau noch immer an ihrem Platz. Rosamund nickte ihr einen Gruß zu, und für einen winzigen Augenblick hob sich der Schleier, und Rosamund sah in ein blasses Gesicht mit wehmütigen Augen.

Am nächsten Morgen erwachte sie mit Übelkeit. Rosamund eilte hinunter in den Beginenhof und übergab sich. Eine der Schwestern kam zu ihr, hielt ihr das Haar, strich ihr über den Rücken.

«Ist alles gut? Habt Ihr etwas Schlechtes gegessen?», fragte sie.

Rosamund verneinte. «In den letzten Tagen war mir schon einige Male nicht wohl. Meine Brüste spannen so. Ich weiß nicht, was mit mir ist. Wahrscheinlich hat mich die Wanderung zu sehr angestrengt.»

Die Begine, die sich auch als Hebamme nützlich machte, lächelte. «Eure Brüste spannen? Die Übelkeit kommt zumeist am Morgen? Euer Mieder ist ausgefüllter als gewöhnlich? Ihr fühlt Euch ein wenig matt?»

«Ja, ja, ja!» Rosamund nickte zu jedem Wort der Frau.

Diese nahm sie beim Arm und sagte leise: «Ich glaube, da wächst ein Kind in Euch heran. Wann habt Ihr das letzte Mal geblutet?»

Rosamund schüttelte ungläubig den Kopf, rechnete in Gedanken nach. Schließlich sagte sie: «Im Sommer war es. Und drei Wochen später hatte mein Mann diesen Unfall. Seither nicht mehr. Da war so viel zu tun, ich hatte anderes im Kopf, hab einfach nicht darauf geachtet.»

Die Begine strich ihr über den Arm. «Nun, dann seid Ihr wohl im dritten Monat schwanger, vielleicht auch schon im vierten. Langsam müsste Euch ein Bäuchlein wachsen.»

Rosamunds Hand fuhr unwillkürlich zu ihrem Bauch, legte sich schützend darüber. «Ein Kind? Meint Ihr wirklich, ich bekomme ein Kind?»

Die Begine lächelte. «Ja, ihr bekommt ein Kind. Ein Frühjahrskind, die glücklichsten von allen.»

Rosamund wurde ganz warm ums Herz. Ein Glücksstrom durchfuhr ihren Leib. «Ein Kind», flüsterte sie. «Ein Kind.»

Sie schloss die Augen, sah Tonia vor sich, das Kloster in Mariahilf, ihren Hund Bommel, Matteo, das Porträt der Dittmännin. So lange habe ich gebraucht, dachte sie, um zu erkennen, wie gut es der Herr mit mir meint. Und dann wurde ihr gewahr, dass sie allein im Beginenhof in Marburg stand. Ohne Mittel, ohne Zuhause, ohne Zukunft. Da weinte sie bittersüße Tränen, die nach Salz schmeckten und auf der Zunge brannten. Die Begine führte sie ins Haus hinein, brachte ihr einen stärkenden Trank und überließ Rosamund ganz ihren Gefühlen.

Nach einer Weile klopfte es an der Tür ihrer winzigen Kammer. Eine der Schwestern trat ein. «Kommt, kämmt Euch das Haar, macht Euch frisch, Ihr habt Besuch.»

Rosamund schüttelte den Kopf. «Besuch? Ich? Das muss ein Irrtum sein. Ich kenne niemanden in Marburg. Und keiner weiß, dass ich hier bin.»

«Doch, der Besuch ist für Euch. Ein sehr hoher Besuch, wenn auch nicht unbedingt ein von Gott gewollter. Oder wart Ihr es etwa nicht, die ein auf Holz gemaltes Bildnis der Elisabeth von Thüringen vor ihren Altar gestellt hat?»

«Doch. Doch, das war ich. Aber wer sollte mich hier besuchen?»

Die Begine legte einen Finger über die Lippen, sah zur Tür, lauschte einen Augenblick. «Es ist Margarete von der Saale, die Euch sehen will. Die unrechtmäßige Frau des Landgrafen Philipp des Großmütigen.»

Rosamund zog die Augenbrauen hoch. «Was will sie von mir? Ich hatte noch nie mit ihr zu tun. Woher kennt sie mich?»

Die Begine hob die Arme. «Das weiß ich nicht. Und jetzt kommt, eilt Euch. Eine Frau wie sie lässt man nicht warten.»

Als Rosamunde der unrechtmäßigen Landgräfin gegenüberstand, erkannte sie in ihr die Frau von der ersten Kirchenbank. Rosamund verneigte sich. «Ich stehe Euch zu Diensten, hochwohlgeborene Frau.»

Die Frau winkte ab. «Lassen wir das höfische Gehabe. Ich bin nicht als Landgräfin zu Euch gekommen, sondern als Frau. Können wir irgendwo ungestört reden?»

«Im Garten gibt es eine Laube. Allerdings ist es dort kühl.»

«Genau das Richtige. Wo geht es entlang?»

Rosamund wies auf eine Tür, die Landgräfin ging voran.

In der Laube setzte sie sich auf eine hölzerne Bank, richtete ihr Kleid, legte die Handschuhe ab.

«Womit kann ich Euch dienen?», fragte Rosamund erneut.

«Ihr seht blass aus», entgegnete Margarete von der Saale, die nicht viel älter als Rosamund war. «Ich hoffe, Ihr befindet Euch wohl.»

Rosamund lächelte, legte beide Hände auf ihren Leib. «Schwanger bin ich.»

«Oh!» Die Landgräfin neigte den Kopf. «Unehelich? Oder warum sonst seid Ihr in diesem Haus?»

«Nein, nein, ich bin verheiratet, bin nur aus purem Zufall hier, bin gepilgert, wollte Heilung erbitten für den meinen ...» Und schon sprudelte aus Rosamund alles heraus, was sie ihr Leben lang mit sich herumgetragen hatte. Und Margarete von der Saale, geübt, aber unglücklich in der Liebe, hörte ihr zu. Als Rosamund geendet hatte, schwiegen beide Frauen einen Augenblick. Rosamund aus Atemlosigkeit und Verwunderung über sich selbst, Margarete aus Nachdenklichkeit.

«Und das Bild? Wer hat es gemalt?»

«Mein Mann Matteo», entgegnete Rosamund tapfer. «Damals, vor dem Unfall natürlich.»

«Natürlich, Euer Ehemann. Vor dem Unfall.» Margarete von der Saale nickte. «Wer auch sonst? Wir Frauen verstehen uns auf diese Dinge nicht.»

Rosamund schien es, als hätte die unrechtmäßige Landgräfin ihr zugezwinkert. «Ja», bestätigte sie lächelnd. «Wir gehören zum dümmeren Teil der Menschheit.»

«Ich möchte mich von ihm malen lassen», erklärte Margarete plötzlich.

Rosamund schluckte. «Nun, Ihr wisst jedoch, dass seine Fähigkeiten eingeschränkt sind, nicht wahr?»

Die junge Adlige zeigte ein feines Lächeln. «Er soll mich malen, wie er die Elisabeth gemalt hat. Ich denke, das wird er schaffen. Meint Ihr nicht?»

Rosamund nickte geschwind. «Ja, natürlich wird er das.»

Margarete stand auf. «Dann werde ich sogleich einen Boten zu ihm schicken. Die Farben soll er besorgen, desgleichen die Leinwand. Den Rahmen werde ich liefern, dazu einen Vorschuss.»

Rosamund nickte, strich sich über den Leib.

«Und Ihr?», fragte die Adlige. «Wohin führt Euer Weg?»

Rosamund sah in die Ferne. Leise sprach sie: «Nach Hause. Ich möchte nach Hause. Mein Kind soll nicht ohne seinen Vater leben. Wir haben alle Fehler gemacht.»

«Wann brecht Ihr auf?», fragte die unrechtmäßige Landgräfin.

Rosamund sah erstaunt drein. Sie hatte selbst gerade erst begriffen, dass sie wirklich nach Hause wollte. Nach Hause zu Matteo. Sie liebte ihn, sie war bereit, für ihn, für das Kind und für sich selbst zu kämpfen. Von heute an, schwor sie sich, würde sie sich nehmen, was sie brauchte, was sie wollte. Von heute an würde sie nicht mehr das heilige oder teuflische Mädchen sein, sondern nur noch Rosamund Catalani, Malerin, Ehefrau und bald schon Mutter.

«Morgen», sprach sie. «Morgen früh breche ich auf.»

Die unrechtmäßige, zweite Ehefrau des hessischen Landgrafen Philipp reichte der rechtmäßigen Malersgattin Rosamund Catalani die Hand. «Ein Pferd wird Euch morgen früh gebracht, dazu ein berittener Wachmann zu Eurem Schutze.»

«Aber, aber … wieso denn?», stotterte Rosamund.

Margarete von der Saale zog die Augenbrauen hoch und sah dabei sehr erstaunt aus. «Soll ich etwa die Gattin meines zukünftigen Hofmalers ohne Schutz reisen lassen? O nein, meine Liebe. Solche Dinge wollen wir gar nicht erst anfangen. Das Leben, wisst Ihr, ist ein kostbares Gut. Und je schwerer dieses Leben ist, umso wertvoller ist es auch. Vergesst das nie!»

Sie hob die Hand, winkte zum Abschied und ließ Rosamund in der Laube allein zurück.

MIX
Papier aus verantwortungsvollen Quellen
FSC® C083411

Das für dieses Buch verwendete FSC®-zertifizierte Papier
Pamo Super liefert Arctic Paper Mochenwangen, Deutschland.